文学翻译理论与实践教程

主 编 张军
副主编 刘 畅 李宗阳

Theory and Practice of

Literary Translation

WUHAN UNIVERSITY PRESS
武汉大学出版社

图书在版编目(CIP)数据

文学翻译理论与实践教程/张军主编;刘畅,李宗阳副主编. —武汉:
武汉大学出版社,2024.11
ISBN 978-7-307-24083-4

Ⅰ.文… Ⅱ.①张… ②刘… ③李… Ⅲ.文学翻译—翻译理论—教
材 Ⅳ.I046

中国国家版本馆 CIP 数据核字(2023)第 202279 号

责任编辑:李晶晶　　　责任校对:李孟潇　　　版式设计:马　佳

出版发行: **武汉大学出版社** 　(430072　武昌　珞珈山)
　　　　　(电子邮箱: cbs22@whu.edu.cn 网址: www.wdp.com.cn)
印刷:湖北金海印务有限公司
开本:787×1092　1/16　印张:17.5　字数:412 千字　插页:1
版次:2024 年 11 月第 1 版　2024 年 11 月第 1 次印刷
ISBN 978-7-307-24083-4　　定价:69.00 元

版权所有,不得翻印;凡购我社的图书,如有质量问题,请与当地图书销售部门联系调换。

前　　言

　　目前，翻译学已形成了比较完整的从学士、硕士到博士的教育体系。虽然 MTI 翻译教学能有效培养语言服务产业所需的翻译人才，但还需要合格的教材来引领。文学翻译教材不应该默认为同时适用于英语专业和文学翻译专业，而应有所区分。为此只有设计多层次多类型的文学翻译教材，才能满足本科和硕士各阶段不同的文学翻译教学需要。

　　文学翻译教材是文学翻译课程的目标和内容的体现，是教师和学生开展活动的主要工具，也是影响文学翻译课程效果的关键因素。文学翻译教材建设是翻译教学的基础工程，必须根据时代变化进行改革。教材是时代的产物，为社会服务，必须随着社会的变化而更新。教材的模式和内容受社会、政治、经济、翻译理论研究成果等诸多因素影响，只有顺应社会潮流才能找到立足点。

　　文学翻译教材是授课教师设计和实施教学活动的最主要依据，是学生借以获得课程经验的中介和手段。教材应该根据教学对象、教学目的、教学大纲和培养目标来编写。教材编写必须以人为本，站在学生的需求角度来选材和编撰，同时考虑文学翻译的学科性质，科学合理地安排学习内容。教材"只有较好的，没有最好的"。文学翻译教材应遵循多元化的翻译标准，突出译者的主体性。

　　《文学翻译理论与实践教程》的编写目标依据文学翻译教学大纲的要求来设计，并以此为前提，结合市场需求，体现教材的时代性。2012 年高等教育学校翻译教学专业协作组规定"高等学校本科翻译专业旨在培养德才兼备、具有宽阔的国际视野通用型翻译专业人才"。因此，本团队将社会需求纳入本教材的编写，使其在翻译硕士培养的过程中占据重要的地位。

　　本教材重点在于培养翻译专业译者的文学翻译能力，在很多方面都有不同程度的创新，主要表现在以下几个方面：

　　1. 系统地阐述了翻译教材建设的理论基础，凸显跨学科特色。

　　2. 全面梳理文学翻译的发展历史，体现整体性研究。

　　3. 以教学实践为基础，系统地提出文学翻译教材建设的应对策略，突出适用性。

　　4. 强调"以人为中心"的编写理念，彰显人文关怀。

　　本教材引进了全新的教材观，即提倡教材的编撰应以"学生为中心"，其建设目标是培养翻译专业学生的文学翻译意识，不仅要提高其翻译能力，还要加强其译者能力（包括跨文化交际能力和职业能力）的培养。

　　本教材适用于全国翻译硕士 MTI 专业学生及文学翻译爱好者。在内容编排上，本教材从文学翻译的历史出发，第一章详细介绍中西方文学翻译的发展，便于学生和读者从历史的角度，纵向了解文学翻译；第二章介绍文学翻译的标准与原则、文学翻译理论，以提升学生和读者对文学翻译的横向整体认知；第三章着重于文学文本的解读和译本的创造；第四章介绍文学翻译方法与技巧，帮助学生和读者使用基础性的文学翻译方法；第五章介绍文学翻译的体裁，通过小说、诗歌、散文、戏剧、文学评论等经典名家译例，提升读者的文学翻译鉴赏能力。

　　本书由张军主编并撰写第一章，上海第二工业大学刘畅撰写第二章、第三章和第四章，哈尔滨理工大学李宗阳撰写第五章，最后由张军统稿并审阅全书。

　　本书的出版感谢上海第二工业大学的支持，感谢专家学者和同行给出的建议。限于编者个人水平与学识，书中难免有疏漏与错讹，祈望得到广大读者、专家的批评指正。

作者

2023 年 5 月

目　　录

第一章 文学翻译的历史与发展

文学翻译指的是对文学作品的翻译，但这个词语既可以指文学翻译作品，也可以指文学翻译行为。那么，什么是文学？什么是翻译？文学翻译与非文学翻译有何区别？文学翻译的本质是什么？要想回答这一连串的问题，就有必要对文学翻译的概念进行简要的梳理。

"文学"（Literature）的概念具有广义和狭义之分。广义的文学泛指一切口头或书面作品。狭义的文学专指今日所谓文学，即所谓情感的、虚构的或想象的作品，如诗歌、小说、戏剧、散文等。但是，现实中还存在一些难以归类而又被习惯性地看作文学的作品，如传记、杂文、纪实文学、儿童文学等。有人将这些文学作品称为"惯例的文学"①。一般来说，就体裁而言，文学翻译是指对狭义文学作品和惯例文学作品的翻译，即对主要文学体裁如诗歌、散文、小说、戏剧，以及文学性较强的杂文、传记、儿童文学等的翻译。韦勒克认为文学作品是"交织着多层意义和关系的一个极其复杂的组合体"②。

文学是语言的艺术，而翻译的核心是语言，因此，语言的运用不仅是文学区别于非文学的首要特征，而且也是文学翻译关注的首要问题。

第一节 西方文学翻译发展脉络及其理论特点

一、中西译学界对翻译史的不同划分

从严格意义上说，西方的第一部译作是约公元前 250 年古希腊哲学家安德罗尼柯（Andronicos Rhodios）用拉丁语翻译的希腊荷马史诗《奥德赛》（*The Odyssey*）。对这 2000 多年的翻译史的分期，因人们的视角不同，所持的划分标准亦不同，观点也颇不一致，所以，并无统一的结论。

廖七一援引历史学者的三分法，着重翻译理论思想的演变，采用轻历史划分、重翻译思想界定、薄古厚今的原则，将西方翻译理论的发展大致分为三个时期：古典译论时期（公元前 3 世纪至 18 世纪末）、近代译论时期（18 世纪末至 20 世纪初）和当代译论时期（20世纪初至今）。③

---

① 童庆炳：《文学理论教程》，高等教育出版社，1992 年，第 65-70 页。
② 勒内·韦勒克、奥斯汀·沃伦：《文学理论》，刘象愚等译，江苏教育出版社，2005 年。
③ 廖七一：《当代西方翻译理论探索》，译林出版社，2000 年，第 2 页。

　　潘文国则强调学科概念，以是否具有学科意识为依据，同样把西方翻译研究史分为三个阶段。第一阶段，从古代的马尔库斯·西塞罗（Marcus Tullius Cicero）到 1959 年，称作传统的翻译学阶段。第二阶段，从 1959 年罗曼·雅可布逊（Roman Jackbson）发表《翻译的语言观》（*On Linguistic Aspects of Translation*）开始到 1972 年，称作现代的翻译学阶段。第三阶段，从 1972 年詹姆斯·霍尔姆斯（James S. Holmes）发表《翻译研究的名与实》（*The Name and Nature of Translation Studies*）开始到如今，是当代的翻译学阶段。①

　　姜秋霞与杨平从翻译研究所采取的方法来看翻译的理论发展史，把翻译理论研究史大体分为三个阶段：经验期或前理论期、语言学理论期、多元理论期。② 前理论期自公元前 3 世纪（西方约公元前 3 世纪；我国约公元 3 世纪至 20 世纪 50 年代末。）翻译理论大多是对翻译实践的技巧性总结，缺乏理论的系统性。语言学理论期始于 20 世纪五六十年代。多元理论期始于 20 世纪 70 年代末，各种非语言学理论流派的出现，使翻译研究走上了综合性的学科发展道路。

　　谭载喜更关注历史因素对翻译事业的影响，把西方翻译史划分为六个时期：（1）发轫于公元前 4 世纪的肇始阶段；（2）罗马帝国后期至中世纪时期；（3）中世纪时期；（4）文艺复兴时期；（5）近代翻译时期，即 17 世纪全 20 世纪上半叶；（6）第二次世界大战结束至今。③

　　尤金·奈达（Eugene A. Nida）根据翻译思想的发展，把西方翻译史划分为四个时期：语文学翻译、语言学翻译、交际学翻译和社会符号学翻译。④ 他把 20 世纪 50 年代以前的翻译思想视作一个整体，从而与具有现代翻译思想的当代翻译作出区分。

　　乔治·斯坦纳（George Steiner）认为西方翻译理论的研究大致经历了四个时期：（1）从古典译论至 18 世纪末英国翻译家亚历山大·泰特勒（Alexander Fraser Tytler）和乔治·坎贝尔（George Campbell）翻译"三原则"的发表，此阶段翻译论述及理论直接来自翻译实践；（2）从德国哲学家弗里德里希·施莱尔马赫（Friedrich Schleiermacher）至 20 世纪中叶，通过理论研究和阐释研究发展了翻译研究术语及方法；（3）第二次世界大战结束至 20 世纪 70 年代，以翻译语言学派的兴起为标志，将结构主义语言学和交际理论引入翻译研究；（4）20 世纪 70 年代至今，新兴学派林立，跨学科研究蓬勃发展。⑤

　　英国文化翻译学派的领军人物苏姗·巴斯奈特（Susan Bassnett）认为不同时期有不同的翻译观，更合适的做法是以翻译观念为依据来进行划分：（1）罗马时期的翻译是为了丰

---

　　① 潘文国：《当代西方的翻译学研究——兼谈"翻译学"的学科性问题》，《西北工业大学学报》，2002 年第 3 期，第 32 页。

　　② 姜秋霞、杨平：《翻译研究理论方法的哲学范式——翻译学方法论之一》，《甘肃农业》，2004 年第 6 期，第 10-12 页。

　　③ 谭载喜：《西方翻译简史》（增订版），商务印书馆，2004 年，第 2-4 页。

　　④ Nida E A. Approaches to Translating in the Western World. Beijing：Foreign Language Teaching and Research Press，1984：9-15.

　　⑤ Steiner George. After Babel：Aspects of Language and Translation. Shanghai：Shanghai Foreign Language Education Press，2001：248-253.

富本国的文学系统，强调译作的美学标准，而不关注是否忠实；(2)《圣经》翻译受政治因素的影响，译者既受美学的影响，又受福音传教士的影响；(3)教育与通俗语言时期，强调《圣经》翻译的教育功能，以大家都能懂的语言来翻译；(4)由于印刷术的发明、新大陆的发现影响了社会文化观念，同样也影响了翻译功能的改变，早期的理论家形成了较为严谨的翻译理论；(5)文艺复兴时期，翻译是国家大事、宗教大事，译者是革命的活动者，不再是屈从于作者或原文的奴仆；(6)17 世纪，作家为了寻求新的创作模式而翻译、模仿希腊作品，译者与作者地位平等；(7)18 世纪，译者关注翻译的道德问题，关注再创原作精神的问题；(8)浪漫主义时期的翻译看重译者个人的创造力；(9)后浪漫主义时期的翻译，译者屈从于原作的形式与语言，尽可能保留原作的特殊性；(10)维多利亚时期，开始贬低翻译，不再把它看作丰富本国文化的手段；(11)20 世纪，翻译成为独立的研究对象。① 巴斯奈特认为，不要局限于狭隘的、固定的角度来研究翻译，而要采取系统的、历时性的方法研究翻译。巴斯奈特的划分颇具其个人特色，只是这种过细的划分，容易给人一种琐碎的感觉，不易看到整体的翻译史。

二、西方文学翻译简史

在西方文学翻译史上历来就存在着清晰可辨的两条翻译研究传统脉络。一条是从古罗马的神学家奥古斯丁(St. Augustine)延伸到 20 世纪的结构语言学翻译理论脉络，这条脉络"把翻译理论和语义、语法功能的分析紧密结合起来，从语言的结构特征和语言的操作技巧上论述翻译问题，认为翻译的目的在于产生一种与原文对等的译入语文本，并力求说明如何从词汇和语法结构等各个语言层面去产生这种对等文本"。另一条是"从泰伦斯(Terence)等古罗马早期戏剧翻译家开始，一直延伸到当代翻译家，如捷克的列维(J. Levy)、苏联的加切奇拉泽(ГивиГачечиЛадзе)，以及 20 世纪和 21 世纪其他形形色色的文艺学派理论家"。按照这条脉络，翻译被认为是一种文学艺术，翻译的重点是进行文学再创作。这条脉络的理论家们"除了不断讨论忠实与不忠实、逐字译与自由译或直译与意译的利弊外，对翻译的目的和效果尤其重视"。他们"或强调突显原文和原文语言的文学特色，或强调在翻译中必须尊重译文表达习惯和译文语言的文学传统；他们特别讲究文本的风格和文学性，也特别要求译者具有较高的文学才华"。回顾整部西方翻译史不难发现，第二条传统脉络，也即视翻译为一种文学艺术的传统脉络，是历史最为悠久的、"第一古老"的传统。②

根据已存文字资料，罗马人给人类留下了大批翻译成果以及对翻译的许多见解，因此如果说在人类历史上是罗马人开了翻译之先河，此说法也并非夸大其词。罗马人从公元前3 世纪起便开始了大规模的翻译活动，而且这一活动从一开始就带有明显的文学性质。史载罗马最早的翻译家里维乌斯·安德罗尼柯(Livius Andronicus，公元前 284? —前 204)所

---

① Bassnett Susan. Translation Studies. Shanghai：Shanghai Foreign Language Education Press，2004：48-78.

② 谭载喜：《西文翻译简史》(增订版)，商务印书馆，2004 年，第 6 页。

翻译的就多是一些文学作品，如他选译的荷马史诗《奥德赛》，埃斯库罗斯(Aeschylus)、索福克勒斯(Sophocles)、欧里庇得斯(Euripides)的悲剧，以及米南德(Menander)的喜剧等。研究者指出，他翻译的《奥德赛》片段"是第一首拉丁诗，也是第一篇译成拉丁语的文学作品"，"译文对引导当时罗马青年一代了解希腊起了不可低估的作用"。由于"他和其他同时代翻译家和后继翻译家的努力，古希腊的戏剧风格对后世欧洲的戏剧产生了深远的影响"。①与安德罗尼柯差不多同时代的古罗马历史剧作家涅维乌斯(Gnaeus Naevius，公元前270—前200?)和被誉为罗马文学之父的恩尼乌斯(Quintus Enuius，公元前239?—前169)也都翻译了许多希腊的悲剧和喜剧。如果说，以上这三位古罗马翻译家的翻译实践表明，翻译，尤其是文学翻译，从一开始就与接受国的文学创作有着密不可分的关系的话，那么，他们之后的西塞罗和贺拉斯(Quintus Horatius Flaccus，公元前65—前8)关于翻译的见解就反映了人们对翻译的认识和阐释最先也是从文学创作的立场出发的。西塞罗认为，"要作为演说家而不是解释者进行翻译"，在翻译中要保留原作的"思想和形式"，但是要使用符合译入语国表达习惯的语言，所以在翻译的过程中，"没有必要字当句对，而应保留语言的总的风格和力量"。译者在翻译的时候"不应当像数钱币一样把原文词语一个个'数'给读者，而是应当把原文的'重量''称'给读者"。② 贺拉斯则主张，"与其别出心裁写些人所不知、人所不曾用过的题材，不如把特洛亚的诗篇改编成戏剧。在公共的产业里，你是可以得到私人权益的"。贺拉斯显然把丰富灿烂的希腊文化原作看作"公共的产业"，鼓励罗马人通过翻译、"改编"创作出优秀的作品。在具体的翻译方法上，他接受西塞罗的观点，也认为翻译应该避免直译，而采取灵活的方法。他说："……不要把精力放在逐字逐句的死搬死译上。"③

从翻译主张看，西塞罗、贺拉斯实际上提出了"灵活翻译"或者说类似意译的主张。这也许是人类历史上最早、最明确的一种翻译主张，其意义是显而易见的。西塞罗也因此被称为西方翻译史上第一位翻译思想家。

古罗马时期的翻译活动是西方翻译史上第一次大的翻译高潮，而且带有明显的文学活动性质。但到了古罗马后期，随着文学创作活动的减少，文学翻译也随之趋于消沉。及至进入罗马帝国后期，宗教翻译逐渐成为西方翻译界的主流。

从表面看，宗教翻译与文学翻译似乎没有多大关系，其实不然。由于宗教翻译的主要对象——《圣经》——本身就是一部具有很高文学价值的文学作品，更由于作为西方历史上第二大的翻译高潮的宗教翻译历时悠久，投入的人员众多，西方各国、社会各阶层都对之高度重视，涌现出一批出色的翻译家，还形成了一些重要的翻译原则与方法，因此其影响就不限于宗教翻译本身，同样也进入了文学翻译的领域。事实上，在把《圣经》译成欧洲各民族语言的过程中，《圣经》翻译对这些民族的书面语言的最终形成发挥了巨大的

---

① 谭载喜：《西文翻译简史》(增订版)，商务印书馆，2004年，第16-17页。

② 西塞罗：《论最优秀的演说家》，《中西翻译简史》，谢天振等译，外语教学与研究出版社，2009年，第265页。

③ 贺拉斯：《诗艺》，《西文文论选》(上册)，伍蠡甫主编，上海译文出版社，1979年，第104页。

作用。

最早的宗教翻译可以追溯到公元前 3 世纪至 2 世纪的希腊文译本《圣经·旧约》。因为是由 72 名犹太学者共同合作从希伯来文译出的，故世称《七十子希腊文本》。从此以后，《圣经》的翻译就一直没有停止过，直至今天。

进入中世纪以后，教会势力更为强大，宗教翻译进一步成为西方译界的主流。与此同时，世俗性的散文文学作品译本，如骑士小说等，在贵族圈子内广泛流传，为文学翻译赢得了一席之地。这些译自拉丁文、法文的译本追求辞藻华丽，译风极其自由。但在宗教翻译上，由于教会的控制和干预，也由于译者本人对原本不敢有丝毫变动，因此直译、死译仍占据主导地位，导致这一时期的宗教翻译作品错误百出，后世的意译派曾以此为例对直译派进行抨击。

从翻译理论发展的角度来说，中世纪初期翻译领域里的中心人物是古罗马哲学家波伊提乌（Manlius Boethius，约 480—524）。他反对逐字翻译，认为那样做虽然"忠实"，但实际上远离了原文的精髓。他认为只要将原文的内容完美传达出来，就可以不用考虑原文的语言形式。

英国哲学家罗杰·培根（Roger Bacon）猛烈抨击一些译者在翻译中对亚里士多德的作品随意增删和歪曲，提出只有认真研究语言与科学，才有可能正确理解原文。意大利诗人但丁（Dante Alighieri）则在其名著《飨宴》（Convivio）里对诗歌翻译发表了颇为悲观的看法。在但丁看来，诗的形式与该诗所使用的语言是密不可分地紧紧连在一起的，因此，"任何富于音乐和谐感的作品都不可能译成另一种语言而不破坏其全部优美的和谐感"。他还具体举例说，荷马的史诗之所以未译成拉丁语，《圣经·诗篇》（Psalms）的韵文之所以没有优美的音乐和谐感，"就是因为这些韵文先从希伯来语译成希腊语，再从希腊语译成拉丁语，而在最初的翻译中其优美感便完全消失了"①。但丁这一观点拉开了西方翻译史上对于文学翻译的可译性与不可译性的漫长争论的序幕。

进入文艺复兴时代以后，欧洲各国的文学翻译和翻译理论发展更为迅猛。众所周知，文艺复兴的一个根本内容就是对古希腊、罗马的哲学、艺术和文学的重新发现和振兴。在"重新发现和振兴"中，翻译所起的作用是不言而喻的。事实上，文艺复兴时期的所有重大事件几乎都有赖于翻译或与翻译有关，而在这个过程中，翻译本身，无论是实践水平还是理论水平，也都得到了空前的提高。

在英国，文学翻译的气氛更为浓厚，不仅译者众多，翻译的题材也很广泛，而且对当时的英国文学产生了直接、明显的影响。以戏剧为例，当时英国的戏剧创作可以说达到了登峰造极的地步，然而它之所以能取得如此巨大的成就，是与当时大量翻译、介绍普劳图斯（T. M. Plautus）、泰伦斯、塞内加（L. A. Seneca）等罗马作家的戏剧作品，以及普鲁塔克（Lucius Mestrius Plutarch）的《希腊罗马名人比较列传》（Lives）密不可分的，对此人们可以很容易地从莎士比亚的戏剧创作中得到印证。例如，在莎士比亚的《错误的喜剧》（The Comedy of Errors）中可以发现普劳图斯《孪生兄弟》（The Menaechmi）的情节，在他创作的希

---

① 谭载喜：《西文翻译简史》（增订版），商务印书馆，2004 年，第 42 页。

腊、罗马悲剧中可找到普鲁塔克提供的题材。所有这些影响都是通过翻译才得以实现的。

在翻译理论的研究上，法国因为出了个艾蒂安·多雷（Etienne Dolet，1509—1546）而比同时期的英国更有建树。多雷是法国文艺复兴时期著名的人文主义者、印刷商、学者和翻译家，翻译、编辑过《圣经·新约》、弥撒曲、柏拉图的对话录《阿克赛欧库斯》以及法国文艺复兴代表作家弗朗索瓦·拉柏雷（Francois Rabelais）的作品。他不仅是一位勤奋的翻译家，同时还是一位杰出的翻译思想家。在《论如何出色地翻译》（*La manière de bien traduired'une langue enautre*）（1540）一文中，他对翻译问题进行了系统的论述。他说，要想翻译得出色，必须做到以下五点：第一，充分吃透原作者的意思；第二，精通所译作品的语言，同时对译入语也能熟练应用；第三，切忌做逐字翻译的奴隶；第四，避免生词僻语，尽量使用日常语言；第五，注重译入语修辞，让译文的词语安排不仅读起来朗朗上口，听上去也能让人感到愉悦甜美。① 这篇论文虽然简短，却富有创见，所涉问题已与后世翻译理论家所提的一些原则问题相衔接，多雷因此被认为是西方近代翻译史上第一个比较系统地提出翻译理论的人。

法国的翻译高潮是在 17、18 世纪到来的。当时法国文坛流行的古典主义思潮把人们的目光引向古希腊、罗马的作家、作品，翻译风气因此大盛。同时，法国文学史上著名的"古今之争"把法国翻译界也分裂成两派：厚今派为迎合读者口味，对原作任意删改，随意"美化"，以趋附当时法国社会流行的典雅趣味，奉行不准确的译法，也即所谓的自由译法；厚古派把古典作品奉为圭臬，在翻译时自然要字随句摹，亦步亦趋，主张所谓的准确翻译法。这两派人物，前者可推佩罗·德·阿布朗古尔（Perrot d'Ablancourt，1606—1664）为代表，他译过古罗马史学家塔西佗（Tacitus）的《编年史》（*Annales*）等作品。在翻译时，为追求译文的文学性和可读性，他不惜对原作大肆增删，随意修改，任意发挥。阿布朗古尔的翻译尽管被人认为是"美而不忠的翻译"，但由于他的译笔潇洒华丽，因此在当时也颇得众多读者的青睐。后者的代表可推达西埃夫人（Madame Dacier，1654—1720），她在翻译《伊利亚特》和《奥德赛》两部史诗时，逐字逐句地翻译，力图在译文中再现原作的风格。由于她的努力，被"自由派"翻译得面目全非的《荷马史诗》（*Homer's Epic*）在法国读者心目中恢复了原作应有的光辉。

然而，在 17、18 世纪的法国，达西埃夫人这样的准确译法派却势孤力单，主宰当时法国译坛的是不准确译法派。这一时期的法国，一方面是文学翻译空前繁荣，另一方面，对原作的任意增删、"拔高"、改写又是比比皆是。典型的例子是莎士比亚剧本的法译，不仅情节、结构、文字风格被译得面目全非，有些人物形象，如《哈姆雷特》（*Hamlet*）中的几个掘墓人，因为"粗鲁、下贱、不登大雅之堂"，所以干脆给删掉了。

这种风气直到 19 世纪才得到扭转。作家、诗人弗朗索瓦-维克多·雨果（Victor Hugo）在其父亲——著名作家雨果——的协助下译出《莎士比亚戏剧全集》，其不但注重译作本身的优美，更把忠实标准放到了首位，译作因此至今仍享有生命力。著名小说家夏多布里

---

① Douglas Robinson. Western Translation Theory：From Herodotus to Nietzsche. Beijing：Foreign Language Teaching and Research Press，2006：95-97.

昂(Francoise-Rene de Chateaubriand)在翻译弥尔顿的《失乐园》(*Paradise Lost*)时，甚至打破原作诗的形式，以便最大限度地传达出原作的意思。浪漫主义诗人、散文家热拉尔·奈瓦尔(Gérard de Nerval)用散文体翻译了歌德(Johann Wolfgang von Goethe)的巨著《浮士德》(*Faust*)，博得了原作者歌德的高度赞赏。歌德曾对爱克曼(J. P. Eckermann)说："我对《浮士德》的德文本已经看得不耐烦了，这部法译本却使全剧又显得新鲜隽永。"著名诗人夏尔·波德莱尔(Charles Baudelaire)翻译美国作家爱伦·坡(Edgar Allan Poe)的作品，内容忠实，译笔优美流畅，被誉为法语散文的经典之作。

同一时期英国的译风与法国颇为相似。托马斯·谢尔登(Thomas Shelton，生卒年不详)翻译的《堂吉诃德》(*Don Quijote de la Mancha*)、彼得·英特克斯翻译的《巨人传》(*Gargantua et Pantagruel*)等，均对原作有自由发挥。由于译者出色的文学才华，译文瑰丽动人，很受读者赞赏，前者甚至到 20 世纪 70 年代还在不断印行。更加突出的代表是亚历山大·蒲柏(Alexander Pope，1688—1744)，他在翻译《伊利亚特》和《奥德赛》时，为迎合当时的英国上流社会，对原作进行了大量的"加工"。他用英语的双韵体翻译原作，对原作中不押韵的他给押上韵，原作韵律不齐的他使之整齐，结果译文词丽律严，文风隽永，华美无比。但这样的译作，究竟算是《荷马史诗》的翻译，还是蒲柏本人的创作，其界限已很难划清了。

这一时期的英国译坛，虽然是意译派占据上风，但直译派并未销声匿迹，随着浪漫主义运动的兴起，他们对蒲柏的翻译理论和实践提出了批评。著名诗人和翻译家威廉·柯珀(Wiliam Cowper，1731—1800)强调紧扣原文，把忠于原文视作翻译的最高原则。柯珀也以译《荷马史诗》著称，他翻译了《奥德赛》和《伊利亚特》，在翻译中体现了自己的主张。

17、18 世纪英国翻译界更值得注意的是两位翻译理论家的贡献。约翰·德莱顿(John Dryden，1631—1700)是 17 世纪英国最重要的诗人、批评家、剧作家和翻译家。他翻译出版过维吉尔的作品，在生命的最后一年，即 1700 年，他还翻译出版了包括古罗马诗人奥维德(Publius Ovidius Naso)、英国小说家杰弗雷·乔叟(Geoffrey Chaucer)和意大利文艺复兴运动代表、人文主义作家乔万尼·薄伽丘(Giovanni Boccaccio)等人作品的译述——《古今寓言集》(*Fables Ancient and Modern*)。德莱顿对翻译所作的分类在西方翻译思想史上有很大的影响，他把翻译分成三类：第一类为逐词译(metaphrase)，即将原作逐词、逐行从一种语言转换成另一种语言；第二类为释译(paraphrase)，即具有一定自由度的翻译，在这类翻译中，译者始终紧盯着原作者，但在遣词造句时却没有对原作者亦步亦趋；第三类为拟译(imitation)，在这类翻译中，译者比较自由，不仅可以与原文造句行文和意思不同，而且可以在认为适当的时候将两者都抛弃，只是从原文中撷取一些大概的提示，随心所欲地在原文基础上再度创造。① 德莱顿在区分三类翻译的基础上，进一步分析说，翻译时既不能采用逐词译，也不能采用拟译，因为若采用前者，语言之间的差异会导致这种翻译不可能实现，而倘若采用后者，译者竭力美化原作，这种补偿性翻译又太过自由，且有

---

① Douglas Robinson. Westem Translation Theory：From Herodotus to Nietzsche. Beijing：Foreign Language Teaching and Research Press，2006：172.

悖原意。鉴于此，德莱顿本人推崇协调逐词译和拟译这两种极端的方法而采取释译。德莱顿还明确提出"翻译是艺术"，认为一名优秀的译诗者，首先必须是一名优秀的诗人。

另一位理论家是亚历山大·弗雷泽·泰特勒(1747—1813)。泰特勒在 1790 年出版的《论翻译的原则》(*Essays on the Principles of Translations*)一书中，首先对所谓"优秀的翻译"作了一个界定，认为"优秀的翻译"就是能把原文所具有的特点全部移入另种一语言，被接受语读者清晰地理解，能给译入语读者以原作读者同样的感受。接着，他提出了著名的翻译三原则，即：(1)译作应完全复写出原作的思想；(2)译作的风格和手法应和原作属于同一性质；(3)译作应具有原作所具有的流畅和通顺。① 在当时整个西方翻译界不准确译法和自由意译风气盛行的情况下，泰特勒提出这样的翻译三原则，其意义是不言而喻的。研究者指出："泰特勒的理论标志着西方翻译史上一个时期的结束和另一个时期的开始。"②事实也确实如此，从 19 世纪起，英国的文学翻译和翻译研究出现了新的繁荣，菲茨杰拉德(Edward Fitzgerald，1809—1883)奉献出了英国翻译史上最优秀的译作之一——《鲁拜集》(*Rubáiyát of Omar Khayyám*)，托马斯·卡莱尔(Thomas Carlyle)、乔治·爱略特(George Eliot)、拜伦、雪莱等作家、诗人也都有优秀译作问世。

17 世纪至 19 世纪德国翻译界也很有特点。首先，涌现出一批文学翻译名家和名作，文学翻译的数量和质量有明显的提高。其次，一批文学大师投身文学翻译活动，引人注目。如德国著名剧作家弗里德里希·席勒(Fridrichvon Schiler)翻译了莎士比亚的《麦克白》(*Macbeth*)。最后，这些文学大师以及一批翻译理论家对翻译研究提出了各种新颖的观点，从而使这一时期的德国成为全欧洲在翻译研究(也包括文学翻译活动)方面引人注目的中心。例如，歌德对翻译作了分类，将其分为三种：第一种是帮助读者了解外来文化的"传递知识的翻译"(informative translation)；第二种是近乎创作的"按照译入语文化规范的改编性翻译"(adaptation/parodistisch)，要求吃透原文的意思，再据以在译文语言和文化中找到其"替代物"，把原文转变成译文语言中流行的风格和表达法；第三种是近似于逐句直译而又不是逐词死译的"逐行对照翻译"(interlinear translation)，这种翻译要求译者通过语言上的紧扣原文以再现原文的实质。③ 歌德最推崇第三种翻译，认为这是最佳的译法，能产生完美的译文。

对翻译理论作出更深刻的分析还体现在施莱尔马赫和威廉·洪堡的论述中。施莱尔马赫是德国探索阐释学理论的第一位学者。1813 年 6 月 24 日他在柏林德国皇家科学院所作的题为"论翻译的不同方法"的演讲，后被整理成文后成为翻译研究领域的一篇具有标志性意义的论文。他是西方第一位把口译与笔译区分开来并对之进行界定的人。他指出，口译者主要从事商业翻译，是一种十分机械的活动，而笔译者则主要从事科学艺术翻译。接着，他又区分出"真正的翻译和机械的翻译"两种翻译，把实用性翻译和口译归入机械的

---

① Douglas Robinson. Westem Translation Theory：From Herodotus to Nietzsche. Beijing：Foreign Language Teaching and Research Press，2006：210-234.

② 谭载喜：《西方翻译简史》(增订版)，商务印书馆，2004 年，第 132 页。

③ 谭载喜：《西方翻译简史》(增订版)，商务印书馆，第 105-106 页。

翻译，而把笔译称为"真正的翻译"。① 而在施莱尔马赫看来，"真正的翻译"可进一步区分为"释译"和"模仿"。前者主要指翻译科学或学术类文本；后者主要指处理文学艺术作品。两者的主要区别在于：释译要克服语言的非理性，这种翻译如同数学的加减运算一样，虽然机械但可以在原文和译文之间达到等值；模仿则利用语言的非理性，这类翻译虽然可以将文字艺术品的摹本译成另一种语言，但无法做到在所有方面都与原文精确对应。德国著名语言学家、哲学家洪堡就翻译的可译性与不可译性所发表的两元论语言观，在其生前并未引起特别的重视，但在 20 世纪却引起很大反响。他在给奥古斯特·施莱格尔（A. W. Schlegel）的信中指出："所有翻译都只不过是试图完成一项无法完成的任务。任何译者都注定会被两块绊脚石中的任何一块绊倒：他不是贴近原作贴得太紧而牺牲本民族的风格和语言，就是贴近本族特点太紧而牺牲原作。介乎两者之间的中间路线不是难于找到而是根本不可能找到。"②但在另一些场合，他又说，虽然翻译无法做到完全彻底的等值，但翻译仍是可能的，因为任何语言，无论发达与否，都能表达人类任何一种复杂的情感。"可以毫不夸张地说，任何一门语言，甚至那些最野蛮部落的、我们一无所知的口头语言，都能表达从崇高到卑贱、从刚强到柔弱的任何事情——然而，这并不是说一种语言后天就比另一种语言优越，或某些语言更伟大。"③洪堡的言论貌似自相矛盾，其实反映了他从语言的本质特性出发，对翻译所持的一种辩证立场。在他看来，翻译，尤其是诗歌翻译，是一个国家民族文学最紧迫的任务。因为通过翻译，可以使得那些不懂原文的人有机会接触那些他们不可能接触到的艺术形式，更重要的是翻译能够丰富本土语言的意义和表达力。④ 不仅如此，通过翻译，还可以丰富一个民族内人们的心灵。

综上所述，在西方翻译史上，文学翻译和与文学翻译有关的理论探索一直占据着一个相当主要的地位，且随着时间的推移越来越重要。在这漫长的历史阶段里，翻译家和翻译理论家们已经触及到了文学翻译的一些基本问题，诸如文学翻译方法（直译还是意译）、文学翻译标准（什么样的翻译算是好的翻译）、文学翻译的分类、文学翻译的可译性与不可译性等。虽然限于历史条件，这些研究大多局限于研究者们自身从翻译实践中总结出来的体会，带有比较明显的经验主义性质，但还是为后来的研究者提供了一笔极其宝贵的译学财富。⑤

三、20 世纪西方文学翻译研究的趋向

对西方译学界而言，20 世纪首先是语言学派翻译研究及其译论大发展的时代。20 世纪初，瑞士语言学家弗迪南·索绪尔（Ferdinand de Saussure）提出的普通语言学理论，不

---

① Andre Lefevere. Translation/History/Culture：A Sourcebook. New York：Routledge, 1992：148.

② 谭载喜：《西方翻译简史》（增订版），商务印书馆，2004 年，第 109-110 页。

③ Douglas Robinson. Western Translation Theory：From Herodotus to Nietzsche. Beijing：Foreign Language Teaching and Research Press, 2006：239.

④ Douglas Robinson. Western Translation Theory：From Herodotus to Nietzsche. Beijing：Foreign Language Teaching and Research Press, 2006：239.

⑤ 谢天振：《译介学》，译林出版社，2013 年，第 37 页。

仅为语言学的发展奠定了基础，同时也为翻译研究的语言学派的确立注入了生机。当代著名翻译理论家尤金·奈达把西方的翻译理论归纳为四大流派，即语文学理论、语言学理论、交际理论和社会符号学理论，其中除语文学理论的兴趣在于如何翻译经典文献和文学作品外，其余三大理论流派均在不同程度上运用了语言学的理论去阐述翻译中的各种语言现象。其中，语言学理论更是直接应用普通语言学理论，以对比两种语言的结构为其出发点，建立其翻译的等值观。

在语言学派迅速发展的同时，文艺学派也在发展，只是声势和影响不如语言学派那么大，这一点在 20 世纪上半叶尤为突出，这大概是因为语言学派的研究由于应用了语言学理论，与传统的建立在经验层面上的翻译研究相比，让读者觉得这种研究更加"直观"、更加"科学"，从而也更有一种新鲜感的缘故吧。但是对于文学翻译来说，语言学派的翻译研究毕竟有其局限性，因为此时它面临的对象不单单是一门科学——文学翻译中的不同语言的转换虽然也含有科学的成分，但这个对象的性质更多的是艺术性。因此，20 世纪上半叶就有学者从语言学的角度出发分析翻译问题了。例如，布拉格语言学小组(The Prague Linguistic Circle)①的奠基人之一维莱姆·马西修斯(Viem Mathesius)早在 1913 年就从等效翻译的角度指出："……哪怕运用不同于原作中的艺术手段，也要让诗歌翻译对读者产生原作同样的作用……相似的或接近相似的手段其效果往往未必相似。因此，追求相同的艺术效果比追求相同的艺术手段更为重要，在翻译诗歌时尤其如此。"②这个小组的另一个奠基人，也是当代西方译学界语言学派的主要代表人物之一罗曼·雅科布逊(1896—1982)1930 年在《论译诗》一文中也指出："我以为，只有当我们为译诗找到了能产生像原诗同样功能的，而不是仅仅外表上相似的形式时，我们才可以说，我们做到了从艺术上接近原作。"著名的波兰翻译理论家泽农·克列曼塞维奇(Zenon Klemensiewicz)说得更为透彻："应该把原作理解为一个系统，而不是部件的堆积，理解为一个有机的整体，而不是机械的组合。翻译的任务不在于再现，更不在于反映原作的部件和结构，而在于理解它们的功能，把它们引入自己的结构中去，使它们尽可能地成为与原作中的部件和结构同样合适、具有同样功效的对应体。"③到了 20 世纪后半叶，美国翻译理论家尤金·奈达提出了交际理论，强调了原文与译文不同的文化背景以及这种背景在译文的接受效果中所起到的作用后，语言学派的某些领域实际上已经与文艺学派的研究领域接壤，包括交际理论、符号学理论等在内的一些语言学派理论中的许多观点已广泛被文艺学派所利用。

从 20 世纪 50 年代起，文学翻译在西方开始受到越来越多的重视。1959 年美国笔会(PEN American)设立翻译委员会，关心文学翻译，为翻译工作者争取尊重与保障。1963 年，美国笔会开始颁发翻译奖，每年一次授予上一年度的外国文学作品的优秀译本。之后，美国笔会等组织还设立了许多鼓励文学翻译的奖项，如葡萄牙奖——奖励葡萄牙语文

---

① 布拉格语言学小组，又称捷克结构主义，是 20 世纪结构主义语言学发展史中的一个重要学派。活动中心是布拉格语言学会，其成立于 1926 年 10 月。

② 转引自论文集《翻译技巧》(1969 年俄文版)，苏联作家出版社，1970 年，第 416 页。

③ 克列曼塞维奇：《翻译的语言学问题》，Wroclaw，1957 年，第 514 页。

学作品的优秀译作，歌德故居笔会翻译奖——奖励德国文学作品的优秀译作，海岛和大陆翻译奖——奖励外国诗歌的优秀译作，等等。更有意义的是，1975 年阿肯色大学设立了文学翻译硕士学位。1973 年，一个旨在提高美国文学翻译艺术并代表文学翻译工作者需要的中央组织——哥伦比亚大学翻译中心还创办了一份专门探讨文学翻译技巧的杂志——《翻译》(Translation)。1978 年，美国文学翻译工作者协会(American Literary Translators Association，ALTA)成立。同年，得克萨斯大学翻译中心和美国文学翻译工作者协会的会刊《翻译评论》(Translation Review)创刊，成为美国国内和国际上讨论有关文学翻译问题的期刊。这一切说明，文学翻译在美国，无论在社会上还是在学术界，正在取得具有独立意义的重要地位。

英国的情形与美国也相仿。1963 年英国首次颁发约翰·弗洛里奥翻译奖，将其授予一位 20 世纪意大利文学作品的英译译者。翌年，又建立司各脱-蒙克利夫翻译奖，每年授予前一年出版的 20 世纪法国优秀文艺作品的作者。此外还有施莱格尔-蒂克翻译奖，每年一次授予在英国出版的、具有文学价值并受到广大读者欢迎的优秀译本的译者。

与语言学派一样，西方译学界的文艺学派理论的发展其实也是从 20 世纪后半叶才开始的。在此之前，西方的译学研究有一种实用主义的倾向，它对专业文献(技术、科学、商业等)的翻译甚至口译，似乎倾注了更多的关注，而对文艺翻译的重视远不如苏联、中国，甚至一些东欧国家。1957 年英国翻译理论家西奥多·萨沃里(Theodore Savory，1896—?)的《翻译的艺术》(The Art of Translation)一书出版，书中提出了 12 条(实际上是 6 组相互矛盾的)原则，即：(1)翻译必须译出原作的文字；(2)翻译必须译出原作的意思；(3)译作必须译得读起来像原作；(4)译作必须译得读起来像译作；(5)译作必须反映原作的风格；(6)译作必须反映译者的风格；(7)译作必须译得像原作同时代的作品一样；(8)译作应该译成与译者同时代的作品一样；(9)翻译可以对原作进行增减；(10)翻译不可以对原作进行增减；(11)诗必须译成散文；(12)诗必须译成诗。这些原则与文学翻译有直接的关系。事实上，这本书还专门讨论了古典文学和诗歌的翻译问题。这本书后来在西方再版，影响很大。因此，从一定意义上说，这本书可以视作当代西方译学研究者开始重视文学翻译理论问题的先兆。从确切的理论意义上而言，西方文学翻译的理论研究却是始于一篇语言学派的论文——雅科布逊的《论翻译的语言问题》(On Linguistic Aspects of Translation)[1]。这篇文章首先是由于其对翻译进行了独具创见的分类而在国际译学界备受瞩目。[2] 但是对文学翻译研究产生直接影响的却是雅氏对那句著名的意大利谚语"Traduttore, traditore"(翻译即叛逆)的分析，以及就此提出的疑问。雅科布逊指出，如果把这条意大利语的传统公式译成英语"The translator is a betrayer"，"那我们就丧失了这句押韵的意大利谚语的全部双关价值。因此，从认识的观点出发，我们不得不把这句格言变

---

[1]　Rainer Schulte, John Biguenet (eds.). Theories of Translation. Chicago：The University of Chicago Press，1992：144-151.

[2]　雅氏把翻译分为三类：语内翻译(intralingual translation)，语际翻译(interlingual translation)和符际翻译(intersemiotic translation)。这种分法几乎囊括了各种可能的翻译形式，所以受到学术界广泛称道。

成更加直截了当的话，并回答这两个问题：翻译者翻译的是什么信息？叛逆者背叛的又是什么？"①这两个问题在某种意义上可视作当代西方文学翻译研究的起点。

20 世纪 70 年代是当代西方文学翻译研究取得突破性进展的时期。这一时期的著作我们比较熟悉的是当代英国比较文学家、翻译理论家乔治·斯坦纳的专著《通天塔之后——文学翻译理论研究》(*After Babel：Aspects of Language and Translation*)。这本书的引人注目之处是提出了"理解也是翻译"的观点。作者斯坦纳说："每当我们读或听一段过去的话，无论是《圣经》里的'列维传'，还是去年出版的畅销书，我们都是在进行翻译。读者、演员、编辑都是过去的语言的翻译者。"斯坦纳还进一步指出，文学作品具有多方面的联系，如莎士比亚的作品，与莎士比亚以前的任何作品以及与莎士比亚同时代的任何作品都有联系，伊丽莎白时代的文化和欧洲文化的任何方面都为莎士比亚作品中的一段话提供了一定的背景。所以，文学翻译要做到"透彻的理解"，"从理论上说是没有止境的"。但是这番话并不意味着斯坦纳对文学翻译持悲观论点，恰恰相反，他认为，"反对可译性的论点所依据的往往不过是一种片面的、只看一时而缺乏远见的见解"。他说："如果因为并不是什么都可以翻译，也不可能做到尽善尽美，就否认翻译是可行的，那就太荒谬了。从事翻译的人们认为，需要弄清楚的是在每一种具体情况下究竟应该忠实到什么程度，不同种类的翻译之间在忠实方面容许有多大的差别。"斯坦纳高度评价了翻译的功绩，他说："文学艺术的存在，一个社会的历史真实感，有赖于没完没了的同一语言内部的翻译，尽管我们往往并未意识到我们是在进行翻译。我们之所以能够保持我们的文明，就因为我们学会了翻译过去的东西。"②斯坦纳的观点拓宽了翻译研究的思路。

同时，在当代西方译学界实际上还活跃着另一批学者，他们竭力想打破文学翻译研究中业已存在的禁锢，试图以有别于大多数传统的文学翻译研究的方法，探索在综合理论(comprehensive theory)和不断发展的对翻译实践研究的基础上，建立文学翻译研究的新模式。他们的研究存在着的许多相同点，这些相同点可以简单地归结为如下这几个方面：他们把文学理解为一个综合体，一个动态的体系；他们认为，翻译研究的理论模式与具体的翻译研究应相互借鉴；他们对文学翻译的研究都属于描述性的，重点放在翻译的结果、功能和体系上；他们都对制约和决定翻译成果和翻译接受的因素、对翻译与各种译本类型之间的关系、翻译在特定民族或国别文学内的地位和作用，以及翻译对民族文学间的相互影响所起的作用感兴趣。其中，以伊塔玛·埃文-佐哈尔(Itamar Even-Zohar)所提出的多元系统论(The Polysystem Theory)对上述这批文学翻译的探索者产生的影响为最大。

多元系统论认为，文学是一个由许多不同的"层面"(layer)和许多"小块"(subdivision)组成的体系，在这个体系里有许许多多不断争着成为主导这些"层面"和"小

① Rainer Schulte, John Biguenet (eds.). Theories of Translation. Chicago：The University of Chicago Press，1992：151.

② George Steiner：After Babel：Aspects of Language and Translation. Oxford：Oxford University Press，1975. 本书原名《通天塔之后——语言与翻译面面观》，中译本(节译)易名为《通天塔——文学翻译理论研究》，突出其对文学翻译理论的研究，庄绎传编译，中国对外翻译出版公司，1987 年。引文见中译本第 22 页、第 8 页。

块"的因素,文学翻译就是这许多因素中的一个。在某种特定的文学里,文学翻译在某个特定的阶段有可能构成一个相对独立的、具有自己特点的"小块",并且还能在不同程度融入译入语国文学中去。在这种文学里,它可能是构成该文学中处于核心地位的主流文学的一部分,也可能是仅仅处于边缘状态的一种文学现象;它可能被用作向译入语国文学中占主导地位的诗学理论发起挑战的武器,也可能是维护和支持这种诗学理论的有力依据。然而,不管怎样,从译入语国文学的立场来看,所有的文学翻译都是源语国文学为了某种目的而对译入语国文学的一种"操控"(manipulation)。

多元系统论提出了一系列在原先文学翻译研究者看来似乎无关紧要的问题,诸如为什么一些文化被翻译得多而另一些文化却被翻译得少,哪些类型的作品会被翻译,这些作品在译入语体系中占何地位,在源语体系中又占何地位,两相比较又有何差别,我们对特定时期翻译的惯例和习俗了解多少,我们如何评价作为一种创新力量的翻译,等等。这些问题表明,埃文-佐哈尔已经不再把翻译看作一种"次要的"(secondary)、"边缘的"(marginal)行为,而是文学史上一种基本形成力量。多元系统论致力于探索对翻译文学进行系统研究的合适的框架,同时也努力揭示文学翻译的模式。但它无意对文学翻译作任何价值判断或作任何"指导",而是把翻译的结果视作一种既成事实并作为其研究的对象,探寻决定和影响翻译文本的各种因素。

除了埃文-佐哈尔的多元系统论外,吉迪恩·图里(Gideon Toury)的论文集《翻译理论探索》(*In Search of a Theory of Translation*)一书在这批学者中间,甚至在整个西方学术界影响也很大。这本书收集了图里于1975—1990年间所写的论文十一篇,其中有对翻译符号学的研究,有对翻译标准的研究,也有对描述性翻译(descriptive translation)的研究和对具体翻译个案的研究。作者的整个指导思想是,迄今为止我们对翻译问题的研究过多地局限在关于可译性、不可译性等问题的讨论上,而较少关注,甚至忽视对译文文本(translated text)本身、对译入语的语言、文学、文化环境给翻译造成的影响等问题的研究,因此他把注意力集中在翻译的结果(product),而不是翻译的过程(process)上。图里认为,翻译更主要的是一种受历史制约的、面向译入语的活动,而不是纯粹的语言转换。因此,他对仅仅依据原文而完全不考虑译入语因素(与源语民族或国家完全不同的诗学理论、语言习惯等)的传统翻译研究提出了批评。他认为,研究者进行翻译分析时应该注意译入语一方的参数(parameters),如语言、文化、时期等,这样才能搞清究竟是哪些因素,并在多大程度上影响了翻译的结果。图里还进一步提出,研究者不必为翻译在(以源语为依据的)"等值"和(以目的语为依据的)"接受"这两极之间何去何从而徒费心思。在图里看来,翻译的质量与特定文学和特定文本的不同特点的翻译规范有关。他把翻译规范分为三种:预备规范、初始规范和操作规范。所谓预备规范(preliminary norms)指的是对原文版本、译文文体、风格等的选择,初始规范(initial norms)指的是译者对"等值""读者的可接受性""两者的折中"所作的选择,所谓操作规范(operational norms)则指的是反映在翻译文体中的实际选择。图里认为,译者的责任就是要善于发现适宜的翻译规范。对图里的"翻译规范"人们也许并不完全赞同,但是他的探索给人们提供了进行翻译研究的崭新视角,这一点是显而易见的。

颇具新意的还有美籍比利时比较文学家兼翻译理论家安德烈·勒菲弗尔（Andre Lefevere）所提出的折射理论。勒菲弗尔认为，"对大多数人而言，讨论中的古典作品无论从哪个角度看都是它本身的折射，或者更确切地说，是一系列的折射。从中小学校使用的选集里的漫画或大学里使用的文集，到电影、电视连续剧……到文学史上的情节总结，到评论文章……我们对古典作品的感受就是由一系列我们已经熟悉的折射累加在一起组成的"。而翻译，勒菲弗尔认为，也像所有的文学研究，包括文学批评，也是对原作的一种"折射"（refraction）。他分析说，由于文学主体概念的作用，人们习惯于认为"对文本进行的任何形式的篡改，都理所当然地是对原文的亵渎。然而，翻译就是这样一种篡改"。这样，"对文学作品的独特性来说，翻译就代表了一种威胁，而文学批评不会产生这种威胁，因为……批评没有明显地改变原文的物质外形"。勒菲弗尔指出，这其实是一种偏见，因为"如果我们承认翻译和批评的作用都是使某部作品适合另一些读者，或者对读者将某部原作按照包含文学批评和文学翻译的诗学具体化产生影响，那么，批评和翻译之间的差别就微乎其微了"。① 这里，我们不难发现，勒菲弗尔通过折射理论对翻译研究的阐述，实际上为翻译（主要是文学翻译）在文学世界中寻觅到了相对独立的一席之地。

女性主义批评家加入翻译研究后便为当代的翻译研究吹入一股新风。20 世纪 80 年代以来，国际译学界出现了一批从女性主义批评立场研究翻译的学者，其中有的还身兼翻译家。有意思的是，她们首先强调的是译作与原作的地位问题。她们指出，传统的观点把译作与原作视作两极，所谓的"优美的不忠"的说法其内蕴就是原作是阳，译作为阴，阳者是万能的，而阴者则处于从属地位。翻译界流传甚广的说法，即"翻译像女人，忠实的不漂亮，漂亮的不忠实"，不仅包含着对女性的性别歧视，而且也包含着对译作的歧视。

与此同时，在翻译中占据统治地位的男性话语自然也受到了女性主义批评家们的猛烈抨击。有人就抱怨法语语法中阴性阳性规则对女性的歧视，说在法语中，同一个句子的主语，300 名妇女的地位还不及一只猫（当然是一只公猫），因为句子谓语要求与猫保持一致，从而将 300 名妇女置之"猫"后。其实，把阳性作为我们语法的语言常规，把阴性理解为阳性的对立面，这种情况在许多语言中都可以见到。于是一些女性主义批评家便设想建立一种新的女性语言格式，并利用双关、新词和外来语等手段破除人们头脑中的传统语言观念，力图创造一种新的女性语言格局。这样，女性主义者的创作便成了男性译者在翻译时的一大障碍。其实，即使没有这些创新的女性主义话语，男性翻译者也已受到女性作家的强烈挑战，她们会问：一个男性译者能把女性作家在作品中所描写的只有女性才能体会到的独特心理和生理感受翻译出来吗？从某种意义上讲，女性主义批评家的翻译研究已经越出了一般的翻译研究，它涉及的已不是单纯的语言转换问题，而是还有经济问题、社会问题、政治问题等。

当代西方文学翻译研究的进展还有许多方面。由于他们的研究注重翻译的功能和实效，着眼于整体性的思考，诸如共同的规则、读者的期待、时代的语码、文学系统的历时

---

① Susan Bassett. Comparative Literature—A Critical Introduction. Oxford and Cambridge：Blackwell Publishers，1998：147.

和共时的交叉、翻译文学与周边国家文学或非文学体系的相互关系等，所以他们的研究不仅在一定程度上揭开了西方文学翻译研究和文化研究的一个新的层面，而且对当代国际比较文学研究也有相当的影响。

第二节　中国文学翻译的发展脉络及其特点

一、中国翻译史上的几个主要阶段

关于中国翻译史的分期也是众说纷绘，大致有以下几种看法。

郭沫若从翻译对中国语言和文学的影响出发，将 1949 年以前的翻译划分为三个阶段：佛经翻译；《圣经》汉译；近代西方文学作品的翻译。周作人也持相似的看法：六朝至唐的佛经翻译；清末的《圣经》翻译；五四运动以后开始的文学翻译。①

邹振环也持三分法的观点，他按时间序列把中国翻译史划分为民族翻译、佛典翻译和西学翻译三个历史阶段。② 他还把 16 世纪末 17 世纪初持续至今的西学翻译作为一个单元来考察。

王克非把我国的翻译文化史分为四阶段：古代汉唐佛经翻译；中近代明清科技翻译；近代西学翻译（包括由日本转译）；现代全方位外籍翻译。提出四阶段说的还有张景丰：第一次翻译高潮出现在东汉至唐宋时期，第二次翻译高潮在明清两代，第三次翻译高潮是鸦片战争至五四运动后，第四次翻译高潮在改革开放至今。

马祖毅在《中国翻译史》中提出中国翻译史上有四大翻译高潮：东汉至唐宋的佛经翻译；明末清初的西学翻译；鸦片战争至五四运动的西学翻译；改革开放后八九十年代的翻译。③

各种历史分期都有其各自不同的立场，也不可能有一个为所有人所认同的划分标准。尽管历史分期的方法有各种弊端，但所有的翻译活动都离不开其产生的历史背景。我国的佛经翻译从西汉末年一直持续到宋朝末年，直译与意译一直是翻译理论的主要话题。我国的文学翻译始于 19 世纪 70 年代，近百年来始终围绕着严复"信、达、雅"的翻译标准。我国的非文学翻译出现得比西方晚，自 20 世纪 80 年代末以来，才逐渐真正成为翻译的主流。④

二、中国古代文学翻译

中国的翻译历史源远流长，最早可以追溯到周朝。《礼记·王制》中曾写到："五方之民，言语不通，嗜欲不同。达其志，通其欲，东方曰寄，南方曰象，西方曰狄，北方曰

---

① 陈福康：《中国译学理论史稿》，上海外语教育出版社，2000 年，第 401 页。

② 邹振环：《影响中国近代社会的一百种译作》，中国对外翻译出版公司，1996 年，第 v 页。

③ 马祖毅：《中国翻译通史》，湖北教育出版社，2006 年。

④ 谢天振等：《中西翻译简史》，外语教学与研究出版社，2022 年，第 33-34 页。

译。"《周礼·秋官·序官》中有言："译即易，谓换易言语使相解也。"《说文》将"译"解释为"传达四夷之言"。可见，早在公元前好几百年，中国不仅有专门负责翻译活动的管理人员，而且还有能担当翻译任务的专职人员。当然，当时的翻译多限于人员(或民族)之间的交往，形式也以口译为主。

与西方别无二致，中国大规模的翻译活动最初也与宗教文献的传播联系在一起，不过这宗教文献不是《圣经》，而是佛经。据有关资料表明，佛经于公元前2年(汉哀帝元寿元年)已传入中国①，因此在1世纪中国已经有了佛教典籍。至于佛经翻译开始的确切时期，有人认为佛经翻译在1世纪时就已开始，但更多的学者，如梁启超、胡适却倾向于认为始于2世纪。"现在藏中佛经，号称最初译出者，为《四十二章经》，然此经纯为晋人伪作，兹不足信。故论译业者，当以后汉桓灵时代托始，东晋、南北朝、隋、唐称极盛。宋元虽稍有赓续，但微末不足道矣。"②马祖毅的《中国翻译简史》显然也接受这一说法："我国的佛经翻译，从东汉桓常末年安世高译经开始，魏晋南北朝时有了进一步的发展，到唐代臻于极盛，北宋时已经式微，元以后则是尾声了。"③

早期的佛经翻译家在翻译方法上大多取直译法。公元2世纪时，安息国太子安世高于东汉桓帝建和二年(148年)来到中国，在洛阳翻译佛经，译出佛经文95部，秉承"义理明析，文字允正，辨而不华，质而不野"的翻译原则。3世纪的佛经翻译家主要有支谦、康僧会④、竺法护⑤、维祗难⑥、竺将炎⑦等人。在翻译风格上，支谦讲究"文丽简略"；竺法护倾向于"质朴"，译文"依慧不文，朴质近本"；维祗难、竺将炎则明确主张"佛言依其义，不用饰，取其法，不以严。其传经者，令易晓，勿失厥义，是则为善"，并借用老子的话"美言不信，信言不美"，进一步强调"今传梵义，实宜经达"。

---

①　《裴松之注三国志》所引资料记载："昔汉哀帝元寿元年，博士弟子景庐受大月氏王使伊存口授《浮屠经》。"

②　梁启超：《翻译文学与佛典》，载罗新璋、陈应年编《翻译论集》(修订本)，商务印书馆，2021年，第95页。

③　马祖毅：《中国翻译简史》，中国对外翻译出版公司，1984年，第14页。

④　康僧会，三国时期僧人，西域康居国大丞相有一个大儿子，单名叫会。他不恋富贵，看破红尘，立志出家当和尚，人称"康僧会"，康僧会秉承佛旨，来到中华弘传佛法，广结善缘。他不仅精通佛典，而且"天文图纬，多所贯涉"。

⑤　竺法护，又称昙摩罗刹，八岁出家，拜印度高僧为师，随师姓"竺"，具有过目不忘的能力，读经能日诵万言。大乘佛教最重要的经典《法华经》，即竺法护以《正法华经》为题译出，而流布于世。罗什以前，到中国的译经师虽然很多，但以译经部数来看，竺法护的成绩最为可观。

⑥　三国吴时僧，天竺人。世奉异道，以火祀为上。后皈依佛教，出家为僧。孙权黄武三年，至武昌。译《昙钵偈经》，以不善汉语，辞近朴质，颇有不尽。

⑦　竺将炎，三国时代译经僧，印度人，又称竺律炎、竺持炎。知解与修行皆具清净严谨，博通内外学。吴黄武三年(224年)，与维祗难来到武昌，应吴人之请，共同译出所携来之法句经二卷，其时，以二师不擅于汉语，故译笔朴质，义理多有不尽之处。维祗难示寂后，于黄龙二年(230年)与支谦合译《摩登伽经》三卷，与支越合译《佛医经》一卷，又自译《三魔竭经》《梵志经》各一卷。其中，《梵志经》今已不传。生卒年与世寿皆不详。

公元 4 世纪至公元 7 世纪初是中国佛经翻译的第二阶段。这阶段的代表人物有释道安、鸠摩罗什、昙无谶①、真谛、彦琮等。释道安（314—385）所写的《摩诃钵罗若波罗蜜经钞·序》被钱锺书称为"吾国翻译术开宗明义，首推此篇"。在这篇序文中，道安提出了在中国翻译史上影响深远的"五失本""三不易"说。所谓"五失本"，也就是提出了五种会使译文偏离原文的情况，具体有让译者按译入语语法组织句子，为迎合读者需要，对译文进行文饰、删削等②；"三不易"则提出了翻译的三大困难，如因时代差异，要使古俗能适应今时，把古代圣贤的深奥道理传达给后世的浅识者，让后世的平凡之人去翻译当年佛的弟子都感到为难的佛经等③。道安是直译派，自称"崇本而传，不令有损言游字；时改倒句，余尽实录也"④。鸠摩罗什的翻译在中国文学史上的影响很大，这不仅是因为他的译文"文约而诣，旨婉而彰"，更因为他翻译的一些作品，如《金刚经》《法华经》《维摩诘经》等经文，本身就是极富文学意味的文学作品，包含着许多曲折有趣的故事和栩栩如生的人物形象。这些作品经过鸠摩罗什的翻译，在中国广为流传，文人墨客在自己的作品中常常引用其中典故，各地寺庙常借用其中的故事作壁画，说唱艺人把其中的许多故事改编演唱。后来，《维摩诘经》被人改成唱文，成为中国有名的故事诗。⑤

公元 7 世纪至 10 世纪是佛经翻译的第三阶段，也是全盛阶段。中国古代最伟大的佛经翻译家玄奘就出生在这一时期。玄奘（600—664）共译经论 75 部、1335 卷，此卷数比鸠摩罗什、真谛、不空⑥三位大译师所译卷数的总和还要多 600 余卷。但玄奘的贡献不光在翻译的数量上，更重要的是他于直译、意译之外，又开创了一种新的译法——"新译"。玄奘之前的翻译，如同其同时代人道宣所言："自前代以来，所译经教，初从梵语，倒写本文；次乃回之，顺同此俗。然后笔人观理文句，中间增损，多坠全言。"而玄奘的翻译实际上是直译与意译的调和，"多用直译，善参意译"。他的译文，"比较起鸠摩罗什那样

---

① 昙无谶（音谈摩衬，意译法护），中印度人，婆罗门种出身，佛教著名译经师。

② "五失本"原文是："译胡为秦，有五失本也。一者，胡语尽倒，而使从秦，一失本也。二者，胡经尚质，秦人好文，传可众心，非文不可，斯二失本也。三者，胡经委悉，至于叹咏，叮咛反覆，或三或四，不嫌其烦，而今裁斥，三失本也。四者，胡有义说，正似乱辞，寻说向语，文无以异，或千、五百，刈而不存，四失本也。五者，事已全成，将更傍及，反腾前辞，已乃后说，而悉除此，五失本也。"（罗新璋、陈应年编：《翻译论集》（修订本），商务印书馆，2021 年，第 25 页。）

③ "三不易"原文是："然《般若经》，三达之心，覆面所演，圣必因时，时俗有易，而删雅古，以适今时，一不易也。愚智天隔，圣人叵阶，乃欲以千岁之上微言，传使合百王之下末俗，二不易也。阿难出经，去佛未久，尊者大迦叶令五百六通，迭察迭书；今离千年，而以近意量裁，彼阿罗汉乃兢兢若此，此生死人而平平若此，岂将不知法者勇乎？斯三不易也。"（罗新璋、陈应年编：《翻译论集》（修订本），商务印书馆，2021 年，第 25-26 页。）

④ 道安："鞞婆沙序。"（罗新璋、陈应年编：《翻译论集》（修订本），商务印书馆，2021 年，第 26 页。）

⑤ 胡适：《白话文学史》，岳麓书社，1986 年，第 173 页。

⑥ 不空（Amoghavajra）（705—774），音译为阿目佉跋折罗，意译为不空金刚，又名不空三藏法师，不空大师，或称不空智，唐玄宗赐号"大唐智藏"，封特进试鸿胪卿。寂灭后，被赠肃国公、司空，成为"冠绝千古，首出僧伦"的一代戒师、密教二祖，密宗祖师、开元三大士之一。

修饰自由的文体来觉得太质"，"比较法护、义净①所译那样朴拙的作品又觉得很文"，"较之罗什的只存大意可说是直译，但比较义净那样佶屈聱牙倒又近乎意译"。

至明朝末年，耶稣会会士罗明坚(M. Ruggieri)、利玛窦(M. Ricci)、汤若望 (J. A. Schall von Bell)、罗雅谷(G. Rho)、南怀仁(F. Verbiest)等先后来华，与一批开明的士大夫徐光启、李之藻、王徵、李经天等合作，掀起了一阵小小的翻译热潮。但这次翻译热潮翻译的多是西方自然科学典籍，另外就是经院哲学、神学著作以及《圣经》等宗教书籍，文学作品的翻译较少，仅勉强可举出天启五年(1625 年)在西安刊行的《况义》。《况义》其实就是《伊索寓言》的选译本。

1840 年鸦片战争的炮声令一批开明的政治家和知识分子认识到不足和向西方学习的必要，于是不仅自己动手翻译，还组织人员翻译各种西方书籍，翻译之风由此大盛。"京师有同文馆，江南有制造局，广州有医士所译各书，登州有文会馆所译学堂使用各书，上海益智书会又译印各种国说。"②此外，还有"算学、地学、化学、兵学、法学"等，不一而足。唯文学翻译依然很少，据《20 世纪中国小说史》(第一卷)统计，1840—1899 年发表(出版)的域外小说译作，目前能找到的只有《意拾喻言》(即《伊索寓言》，1840 年刊行)、《谈瀛小录》(即斯威夫特的《格列佛游记》，刊 1872 年)等 7 篇(部)。③

三、中国近代文学翻译的发展脉络及其特点

(一)萌芽期(1870—1894)

中国近代翻译文学当始于 19 世纪 70 年代，翻译诗歌以 1871 年(同治十年)王韬与张芝轩合译的《普法战纪》中的法国国歌(《马赛曲》，*La Marseillaise*)和德国的《祖国歌》为代表；在此之前，即 1869 年 9 月 23 日(同治八年八月十八日)，张德彝曾在英文和法文报纸上译过"安南著名大夫诗"一首，译文为杂言体古诗。但此译诗载于张德彝日记体的《欧美环游记》稿本，世人未见。直至 1985 年由钟叔河编入《走向世界丛书》，方才面世，自然该诗在近代也就谈不到什么影响，也不能视为近代早期译诗的代表作。1872 年，《申报》上刊登了《谈瀛小录》，即乔纳森·斯威夫特(Jonathan Swift)的《格列佛游记》(*Gulliver's Travels*)中的"小人国"部分和《一睡七十年》④，即美国华盛顿·欧文(Washington Irving)的短篇小说《瑞普·凡·温克尔》(*Rip Van Winkle*)。这两篇外国文学作品均系不完整的片段(节译)，字数不多，前者五千字，后者千余字，而且也没有译者的署名，国籍不明，

---

①　唐代译经僧人。自圣历二年(699)迄景云二年(711)，历时 12 年，译出 56 部，共 230 卷，其中以律部典籍居多，与鸠摩罗什、真谛、玄奘共称四大译经家。师于译述之余，亦常以律范教授后学，盛传京洛。著有《南海寄归内法传》四卷、《大唐西域求法高僧传》二卷，并首传印度拼音之法。著作中备载印度诸国僧人之生活、风俗、习惯等，是了解当时印度之重要资料。

②　叶潮：《论译书之弊》，载马祖毅《中国翻译简史》，中国对外翻译出版公司，2004 年，第 246 页。

③　陈平原：《20 世纪中国小说史》(第一卷)，北京大学出版社，1989 年，第 24 页。

④　两文分别刊于《申报》1872 年 4 月 15 日至 18 日、1872 年 4 月 22 日。

因此都不能作为翻译小说的代表。

近代第一部翻译小说是《昕夕闲谈》。这部英国长篇小说刊于近代第一个文艺杂志《瀛寰琐记》第 3 卷至第 28 卷。原署蠡勺居士①，1904 年文宝书局重订印单行本时，又署藜床卧读生②。此处蠡勺居士、藜床卧读生均系别号，不是真名。这是翻译初期普遍的现象，林纾与王寿昌合译的《巴黎茶花女遗事》，就署冷红生笔述、晓斋主人口译。之所以如此，主要原因还是译者思想深处对翻译的轻视。所谓"盖不欲人知其姓名，而托为别号以掩真"③。

萌芽期的文学翻译有如下三个特点：一是译作大多不标明原作者。二是小说译文多是节译，连李提摩太译的《百年一觉》也是节译。原书有 16 万字④，李译不到三分之一。三是诗歌译文多散见于其他译著中，除《天方诗经》外，多数还未以独立的单篇形式出现。

（二）发展期（1895—1906）

甲午战争结束后，为了推进维新运动的发展，资产阶级维新派的领袖们更加注意全面学习西方。1897 年，梁启超在《论译书》中说："处今日之天下，则必以译书为强国第一义。"⑤同年，康有为刊行《日本书目志》，其"小说门"收日本小说（包括笔记）1058 种，并附"识语"云："亟宜译小说而讲通之。泰西尤隆小说学哉！"⑥也是这一年，严复、夏曾佑又发表《本馆附印说部缘起》，说"且闻欧、美、东瀛，其开化之时，往往得小说之助"，极力鼓吹西方小说的社会作用，并拟"不惮辛勤，广为采辑，附纸分送，或译诸大瀛之外，或扶其孤本之微"⑦。次年（1898）梁启超又撰《译印政治小说序》，明确提出"特采外国名儒撰述，而有关切于中国时局者，次第译之"⑧。维新派领袖人物的这些理论倡导，不可能不对文学翻译产生影响。事实证明，甲午战争之后，特别是进入 20 世纪后，文学翻译作品逐渐增多，而且呈直线上升的趋势。

---

① 据郭长海考证，首译者蠡勺居士系蒋子让。此人生平不详，只知做过县令，从他所写的文章《长崎岛游记》《记英国他咚轮船颠末》看，他去过日本，还有可能到过英国。他通英文，第一个翻译外国小说。从他写的《昕夕闲谈·小序》中可以看出，此人的文学观念比较新。在 19 世纪 70 年代初，实在是一位有识之士。

② 关于藜床卧读生，阿英《晚清戏曲小说目》载："《昕夕闲谈》光绪三十年（1904）藜床卧读生重译本，文宝书局刊，二册。"据郭长海考证，此人是管斯骏，名秋初，江苏吴江人，别署平江藜床卧读生、藜床旧主，在上海颇有文名，与著名人士王韬为知交，又与《青楼梦》的作者俞达有交往。著有《绘图上海杂记》、短篇小说集《钗光剑影》等。以上两条考证，均见郭长海：《蠡勺居士和卧读生》，载《明清小说研究》1992 年第 3、4 期合刊。

③ 黄黻臣语，转引自曾宪辉：《林纾》，福建人民出版社，1993 年，第 64 页。

④ 统计自林天斗、张自谋译《回顾》（"Looking Backward 2000-1887"的另一译名），商务印书馆，1984 年。

⑤ 梁启超：《变法通议》，载《饮冰室合集》，中华书局 1989 年影印本，第 1 册，第 66 页。

⑥ 康有为：《康有为全集》（三），上海古籍出版社，1992 年版，第 1213 页。

⑦ 阿英编：《晚清文学丛钞：小说戏曲研究卷》，中华书局，1960 年，第 12 页。

⑧ 阿英编：《晚清文学丛钞：小说戏曲研究卷》，中华书局，1960 年，第 14 页。

翻译文学步入发展期后，在各类文学体裁中，以小说翻译活动最为活跃，不仅数量多，而且类型齐全，在整个翻译文学中占压倒一切的绝对优势。据日本学者樽本照雄的统计材料显示：自 1895 年至 1906 年，出现翻译小说 516 种（部或篇），各种类型的外国小说均被介绍进来。在这时期的翻译家中，最著名的自然是林纾。他虽然不懂外文，但靠着他人的口述与他那支擅长于叙事抒情的生花妙笔，首译法国小仲马（Alexandre Dumas Fils，1824—1895）的《巴黎茶花女遗事》，即受到广大读者的欢迎，译本一问世，"一时纸贵洛阳，风行海内"，"不胫走万本"。

该时期的翻译文学大体有如下几个特点。

1. 翻译小说类型比较完备 ①

19 世纪末翻译小说的几种主要类型虽均已齐备，但数量很少，作品总数不超过十种。20 世纪初，这几种类型的翻译小说数量逐渐增多。较著名的政治小说有日本矢野文雄的《经国美谈》、末广铁肠的《雪中梅》，科幻小说有法国儒勒·凡尔纳（Jules Gabriel Verne）的《海底旅行》《月界旅行》《地底旅行》《环游月球》和日本押川春浪的《空中飞艇》等。侦探小说数量更多，如柯南·道尔（Arthur Conan Doyle）的《福尔摩斯探案集》（The Adventures of Sherlock Holmes）、英国阿瑟·毛利森（Arthur Morrison，1863—1945）的《马丁休脱侦探案》、爱伦·坡（E. Allan Poe，1809—1849）的《玉虫缘》（The Gold Bug，今译《金甲虫》）、英国葛威廉（William Tufnell Le Queux，1864—1927）的《三玻璃眼》（The Three Glass Eyes）等，译作之多，不胜枚举。此外，教育小说（如日本山上上泉的《苦学生》）、冒险小说（如美国诺阿布罗克士的《旧金山》）、法律小说（如法国佚名的《宜春苑》）、爱情小说（如任墨缘译的《情海劫》）、历史小说（如陆龙翔译的《瑞西独立警史》），几乎无所不有。这说明，至该时期下限的 1906 年，各种类型的翻译小说大体齐备，据统计，其数量已超过 500 种，在诸类体裁的文学翻译作品中独占鳌头。

2. 翻译目的在于输入文明或借鉴其思想意义，文学意识薄弱

在近代文学翻译的第二阶段，固然也翻译了部分世界名著，如美国斯托夫人（Harriet Elizabeth Beecher Stowe）的《黑奴吁天录》（Uncle Tom's Cabin，今译《汤姆叔叔的小屋》）、英国笛福的《鲁滨孙漂流记》、司各特（Sir Walter Scott）的《撒克逊劫后英雄略》（Ivanhoe，即《艾凡赫》）、斯威夫特的《海外轩渠录》（即《格列佛游记》）、美国马克·吐温（Mark Twain，1835—1910）的《俄皇独语》（The Czar's Soliloquy）和《山家奇遇》等。但总体来看，名著占不到翻译小说的 10%，而 90% 以上的译作是属于二三流乃至三四流作家的作品。当时译书的目的主要在于输入文明而不是考虑其文学价值，或主要在于借鉴其思想意义，如陆龙翔翻译的《瑞西独立警史》（1903）、江东老钝译英国勃来姆的《一束缘》（1904），均是为了唤醒沉睡中的国人，使其感动奋发，投袂而起，以西方少年豪杰和巾帼英雄为榜样，振兴国势，再造中华。因此，译者对于底本的选择则不太考虑作家作品在文学史上的地位。此外，当时的翻译家，对外国作家作品也不太熟悉，缺乏批评鉴赏能力，在选择译本时往往就耳闻所及取材，以致将大量二三流、三四流作家作品翻译过来。

---

① 郭延礼：《中国近代翻译文学概论》，湖北教育出版社，1998 年，第 31-42 页。

3. 以意译和译述为主要翻译方式

这一时期的翻译家不论是懂外文的周桂笙、陈鸿璧、戢翼翚，抑或是不懂外文的林纾、梁启超、包天笑，他们所采取的翻译方式基本上是译述或意译（也并非严格意义上的"意译"），误译、删节、改译、增添之处时见，主要表现有四：

一是所谓"豪杰译"。为了思想启蒙和政治宣传的需要，译者把作品中的主题、结构、人物都进行一番改造，这样的译作虽不能说面目全非，但肯定大异其貌。比如法国通俗小说家儒勒·凡尔纳的小说《十五小豪杰》（原名《两年假期》，*Two Years' Holiday*），英国人由法文译成英文时，在英译自序中云："用英人体裁，译意不译词，惟自信于原文无毫厘之误。"日本人森田思轩由英文译为日文时又说："易以日本格调，然丝毫不失原意。"梁启超再由日文译成中文时则又谓："今吾此译，又纯以中国说部体段代之，然自信不负森田。果尔，则此编虽令焦士威尔奴（即儒勒·凡尔纳不准确之音译）复读之，当不谓其唐突西子耶。"[1]其实，凡尔纳这部经过多次"豪杰译"的小说，作品中的"小豪杰"也就变成译者各自心目中礼赞的"小英雄"了。

二是任意删节、改译。译者为了适应中国人的欣赏习惯和审美情趣，大段大段地将作品中的自然环境描写、人物心理描写删掉，所译只是作品的故事情节，这种情况，在该时期的翻译作品中相当普遍。以《绣像小说》为例，该刊刊登长篇翻译小说 11 种，几乎无一例外地将作品开头的背景、自然环境描写删掉，而代之以"话说""却说"，随之即进入故事情节的描写，即使有环境描写也不是照译，而多是中国化的陈词滥调。

三是译者根据自己对作品的理解，随便增添为原文所无的文字。一位笔名为"铁"的评论家就说："愚以为译者宜参以己见，当笔则笔，当削则削耳。"[2]也有的出于手痒难忍，如钱锺书所指出的林纾的翻译就喜欢"加油加酱"，还有一些译者随意"想当然"地增添。比如周桂笙译的《毒蛇圈》（*Margot la Balafrée*）（法国鲍福著）第九回写铁福瑞外出赴宴，深夜未归，女儿思念他的一段描写，本为原著所无，但吴趼人考虑到既然父亲在外未归时牵念女儿，"如此之殷且挚，此外若不略写妙儿之思念父亲，则以慈、孝两字相衡，未免似有缺点。……特商于译者（周桂笙），插入此段。原著虽缺此点，而在妙儿当夜，吾知其断不缺此思想也。故虽杜撰，亦非蛇足。"（吴趼人的评论）这种想当然的随意添增是不忠实原著的，也是不可取的。由此可见当时的译者、评论者对翻译的错误认识。此外，译者有时还受中国话本"说话人"的影响，经常在翻译作品中发表评论。还是以周桂笙的这部译作《毒蛇圈》为例，小说中的主人公铁福瑞在宴会上遇到一位晚辈白路义，此人非常有礼貌，且十分聪慧、厚道。译者在小说中议论道：

> 那福瑞是个法国人，未曾读过中国书，要是他读了中国书，他此时一定要掉文，引着孔夫子的两句话说道："后生可畏，焉知来者之不如今也。"闲话少提，且说白路

① 梁启超：《十五小豪杰》第一回附言，见《饮冰室合集·专集第九十四》，中华书局，1989 年影印本。

② 《铁瓮烬余》，载阿英编《晚清文学丛钞：小说戏曲研究卷》，中华书局，1960 年，第 428 页。

义……

这不必要的增添实在是受中国传统全知全能的"说话人"（作家）的影响太深了的缘故。

四是将作品中的人名、地名、称谓乃至典故均改译成中国式。徐卓呆①翻译德国苏虎克（Heinpich Zschokke）的《大除夕》时在《译者小引》中云："固有名词，恐甚难记忆，故悉改为我国风，以便妇孺易知。"在这种错误认识的指导下，于是把小说《大除夕》中的男女主人公 Philipp 和 Roschen 分别译为吉尔和花姐，并约定二人在龙泉寺相会。其他人物，什么户部大臣袁松、礼部大臣邓薇，一望而知，都是中国化的。而对于照原文对人名进行音译的侦探小说《四名案》（嵇长康、吴梦罴合译），有的评论家反倒认为书中"人名多至五六字，易启阅者之厌，苟易以中国体例，当更增趣味不少"②。这种见解并非仅限于寅半生、徐卓呆等少数几人，而是当时不少翻译家的共识。吴趼人在翻译日本小说时就曾说过："原书人名地名，皆以和文谐西音，经译者一律改过。凡人名皆改为中国习见之人名字眼，地名皆借用中国地名，俾读者可省脑力，而免艰于记忆之苦。"③

还有小说中的称谓也明显地中国化了。陈景韩翻译莫泊桑（Maupassant）的《义勇军》，小说的女主人公、法国少妇玲多娘竟对交战中的普鲁士兵自称为妾。"少妇指大桌子之两侧交并之木椅，语普兵云：'请少坐，妾为汝等烧肉汁，医汝等饥饿。'""妾"这种带有自卑自贱意味的女子称谓在欧美并不存在。这样的"翻译"如何能保持原著的风格和神韵呢？正如陈蝶仙所云："人但知翻译之小说，为欧美名家所著，而不知其全书之中，除事实外，尽为中国小说家之文字也。"④

4. 因袭中国传统小说的程式和故套

这时期的译者，考虑到中国人的欣赏习惯和审美情趣，有意将外国小说译为传统的章回体，其审美取向也还是梁启超在"诗界革命"中所提出的"以旧风格含新意境"。这里以该时期刊登翻译小说有代表性的期刊《新小说》《新新小说》《绣像小说》为例，这三种期刊共刊登长篇翻译小说 22 种，其中采用章回体翻译的就有 13 种，占全部刊译长篇小说的60%。这些翻译小说都分章标回，有对仗的回目（亦有不对仗者），并有"话说""且说""下回分解"等老套。这种仿章回体的翻译体例只是为了迎合读者的欣赏习惯，与原作的结构体制面貌完全不一样。比如卢藉东翻译的科幻小说《海底旅行》，全书分为十五回，第一回的回目为："怪妖肆虐苦行舟，勇士披奇泛沧海。"开头即是："话说世界上大洲有六，大洋有五，中有一国，名为奥西多罗……"第一回末："正是：请看举翻凌云士，河（何）似银屏梦里人。未知后事如何，且听下回分解。"商务印书馆译的美国毕拉宓的政治

---

① 徐卓呆（1881—1958），江苏吴县人，电影理论家，剧作家，小说家。擅写短篇，被誉为"文坛笑匠"和"东方卓别林"。代表作为《小说材料批发所》《万能术》。又是电影理论大家，作品《影戏学》1924年在上海出版，是中国第一部电影理论著作。

② 寅半生：《小说闲评》，载阿英编《晚清文学丛钞·小说戏曲研究卷》，中华书局，1960 年，第476、477 页。

③ 《电术奇谈》卷末附记，《新小说》第 18 号。

④ 引自周瘦娟译《欧美名家短篇小说丛刻·天虚我生序》，岳麓书社，1987 年重印本，第 5 页。

小说《回头看》①（1905）第一回云："列位高兴听我的话，且不要忙，容在下慢慢说来。"完全是传统章回小说的陈腔老调。这样的翻译小说，除所谓"新意境"（新内容）外，从形式上实在看不出与中国古典小说有什么不同。这说明当时多数翻译家在小说结构形式方面基本上还是采用旧瓶装新酒的办法。值得注意的是，有些翻译的侦探小说，如周作人译的《玉虫缘》（美国爱伦·坡著）、罗季芳译的《三玻璃眼》（英国葛威廉著），都不用章回体，也不带有"说话人"的痕迹（这种变化在 1907 年后的翻译小说中更加明显）。这又可看出，外国小说的结构形式逐渐为中国翻译家所理解和接受。

5. 翻译体例不完备，不注明原书作者及译名混乱

这时期的翻译作品（多数是小说）往往不署原书作者名，比如叶启标译的《二金台》（1903）、关葆麟译的《西亚谈奇》（1904）、披剑生译的《七日奇缘》（1905），均不署原书作者名。这便造成了一书重译、多译和抄袭他人译作的混乱现象。周桂笙和徐念慈都曾经指出过这种弊端。周桂笙提出成立"译书交通公会"，以改变这种因互不通气而造成的重译现象②。

造成一书数译的原因很多，但不标明原书作者、译者和原出版社是很重要的原因之一。至于书商和无行文人为了牟利而不讲职业道德、抄袭他人译作或改头换面搞盗版投机则更加恶劣。

与不署原书作者名相类似，译者也多不署名，《绣像小说》72 期所刊翻译小说，仅长篇小说就有十余部，如英国戈特尔芬美兰女史的《小仙源》、柯南·道尔的《华生包探案》、斯威夫特的《僬侥国》、美国毕拉宓的《回头看》等，在初发表时均未署译者名。因为在当时的译者看来，翻译外国小说主要是为了启迪民智、输入文明，所谓"吸彼欧美之灵魂，淬我国民之心志"③，或作警钟木铎，"为叫旦之鸡，冀吾同胞惊醒"④；并不是为流传后世，所谓"非为藏山不朽之名誉也"⑤。所以在他们看来，原著者和译者的署名与否是无所谓的事情。这一方面反映了当时译者还是持一种重政治功利、轻文学价值的旧文学观念，另一方面也说明在译者潜意识中对翻译文学仍存有某种程度的轻蔑。

原著者译名的混乱，也是该时期翻译工作中的一大弊端。译名的不统一，主要是读音的不规范，如高凤谦所说："西人语言，佶屈聱牙，急读为一音，缓读为二三音。且齐人译之为齐音，楚人译之为楚音。故同一名也，百人译之而百异。"⑥

① 此为 Looking Backward：2000—1887 另一中文译名。此书有四种译名：1891 年《万国公报》译为《回头看纪略》；1894 年李提摩太译为《百年一觉》；1905 年《绣像小说》译为《回头看》；1984 年林天斗、张自谋译为《回顾》。
② 《译书交通公会试办简章·序》，载《月月小说》第 1 号。
③ 白葭：《十五小豪杰·序》，载郭绍虞、罗根泽主编《中国近代文论选》（上），人民文学出版社，1959 年，第 232 页。
④ 林纾：《不如归·序》，商务印书馆，1981 年版，第 2 页。
⑤ 梁启超：《原富》，《新民丛报》第 1 号《介绍新著》。
⑥ 《翻译泰西有用书籍议》，徐中玉主编《中国近代文学大系·文学理论集（二）》，上海书店，1995 年，第 733 页。

纵观该时期翻译文学的特点，似乎提到更多的是在此期间存在的弱点和局限，但这绝非想抹杀该时期翻译文学的成就，也绝非否定其存在的合理性。近代翻译文学是在新旧交替的文化场中进行的，在由传统向现代蜕变的过程中，它的成绩和弱点，与其说它受到译者翻译水平的局限，还不如说它更多地受到那个时代的文学观念、审美情趣、欣赏习惯和接受程度的制约更符合实际。

（三）繁盛期（1907—1919）

1907 年中国近代文学四大期刊之一的《小说林》（创刊，这之前不久，即 1906 年 11 月，与《小说林》并称的《月月小说》（创刊。这两大文学期刊同时在上海出版，为翻译文学的发展提供了广阔的园地。《月月小说》在《发刊词》中云："本志小说之大体有二：一曰译，二曰撰。他山之玉，可以攻错，则译之不可缓者也。"《月月小说》创刊之始，在揭示办刊宗旨时，明确把"译"放在第一位，则为史所未有，这虽是次第的排列，无可置疑地标志着《月月小说》对翻译小说的重视。

进入繁盛期的近代翻译文学不仅在数量上大幅度地增加，而且在其自身发展中又形成了新的面貌和新的特色。要而言之，有以下几点。

1. 文学体裁更加完备

上一时期的近代翻译文学，诗歌、小说是其主要形式。但小说主要是长篇，短篇很少，而本时期短篇小说翻译已蔚然成风，对"五四"新文学现代小说的形成具有积极的影响。另一个新品种是翻译戏剧，它全新的内容和形式对近现代话剧的发展具有借鉴作用和促进意义。此外，该时期还出现了翻译的散文诗和童话。散文诗有屠格涅夫的散文诗六篇（1915，1918）和泰戈尔（R. Tagore，1861—1941）的散文诗等。再加上散文、游记，如林纾译的美国华盛顿·欧文的《大食故宫余载》（1907），苏曼殊译的印度瞿沙（Ghocha）的《娑罗海滨遁迹记》（1908）和周瘦鹃译的英国散文家兰姆（C. Lamb，1775—1834）的《故乡》（1917），这样翻译文学的主要文体形式，至此均已具备。

2. 翻译家提高了对自身工作的认识

上一时期的翻译家虽然不乏精通外文者，如周桂笙、曾广诠、奚若等，但既精通外文又擅长于文学创作的行家里手实在寥若晨星。从输入西方文明、改良社会的认识出发，多数人认为翻译并非难事，认为只要能达意（诗歌）和转述故事情节（小说）即可，即使不懂外语的人也可以找一个口译者，勉强翻译几篇。所以译述、编译之作占了当时翻译文学的很大比重。究其原因在于当时的译者对翻译文学的基本要求及其艰巨性、创造性尚没有明确的认识。本时期有代表性的翻译家通过翻译实践，在总结前人经验教训的基础上，逐步提高了对翻译文学的认识。梁启超、周桂笙在后来的翻译实践中已感悟到译事之难①，这实在是一大进步。苏曼殊在谈到翻译诗歌之难时明确指出，翻译外国文学首先必须精通所译国家的文字。

---

① 见梁启超：《新中国未来记》第四回"著者按"，广西师范大学出版社，2008 年. 周桂笙：《译书交通公会试办简章·序》，《月月小说》，1906 年 9 月第 1 号。

3. 文学意识的强化，其突出表现是开始重视名家名著的翻译

据前述，前两个时期的翻译文学已译介了不少名家作品，但从总的倾向来看，选择文本首先考虑的是它的思想教育意义或故事的曲折动人性，并不太重视原著的艺术水平和文学地位。而本时期的译家则开始把视线投向名家名著。在诗歌方面，这之前虽然梁启超和马君武也翻译了拜伦的诗歌，但以独立篇章和专集的形式译介外国诗歌则主要是 1907 年之后的事。其标志是苏曼殊译的《拜伦诗选》《潮音》和应时(字溥泉，浙江吴兴人)译的《德诗汉译》的出版。三部诗集所收均为英国、德国大诗人拜伦、雪莱、彭斯、歌德和乌郎的名篇。后来的胡适、刘半农(半侬)也翻译诗歌，所译也多系名家名篇。

就小说而言，英国文学方面有狄更斯(Charles Dickens)的《孝女耐儿传》(*The Old Curiosity Shop*)(今译《老古玩店》，林纾、魏易译，1907)和《块肉余生述》(*David Copperfield*)(今译《大卫·科波菲尔》，林纾、魏易译，1907)；法国文学方面有大仲马的《侠隐记》(*The Three Musketeers*)(今译《三个火枪手》，伍光建译，1907)，雨果的《铁窗红泪记》(包天笑译，1910)和《九十三年》(*93 Years*)(今译《九三年》，曾朴译，1913)。翻译戏剧中的名家有英国的莎士比亚、王尔德，德国的席勒，法国的莫里哀、雨果、萨特，挪威的易卜生。翻译文学中名家、名著的增多，是这时期一个突出的特点和可喜的收获。

4. 翻译质量明显提高

首先，随着留学生队伍的扩大，该时期有更多通晓外文的译家走上译坛，如以翻译诗歌闻名的苏曼殊、马君武、辜鸿铭、应时，以翻译俄国文学闻名的吴梼、陈家麟，以翻译法国文学闻名的曾朴、伍光建，以及青年学子周氏兄弟和胡适、刘半农、周瘦鹃、李石曾、陈嘏等。这些人都通晓外文，有的还有较好的外国文学基础。其中伍光建、马君武、苏曼殊、辜鸿铭、李石曾、吴梼、陈嘏等人，不仅精通一种或数种外国语，而且还有较高的文学素养和鉴赏能力。他们中的许多人都曾在外国留学多年，于西方文化(包括自然科学和人文科学)都有广泛的涉猎或研究。近代后期译才济济，是翻译文学质量提高的主要原因。

其次，重视译本原著的档次。本时期的翻译虽然就其总体而论，仍以侦探、言情和通俗小说居多，许多作品亦并非名著，但这时期的翻译家对文本的选择则带有了较明确的文学眼光。比如青年翻译家陈嘏，他的起步虽较晚，但他一踏上译坛便马上把视点投向少有人问津的俄罗斯杰出的小说家屠格涅夫①，首先译出了《春潮》(1915)和《初恋》(1916)，这是屠格涅夫两个以爱情为主题的中篇。不久，他又翻译了法国龚古尔(Goncourt)兄弟的小说《基尔米里》(1917)和两个剧本，一个是英国奥斯卡·王尔德(Oscar Wilde)的《弗罗连斯》(1916)(今译《佛罗伦萨》)，一个是挪威剧作家易卜生的《傀儡家庭》(*A Doll's House*)(今译《玩偶之家》，1918)，陈嘏在"五四"前的译作虽不多，但全是世界文学中的名著，表现了译者明晰的文学眼光和较广阔的艺术视野。这种译介名著意识在吴梼、伍光建、曾朴、苏曼殊、马君武、周瘦鹃以及活动在近代译坛上的"五四"作家身上均表现得比较

---

① 刘半农虽早于陈嘏数月翻译了屠格涅夫的作品，题为《杜瑾纳夫名著》(小说)，但那是散文诗，不是小说。

明显。

5. 直译的出现和翻译文体(主要指语言)的通俗化走向

中国翻译文学经过了由译述、意译到直译的发展过程。本时期的文学翻译,属于"译述"者也有,意译者仍居多数,但也出现了直译。伍光建翻译的小说虽并不是完全的直译,但在表现人物性格处直译。周氏兄弟的《域外小说集》有意识地提倡直译:"迻译亦期弗失文情"①,连"人地名悉如原音,不加省节者,缘音译本以代殊域之言,留其同响;任情删易,即为不诚。故宁拂戾时人"②,亦须存其本真。这种认识和前一时期寅半生所主张的"人名多至五六字,易启阅者之厌",均应"易以中国体例"③,徐卓呆的"固有名词,恐甚难记忆,故悉改为我国风"对比,相距何止千里! 这种认识,对当时及以后的翻译都有很大影响。

在翻译文体上亦有变化。之前,译入语言几乎全是文言,著名的翻译家林纾、严复的翻译文体均系文言,特别是严复的语言,更是文笔古雅,"骎骎与晚周诸子相上下",所以梁启超评严复的翻译语言时说:"文笔太务渊雅,刻意摹效先秦文体,非多读古书之人,一翻殆难索解。"④其他人的译文也多是用的文言。1907年之后的翻译作品,译文的总趋势是朝着通俗化的走向行进。以小说的翻译为例,这时期的翻译文体大约有三种:一是文言文,以林纾的翻译为代表;二是浅近的文言,以包天笑、周瘦鹃、陈嘏、陈鸿璧为代表;三是白话文体,以伍光建、吴梼为代表。当然这种分法并不是绝对的,有时同一位翻译家所使用的文体也不一致。比如徐念慈译的《黑行星》用的是白话体,而他译的《新舞台》则用的是浅近的文言。周瘦鹃的同一部《欧美名家短篇小说丛刻》,译文语言也不统一。他译英国狄更斯的《星》、约翰·白朗(John Brown,1810—1882)的《义狗拉勃传》,其译文均属浅近文言,而他所译德国苏虎克的《破题儿第一遭》和俄国安特莱夫的《红笑》,其译文基本上是白话文。这说明近代翻译家在翻译语言上还处于"变"的动态中,还没有形成固定的翻译文体。一个翻译家是如此,一代的翻译文学也是这样;但其总的趋向,是朝着通俗化的方向行进的。近代翻译文体这种多元化的格局,也表明近代翻译文学还未进入成熟期。中国翻译文学走向成熟并形成其固定的文体——白话文体,那是"五四"之后的事了。

四、五四运动后文学翻译研究的趋向

20世纪初中国文学翻译高潮的兴起,一方面得力于梁启超的舆论宣传与林纾的文学翻译实践,但一个更直接、更本质的原因却是五四运动。五四运动不只是一场革命,它还是一场启蒙运动,一场新文化运动。而为了启蒙,为了新文化,就迫切需要引进大量的外

---

① 《域外小说集·序言》,岳麓书社,1986年重印本,第5页。
② 《城外小说集·略例》,岳麓书社,1986年重印本,第6页。
③ 《小说闲评》,载阿英编《晚清文学丛钞:小说戏曲研究卷》,中华书局,1960年,第476、477页。
④ 梁启超:《介绍新著》,《新民丛报》第1号。

来文化，外来思想，外来语言，外来文学样式，于是文学翻译的作用被提高到了前所未有的位置。

五四运动后中国的文学翻译呈现出以下几个特点：

首先，其规模之大为举世罕见。对《民国时期总书目》（外国文学）中的材料所作的不完全统计表明①，1911—1949 年正式出版的翻译文学作品就有四千余种。至于散见各种文学刊物上的译作更是多得难以计数。当时，几乎所有文学刊物每期都有几篇文学翻译作品发表。尤其值得一提的是，为了引起全社会对文学翻译的重视，鲁迅于 1934 年夏天创办了中国第一本专门刊载文学翻译作品的杂志——《译文》。从 1934 年至 1936 年（中间有半年停刊），《译文》翻译介绍了俄、法、英、德、匈、荷、丹麦等国家的优秀文学作品，还着重推出了 4 期特刊——"高尔基逝世纪念特刊""罗曼·罗兰逝世纪念特刊"和两期"普希金纪念特刊"。

其次，在决定翻译何国何人何作品时表现出明显的倾向性。其实，从以上提到的《译文》所推出的四期纪念特刊就可以看出当时中国文学翻译的倾向，即选择翻译苏俄、欧美进步作家的作品，如俄国的屠格涅夫、托尔斯泰、契诃夫，英国的莎士比亚、狄更斯、萧伯纳，法国的雨果、巴尔扎克、罗曼·罗兰，德国的歌德、海涅、雷马克（E. M. Ramarque），美国的杰克·伦敦（Jack London）、惠特曼、西奥多·德莱塞（Theodore Dreiser），以及大量"被损害民族"的文学作品。尤其典型的是，中国译者对充满革命激情的雪莱、拜伦的作品情有独钟。

最后，翻译文学与中国本土创作文学极其密切的关系及其在中国现代文学发展史上所起的巨大作用，也是世界其他国家文学史上少有的。资料显示，中国现代文学史上的主要作家，无论是鲁迅、郭沫若、茅盾、巴金、曹禺、郁达夫，还是胡适、林语堂、周作人、梁实秋，几乎毫无例外地都有很高的翻译造诣，并有大量译作传世。尤其令人瞩目的是，他们对中国现代文学中几个主要文学样式的诞生与发展，如白话小说、新诗、话剧等，翻译文学都起到了巨大的，有时甚至是决定性的作用。

中国新诗、话剧的诞生和发展，翻译文学在其中所起的作用就更明显了。"五四"时期，胡适用白话译出的美国女诗人莎拉·替斯代尔（Sara Teadalle）一首很普通的抒情小诗《关不住了！》（*Over the Roofs*），不仅开创了胡适本人新诗的"新纪元"，实际上也开创了 20 世纪中国现代新诗的"新纪元"。话剧的情况也一样，在几次翻译、搬演西方的《黑奴吁天录》《茶花女》《华伦夫人的职业》后（从 20 世纪初到 20 世纪 20 年代），才慢慢形成了现代意义上的中国话剧样式。

---

① 谢天振：《译介学》，译林出版社，2013 年，第 71 页。

第二章 文学翻译的标准与原则

第一节 中国古代翻译家论翻译原则

佛教的传入对中国文化的发展产生了极为广泛深远的影响，而佛教的传入与散播全依赖佛经的翻译。中国的佛经翻译一般认为从公元 2 世纪开始，日渐兴盛，10 世纪后渐入低潮，其延续时间之长、译场规模之大、译者之众、出经之多，堪称世界翻译史与文化交流史上的奇迹。

译经初期，大多由来自西域或印度的僧人用胡语或梵语口授（西域的佛教也是从印度传来），另一人译成汉语，记录后再作润饰。故初时译出之经"辞质多胡音"，文字质朴，力求保存原本面目，多用音译。之后有了通汉语的外国高僧和通梵语的中国高僧，译事达到新的水平。但由于两种语言、文化的差异以及宗教的严肃性与普及性之间的矛盾，译经大师们很早就产生了所谓"文""质"之辩。梁启超和胡适都把"文""质"之辩类比于后世的意译与直译之争。范文澜①也认为"在初期，采取直译法；在成熟期，采取意译法"，并把道安、鸠摩罗什分别称为"直译派""意译派"的代表人物。② 如果按这样的观点，那么我国翻译史上的这场争论可算是人类文明史上历时最长的争论之一了，它从 3 世纪一直延续到了 20 世纪，而且还可能继续下去。

一、支谦

支谦③是 3 世纪的译经大师，著有《法句经序》④。他本是西域月氏（同月支）人，故

---

① 范文澜（1893—1969），字芸台，后改字仲澐（一说字仲潭），浙江省绍兴市人，著名历史学家。他主编了《中国通史简编》，并长期从事该书的修订工作，还著有《中国近代史》（上册）、《文心雕龙注》、《范文澜史学论文集》等。其中《文心雕龙注》一书，征证详核，考据精审，究极微旨，为一时名著。

② 范文澜：《中国通史》（第三册），人民出版社，1994 年重版，第 90 页。

③ 支谦（3 世纪人），三国时佛经翻译家。本月氏（同月支）人，东汉末迁居吴地。从孙权黄武二年至孙亮建兴二年（224 年），约 30 年间，译经 88 部，118 卷。

④ 序中认为"名物不同，传实不易"，提出"因循本旨，不加文饰"的翻译主张，可视为最初的直译说。序末有"昔传此时，有所不出。会将炎来，更从咨问，受此偈等，重得十三品，并校往故，有所增定"等语。

姓支，与师支亮及亮师支娄迦懺①，世称"天下博知，不出三支"。他祖父率众归化中国，所以他是在中国成长并接受教育，精通西域语言及汉语，"才学深澈，内外备通"。为了便于在当时"尚文"②的中国传播佛教思想，"故其出经，颇从文丽，然其属词析理，文而不越，约而义显，真可谓深入者也"③。尽管如此，4 世纪译经大师道安对这位"文派"大师作了极为严厉的批评，说他是"斲凿之巧者也；巧则巧矣，惧窍成而混沌终矣"④。

二、道安

道安⑤是"质派"大师。他同前秦的秘书郎赵政一起主持译场⑥。赵政"谓译人曰：'《尔雅》有《释古》《释言》者，明古今不同也。昔来出经者，多嫌梵言方质，而改适今俗，此政所不取也。何者？传梵为秦⑦，以不闲⑧方言，求知辞趣耳，何嫌文质！文质是时，幸勿易之。经之巧质，有自来矣，唯传事不尽，乃译人之咎耳。'"道安完全赞同这种见解，所以他和赵政主持译事，都是"案本而传，不令有损言游字；时改倒句，余尽实录"⑨。道安把删削原本的翻译，斥之为在葡萄酒里掺水。他说，"诸出为秦言，便约不烦者，皆葡萄酒之被水者也"（《比丘大戒序》）⑩。

道安又在《摩诃钵罗若波罗蜜经钞序》中提出"五失本、三不易"之说，可谓是中国最早的较系统的翻译理论，钱锺书称"吾国翻译术开宗明义，首推此篇"⑪。道安指出，在把佛经从梵文译为汉文的工作中，有五种情况不得不使译文有异于原文（丧失梵文本来面目，故称"失本"）。这五种情况是：

（1）梵语倒装，译时必须按汉文文法顺写。（如"佛念""钟打"顺为"念佛""打

---

① 支娄迦讖，简称支讖，中国东汉僧人，佛经译师，本是月氏国人。东汉桓帝末年到洛阳，于汉灵帝时翻译《道行般若经》《兜沙经》等，是最早将大乘佛教传入中国的西域高僧。

② 指通行以书面文字来表达意思。

③ 支愍度：《合首楞严记》，转引自马祖毅《中国翻译简史》，中国对外翻译出版公司，1984 年，第 22 页。

④ 《摩诃钵罗若波罗蜜经钞序》卷八。

⑤ 道安（314—385），东晋、前秦时高僧、翻译家。本姓卫，常山扶柳（今河北冀县）人。十二岁出家受戒，从佛图澄受业。开创"本无"宗，为般若学六家七宗之一。晚年在长安监译经卷，主力直译，尝言"案本而传，不令有损言游字；时改倒句，余尽实录也"。

⑥ 古代翻译佛经的专门机构。

⑦ 指汉语。

⑧ 同娴。

⑨ 《鞞婆沙序》。

⑩ 均见罗新璋编《翻译论集》，商务印书馆，2021 年，第 26-28 页。赵政之名，或作"正"，范著《中国通史》第三册作"整"。钱锺书在《翻译术开宗明义》一文（见罗新璋编《翻译论集》，商务印书馆，2021 年，第 30 页）中引《全宋文》卷六二释道朗《大涅槃经序》："随意增损，杂以世语，缘使违失本正，如乳之投水"，并解释说，这两个比喻"皆谓失其本真，指质非指量；因乳酒加水则见增益，而'约不烦'乃削减也"。

⑪ 钱锺书：《翻译术开宗明义》，见罗新璋编《翻译论集》，商务印书馆，2021 年，第 30 页。

钟")

（2）梵语朴质，中国人好文，为了适合中国人的心意，非文不可。

（3）原文常反复重言，多至数次，不嫌其烦，译时裁斥。

（4）原文每段结束，往往又复述、解释全段含义，或千字或五百字，译时划而不存。

（5）梵经说完一事，在说他事前又将此事简述一遍，删之不失原旨。他接着指出，佛经的翻译，难度很大，因为"①时俗既殊，不能强同；②圣智悬隔，契合不易；③去古久远，徵询实难"①。（即所谓"三不易"）所以，他的结论是："涉兹五失经，三不易，译梵为秦，讵可不慎乎！"

三、鸠摩罗什

时代稍晚于道安的译经大师鸠摩罗什②，父亲是印度人，因逃避做官，入西域，龟兹王以妹妻之。罗什长大后，精研佛法，在西域颇有声望，故道安晚年曾劝秦王苻坚迎罗什来长安，罗什在西域也闻道安之名，称之为"东方圣人"。后因战乱，罗什滞留凉州多年，直至 401 年底再到长安，已是道安辞世十五年之后了。

道安不懂梵文，鸠摩罗什则精通梵汉，所以他比较注重译文的文字水平。下面这个常被引用的故事，可以说明：

时有僧睿③法师，甚为兴（后秦王姚兴）所知，什所译经，睿并参正。昔竺法护（约 230—308，月氏人，世居敦煌，一生译经一百五十九部）出《正法华·受决品》云："天见人，人见天。"什译（系重新订正旧译）至此，曰："此语与西域义同，但在言过质。"睿应声曰："将非'人天交接，两得相见'乎？"什大喜曰："实然！"（载《僧睿传节要》）④

罗什还不同意那种认为梵经无"文"的观念，指出：

天竺（指印度）国俗，甚重文藻。其宫商体韵，以入弦为善。凡觐国王，必有赞

---

① "五失本、三不易"的诠释参见汤用彤《汉魏两晋南北朝佛教史》，中华书局，1955 年重印本及范文澜《中国通史》第三册，第 93 页。道安原文载罗新璋编《翻译论集》，商务印书馆，2021 年，第 24 页。

② 鸠摩罗什（343—413），略称"罗什"或"什"，意译"童寿"，后秦僧人，中国佛教四大译经家之一。原籍天竺（古印度），生于西域龟兹国（今新疆库车）。自佛教输入，汉译佛经，"多滞文格义"，"不与胡本相应"，罗什与弟子八百多人，用意译法，义皆圆通，译出佛经七十四部。

③ 僧睿（351—417），六十七岁卒，后秦魏郡长乐人。博通经论，曾听僧朗法师讲《放光经》，亦曾师事般若学者道安，后助鸠摩罗什译经。什叹曰："吾传译经论，得与子相值，真无所恨矣。"

④ 节录自《高僧传》卷六《僧睿传》，见罗新璋编《翻译论集》，商务印书馆，2021 年，第 35 页。

德。见佛之仪，以歌咏为尊，经中偈颂，皆其式也。但改梵为秦，失其藻蔚，虽得大意，殊隔文体。有似嚼饭与人，非徒失味，乃令呕秽也。①

他在这里提出了译文应该保存原文文体、风格的问题，无疑是一种卓见。他自己在翻译实践中也努力这样做并取得一定成就，赞宁称他译的《法华经》"有天然西域之语趣"②。

与道安相对而言，鸠摩罗什可称是"文派"的译经大师了，不过他在内容上则恪守本旨。在圆寂前对众僧告别时，他发重誓说：

自以暗昧，谬充传译，凡所出经论五百余卷，惟"十诵"（指《十诵律》）一部未及删烦，存其本旨，必无差失。愿凡所宣译，传流后世，咸共弘通。今于众前发诚实誓，若所传无谬者，当使焚身之后，舌不焦烂。③

关于"文""质"之辩，也有人提出一些新的意见。道安的弟子、鸠摩罗什的同时代人慧远④认为不宜各持一端，而应两者兼顾，允执厥中。他在为僧伽提婆所译《三法度经》的序中说：

自昔汉兴，逮及有晋，道俗名贤，并参怀圣典，其中弘通佛教者，传译甚众，或文过其意，或理胜其辞，以此（指提婆所译经）考彼，殆兼先典。后来贤哲，若能参通胡晋（指中外语文），善译方言，幸复详其大归，以裁厥中焉。（《出三藏记集》卷十）⑤

"文过其意"就是过分重"文"使原来的意义走样，"理胜其辞"就是过分拘泥原文（"质"）使译文不能充分表达原意，所以正确的做法应是兼顾"文""质"。在《大智论钞序》中，他谈到译者"童寿（即鸠摩罗什）以此论深广，难卒精究，因方言易省，故约本以为百卷，计所遗落，殆过参倍。而文藻之士，犹以为繁，咸累于博，罕既其实。譬大羹不和，虽味非珍；神珠内映，虽宝非用。'信言不美'，固有自来矣。若遂令正典隐于荣华，玄朴亏于小成⑥，则百

---

① 《为僧睿论西方辞体》，节录自《全晋文》卷一六三，见罗新璋编《翻译论集》，商务印书馆，2021 年，第 34 页。

② 《宋高僧传》卷三。转引自罗新璋编《翻译论集》，商务印书馆，2021 年，第 61 页。

③ 《高僧传》卷二，中华书局，1992 年，第 54 页。

④ 慧远（334—416），东晋高僧。本姓贾，雁门楼烦（今山西宁武附近）人。早年博通六经，尤善老庄，后从道安出家，精般若性空之学。东晋太元六年（381 年）入庐山，倡导弥陀净土法门，后世推尊为净土宗初祖。他在《三法度经序》序文中论及翻译时，指出意译"文过其意"，直译"理胜其辞"，都有缺点，在《大智论钞序》序文中主张参酌直译和意译，"简繁理秽，以详其中，令质文有体，义无所越"。以翻译思想言，慧远接近鸠摩罗什。

⑤ 节录自《出三藏记集》卷十，见罗新璋编《翻译论集》，商务印书馆，2021 年，第 52 页。

⑥ 引文中"正典隐于荣华，玄朴亏于小成"句当自《庄子·齐物论》"道隐于小成，言隐于荣华"演化而来。

家竞辨，九流争川，方将幽沦长夜，背日月而昏逝，不亦悲乎！"①这段话大意是说："鸠摩罗什已在译本中将原文删减了约四分之三，而讲究文辞的人还认为太繁，不究其实。忠实于原本而不讲文辞，则如不和之羹、不亮之珠，'信言不美'，是古来就有的。但如为行文优美而舍弃了原文中许多重要内容，则将造成言人人殊，真理不明，那是可悲的。"他接着分析了这个问题：

> 于是静寻所由，以求其本。则知圣人依方设训，文质殊体。若以文应质，则疑者众；以质应文，则悦者寡。②

所以他"与同止诸僧，共别撰以为集要，凡二十卷"。他们的做法（也就是编译原则）是："简繁理秽③，以详其中④，令质文有体，义无所越⑤"。⑥

稍后的梁朝（6世纪）僧祐⑦也有类似的观点。他认为译经的要旨是要使"尊经妙理，湛然常照"，"文过则伤艳，质甚则患野，野艳为弊，同失经体"⑧。意思是说，过分地讲究"文"，就会有"艳"的弊病；过分地讲究"质"，又会有"野"的弊病，两者都不合经体，必须兼顾文质。

四、彦琮

隋朝的彦琮⑨是又一位译经大师，所著《辨正论》，罗新璋推为"我国第一篇翻译专论"，他自己在文章一开头也说，作此文是"以垂翻译之式"，俨然有权威的气势。

论文一开头引述了道安"五失本""三不易"之说，并推崇道安"独禀神慧，高振天才；领袖先贤，开通后学。修经录则法藏逾阐，理众仪则僧宝弥盛。世称'印手菩萨'，岂虚也哉！详梵典之难易，诠译人之得失，可谓洞入幽微，能究深隐。"

接着，他说明胡、梵之辨，强调译经必依梵本，指出研习梵文的必要："研若有功，解便无滞，匹于此域，固不为难……向使……才去俗衣，寻教梵字；亦沾僧数，

---

① 《大智论钞序》，节录自《出三藏记集》卷十，见罗新璋编《翻译论集》，商务印书馆，2021年，第53页。

② 意谓原文质朴而译之以华丽文辞则读者会怀疑其忠实性，如原文有文采而译之以质朴之辞则读者会失去阅读的兴趣。《大智论钞序》，节录自《出三藏记集》卷十，见罗新璋编《翻译论集》，商务印书馆，2021年，第53页。

③ 将过于繁琐的地方简化、芜杂的地方净化。

④ 着重阐明中心意思。

⑤ 正确恰当地表述原意。

⑥ 《大智论钞序》，节录自《出三藏记集》卷十，见罗新璋编《翻译论集》，商务印书馆，2021年，第53页。

⑦ 僧祐（445—518）南朝齐梁时建业人。十四岁出家，受业于律宗名僧法颖，又从沙门法献问学，以精通律学著称。编著有《弘明集》《众僧行仪》《出三藏记集》等。

⑧ 转引自前引马祖毅书，第50页。

⑨ 彦琮（557—610），北朝末年及隋初僧人。妙体梵文，久参传译，所著《辩正论》可视为我国第一篇翻译专论。

先披叶典①……人人共解，省翻译之劳；代代咸明，除疑网之失。"在介绍了道安对梵经特点的阐述及对前代译人的评价之后，他综论历代译事之得失及佛典翻译之难："儒学古文，变犹纰缪；世人今语，传尚参差。况凡圣殊伦，东西隔域，难之又难，论莫能尽。必殷勤于三复，靡造次于一言……宣译之业，未可加也。"正因为译经如此艰难，他列举了译人必须具备的八个条件，即著名的"八备"说：

（1）诚心爱法，志愿益人，不惮久时。

（2）将践觉场，先戒牢足，不染讥恶。

（3）筌晓三藏，义贯两乘，不苦暗滞。

（4）旁涉坟史，工缀典词，不过鲁拙。

（5）襟抱平恕，器量虚融，不好专执。

（6）耽于道术，澹于名利，不欲高衒。

（7）要识梵言，乃闲正译，不坠彼学。

（8）薄阅苍雅，粗谙篆隶，不昧此文。②

这八条中，第一、二条讲思想品德，第三、四条讲文化素质，第五、六条讲工作态度，第七、八条讲语文修养，确是完善的经验总结，就是现代的翻译工作者，也仍然可以将其视为座右铭。

在论文的最后，彦琮再次提倡学习梵文，径读原经（"直餐梵响，何待译言"），这可能同他本人擅长梵文有关（自称"通梵沙门"），难怪梁启超要说"彦琮实主张'翻译无益论'之人也"③。当然，彦琮不是完全否定翻译，他自己就曾在京师大兴善寺掌管翻译业务，译经二十三部、一百余卷，被称为"翻经大德彦琮法师"。他大概对于那种不钻研梵文，不严格依据梵本的现象不满，所以他在文中说，"若令梵师独断，则微言罕革；笔人（指"笔受"之人）参制，则徐辞必混。意者宁贵朴而近理，不用巧而背源"④。根据所提出的论点，彦琮可说是激进的"质派"。

五、玄奘

我国古代最伟大的、也最为人所熟知的翻译家自然要数唐朝的玄奘（602—664）。他西行求法，往返 17 年，行程 5 万里。玄奘生平，显然可划分为两个时期：四十六岁以前则"乘危远迈，杖策孤征"，到处虚心请教师友，潜研佛教哲理，在印度被公认为是第一流的大学者；四十六岁带了极大的荣誉归国，直到逝世前一月止，都投身于翻译、著述和讲学工作，玄奘固然是国际上公认的世界历史上伟大的佛教徒、旅行家和学识渊博的佛教

---

① 古印度的典籍书写在贝多罗树叶上，中国习称"贝叶经"。见方广锠《佛教典籍百问》，今日中国出版社，北京，1992 年。

② "八备"的诠释据范文澜著《中国通史》第三册，第 96~97 页。

③ 《翻译文学与佛典》，见罗新璋编《翻译论集》，商务印书馆，2021 年，第 62 页。

④ 以上引文皆出自彦琮：《辨正论》，原录自《续高僧传》卷二，《隋东都上林园沙门氏彦琮传》，见罗新璋编《翻译论集》，商务印书馆，2021 年，第 61-64 页。

哲学家，但如果从学术文化上着眼，玄奘的不朽业绩，还在译著事业上。他在回国后的十九年中，夙兴夜寐，孜孜不倦地译出从印度带回的经论共七十四部，一千三百三十五卷①，不仅丰富了祖国原已十分光辉的文化宝库，也为印度保存了珍贵的文献，并撰《大唐西城记》十二卷，对于研究中古时代中亚、南亚的历史地理，具有重要价值。同时，他又把印度久已失传的《大乘起信论》，中国古代卓越的哲学著作《老子》，译成梵文，传播于印度，对中印两国文化交流的贡献是巨大的。他在长安主持译场(先在弘福寺，后迁慈恩寺，又迁玉华宫)，译场同时为讲学的场所，在翻译时为弟子阐述义学，培养出一批卓越的青年学者，其影响及日本、朝鲜②。他的弟子窥基著作等身，号称"百本疏主"③，由此而确立了中国佛教史上的法相宗(亦称慈恩宗、唯识宗)。直至今天，印度的人民尊敬他，中国的人民怀念他，这绝不是偶然的④。

玄奘可谓"新译"的创始者。首先，从玄奘翻译的质量来说，其卷帙的众多，译笔的精粹，态度的严谨都超越了他前后的译经大师。以数量论，冥祥所著《大唐故三藏玄奘法师行状》(简称《行状》)称玄奘"功倍前哲"，"至如罗什，称善秦言，译经十有余年，唯得二百余卷(据《高僧传》为三百余卷，《佑录》著录三十五部二百九十四卷)，以此校量，难易见矣"。从隋开皇元年(581年)到唐贞元五年(789年)二百零八年间，译者五十四人，凡译出佛经二千七百一十三卷⑤，而玄奘自己就翻译了一千三百三十五卷。他译出中国从未有的新经典，或舍旧本，重出新译本，所以开创了"新译"时期。原来，中国翻译佛典从东汉末到西晋，所据原本大多是中亚胡本，梵文本不多见，译者起先大多为中亚、印度僧人或侨民。这些人"所持来经，遇而便出"⑥，所译大多是零星小品；由于语文的隔阂，依赖"传言"人的转译，很难把原作的意义与风格确切地表达出来。所以"自前汉之末，经法始通，译音胥讹，未能明练……是以义之得失由乎译人，辞之质文系于执笔。或善胡义而不了汉旨，或明汉文而不晓胡意，虽有偏解，终隔圆通"⑦。此类事实，见于《高僧传》初集和《出三藏记集》的颇多。当时翻译佛典还多用"格义"⑧，不避免用外书来附会内学，生搬硬套，并不忠实于原文，译文也粗糙拙劣，是翻译史上的草创时期。从东晋到隋，开

---

①　《大唐内典录》卷五作六十七部，一千三百四十四卷，冥祥《行状》作七十五部，一千三百四十卷。均不确。

②　玄奘门下当时号称三千，达者七十，这是附会孔子的夸大之辞，有的已难以查考。其中惟窥基、圆测为杰出，分成二派。而普光、神防、辩机、法宝、神泰、靖迈、怀素、顺璟、道世、慧立、彦悰、宗哲、嘉尚、利涉等均有建树，著名于世。而圆测、顺璟之学，影响及朝鲜古代佛学；道昭为日本法相宗的开祖，迄今法系流传。

③　赞宁：《宋高僧传》卷四《唐京兆大慈恩寺窥基传》。

④　据季羡林于1978年访问印度报告，至今印度小学教科书上有关于玄奘的记载，印度人民把他当作"圣人"看待。

⑤　《大唐贞元续开元释教录》。

⑥　僧佑：《出三藏记集》，道安《道地经序》。

⑦　僧佑：《出三藏记集》卷一。

⑧　"格义"，见《高僧传》卷四《竺法雅传》："时依门能，并世典有功，未善佛理。雅乃与康法朗等，以经中事数，拟配外书，为生解之例，谓之格义。"实际是用中国旧有的哲学名词、概念，去比附和解释佛教哲学名词。

始有组织地大规模译经,如道安、赵政主持的译场,分工较周密,考校亦认真,为鸠摩罗什的大规模译场树立了榜样。隋代成立翻译馆(翻经道场),实际上是官办的编译所,为时虽短暂,仅译出九部经,但为唐代的集体翻译事业铺平了道路。其间译师辈出,如鸠摩罗什、求那跋陀罗、法显、宝云、真谛、阇那崛多等,但大多还是不能精通双方语文,通过助手才以畅达的文字,传达了原作的精神。此为翻译史上的发展时期。但这还只是翻译史上的"旧译"时代①。到了唐初,玄奘主持译场,在"旧译"长期积累经验的基础上,惩前代翻经之失,如陈寅恪先生所指出的:"玄奘译经,悉改新名,而以六朝旧译为讹误。"这一点,我们从《大唐西域记》中玄奘对于梵名的自注,指出"旧曰某某讹也"等凡五十八条,即可了然。由于玄奘"以旧译多缺多误为恨,而远走天竺",所以他的翻译不同于旧译,成为新译的创始者,由此造成唐代在翻译史上的极盛时期。

同时,由于玄奘通晓梵汉语文,并深究佛教典籍,精通佛教教义,在翻译时自任译主,就不再依靠外国人了。鸠摩罗什号称翻译大师,他虽精通梵文和佛学,但不能提笔写中文,只能"手执胡本,口宣秦言",由他的助手笔录,以致"苟言不相喻,则情无由比","进欲停笔争是,则校竟终日,卒无所成;退欲简而便之,则负伤手穿凿之讥"②。他们由于梵文委曲,"师以秦人好简,裁而略之"③。所以,鸠摩罗什只能以意译为主,笔录汉文经僧肇、僧融、僧睿等润色,文辞固然明白流畅,饶有文学兴味,但难保没有因此以辞害意或错译的地方。鸠摩罗什译的《大庄严论》的梵本残文现已发现,经季羡林先生一核对,果然发现译本常删去原文的繁重,不拘原文的体制,而且有变易原文的地方。而玄奘却不然,他极重视译文与原文的"审校",以保证质量。印中学者柏乐天教授和张建木先生对勘了《集论》《俱舍论》梵汉经典后,虽认为微有不足处,但基本上是符合原文的,对玄奘的翻译心悦诚服④。以此可见《续高僧传》卷四《玄奘传》云:"自前代已来,所译经教,初从梵语,倒写本文,次乃回之,顺同此俗,然后笔人观理文句,中间增损,多坠全言。今所翻传,都由奘旨,意思独断,出语成章。词人随写,即可披玩。"这段话是说,以往译经都先口授,按梵文文法倒装,记录下来后按汉文文法理顺,再作文字的整理加工,常增损不当,影响原意。现在玄奘因精通梵汉,佛学深湛,由他主译,出口成章,记录下来便可诵读。"取其通言华梵,妙达文筌……莫高于奘矣。"又《宋高僧传》卷三《满月传·论》曰:"初则梵客华僧,听言揣意。方圆共凿,金石难和,椀配世间,摆名三昧,咫尺千里,觌面难通。次则彼晓汉谈,我知梵说,十得八九,时有差违。……后则奘(玄奘)空(不空)两通,……印印皆同,声声不别,斯谓之大备矣。"二书论玄奘翻译之功,其

<hr />

① 《出三藏记集》列举新旧译二十四个不同的重要名词,以鸠摩罗什所译为新经,以区别于草创时期的旧经。熊十力先生谓:"佛法东来,在奘师未出以前所有经论,总称旧译(亦云旧学……)。奘师主译之一切经论,是谓新译(亦称新学)。"见《中国哲学史论文初集》页一〇一。境野黄洋以鸠摩罗什之前为古译时期,罗什至隋唐为旧译时期,玄奘以后为新译时期,见《中国佛教精史》。小野玄妙略同境野之说,惟将旧译区分为前后两期,见《经典传译史》,参见印度师觉月《中国佛教经典的翻译者及其翻译》。

② 《出三藏记集》卷十,僧睿《大智释论序》。

③ 《出三藏记集》卷十,僧睿《大智释论序》。

④ 柏乐天、张建木:《俱舍论识小》,载《现代佛学》一卷七期。

译述具在，信非溢美之词。

遗憾的是，我们迄今尚未能看到这位伟大翻译家关于翻译理论方面的资料。① 现在引用最多的，一是他的同时代人、曾参加译事的佛教史学家道宣②有关玄奘的记述；一是宋朝法云③所编《翻译名义集》由周敦义作的序。道宣的文章中说：

> 世有奘公，独高联类，往还震动，备尽观方，百有馀国，君臣谒敬，言义接对，不待译人，披析幽旨，华戎胥悦。唐朝后译，不屑古人，执本陈勘，频开前失。④

这段话是说，玄奘西行求经，历百余国，均直接与人交流，备受钦敬。他所译经，不囿于前人之译，与梵本详行查勘，凡有缺失，均加订正。

道宣的记述表明，玄奘的译经，由于他本人在语言和佛学两方面的修养，在前人的基础上达到了一个更高的水平。梁启超称誉道，"若玄奘者，则意译直译，圆满调和，斯道之极轨也"⑤。近人吕澂还指出，玄奘"创成一种精严凝重的风格，用来表达特别着重结构的瑜伽学说，恰恰调和"（《慈恩宗》）⑥。

周敦义《翻译名义序》⑦记录了玄奘提出的"五种不翻"（由于五种原因，梵经中一些词语只能译音而不能译意）：

唐法师论五种不翻：

> 一秘密故，如"陀罗尼"。（教内的密语）
> 二含多义故，如"薄伽"，梵具六义（自在、炽盛、端庄、名称、吉祥、尊贵）。
> 三此无故，如阎浮树（胜金树），中夏（中国）实无此木。
> 四顺古故，如"阿耨菩提"（正偏知），非不可翻，而摩腾（迦叶摩腾，一名摄摩

---

①　不少译学论著中称玄奘提出了"既须求真，又须喻俗"这八个字作为翻译标准，但均无出处。这八个字见于梁启超《翻译文学与佛典》（载罗新璋编《翻译论集》）及《佛典之翻译》（见《梁任公近著第一辑》中卷），是梁对道安"三不易"说中"一不易""撮其大意"而来。道安原文为"然《般若经》，三达之心，覆面所演，圣必因时，时俗有易；而删雅古，以适今时，一不易也"。与梁之八字似不尽合。无论如何，此八字真言非出玄奘（至少迄今为止尚无确证）。陈福康在所著《中国译学理论史稿》（上海外语教育出版社，1992）对此作了考证。《中国翻译简史——五四以前部分》原有此玄奘八字，该书作者马祖毅于1997年在该书修订本中已将此删除。

②　道宣（596—667），唐代僧人，南山宗创始人，佛教史学家。曾为长安西明寺上座，参加玄奘译场，负责润文。学识渊博，著述极多，所撰《续高僧传》即达三十卷。

③　法云（1088—1158），宋平江（今江苏苏州）景德寺僧人。所编《翻译名义集》为佛教辞书，七卷六十四篇，收音译梵文二千零四十余条。各篇开头均有总论，首述大意，次列音译梵文，举出处、异译并解释。该书录存若干有关翻译的理论，如卷前周敦义序载唐玄奘提出的"五种不翻"，为他书所不见。

④　《大恩寺释玄奘传论》，录自钦定《全唐文》卷九百一十一，见罗新璋编《翻译论集》，商务印书馆，2021年，第72页。

⑤　梁启超：《翻译文学与佛典》，见罗新璋编《翻译论集》，商务印书馆，2021年，第105页。

⑥　转引自前引马祖毅书，第58页。

⑦　载罗新璋编《翻译论集》，第50页。

腾，相传为印度僧人，公元 67 年自西域来洛阳讲经译经）以来，常存梵音。

五生善故，如"般若"尊重，"智慧"轻浅。（般若为梵语音译，智慧为意译）

以上"五不翻"中，第一种是宗教教义教规的缘故，第四种是出于约定俗成的考虑，第二、三、五种则都涉及如何处理对原文含义的表达问题。玄奘的原则显然是，如果没有完全恰当的汉语词汇来表达原文梵语词汇的全部含义，则宁可使用音译（即使读者在理解上会感到困难），也不用意译。从这个原则上看，玄奘在译事上似乎还是"质"重于"文"的。

我国古代在佛经翻译上的"文""质"之辩，其理论意义在于揭示出翻译的基本矛盾，即原文（source language）与译文（target language）①之间的矛盾。前面提到过的法云有一段话相当明确地指出了这一点。他说：

> 夫翻译者，谓翻梵天之语转成汉地之言。音虽似别，义则大同。宋僧传云："如翻锦绣，背面俱华，但左右不同耳。译之言易（交易之易）也，谓以所有易其所无，故以此方之经而显彼土之法。"

问题就在于如何做到以"汉地之言"写成的"此方之经"能显示原来以"梵天之语"写成的"彼土之法"，做到梵汉之间如锦绣的两面，花纹相同，只是"左右不同"。换句话说，就是如何做到既忠实于原文，又使译文合乎其文法，具备可读性和语言美。偏重前者（必要时牺牲后者）是"质"派的主张，重视后者（忠实于原文的实质而非其形式）是"文"派的主张。这里就又出现了一个如何才算忠实于原文的问题。实践证明，在形式上也要完全忠实于原文是不可能的，因此道安这位"质"派大师也提出"五失本"，主要是在文体上认为不必囿于原文。至于玄奘的"五不翻"则是企图用引进外来语的办法来解决两种语言间的某些矛盾。当然，上面试作的粗浅分析，都是后人的看法，甚至"文""质"之辩的说法也是后人所作，在当时，译经大师们并未划出明确分野，实际上"文""质"的概念也不是很清楚的，如同近代的"直译""意译"之辩，尽管有长期的争论，而何谓"直译"、何谓"意译"，各家说法不同，莫衷一是。

真正有价值的，是在"文""质"的讨论中，揭示出了翻译的基本矛盾，即原文与译文在语言和文化两个方面的矛盾。分解开来，就是《法句经序》中所提出的如何做到"当令易晓、勿失厥义"的问题和如何解决"美言不信、信言不美"的问题。严复的独到和可贵之处也就在于他从我国古代丰厚的翻译经验中抓住了这个基本矛盾，提炼出"信、达、雅"三字而创立了他的"三难"说。

---

① 谈论翻译经常要用 source language 和 target language 这两个词语，前者在汉语中称"源语"或"译出语"或"出发语言"或"原作语言"等，后者称"目的语"或"译入语"或"归宿语言"或"译作语言"等，尚不统一。本书除引文外，一般用"源语"（"原文"）和"译入语"（"译文"）。

第二节　在我国流传较广的外国译学学说

严复的"信、达、雅"说传世以来，外国翻译理论也随着我国翻译事业的发展而逐渐被引进。中国译界较熟悉的最早的西方翻译学说是泰特勒的三原则，熟悉的原因可能是它同严复的"信、达、雅"说如出一辙。20 世纪 50 年代，在中国大陆，俄语曾一度取代英语的地位，成为"第一外语"，苏联一些译学家（以费道罗夫为代表）的学说也被大力介绍进来，对我国翻译界产生相当大的冲击。但始终未能取代"信、达、雅"说的主导地位。70 年代末期以来，随着翻译理论研究的复苏以及英语恢复其作为我国"第一外语"的地位，西方翻译理论开始以较大的规模和较系统的形式传入我国，其中最为突出的是奈达和稍后的纽马克。但由于我国的翻译理论研究迄今未能获得国家和社会对它应有的重视，缺乏必需的条件和资源，整个翻译理论研究工作严重滞后，因此对西方翻译理论的研究仍然非常薄弱，并且没有把这方面的引进和研究同另一方面对我国传统的翻译理论研究结合起来。这种"两股道上跑车"的现象既不能使我国传统的翻译理论（如"信、达、雅"说）研究得到新的"营养"而发展，又使外国翻译理论中的有益部分不能真正植根于中国的"沃土"而发挥作用，这应该引起我国译学界的注意并使之有所改变。劳陇的《"殊途同归"——试论严复、奈达和纽马克翻译理论的一致性》一文为我们往这个方向努力作了有价值的尝试。

本着这样一种想法，本节扼要介绍泰特勒、费道罗夫、奈达、纽马克这四家在我国流传较广的学说，并结合"信、达、雅"说的研究，略作探讨。

一、泰特勒的翻译三原则

早在 1921 年，郑振铎在《译文学书的三个问题》一文中就对泰特勒的翻译三原则作了介绍。泰特勒（Alexander Fraser Tytler）（1747—1814）的《论翻译的原则》（*Essay on the Principles of Translation*）发表于1790 年，早于严复赴英留学（1876—1878）近 90 年，而严复的"信、达、雅"说与泰特勒的三原则有相通之处，所以有些研究严复的学者认为严复在英国可能读过泰书，受到影响。当然，这只是一种推想，因为还没有发现很有力的材料作为佐证。①

① 伍蠡甫在《伍光建的翻译》一文中说，"信、达、雅"说伍光建谓"来自西方，并非严复所创"。1990 年 4 月伍蠡甫告其博士研究生韦遨宇，此系其父伍光建亲闻之于严复（严伍有师生之谊）。钱锺书在致罗新璋函中也提到五六十年前商务印书馆出版所编周越然所编英语读本已早讲严复三字诀本于泰特勒。请参阅罗新璋《钱锺书的译艺谈》（载《中国翻译》1990 年第 6 期）。又，金堤也曾说过，"我觉得他（指严复）可能是受英国梯（泰）特勒的影响。他曾留学英国，而他提出信、达、雅三个原则与梯特勒提出的很相似。不过他在著作中从未提过梯特勒的影响，只举古代学者的话。我猜想他不提是怕提了当时的士大夫反而接受不了"（《谈中国的翻译理论建设》，见前）。但邹振环在《中国近代翻译史上的严复与伍光建》一文（载《1993 年严复国际学术研讨会论文集》）中则称："断言'信、达、雅'翻译标准完全来自西方，这显然是错误的，严复在创造性地提出这一标准时，可能受到泰特勒的启发，但这一标准的根还是扎植在中国传统翻译理论的土壤中。"他还认为，"其实严复与泰特勒两位的三原则是有明显区别的"。

泰特勒认为，"好的翻译应该是把原作的长处如此完备地移注入另一种语言，以使译入语所属国家的本地人能明白地领悟、强烈地感受，如同使用原作语言的人所领悟、所感受的一样"。（I would therefore describe a good translation to be：That，in which the merit of the original work is so completely transfused into another language，as to be distinctly apprehended，and as strongly felt，by a native of the country to which that language belongs，as it is by those who speak the language of the original work.）①

他继而提出翻译的三条总原则（General Rules）：

（1）译文应完全复写出原作的思想（按此处"思想"一词泛指原作内容）。

译者须精通原作的语言并相当熟悉原作所论述的题材。但由于每种语言中总有一些词很难在其他语言中找到完全对应的词，所以要完全复写出原作思想有时不易做到。如果遇到原作中意思不清楚、不明确的地方，那么译者就应运用自己的判断力，选择最符合于全文思路或作者一贯思想和表达方式的意思去翻译，而不应在译文中也任其含混不清。译者是否可以在译文中对原作思想有所增减，使译文更有力、更清楚或更简练？"可以运用这样的自由，但必须非常非常小心。"只能删减原文中次要的东西，加进去的东西则须与原作思想有密切关联并确能增加力度。

（2）译文的风格和笔调应与原作具有相同的特性。

做到这一条比第一条更困难，因为准确地掌握并在译文中恰当地模仿原作的风格和笔调比仅只了解原作的思想、内容更为困难。"一个优秀的译者必须能够一眼就看出原作者风格的真正特性。他必须精确地断定原作者的风格属于哪一类：严肃庄重的、振奋人心的、平易流畅的、生动活泼的、辞藻华丽的，还是朴素平实的。他还应有能力把这些特性像在原作中那样鲜明地表现在译文中。如果译者缺乏这种眼光和能力，那么即使他透彻了解原作者的意思，他也会使原作者通过一种被歪曲了的中介呈现出来，或者使原作者穿上同他性格不合的服装出现。"译者在这方面的失败将会使原作的风格在译文中走样，庄重变成死板、振奋变成夸张、活泼变成浮躁、朴实变成幼稚。

（3）译文应和原作同样流畅自然。②

翻译同临摹绘画不同，后者可用同样的色彩、笔触和画风，前者不能用同样的色彩，却要使他的"绘画"具有同原作一样的力量和效果；也不能重复原作的笔触，却要用自己的笔触来制作出一件完善的复制品。"那么翻译者如何来完成这一流畅与忠实的另一种结合呢？冒昧一点说，他必须用原作者的灵魂而以自己的发音器官来说话。"在将原作的流畅自然移注入译文中时，"必须有最正确的鉴别力才能防止使流畅变质为恣肆。"（The most correct taste is requisite to prevent that ease from degenerating into licentiousness.）

---

① 此处及以下译文曾参考罗书肆《介绍泰特勒的翻译理论》一文，该文原载《翻译通报》1950 年第 5 期，收入《外国翻译理论评介文集》，中国对外翻译出版公司出版，1983 年。

② 泰特勒三原则的原文如下：First General Rule：A translation should give a complete transcript of the ideas of the original work. Second General Rule：The style and manner of writing in a translation should be of the same character with that of the original. Third General Rule：A translation should have all the ease of original composition.

关于这三大原则的关系，泰特勒说：

> 如果我把这三大翻译法则分列的顺序看作一种公允而自然的安排的话——这一点我想是难以否认的——那么，在有必要牺牲其中一个原则的情况下，就应顺理成章地考虑到它们的次序和相对重要性。

在这里不妨顺便提一下乔治·坎贝尔(George Campbell，1719—1796)在1789年出版的一部著作中为"好的翻译"确立标准时概括出的三条原则：

(1) 正确表达原作的意思；
(2) 在不违反语言特点的前提下，尽可能传达原作者的风格；
(3) 要使译文具有"至少像原作所表现出来的那种自然、易懂的属性"。①

这三条原则确实同泰特勒三原则非常相似，无怪泰特勒的书出版后，坎贝尔要指控他剽窃了。泰特勒当时力辩这纯粹是一种巧合。不论怎样，可以看到三原则来自翻译实践，是符合翻译实际的。除了这里所作的简介外，泰特勒在书中还有一些十分精辟的见解，如在风格问题上不同语言的特点所起的制约作用、成语的翻译、诗的翻译、不同文化背景问题等。奈达认为泰特勒的著作在某种意义上标志着西方翻译史上一个新时期的开始，且这决非偶然。实际上，泰特勒关于"好的翻译"的定义同奈达的"动态对等"论可说是一脉相传的。

李培恩说，"英人铁脱拉(即泰特勒)之《翻译原理》一书其所论述，亦同于吾国严复'信、达、雅'之说也"②。泰氏三原则确与严复"三难"说有相通之处，第一个原则相当于"信"，第二个原则相当于"雅"(或者说，相当于一部分后世学者对"雅"所作的解释)，而第三个原则则相当于"达"。难怪有人把"信、达、雅"看作泰氏三原则的发展，又有人主张干脆将"信、达、雅"搁置而改用泰氏三原则了。不论他们的学说有无师承关系，三原则也好，"信、达、雅"也好，它们都说明在翻译工作中所存在的三个主要问题或三个方面，是中外翻译工作者必须要面对和研究解决的。

二、费道罗夫的"等值"论

在20世纪50年代，新中国开展了对苏联的全面学习，翻译理论研究自然也不例外。最为人熟知的是费道罗夫(A. V. Fedorov)1953年出版的《翻译理论概要》③一书，这是苏联第一部从语言学角度研究翻译理论的专著。当时中国大陆把他的学说概括为"等值论"

---

① 转引自张复星节译的奈达著《西方翻译史话》，载《中国翻译》1986年第4期。
② 《论翻译》，《翻译研究论文集》上册，第281页。
③ 该书译本由李流等译，中华书局1955年出版(其第六章收入《外国翻译理论评介文集》，中国对外翻译出版公司，1983年)，以下引文均据此中译本。俄文版在以后的再版中可能有所修订，未及核对。

或"等值翻译"。实际上，在国外的翻译研究中"等值"这个概念的提出很早，在我国目前的译学论著中，"等值""等效""对等""对应"等词常常混用。从中文的词义来说，它们之间有细微的差别，但作为译学研究中的概念，它们常常指同一种情况，例如有的学者就把奈达的"动态对等"称作"能动等值"。也可以说，"对等""等值"是原文"equivalence"的两种译法，有待于以后统一。

费道罗夫认为"有两项原则，对于一切翻译工作者来说都是共同的：①翻译的目的是尽量确切地使不懂原文的读者(或听者)了解原作(或讲话的内容)；②翻译就是用一种语言把另一种语言在内容与形式不可分割的统一中所业已表达出来的东西准确而完全地表达出来"。"在翻译时必须把原作的思想恰如它在原文里那样明确而完整地传达给读者。同时这也是说，翻译必须符合于用以进行翻译的语言的全民标准。这就是使译文容易为读者了解和接受的首要条件。""忠实性，这是苏联翻译的根本特征。"

费道罗夫在这里所要说的是：第一，翻译就是使不懂原文的人了解原作，因此忠实于原作是最基本的；第二，翻译是为了译入语的受众，使译文为他们所能了解和接受(这里的"接受"不是指接受译文所传达的原作的观点、立场，而是——用通俗一点的话说——使受众能看〈听〉得下去)。

那么，这里接着就产生两个问题：第一，是不是原文的内容都可以用译入语来表述，也就是"可译性"的问题。第二，怎样才算是做到了准确和充分的翻译，也就是"确切性"的问题。

对第一个问题，费道罗夫的回答是："实践本身证明了可译性原则是现实的，是可以实现的。"①但有两种情况使可译性受到挑战。第一种情况是"在原文相当明显地违背某一民族全民语言准则而具有该语言的地方特色或狭隘的游民集团的用语(黑话)时，可译性的原则就受到一定的限制"。但也只是受到限制，翻译仍然是可能的。第二种情况是"各种没有内容或故意使内容含混不清的玩弄手法和形式主义的著作"和"内容费解、形式破碎"的著作，费道罗夫认为这些都是"不值得翻译的作品"，所以不在论述之列。"可译性原则只适用于内容与形式统一的著作"。

对第二个问题，费道罗夫首先就"确切性"(有些中国学者把它译为"等值性")这个名词作了解释。他说，这个名词在俄文中是外来语，有"符合""适合""一致"等意义，"其实完全有可能用另外一个俄文词来代替这个外来术语。该术语用在翻译方面明确地表示着下述概念：①与原文作用相符(表达方面的确切)；②译者选用的语言材料的确切(语言和文体的确切)。"

---

① 费道罗夫在《翻译理论概要》的第一版中曾这样写道，"每种高度发达的语言都是一种强有力的手段，足以传达用另一种语言的手段表达的与形式相统一的内容"。这里，他把语言区分为"发达的"和"不发达的"(尽管他没有明言)是错误的。奈达和纽马克，还有其他语言学家，如苏联的巴尔胡达罗夫都认为语言无"发达"与"不发达"之分。这个观点费道罗夫在该书的第四版(1983年)中已作了纠正，见蔡毅《关于国外翻译理论的三大核心概念——翻译的实质、可译性和等值》，《中国翻译》1995年，第6期。又，费氏上述第二项原则，蔡文的译文为"翻译是用一种语言手段忠实、全面地表达另一种语言表达的东西"。(传达的忠实和全面是翻译区别于转述、简述以及各种改写之所在。)

他接着为"确切性"下了如下的定义：

> 翻译的确切性就是表达原文思想内容的完全准确和在修辞作用上与原文的完全一致。
>
> 翻译的确切性就是通过复制原文形式的特点(如果语言条件许可的话)，或创造在作用上与原文特点相符的东西来表达原文所特有的内容与形式间的相互关系。这就是说：要运用这样一些语言材料，这些材料虽然在形式上常和原文不相符合，但却与译文语言的准则相符合，并且能在整体中起同样的表现作用。
>
> 确切性在整个翻译的过程中并不要求(译品的各个部分)在字面上同样程度地接近原文。

费道罗夫同意列茨凯尔提出的"确切的代替"这一翻译方法。列茨凯尔说，"为了准确地表达思想，译者不应当拘泥于与原文字面上相符或与词汇上和句子上相符，而应当根据原文的整体，包括原文的内容、思想倾向和风格，去寻找解决问题的方法，这样就需要助于'确切的代替'"。列茨凯尔以法国作家福楼拜(Gustave Flaubert)的《包法利夫人》(*Madame Bovary*)中一个词组的翻译作为"确切的代替"一例。他说：

> Les eclairages de la ville 这个词组概括了城市中各种光亮的来源，而在翻译时就把这个概念分成几个组成部分，译为"城市中窗户上的光和街灯的光"。

费道罗夫所说的"确切性"可以被认为是他提出的评价翻译的标准，其核心是确切地传达原文的意思(内容、思想等)，在此前提下可以在必要时对译文的表述按译入语的语法和修辞规则加以调整。

在费道罗夫之后，巴尔胡达罗夫的《语言与翻译》一书被认为是苏联20世纪70年代语言学派翻译理论的一部代表作，在我国传播较广。巴氏对翻译所下的定义是：

> 翻译是把一种语言的言语产物在保持内容方面(也就是意义)不变的情况下改变为另外一种语言的言语产物的过程。①

他对这个定义紧接着作了两点重要补充：

(1)"内容方面"或"意义"这个术语应从最广义上理解，它指的是符号(这里是语言)单位的各种关系，不是一般理解中的"所指意义"(designative meaning)。

---

① 巴氏书中文版由蔡毅、虞杰、段京华编译，中国对外翻译出版公司1985年出版。巴氏在书中曾指出："翻译一词有两层意思：一是指'一定过程的结果'，即译文本身；二是指'翻译过程本身'，即翻译这一动词表示的行为，而这一行为的结果则是上面说过的译文。"(第1页)这个定义显然是第二层意思，也即相当于英语 translating。

（2）"保持内容不变"是相对的，不是绝对的。在语际改变中不可避免地会有所损失，不可能百分之百的传达原文表达的全部意义。因此，译文绝不可能同原文百分之百地等值。"百分之百的等值""只是翻译工作者应当力求达到，但永远也达不到的最高标准"。

他又解释道，"'等值'这一概念应理解为'带来同一信息'"。"翻译等值这一概念指的不仅是传达原文中各语言成分的所指意义，而是要尽可能完整地传达原文所含的全部信息。"

从这十分简单的介绍不难看出，巴氏的论点较之费氏更有深度，也更明确。

费道罗夫的翻译理论实际上可以说是为"信、达、雅"说提供了某些科学的阐释，如"忠实性"之于"信"、"确切的代替"之于"达"、"译入语全民标准"之于"雅"，彼此本来是大可互相参证补充的。但20世纪50年代在《俄文教学》上所进行的关于翻译标准的论争以及后来所召开的座谈会上，却把两者对立起来。一种意见（较多数）主张以经过新的解释的"信、达、雅"为标准，另一种意见主张将"信、达、雅"废置而以费道罗夫的翻译的"确切性"（即"等值性"）为标准。在外文出版局（中国最大的外文书刊出版机构），情况也是这样。历史事实证明，将外国翻译理论（包括翻译标准）照搬进来，不和中国的语言、文化、社会、历史等实际情况以及传统的译论相结合，就很难被接受和应用。外国的翻译史和翻译理论莫不以西方为中心，很少把东方考虑进去。以费道罗夫的"等值"标准而言，要求译文"表达（原文）思想内容的完全准确和在修辞作用上与原文的完全一致"，即使是同属印欧语系的两种语言之间也不易做到，更不必说在汉语与英语（或其他西方语言）这样两种毫无亲缘关系又有巨大文化差异的语言之间了。如果像巴尔胡达罗夫说的那样，"完全的等值翻译与其说是现实，不如说是理想"（《语言与翻译》），那么作为翻译标准，"等值"就十分缺乏对翻译实践的指导意义。

三、奈达的"动态对等"论

在我国翻译界最著名的外国翻译理论家当推美国的尤金·奈达，这固然是由于他在译学研究方面的造诣，也由于国内学者金堤、劳陇、谭载喜等人的努力介绍和他曾来华讲学的经历。

奈达著作等身，理论丰富，这里只能简要地介绍一下他的一些基本观点，这些基本观点是同我们正在研究的翻译原则有关的。

第一，全世界的语言，尽管千差万别，但各有所长，且具有同等的表达能力。这是他从大量的实地调查和翻译实践中得出的结论，从而廓清了人们往往把语言分成"先进"与"落后"的误解①，也为翻译工作者端正了对语言的认识，确立了"可译性"原则。

---

① 如瞿秋白就曾认为"中国的言语（文字）是那么穷乏……简直没有完全脱离所谓'姿势语'的程度……一切表现细腻的分别和复杂的关系的形容词、动词、前置词、几乎没有……翻译，的确可以帮助我们造出许多新的字眼，新的句法，丰富的字汇和细腻的、精密的、正确的表现"（见《关于翻译的通讯》，《鲁迅全集·二心集》）。当然，瞿秋白的看法也受当时的时代背景和思潮的影响。这种把不同的语言分成"先进"与"落后"的看法在外国（甚至在一些语言学者论著中）也存在。

第二，语言的基本原理是：

(1)语言是一套系统地组织起来的说听符号。任何语言的书写系统只能不完全地反映这种语言的"说—听"形式。

(2)符号与其所指对象之间的联系在实质上是随意性的。

(3)言语符号意义范围的划分办法在实质上也是随意性的，因此，没有两种语言的词义范围划分办法是相同的。这就是说，不可能有意义完整或准确的字字对应。

(4)没有两种语言显示出把符号组织成有意义的表述的相同体系。

根据以上论述，翻译的基本原理是：没有一种用译入语的翻译能够成为源语原型的准确的对等物。这就是说，任何类型的翻译都将造成①信息流失②信息增加以及(或)③信息受到歪曲。除了语言本身的差异之外，还有语言符号的文化内涵的差异。这种情况"不是使交流变成不可能，但排除了达到绝对对等的可能性，并且容易造成对同一讯息(message)的不同理解"。

第三，翻译(translating)①的定义不可避免地会在很大程度上取决于所涉及的具体翻译目标。就《圣经》的翻译目标而言②，翻译(translating)的定义是：

> 翻译就是在译入语中作出与出发语的讯息最切近的自然对等物(closest natural equivalents)，首先是在意义上，其次是在文体上。
>
> 这样的定义承认没有任何绝对的对等，但它却指出了找到最切近的对等的重要性。用"自然的"一词，我们的意思是：对等的形式(equivalent forms)不论是在形式上(当然，像专用名这样一些不可避免的事情是例外)，还是在意义上都不应该是"外国的"。这就是说，好的翻译不应使人感到它的非土生土长的来源。
>
> 在意义上和文体上都达到对等常常是很困难的，这已为人们所公认……因此，当两者不能兼顾的时候，意义应该优先于文体上的形式。

翻译工作中在文字上的失误常常使译文有"外国腔"、不自然，但还不至于造成严重的误解。在文化内涵上的错误则会造成严重的误解却又不易为译文读者所发现。因此，只有"译作反映出对不同句法结构的高度敏感以及对文化差异的清楚认识"才能够"非常接近

---

①　在外国译学著作中，常在不同情况下分别使用 translation 或 translating，但有时也有混用的现象，大体说来，前者泛指翻译这一活动及其结果(有时可能只指译品)，后者则指翻译工作或翻译过程。在译成中文时，往往未加区别，也确实很难找到两个确切的对应词。本书在引用外国译著时，凡原文 *translation* 尽可能附英语原词，以便读者考量。

②　奈达认为《圣经》的翻译目标不是传播关于某种不同文化的深奥信息，而是使译文受众作出与原文受众极端相似的反应。应该说，这个目标具有极大的普遍性，因此按照这个目标作出的翻译的定义也具有普遍性。有些国内翻译学者以为奈达就《圣经》翻译经验而推行其理论，有很大局限性，甚至怀疑其学术价值，恐嫌片面。

于实现自然对等的标准"①。

基于奈达在 1959 年所作的关于翻译定义的阐述，他在 1974 年版的著作中，对翻译的定义作了文字上的修订：

> 翻译就是在译入语中再现与原语的讯息最切近的自然对等物，首先是就意义而言，其次是就文体而言。②

对照一下可以看出，两种说法在实质上是一样的，后者用 reproducing，比前者用 producing 可能更精确些。纽马克似乎不赞成用 reproduce，他说，"译作不能简单地重现或者成为原作。既然如此，译者的首要任务就是去翻译"。(…the translation cannot simply reproduce, or be, the original. And since this is so, the first business of the translator is to translate. *The Theory and Practice of Translation*)

第四，从上述关于语言和翻译的基本原理出发，奈达提出他著名的"动态对等"(dynamic equivalence，或译"灵活对等""动态等值")论。

若干世纪以来，人们对翻译的基本争论就是两个问题：①直译还是意译？②以形式为主，还是以内容为主？实际上第二个问题可以包括第一个问题。对这个问题，奈达明确地认为："如果说一切语言在形式上都是不同的(而语言之所以不同，主要在于形式)，那么为了保持内容，自然就必须改变其形式。"

因此，翻译的原则不在求两种语言形式上的相当(formal correspondence)，而在求译文受众与原文受众在反应上的基本一致(其前提是译文与原文传达了同样的信息或者说具有同样的内容，译文受众与原文受众达到了同样的理解)。"说'基本一致'或'大体一致'(roughly equivalent to)是很有必要的，因为没有一件译品能把原作的内容和形式全部、彻底地移译过来，就是使用同一种语言进行交流，也可以这样说，因为很显然，没有一个听者或读者能够准确地、完完全全地理解一段话语。换句话说，交流不论是用同一种语言或在不同语言间进行，不可避免地只能获得相对的效应。"③

关于这个问题，奈达的下面一段话说得更为透彻：

> 关于不可译性的问题的讨论，往往从绝对的对等，而不是从相对的对等着眼。如果有人坚持认为翻译决不允许发生任何信息流失的情况，那么很显然，不仅翻译不可

---

① 以上奈达原文均采自 Principles of Translation as Exemplified by Bible Translating, by Eugene A. Nida, *On Translation*. Edited by Reuben A. Brower, Havard University Press, 1959.

② 这两个定义的原文如下：①Translating consists in producing in the receptor language the closest natural equivalent to the message of the source language, first in meaning and secondly in style. (1959) ② Translation consists in reproducing in the receptor language the closest natural equivalent of the source language message, first in terms of meaning and secondly in terms of style. (Nida & Taber, The Theory and Practice of Translation, 1974)

③ 金堤、奈达：《论翻译》，中国对外翻译出版公司，1984 年，第 86 页。

能，一切交流都不可能。没有一种交流——不论是同语的、语际的或同符号的——能在进行中不发生一些信息的流失。即使在专家间讨论一个属于他们本身专业领域的题目，他们彼此之间的理解恐怕也不会超过百分之八十。信息流失是任何交流过程中必然会有的，因此在翻译中有些流失的实际情况是不奇怪的，也不应该据此对翻译的合格性提出质疑。①

因此，他反复强调：

翻译者应该追求的是对等而不是同一。(The translator must strive for equivalence rather than identity.)

翻译中绝对的对等是永远不可能的。(Absolute equivalence in translation is never possible.)

译文接受者与信息的关系应该是在实质上相同于原文接受者与信息的关系。(The relationship between receptor and message should be substantially the same as that which existed between the original receptor and the message.)②

实际上，译文受众对译文的反应与原文受众对原文的反应，要进行比较也是困难的，因为即使是优秀的译者也未必见得能够很好地了解和掌握原文受众对原文的反应，他只能作为原文的受众之一去琢磨和体会。这种要求对于古代(甚至于上一个世纪)的作品就更难实现了，因为当时的受众对原作的反应恐怕即使是原作者的同胞也难以研究得清楚，更不必说外国人了。

奈达"动态对等"论的价值在于它提出了"翻译的新概念"(谭载喜《奈达论翻译》)，使人们把注意的重点从两种语言(文字)的表现形式移转到两种文本(原文和译文)受众的反应，而翻译的基本任务本来就是使不懂原文的受众通过译文获得同样的信息和感受。

第五，奈达的"动态对等"论在20世纪六七十年代提出以后，到80年代又有所发展。他改变了过去"保留内容、改变形式"的提法而提出了内容与形式兼顾的论点。他认为，"功能对等"(functional equivalence)的翻译要求"不但是信息内容的对等，而且尽可能地要求形式的对等"(not only the equivalent content of message, but, in so far as possible, the equivalence of the form.)。③ 他说：

在现实中，内容是不能完全同形式分离的。形式和内容常常不可分割地结合在一

---

① A Framework for the Analysis and Evaluation of Theories of Translation, by Eugene A. Nida, in *Translation-Applications and Research*. Edited by Richard W. Brislin, Cardner Press, N. Y. 1976.

② 以上分别引自 The Theory and Practice of Translation, Approaches to Translating in the Western World, Toward a Science of Translating.

③ Nida & J Waard. From One Language to Another. Thomas Nelson Inc., 1986.

起(如在宗教性的文本中)，概念常常同一些特殊的字或其他言语程式紧密相关。

如果从广义上去了解"意义"(meaning)一词，把一个文本所传达的任何思想内涵都作为"意义"，那么一项信息在形式上的特点当然应该认为是有意义的。①

他在以前提出"动态对等"论时虽然只是强调内容上的一致应优先于形式上的一致，但给人的印象是把内容和形式对立起来，所以他后来改提两者兼顾，可以认为是一种理论上的完善。他在提出两者兼顾的同时，提出了必须改变形式的五种情况：

(1)直译会导致意义上的错误时；

(2)引入外来语形成语义空白(semantic zero)，读者有可能自己填入错误的意义时；

(3)形式对等引起严重的意义晦涩时；

(4)形式对等引起作者原意所没有的歧义时；

(5)形式对等违反译入语的语法或文体规范时。②

稍有翻译实践经验的人都会同意，这五种情况几乎是经常发生的，因此在翻译时为保持内容而改变形式乃是常规而非例外。所以，可以认为奈达的"动态对等"论在实质上并没有改变。

第六，奈达的翻译理论的发展不是在某些具体提法上而是在研究方向上。他在一篇论文中曾用第三者的口吻描绘他理论发展的轨迹及对未来的设想。

奈达指出，翻译理论因注意的焦点不同而分为三类。如果注意的焦点在文本(text)，特别是所谓"文学质量"，那么翻译的理论是语文学的(philological)；如果注意语言形式和内容的相等，那么理论是语言学的(linguistic)；如果注意到翻译是交流过程的一部分，那么理论是社会语言学的(sociolinguistic)。在实际工作中，当然三者有很多是重合的。

他写道：

"在乔姆斯基(N. Chomsky)的转换生成语法形成(1955)之前，奈达已经对某些注释问题采取了实质上是深层结构的观点。"以后，他曾采用乔氏的理论。但他很快发现，"在实质上，翻译不能光作为一种语言工作来看待，而应作为一个更大的领域，即交流(communication)的一个方面来看待"。"没有一种翻译理论能把自己束缚在句子的处理上"。

在1964年的著作中，"奈达把翻译同交流理论，而不是同一种特定的语言学理论联系起来，由此可以证明他对于只从严格的语言学角度对待翻译感到不满。交流模式的使用是明显地对实用的人类学产生兴趣的结果，反映了对于翻译过程中接受者作用的关切"。

有人常常把受众称为翻译的"目标"(target)，这说明他们对那些预期要接受和对

---

① A Framework for the Analysis Eualuation of Theories of Translation，见前。

② 劳陇：《从奈达翻译理论的发展谈直译和意译问题》，《中国翻译》，1989年，第3期。

交流进行解码的人的作用是如何的健忘。在翻译过程中，受众的作用应从两个相互关联的视角去看：（1）一件特定译品从受众身上所得的反应，（2）受众对成为合格翻译的条件所存的期望。

由于在任何话语（discourse）中解码者的重大作用，"目标"（target）和"目的语"（target language）两词都不再使用而代之以"接受者"（receptor）和"接受者语"（receptor language）。

他说：

翻译的社会语言学理论不应理解为忽视语言结构。不如说，它们把语言结构提到更高的实质层次，从交流功能来加以考察。译者能够而且必须知道诸如讽刺、夸张和反意这样一些因素，这些因素往往不是用语言上的记号来表示，而是通过同交流语境的不协调来表示的，这就是说，某些表述的解释要靠非语言的语境而定。

在实际工作中，翻译者很少是只根据一种理论行事的……但如果翻译的两种语言在时间上相距遥远、在文化上差异很大而文本在结构上相当复杂、预期的受众又很可能各不相同，那么翻译者就不得不从社会语言学的角度来考虑他的工作。

翻译工作所最后需要的将是一种完善而广泛的、把一切有关因素都考虑在内的翻译理论（What is ultimately needed for translating is a well-formulated, comprehensive theory of translation that can take into account all the related factors），因为翻译常常牵涉到在人际关系范畴中的交流，这种活动的模式必须是一种交流模式，它的原则必须主要是广义的社会语言学的原则。这样，翻译成为更广阔的人类学的符号学（anthropological semiotics）领域的一部分。在一种统一的翻译理论的架构中，就有可能去探讨所有与翻译有关并影响其实质的因素……①

从这些叙述中不难看到，奈达理论发展的方向是社会语言学、符号学、信息传播（交流）学，这将使翻译理论研究的视野更为广阔、与现代科学和生活的联系更为紧密。

奈达的理论（它本身也在不断修正和发展）为我国的翻译理论研究发挥了有益的促进作用。在历史上，马建忠的《拟设翻译书院议》（1894）中已经提出："译成之文，适如其所译而止……夫而后能使阅者所得之益，与观原文无异，是则为善译也。"②这个论点可以说是"等效"说的滥觞，比奈达早80年。劳陇在《殊途同归》一文中说，"（严复、奈达、纽马克）这三家的学说，探索的途径不同，表达的方式各异，看起来似乎相差悬殊，但是我们如果仔细分析其内含的意义，就会认识到基本原理是一致的，彼此是可以相通的"。他接着指出，奈达的"功能对等"的翻译也就是严复的"信而达的翻译"。金堤也说，"我觉得信达雅的达，其实也有（奈达的）等效的意思"（《谈中国的翻译理论建设》）。谭载喜《奈达论

---

① A Framework for the Analysis and Evaluation of Theories of Translation，见前。
② 载罗新璋编《翻译论集》，第126页。

翻译》一书最后说：

> 检验译文质量的最终标准在于以下三个方面：
> (1)能使读者正确理解原文信息，即"忠实原文"；
> (2)易于理解；
> (3)形式恰当，吸引读者。

一句话，译文必须完全符合译入语的要求，以达到原文所能达到的目的。

这三条可以说是奈达"动态对等"或"功能对等"原理的分解（或者说，具体化）。令人十分感兴趣的是，这三条同严复的"信、达、雅"几乎是完全一致的，真可说是"英雄所见略同"了。①

四、纽马克的"文本中心"论

在我国译界知名度仅次于奈达的西方翻译理论家是英国的纽马克（Peter Newmark）。他的代表作是 1988 年出版的《翻译教科书》（*A Textbook of Translation*）②。他的这本著作以及其中所阐述的理论具有这样一些特点：

一是密切结合现代翻译活动的实际。

不像过去的翻译研究往往着眼于文学翻译，他谈到翻译时所想到的不仅是文学翻译，还有近 30 年来才大为兴盛的各种翻译如国际组织、政府部门、公共机构、工商企业等所作的翻译。所以他说，翻译"成了一门新的学问、一种新的职业；一项古老的工作，现在却在为主旨的不同而服务"（第 10 页）。

二是密切结合翻译的实践。

他说，"翻译理论要做的，第一是找到和确定翻译中的问题（没有问题——没有翻译理论！）；第二是指明在解决问题中要考虑的所有因素；第三是列举所有可能的翻译程序；第四是提出最合适的翻译程序，加上合适的翻译。翻译理论如果不是来自翻译实践中的问题……那将是毫无意义的、没有生命的"。（第 9 页）"这本书的各项理论都不过是翻译实践经验的总结"（第 xi 页）。

三是重视译文受众。

他不仅是一般意义上的重视，而且把译文受众作为一个重要因素，结合不同文本来考虑决定采用何种翻译程序和方法。例如，商品的使用说明书完完全全是为了受众，翻译它就要比翻译一首抒情诗（诗人和译者是为自己写的）更多从受众着想。（第 xii 页）他还说，"要对译文读者作出估量，以便你在对文本进行翻译时决定译文的文字格调、繁简和感情

---

① 谭载喜编译：《奈达论翻译》，中国对外翻译出版公司，1984 年，第 126 页。

② 据 Prentice Hall International（U.K.），Ltd. 1988 年初版。作者在序言中说，本书在许多方面对他的前一部著作《翻译探索》（*Approaches to Translation*）是"一种扩充和修订"（an expansion as well as a revision）。

色彩"。"对某些读者来说，译文中所作的解释可能会比译出的原文还要长得多"（第12页）。

四是重视文本（text）。这一点可以被认为是纽马克理论架构的支柱。

他说：

> 什么是翻译？通常（虽然不能说总是如此），翻译就是把一个文本的意义按原作者所意想的方式译入另一种文字（语言）。（第5页）（What is translation? Often, though not by any means always, it is rendering the meaning of a text into another language in the way that the author intended the text.）

> 我有点像是个"直译派"，因为我是主张忠实和准确的。我认为，词和句以及文本都是有意义的；你只是在具有词义上的及实用上的正当理由时（这种情况常常发生）才会偏离直译（除非是意义晦涩的文本）。但这不是说——如同阿姆斯特丹的亚历克斯·布拉泽顿曾在没有证据的情况下用轻蔑口吻写过的那样——我相信"字词有绝对的至高无上的地位"。在翻译中没有绝对的事情，一切都是有条件的，任何一个原则（如"准确"）都可能是同另一个原则（如"精炼"）相对立的，或者至少在它们之间存在着紧张关系。（第 xii 页）（I am somewhat of a "literalist", because I am for truth and accuracy. I think that words as well as sentences and texts have meaning, and that you only deviate from literal translation when there are good semantic and pragmatic reasons for doing so, which is more often than not, except in grey texts. But that doesn't mean, as Alex Brotherton〈Amsterdam〉has disparagingly written without evidence, that I believe in the "absolute primacy of the word". There are no absolutes in translation, everything is conditional, any principle〈e. g. accuracy〉may be in opposition to another〈e. g. economy〉or at least there may be tension between them.）

可以这样认为：在纽马克看来，翻译就是文本的翻译，研究翻译不能离开文本，所以他按照语言的功能对文本作了详细的分析。与语言的表达功能（expressive function）相对应的是"表达型"文本，包括①抒情诗、短篇小说、长篇小说、戏剧等严肃的富于想象的文学作品；②权威性的声明；③自传、散文、私人通信。与语言的信息功能（informative function）相对应的是"信息型"文本，其主题有科技、工商、经济等，其格式有教科书、报告、论文、备忘录等。与语言的召唤功能（vocative function）相对应的是"召唤型"文本，包括说明书、宣传品、通俗小说（它的目的是卖书、娱人）。

这三种不同的文本类型适用不同的翻译方法（或者称翻译理论）。粗略言之，"表达型"文本适用"语义翻译"（或作"传意翻译"，semantic translation），"信息型"和"召唤型"文本适用"交际翻译"（或作"交流翻译"，communicative translation）。

纽马克把翻译方法按其着重点不同分成两类。着重于出发语（原文）的有：（按其着重程度依次为）字对字翻译（word-for-word translation）、直译（literal translation）、忠实翻译（faithful translation）、语义翻译。"'忠实翻译'与'语义翻译'的区别在于前者是不妥协的和教条式的，而后者稍为灵活一些，它承认在百分之百的忠诚中可以有创造性的例外，并允许译者同原文产生直觉的感应。"（第 46 页）着重于译入语（译文）的依次为：改译（adaptation）、自由翻译（free translation）、习语化翻译（idiomatic translation），即按译入语的语言习惯翻译，包括使用原文中不存在的译入语的习语和俗语等）、交际翻译。"交际翻译试图用这样一种方式来传达出原作中确切的、上下文一贯的意义，使其内容和语言都易于为（译文）读者群所接受和理解。"（第 47 页）①

一般认为，翻译的首要目标是达到"等效"（equivalent effect），即使译文在译文读者身上产生的效果相等于原文在原文读者身上产生的效果。纽马克认为，"等效"问题也因文本不同而异。他说，"这又叫作'同等反应'原则。奈达称为'动态对等'。在我看来，'等效'与其说是任何翻译的目的，还不如说是一种可取的结果，如果我们想到在两种情况下这是一种不大会产生的结果：①如果原文文本的目的是去影响别人而译文则是传递信息（或者反之）；②如果原文文本与译文文本之间有明显的文化差异"（第 48 页）。他接着就不同文本、不同译法作了分析。他说，"召唤型"文本用的是"交际翻译"，取得"等效"不但是可取的，也是必需的。"信息型"文本虽然也可用"交际翻译"，但只有对其中有感情作用的部分，"等效"才是可取的；如果两种语言的文化背景迥异，那么"等效"是不可能的。至于"表达型"文本，用"语义翻译"，不如用"交际翻译"那样可能取得"等效"，因为"语义翻译"着重于原文，译者主要考虑的是原文文本对他自己所产生的效果而不是译文文本对读者群所产生的效果。他最后总结说，"等效"原则"是一个重要的翻译观念，它对于任何类型的文本都可以在某种程度上加以运用，但并不具有同等程度的重要性"（第 49 页）。

对译品的评价，纽马克同样认为要因文本而异。他说，通常人们在考查译文是否准确（即忠实或"信"于原文）时总是要考虑原文文本中主要的"不变"（invariant）因素（一般是其中的事实或观念）是否已充分传达出来。"但，如果原文文本的目的是推销什么东西、进行劝说、禁止某些事情、通过事实或观念表达感情、取悦于人或教导他人，那么这个目的就应成为这种'不变性'的基本原则，它随文本而异；这就是为什么制定翻译'不变性'总原则是徒劳的原因"（This is why any general theory of translation "invariance" is futile.）。

他认为评价翻译的标准都是相对的。"好的翻译能实现其意图。"（第 192 页）这种意图与原作者和译者应是一致的，但却因文本不同而各异。"信息型"文本只要以一种译文读者群可接受的方式把事实表达出来就是实现了意图。"召唤型"文本是否实现了意图更容易衡量（至少理论上如此），譬如一个广告公司的译员所翻译的广告是否发挥了效力就是他翻译成功程度的标尺。"表达型"或权威性文本为实现其意图，形式几乎与内容同样重要，在语言的表达功能与美学功能之间常存在着"紧张关系"，所以用一种仅仅是"充分

---

① 纽马克的翻译理论中，关于"语义翻译"和"交际翻译"还有非常详尽的阐释，这里不能备载。奈达为他的论文集《翻译探索》写的序文中对此颇为推崇。请参阅劳陇：《翻译教学的出路——理论与实践相结合》，《外国语》，1991 年第 5 期。

的"翻译就足以说明原文文本。

从以上对纽马克理论要点(也是特点)的简单介绍,不难感到他的视野更加开阔、思路更加灵活、分析更加细致。他的"语义翻译"与"交际翻译"理论备受中外译界重视,认为是他的翻译理论的精华。但从他的《翻译教科书》全书看,贯穿他的理论的是文本(text)这一中心思想。他认为讨论和研究翻译都不能离开文本:不同的语言功能产生不同的文本,不同的文本须用不同的翻译方法,考察翻译的效果和对译品的评价都应随文本不同而异。他的"语义翻译"与"交际翻译"理论就是这一文本中心思想的产物,所以我们称其理论为"文本中心"论。

他和奈达对翻译的基本观点没有原则上的分歧。如:奈达认为任何语言均有同等表达能力,某些所谓"原始的语言"不能表达复杂的科学观点的说法是不符合事实的;纽马克也认为全球 4000 种语言"都有同等的价值和重要性","没有一种语言、一种文化是如此'原始'以至于不能包容——比如说——计算机技术和无伴奏宗教歌曲的用词和概念"(第6页)。

又如:对翻译的本质,奈达常说,"翻译就是译意"(Translating means translating meaning),纽马克则说,"翻译就是把一个文本的意义按原作者所意想的方式译入另一种文字(语言)"。他们都十分重视译文读者的反应,十分重视翻译与文化的关系,十分重视理论联系实际。他们认为翻译是一种具有创造性的活动,翻译存在某些原则和规则,但它们都是相对的,不可能成为某种程式或"万应灵药"。

在前面提到过的劳陇《殊途同归》一文中指出,严复"信、达、雅"说同奈达、纽马克的学说都是相通的。"译文必须信而且达,才能达到'功能对等'的效果。""译文之所以要求雅,就是为了行远;也就是说,要得到广大读者的欢迎。用现代的语言说,就是译文要充分考虑译文读者的接受性(acceptability)。从这个意义上说,纽马克的交流(交际)翻译就可以说是'雅'字的最好的注脚了。"

第三节　严复的"信、达、雅"说

严复自幼从宿儒读经,少年即入船政学堂,没有像当时书香门第多数子弟那样以八股为业,而是学习英语和西方科学技术(包括哲学、自然科学和社会科学),并在欧洲进行了实地考察。

在他所理解和掌握的中西文化学术的基础上,形成了他的政治理念。这一政治理念最鲜明地表现在他 1895 年——甲午战败的一年——发表、次年修订的《原强》一文中。[1] 他说,"盖生民之大要三,而强弱存亡莫不视此:一曰血气体力之强,二曰聪明智虑之强,三曰德行仁义之强。……是以今日要政,统于三端:一曰鼓民力,二曰开民智,三曰新民德。"严复不是一位政治家,而是一位学者、思想家、政论家,所以他处于此三者之中,

---

[1]　《严复诗文选注》,江苏人民出版社,1975 年,第 28-54 页。

特别重视"开民智",而"欲开民智,非讲西学不可"。他身体力行,为了"开民智""讲西学",从事西方学术名著的翻译绍介工作。

一、严复"信、达、雅"①的诠释

严复在翻译理论上的最伟大贡献是他提出了"信、达、雅"学说,把"信、达、雅"作为翻译的原则(标准)。如果说严译名著当时曾风靡一时并产生深远的影响,那么现在这些名著已随着时代的演进而成为只具有历史价值的学术文献,只有从事研究的学者会去阅读了。但他的"信、达、雅"说却在我国文化界、翻译界流传至今,无处不在,可以说直到现在还没有一种有关翻译的学说(不论是本国的还是外国的)能够具有如此持久、广泛的影响力。

(一)"信、达、雅"的要旨

严复的《天演论·译例言》相当于现代译作的译者前言,它说明了译者在翻译本书中所遵循的原则和翻译的宗旨,以便和读者沟通,有助于读者的阅读。严复在《天演论·译例言》中所表述的要点是:

(1)翻译要做到"信、达、雅"("求其信""求达""求其尔雅")。这是翻译的原则和标准。

(2)"信"是最重要的。("求其信已大难矣""为达即所以为信也""信达而外,求其尔雅")"信"的最基本要求是做到"意义则不倍本文"。(按《说文解字》对"信"字的解释是"诚也。从人从言会意"。用现代话说,就是忠实、诚实。严复用这个字显然就是着重忠实于原文的意思。)由于用中文来表达西文的意义有时很困难,所以译文"词句之间,时有所颠倒附益,不斤斤于字比句次",目的是表达原文的意义。但是这样的"取便发挥,实非正法",所以他对《天演论》的翻译不称作"笔译"而称作"达旨",并且希望以后的译者"勿以是书为口实"。他自己以后在译《原富》时也采取了不同的态度,"是译与《天演论》不同,下笔之顷,虽于全节文理,不能不融会贯通为之,然于辞义之间,无所颠倒附益"。由此,可以认为严复所说的"信"在形式和内容上都应力求忠实于原文的意思,但往往为了内容上的忠实而不得不牺牲形式上的忠实。

(3)由于西文的文法不同于中文,所以译者须"将全文神理,融会于心,则下笔抒词,自善互备。至原文词理本深,难于共喻,则当前后引衬,以显其意。凡此经营,皆以为达;为达即所以为信也"。达,就是通达、明达,就是把原文的内容(意义、信息、精神、风格等)在译文中很好地表达出来,使译文的读者能够充分理解原意。这样做到了"达",才能说做到了"信"。"信矣不达,虽译犹不译也。"这就是"信"和"达"的关系。

---

① Achilles Fang. Reflections on the Difficulty of Translation (1959) (*On Translation*, edited by R. A. Brower)一文中曾这样写道:Yan Fu set up as desiderata of translation "Accuracy, Intelligibility, Elegance". "信、达、雅"三字英译还有以下几种:Faithfulness, Comprehensibility, Elegance; Faithfulness, Intelligibility, Readability; Faithfulness, Expressiveness, Elegance; Fidelity, Intelligibility, Literary Polish.

（4）译文除了"求达"，还要"求其尔雅"，就是要讲究修辞、要有文采、要"雅正"。这样做有两个相互关联的目的，一是为了"行远"，即尽可能广泛地获得译者心目中的读者的认可和喜爱，二是为了"求达"。（严复认为"精理微言，用汉以前字法、句法，则为达易；用近世利俗文字，则求达难"。这一点下文将加阐释。）

（5）西方新学中名词很多，中文无现成的词语可用，"独有自具衡量，即义定名"。"一名之立，旬月踟蹰。"

（6）书中提到许多西学"名硕"，我国"讲西学者不可不知"，故于篇末略作介绍。

（7）为了"集思广益"，凡"遇原文所论，与他书有异同者"，写入按语，"间亦附以己意"，以资切磋。

（二）"信、达、雅"的整体性

以上七条中除最后两条外前面五条是严复"信、达、雅"说的要旨。① 值得指出的是，他认为"信、达、雅"是一个相互密切联系、相互依存的整体，但三者之中又有相对的主次关系，即总的说来，"信"是最主要的，但信而不达，等于不译，在这种情况下，"达"就成为主要的了（"则达尚焉"）。"雅"是为"达"服务的。认识"信、达、雅"的整体性是很重要的。"信、达、雅"作为一个整体符合翻译的本质，具有其科学价值，尽管它还不是一种完整的、系统的理论（如果尊重历史，那就不会对严复提出这样的要求）。关于"信、达、雅"的整体性，吴存民在《论"信、达、雅"的有机完整性——兼评译论中的一种错误倾向》一文②中用"化学状态"来比喻。他说："严氏'信、达、雅'三字说就本质而言，它是一个'化学状态'下的'信、达、雅'，绝不是一个'物理状态'下的'信、达、雅'……（如果是后者）其译文就必然不是顾'信'而失'达、雅'，就是顾'达、雅'而失'信'……（如果是前者）其译文就一定会是'信、达、雅'三者兼而有之。倘若译家又能根据不同的要求对'信、达、雅'的成分比例作适当调整的话，其结果则是他能够获得一个比较满意的合格译品。"

---

① 早于严复一个多世纪的满汉文翻译家魏象乾在乾隆五年（1740 年）刻行的《潘清说》（清指清文，即满文）一书中提出了翻译原则（标准）。他指出翻译的正道是："晾其意、完其辞、顺其气、传其神；不增不减、不颠不倒、不特取意，而清文精练，适当其可也。间有增减颠倒与取意者，岂无故而然软？盖增者，以汉文之本有含蓄也，非增之，其意不达；减者，以汉文之本有重复也，非减之，其辞不练。若夫颠倒与取意也，非颠倒，则杆格不通；非取意，则语气不解。此以清文之体，有不得不然者，然后从而变之，岂恃此以见长哉?!"与严复同时代的马建忠在光绪二十年（1894 年）发表的《拟设翻译书院议》中也对翻译原则（标准）提出看法。他说，译者对两种文字必须有深湛之研究，"夫如是，则一书到手，经营反复，确知其意旨之所在，而又慕写其神情，仿佛其语气，然后心悟神解，振笔而书，译成之文，适如其所译而止，而曾无毫发出入于其间，夫而后能使阅者所得之益，与观原文无异，是则为善译也已"。（载罗新璋编《翻译论集》）他们的观点同严复都相通。魏的原则似更接近于佛经翻译中的"质"派。马的原则则可说是半世纪后费道罗夫"等值"论与奈达"等效"论的先行者。在中国乃至世界的翻译史上都应有他们的地位。

② 载《中国翻译》1997 年第 5 期。

二、正确理解作为翻译原则的"雅"

长期以来，对"信、达、雅"说中的"雅"，在理解上分歧最大、受到的批评也最多，因此我们有必要专门讨论一下这个"雅"字。

(一)"雅"作为翻译原则的本意

《辞源》对"雅"字的释义一是"正确""规范"，见《荀子·王制》；二是高尚、文明，见汉贾谊《新书·道术》及唐王维诗；三是美好，见《史记·司马相如传》；其他还有一些不同的字义。

我们最常见的"雅"字是在"文雅""高雅""典雅""风雅"这样一些词中，因此我们很容易从这些词形成"雅"的概念，并从而认为严复提出的"雅"就是要求译文必须做到"文雅""高雅"。由于严复又主张"用汉以前字法句法"，所以有人又以为他要求译文"古雅"。因此有人认为，"信、达、雅"对文学翻译也许还可以，但对其他翻译可能就不适合，因为文学作品是"雅"的，其他作品本身就不"雅"。其实，严复的"雅"是泛指译文的文字水平，并非专指译文的文学艺术价值。当然，他很重视译文的文学价值，也对自己在"文辞"方面的造诣很自负，但他始终不承认他是单纯追求译文的"古雅""高雅"。

有一部分翻译家和学者认为，"雅"乃指风格。他们大多着眼于文学翻译，故特别重视风格。但含义又不尽相同，一种认为指原作的风格，译文须加以体现，另一种认为指译作的风格，译者应有自己的风格，译作应有不依赖于原作的独立价值。

这样来理解和解释作为翻译实践总的指导原则重要成分之一的"雅"，实有不妥之处，因为：

第一，风格不能脱离作品的内容和形式而存在，它是通过作品的内容和形式而为受众所感知的。① 因此，翻译中风格的传达体现在内容和形式的传达之中，也就是说，属于"信""达"的范畴。做到了"信""达"，原作的风格自然就应能在译作中表达出来。"一位敏感的译者应该成为一位能掌握几种风格的优秀作家，他甚至于能够区别坚硬玉石表面的光滑和柔软丝绒表面的光滑。"② 在翻译实践中，恐怕绝无"先译出内容和形式、再译出风格"这样的事情。

第二，我们说翻译是创造性的工作是指翻译作为跨语言跨文化交流会遇到巨大困难，译者必须发挥自己的创造性去克服，而不是混淆翻译与创作的界限。由于译者的知识才能有差别，同一本原作由不同的译者来翻译，必然会出现不同的译本，有的有水平高下之分，有的水平相若而译法各异。在评价时，如译文文字水平、译品质量相当则只能以原作为标准，最贴近原作(包括风格)者为佳。离开原作而谈译者的风格显然是不符合翻译必

① 张中楹在《关于翻译中的风格问题》一文中说："风格的具体内容不外乎下列四点：甲、题材(subject matter)。乙、用字(choice of words)。丙、表达(mode of expression)。丁、色彩(color)。"载《翻译研究论文集(1949—1983)》，外语教学与研究出版社，1984年，第159-164页。

② 周北祥、李达三编：《译事参考手册》(英语版)，1980年，第13页。

须忠实于原文这个大前提的。

第三，对于占翻译工作量绝大部分的非文学翻译来说，风格的传达不构成重要的现实问题。人与人不同，任何一个文字工作者都有别于另一个文字工作者，但绝不是任何一个文字工作者(包括翻译工作者)都谈得上有自己的风格。因此，把"雅"解释为风格而列为指导翻译的总原则之一缺少现实基础和实际意义。

(二)"雅"和"达"的关系

这个问题其实严复在《天演论·译例言》中已经说得很明白。他认为，"信达而外，求其尔雅"，一是为了"行远"，二是为了"求达"。"雅"和"达"是一致的，前者是为后者服务的。

但是，"用汉以前字法句法"如何反而"为达易"呢？这对现代的中国知识分子，特别是青年学生来说，恐怕不易理解。不过，在严复看来，事情就是如此。关于这个"用汉以前字法句法"译书的问题，历来为不少论者所诟病，而且把它同"雅"混为一谈，治丝益棼，所以有作较详细分析的必要。

(1)严复声称西学中原理同中国古人所言之理皆合，所以"用汉以前字法、句法，则为达易"。

人们的认识不可能脱离其文化、社会、时代背景。严复对中国传统文化中的某些部分持批判态度，如对泥古不化的保守思想、君主专制的政治制度、重本(农业)抑末(工商业)的经济政策、以宋明理学为代表的客观唯心主义哲学等，但在总体上，他对中国传统文化仍持尊崇态度。他推崇西学，同时又认为西方的哲学、社会科学，甚至自然科学中的一些原理，同中国古人所言之理皆合，或可互相印证，如在《自序》中说：

> 今夫"六艺"之于中国也，所谓日月经关、江河行地者尔；而仲尼(孔子)之于六艺也，《易》《春秋》最严……及观西人名学，则见其于格物致知之事，有内籀之术焉，有外籀之术焉……乃推卷起曰：有是哉！是固吾《易》《春秋》之学也……近二百年欧洲学术之盛，远迈古初，其所得以为名理公例者，在在见极，不可复摇。顾吾古人之所得，往往先之……夫西学之最为切实而执其例可以御蕃变者，名、数、质、力四者之学而已。而吾《易》则名数以为经，质力以为纬，而合而名之曰《易》……赫胥黎氏此书之旨……其中所论，与吾古人有甚合者。

严复这种把西学和中学相比附的说法，有些是牵强附会的。他这样说可以有两种解释：一是他确实如此认识，二是他为了使他所介绍的西学容易为中国知识界所接受。很可能这两方面的因素都有。不论如何，这有助于我们理解为什么他在提出"信、达、雅"说时，要引经据典表明此"三者乃文章正轨"，因此"亦即为译事楷模"；为什么他会认为"精理微言，用汉以前字法句法，则为达易"。

(2)严复"用汉以前字法句法"以提高所译西学论著的文化学术品位，从而提高"西学"的地位，使之为当时中国高级知识阶层(按照"学而优则仕"的传统，他们中很多人是有政治影响的官僚或有社会影响的名流)所重视和接受,以遂其文化救国之志。

王佐良在《严复的用心》一文①中说:"他又认识到这些书(指严译的西学名著)对于那些仍在中古的梦乡里酣睡的人是多么难以下咽的苦药,因此他在上面涂了糖衣,这糖衣就是士大夫们所心折的汉以前的古雅文体。雅,乃是严复的招徕术。"

劳陇在《"雅"义新释》②一文中说:"我们可以说,'雅'字的含义就是运用读者所最乐于接受的文体,使译文得以广泛流传,扩大影响。从这个意义上说,'雅'这一标准似乎今天仍然是适用的。"

刘宓庆在《现代翻译理论》一书中说:"严复之所以用'先秦笔韵'翻译亚当·斯密的著作,正是由他所处的时代背景及他的交际目的、交际对象的心理及接受者群体等因素决定的。"

从翻译理论研究的角度来看,严复作为一位翻译家能在一百年前就把译本所预期的读者对象纳入视野,并把达成交流的目的作为翻译的首要任务,不能不说是具有极大理论价值的创见。

(3)在严复所处的时代,在介绍、引进外国新学术、新思想时,确实面临着文字工具上的巨大困难。"用汉以前字法句法"是严复为解决这一困难所作的选择。

当时中国知识分子所掌握的只有来自古书的词汇和文言文。有不少新词汇是移植日文中的汉字,更多的要靠自己创造,译名成了当时翻译中的一大难点。至于文字,则不能不用文言文。有人用较通俗一点的、浅近一点的文言文,如梁启超。关于林纾的译文,虽然他也是一位古文家,但钱锺书认为"林纾译书所用文体是他心目中认为较通俗、较随便、富于弹性的文言。他虽然保留若干'古文'成分,但比'古文'自由得多;在词汇和句法上,规矩不严密,收容量很宽大"③。严复这位古文家则坚决不肯"纡尊降贵",而要坚持"用汉以前字法句法",所以译文古奥艰深。

(4)严复的思想未能跟随时代前进,把"用汉以前字法句法"凝固化,这是他的历史局限性的表现。

1902年,梁启超在《新民丛报》上评介严译《原富》,备极推崇,但接着指出:"吾辈所犹有憾者,其文章太务渊雅,刻意摹仿先秦文体,非多读古书之人,一翻殆难索解。夫文界之宜革命久矣……况此等学理邃积之书,非以流畅锐达之笔行之,安能使学童受其益乎?著译之业,将以播文明思想于国民也,非为藏山不朽之名誉也。文人结习,吾不能为贤者讳矣。"④严在复信中对梁的推崇表示"惭颜",自谦于西学中学均造诣不深,"其所劳苦而仅得者,徒文辞耳",所以对梁批评他的文辞,完全不能接受。他在复信中说,"文

---

① 载《翻译研究论文集(1949—1983)》,外语教学与研究出版社,1984年,第483页。

② 刘宓庆:《现代翻译理论》,《中国翻译》,1983年第10期。

③ 钱锺书:《林纾的翻译》,《七缀集》,上海古籍出版社,1996年,第96页。钱氏指出:"'古文'是中国文学史上的术语……自非一切文言都算'古文'……'古文'有两方面,一方面就是……叙述和描写的技巧……还有一个方面语言。只要看林纾渊源所自的桐城派祖师方苞的教诫,我们就知道'古文'运用语言时受多少清规戒律的束缚。"

④ 《新民丛报》第二期。

辞者，载理想之羽翼，而以达情感之声音也。是故理之精者不能载以粗犷之词，而情之正者不可达以鄙俗之气。中国文之美者，莫若司马迁、韩愈……愈之言曰：'文无难易唯其是。'仆之于文，非务渊雅也，务其是耳。"他的意思是，他并非追求"渊雅"，只是因为他所译者皆西方"学理邃积之书"，如此高水平的书只有用司马迁、韩愈这样高水平的文辞才相称，才能作完美的表达。

(三)"雅"与"信"的关系

前面的讨论已经说明，严复"求其尔雅"一为"行远"，二为"求达"，而"为达即所以为信"。由此观之，"雅"和"信"也是一致的，"雅"也是为"信"服务的。王佐良在《严复的用心》一文中有这样一段非常精辟的话："严复的'雅'是同他的第一，亦即最重要的一点——'信'——紧密相连的。换言之，雅不是美化，不是把一篇原来不典雅的文章译得很典雅，而是指一种努力，要传达一种比词、句的简单的含义更高、更精微的东西：原作者的心智特点，原作的精神光泽。"

但是现在有一些关于严复及其翻译的论著却总是认为严复把"雅"看得比"信"还重，甚至指责他"以文害意"。这种说法近乎武断。严复对待翻译的态度非常严肃，把"信"看得最重要，这是历来为世人所公认的。凡译者自己的话为原文所无或对原文在翻译时的"颠倒附益"，他都在译著前言中说明。他甚至因为《天演论》的翻译没有完全按照他的"信"的标准去做，而"题曰达旨，不云笔译"，还特别说明"实非正法""学我者病"。(许多有关论著均已指出，严复所以这样译《天演论》是为了传播新思想的需要，也是因为他不同意赫胥黎的某些观点。)他从来没有为了追求译文文字上的漂亮去变更或删削原文，或者碰到原文中难以索解之处就"超越"或含混过去。《清史稿·严复本传》称他"精欧西文字，所译书以瑰辞达奥旨"①。这里的"以瑰辞达奥旨"六字真可谓一字千钧，入木三分。

---

① 《严复集》(第五册)，中华书局，1986年。

第三章 文学文本的解读和译本的创造

第一节 翻译单位——文本

一、文本

"文本"在 20 世纪 70 年代初开始成为法国社会评论家及文学评论家罗兰·巴尔特(Roland Barthes)写作中的一个重要术语。在他的《从作品到文本》(*From Work to Text*)一文中,他详细分析了作品和文本的区别:作品看得见、摸得着,以具体的物质形式存在,可以在书架上占据一定的空间位置,而文本则是一种无尽的意指过程。作品有统一的主题,表达确定的意思,而文本是对中心和权威的挑战,是意义永远延期的在场。作品是消费型的,文本是生产型的,它不满足于一种解读方式,呼吁读者的积极参与,这种参与过程也是一种再创造的过程,读者就在这种创造和生产中,体验到一种阅读的乐趣。"文本"既是作为阅读行为的对象的一般性术语,又是与术语"作品"的一种特殊的对立。文本和作品之间的对立,符号学上可以看作可写和可读之间区别的重写,也就是意义生产的开放和封闭进程之间的区别;文化和意识形态上可以看作不同阅读实践之间的区别。①

文本也是作者从社会性杂语中采撷的各种言语体裁的话语在艺术中的再现。根据法国结构主义叙事学家茨维坦·托多洛夫(Tzvetan Todorov)和解释学家保罗·利科等人的观点,文本与话语是有区别的。这种区别简单地表述为:文本是固定了的话语,而话语则是文本生成过程中变动不居的动力场。② 也就是说,话语是动态的,具有延异性文本的话语不仅由历史、时代文化语境给出编码的规则,而且经过了作家主体意识的过滤、选择和重组。罗兰·巴尔特曾言:"文本是这样一种空间,在这里没有任何一种语言可以操纵别的语言,文本是语言的循环。"③

二、有关翻译单位的争论④

文本语言学使译者能"更上一层楼",从文本的高度以"文本的仲裁权威"来更有效地

---

① 方生:《后结构主义文论》,山东教育出版社,1999 年,第 108 页。

② 李幼蒸:《理论符号学导论》,社会科学文献出版社,1999 年,第 363-364 页。

③ Barthes Roland. From Work to Text. In P. Rice & P. Wangh (eds.). Modern Literary Theory: A Reader. London: Edward Arnold Press, 1989: 171.

④ 朱纯深:《翻译探微:语言·文本·诗学》,译林出版社,2008 年,第 79-107 页。

工作。但文本语言学也应该使他们能"居高临下"地将较低的单位看成功能而非形式单位。讨论文学翻译时，技术上处理的常常是局部的一段文字而非全文。因此，文学翻译单位的概念，一旦作出合适的定义，便有助于在全文与局部间搭建桥梁，描写翻译中所涉及的各种关系，检验局部篇章对全文的潜在关联。

在翻译的实际操作、分析和教学中，都需要对文本同其作为翻译单位的各组成部分之间的关系进行审视并加以廓清。这种审视使得局部的翻译单位在文本层面上有意义并对文本在翻译中的形成负责，因为翻译是一个在译入语的语言文化中重构原文文本结构的过程。

实事求是地来说，好的翻译如同好的写作，来自对词语词序的正确选择。唯一的区别是，在翻译中这"正确的选择"，不但受译入语中可用的语言资源也受既存的原文篇章的激发与限制。这所谓的"正确性"或"合适性"该如何把握，几个世纪来一直都引起翻译理论家的注意。然而，为了处理这因为双重激发与限制造成的困境，他们又碰上了另一个有关"正确性"的问题：文本中多长的一段才是实际操作和分析的最佳单位呢？这是翻译单位这一概念的核心问题。而翻译单位的概念又是"长期以来直译和意译之争的具体反映"①，也是"科学地探讨翻译的一个基础"②。同样，这里也是产生歧见的地方，使翻译单位的概念对从事实际操作的译者几乎没什么用处③，因为关键问题诸如标准、语言学基础、形式与内容关系等，都有待解决。

（一）翻译单位的重新定义

要解决以上所举的种种争论，首先，我们需要一个翻译单位的定义，并对其在翻译研究中的可用性作出评估。纽马克以维内（J. P. Vinay）和达贝尔奈特（J. Darbelnet）的概念以及哈斯（Haas）的描述为基础④，对传统观点作出一个简要的总结：

> 源语文本中可以孤立于其他片段而作为一个整体来翻译的最小的片段，其通常范围从词延至搭配和子句，可以说成是"尽可能的小，按需要的大"（这是我的〈即纽马克的〉观点），虽然有些译者会说这是个有误导性的概念，因为唯一的翻译单位是全篇文本。⑤

当前对翻译单位的认识本质上是形式而非功能的。就意义和功能来说，只能是在形体

---

① Newmark P. A Textbook of Translation. New York，London：Prentice Hall，1988：54.

② Snell-Hornby M. Linguistic Transcoding or Cultural Transfer? A Critique of Translation Theory in Germany. In Susan Bassnett & Andre Lefevre（eds.）. Translation，History and Culture. London/NY：Pinter Publishers，1990：81.

③ Newmark P. Approaches to Translation. Oxford，New York：Pergamon，1981：140.

④ Newmark P. A Textbook of Translation. New York，London：Prentice Hall，1988：54.

⑤ Newmark P. A Textbook of Translation. New York，London：Prentice Hall，1988：285.

即形式上"孤立"地翻译一个语言单位。每个单位都是一个更高层面上的结构的一部分①。如上这样一个形式主义的观点，把文本视为"一个由各单位组成的线性序列"，而翻译"只是个代码转换的过程""决定翻译单位和选择所谓的'最优对等'"②（原文强调）。这在关注诸如翻译单位的"大小""长度"（而非功能）这类问题的文献中，都可以看到。

纽马克的这个定义，暗示了翻译单位等同于语言单位和语言层次这类观点，也揭示了他在翻译单位范围界定的问题上所持的显然摇摆不定的态度。在其他地方他强调句子作为"自然的"或首要的翻译单位的重要性，在句子之下的为"次翻译单位"③，但在以上定义中句子又很显然不见了。他甚至将句子列为"翻译过程（translating）（而非翻译〈translation〉）的单位"④，虽然在别处他似乎又不坚持两个术语是不可互换的⑤。

（二）翻译单位与翻译对等

在翻译研究中，翻译单位常常是同翻译对等一起提出来的。如胡安·塞杰所说，两个概念都是"任何有关翻译的理论或实践讨论的中心问题"⑥。这是因为理论家们不管有意无意都把翻译单位视为一个"隔间"，他们所相信的"翻译对等"便是在这"隔间"里显形的。然而，作为两个理论概念，它们是不好扯在一起的。翻译的对等观念暗示了"完全对等是个可以达成的目标"⑦，标志着对"绝对"意义或同一性的信念⑧。这种基于绝对意义的对等观念受到了来自各个方面的质疑，其中包括词源学⑨，转换生成语法学以及解构主义。

说源语文本拥有一个绝对的本体形式是可以接受的，但是在现实的阅读和理解中，一个绝对的文本形式并不能产生绝对的（即超然于经验的、不受历史限制的或者永恒的）意义。人类交际的"能量衰减"本质既表现为（必然的）"失"，也表现为（意外的）"得"。这一点对我们理解信息接收也就是翻译中的对等（的不存在），是很有意义的。⑩ 文本意义的获得还要取决于读者个人及其阅读过程诸因素。换言之，所声称的文本意义是文本、读者

---

① Toury Gidesn. A Rationale for Descriptive Translation Studies. In Theo Hermans(ed.)The Manipulation of Literature. London/Sydney：Croom Helm，1985：85-86.

② Snell-Hornby，Mary. Translation Studies：An integrated approach. Amsterdam/Philadelphia：Benjamin's，1988：16.

③ Newmark P. A Textbook of Translation. New York，London：Prentice Hall，1988：65.

④ Newmark P. About Translation. Clevedon：Multilingual Matters，1991：66.

⑤ Newmark P. A Textbook of Translation. New York，London：Prentice Hall，1988：30-31.

⑥ Sager Juan. Language Engineering and Translation Consegaences of Automation. Amsterdam/Philadelphia：Benjamin's，1994：222.

⑦ Hatim Basil and Ian Mason. Discourse and the Translator. London/NY：Longman，1990：8.

⑧ Eoyang Eugene. The Transparent Eye：Reflections on Translation，Chinese Literature，and Comparative Poetics. Honolulu：University of Hawaii Press，1993：14-15.

⑨ Snell-Hornby Mary. Translation Studies：An Integrated Approach. Amsterdam/Philadelphia：Benjamin's，1988：16-22.

⑩ Neubert Albrecht and Gregory M Shreve. Translation as Text. Kent/London：Kent State UP，1992：2.

和阅读行为三者互动的结果。翻译行为的基础通常建立在译者对原文不止一次的仔细阅读上，这个过程最终导致了译文的产生；而这又是一个绝对的本体形式，其意义同样是相对的，也取决于梅森所称的"推论历史"（discursive history，即语言使用者先前的篇章经验）和个别读者的实际阅读过程。

那么，至少在技术上只有两类可查实的原文—译文比较。一类是将两个绝对形式，或者用桑迪·皮特里（Sandy Petrey）①的话说，是文本的"绝对的，神圣不可侵犯的言内自主体"（absolute and sacrosanct locutionary autonomies）进行比较，因此是两个文本的意义结构的第一维（语言维）之间的静态形式比较。这类比较对语言学习及对培养文本"质地"的鉴赏力有用，但对翻译便不是那么有用了。另一类是将（理想地）从同一个读者进行的同一个阅读过程中提取的两个文本的言外（行事）意义进行比较。这样，译者或译评者作为最佳人选，"至少是短暂地，原文和译文在他/她心中不是相互割裂的，相反是同时呈现且密切交织的"②。第二类比较是以文本为基础但以读者为中心的动态的功能比较，以意义结构的第一维作为其物质基础，进而涉及第二维（人际互动），并对第三维（美学效果）有相当大的影响。这一类比较对翻译研究至为重要。所以并不奇怪，因为没考虑到提取自各次阅读的意义的相对性本质，而以绝对意义为取向来寻求完全的、纯粹的翻译对等，这样的努力只能产生更多的互为矛盾的推断（例如，沃尔夫兰·威尔斯③所举的各种 musts 和 should's）以及在术语上作的各种文章（参见斯内尔-霍恩比④的讨论），而不是展示真实情况拓展理论深度。

因此，将翻译单位当作一个语言层面，在此之上来建立翻译对等，是一个被误导的概念，其基础是三个无法证明的信念：①翻译单位本质上是个形式单位，可以孤立处理；②语言单位是天然的翻译单位；③完全的对等是可以达到的。为了恢复翻译单位真正的功能地位，至关重要的是将翻译单位和翻译对等看作两个互不关联的概念。这样，翻译单位的概念就不会因为翻译对等不可行而被推翻，只要在运用翻译单位这一概念时，在理论上不以所谓的"绝对意义"或形式一致为基础，在实践中也不追求这样的东西就成。

（三）语言单位：在译入语文本建构中的三重性质

在我们着手确立一个在功能上更可解释的翻译单位之前，有必要检视一下在译入语文本建构中，人们可能会对语言单位（还不是翻译单位）的作用所抱的期望。我们是不是期望适合翻译的一个单位

---

① Petrey Sandy. Speech Acts and Literary Theory. NY/London：Routledge，1990：70.

② Toury Gidesn. A Rationale for Descriptive Translation Studies. In Theo Hermans（ed）. The Manipulation of Literature. London/Sydney：Croom Helm，1985：96.

③ Wilss Wolfram. The Science of Translation：Problems and Methods. Tubingen：Gunter Narr，1982：134.

④ Snell-Hornby Mary. Translation Studies：An Integrated Approach. Amsterdam/Philadelphia：Benjamin's，1988：16-22.

　　(1)是短时记忆可以处理的,

　　(2)同其在原文中的对应部分可以进行句法比较,或者

　　(3)具有最高的文本仲裁权威?

　　一旦我们用这三个要求来衡量一个语言单位,就可以明白如果将语言单位理解成翻译单位,就会对翻译单位抱有一些互不兼容的期望,从而使这一概念在实践中变得没有用处。

　　一个短时记忆处理得了的单位,如果其余情况相同的话,就必须包含一定量有限的信息,其限度足以在文本理解中尽量使信息回忆变得容易,尽量减少信息处理要付出的努力,或者说要使得"受控认知处理"成为可能(有关认知上的"受控处理"及与其相对的"自动处理",见唐纳德·克拉力①(Donald C. Kiraly)。这样一个单位能够也应该在理解的过程中以"叙事模式"处理,而且更重要的还能以"纵聚合或逻辑—科学模式"处理。

　　将一个单位局限在短时记忆中,译者就不但能更有效地检索提取并再现他们认为的该单位所携带的信息,还可以沿着信息的呈现过程尽量开拓他们的阅读经验,直到这一经验的复杂性被转化成"简单的理解",在这"复杂的经验"转化成"简单的理解"的过程中,语言/文本的有违常规处(即潜在的文体标记)被压抑了②。换言之,要使一个语言单位成为有操作价值的翻译单位,它就得是可以在短时记忆中以"纵聚合或逻辑—科学模式"处理的一个概念的、语言的和美学的经验。然后它才被"语境化"(即被简单化、简约化成上下文语境的一部分),成为存于长时记忆中的可概括的"知识";因为对源语文本整体认知的演进过程要求对信息进行这样的简约化。

　　在跨语言环境中要求语言单位能在短时记忆中处理,先决条件是所涉及的(源语和译入语)两个语言单位之间的句法比较(参见基迪恩·图里关于需要建立供"比较分析的单位"的讨论③)。译入语的单位相对于它的源语对应单位,在语言上是对译入语文本的正当性负责的,但因为它的范围有限,对它之下的次级单位的文本仲裁权威不过是局部的、初步的。我们在此要论证的是,将这样一个单位定为句子,是现实和可行的。如果句子为信息呈现的局部序列比较提供了"线性连贯"参照系,那么,全篇文本,作为仲裁的"最高上诉法庭"④,其意义就在于它那(全文的)"球面连贯"(global coherence,参见凡·戴克⑤),这一参照系具有对翻译的最终产品进行评估和质量控制的权威。应该指出的是,

---

　　① Kiraly Donald C. Pathways to Translation：Pedagogy and Process. Kent and London：Kent State UP, 1995：85.

　　② Schleifer Ronald, Robert Con Davis and Nancy Mergler. Culture and Cognition：The Boundaries of Literary and Scientific Inquiry. Ithaca/London：Cornell UP. 1992：38-39, 41.

　　③ Toury Gideon. Descriptive Translation Studies and Beyond. Amsterdam/Philadelphia：Benjamin's, 1995：88-89.

　　④ Newmark P. About Translation. Clevedon：Multilingual Matters, 1991：66.

　　⑤ Van Dijk Teun Adrianus. Text and Context：Explorations in the Semantics and Pragmatics of Discourse. London/NY：Longman, 1977：95.

全篇文本本身也应该放在它的非语言的或文本间的互文语境中考察，而对这一超文本语境的认识，又在很大程度上依赖译者的阅读能力。

将文本立为最高的仲裁单位使译者得以超越句子作为一个语法单位的局限。只有在文本的球面连贯参照系中，我们才能更清楚地意识到原文中的句间连接，并相应地在翻译中建立译文文本的球面连贯体系。这样一个最高的仲裁单位通常都太大，即使能在语言间进行结构比较，也无法一下子在短时记忆中通盘处理。

假如我们坚持翻译单位"作为一个独立的、整体的意义实体"必须获得最高的文本仲裁权威，那么它就得建立在全文的层面上，甚至是宏观文本或语境的层面上。这样，我们就进入了一个两难的境地，因为在短时记忆中保存整个文本的精细结构简直是不可能的——也就是说，无法将整篇文字"一举"翻译完毕。任何这一类的操作都违反认知中的效率和能量保存规律，因为我们处理信息的能力是有限的。结果受到损害的是信息的精确和文体的效果。

（四）文本单位的文本人格：三个功能

假如我们同意一个语言单位要成为翻译单位，必须能在短时记忆中处理以及能进行句法比较——这两项要求比仲裁权威性更为根本——那么，我们就得确定一个翻译单位的哪些方面可以通过"纵聚合或逻辑—科学模式"进行分析。正是在这一点上，"文本性"概念（其七个决定条件为：接应、连贯、意图性、可接受性、信息（知识）性、相关性和互文性）显出了对翻译的重要性[1]。因此，一个语言单位要发挥翻译单位的功能，就要先考察它的文本潜能。

在文本形成的过程中，语言的语义和句法资源都在文本单位的形体范围内尽量发挥作用，以实现文本在形式层面的接应和在概念层面的连贯。接应和连贯又组成了其他文本性成分的物质和认知基础。文本性的所有这些方面都要求一个文本单位在语法上合适并可接受。它们也要求文本单位带有在上下文语境中有语义的信息，并且又使文本符合其所属体裁的要求，同时又表现出足够的个性来与同一体裁的其他文本相区别。于是，一个文本单位至少要能发挥以下三个功能：

（1）句法负载的功能：其语法必须适当以便为文本的接应和连贯提供物质基础。

（2）信息携带的功能：它必须传递意念和人际层面上有意义的信息（连贯），使文本带有相关的信息/知识（信息性和关联性）。

（3）文体标记的功能：它必须通过精心的纵聚合方向上的词语选择与横组合方向上的语序为文本组织作出贡献；这样，它的信息呈现模式能更好地为文本意图服务（意图性），而文本的体裁所属和文本个性（互文性）能更有效地得到接受（可接受性）。

---

[1]　Neubert Albrecht and Gregory M. Shreve. Translation as Text. Kent/London：Kent State UP，1992. Bell Roger. Translation and Translating：Theory and practice. London/NY：Longman，1991.

作为文本单位的代词或代词短语便是个例证。代词作为句法负载者可以填充主语、定语或宾语的空位，但不能填充谓语或状语的空位。代词作为信息携带者可以在及物性结构中充当施事或受事，或者在信息结构中充当主题或焦点。当代词在篇章世界中用来指称某一对象时，便带上了某种篇章价值，如前指参照和后指参照，这就在知识共有和知识传递意义上对信息的宏观分布产生了直接影响，结果便会左右篇章的发展①。代词除了负载句法和携带信息之外，当它作为文体标记时，可以发挥许多作用来影响文本的形成。比如，它不但有助于决定人际距离（如特定的"I"和包含的"we"），还能按人称视点将叙事归类，因为人称视点的选择制约了叙事和描写的角度和深度。

一方面，句法负载、信息携带和文体标记可以揭示一个以语法为基础的语言单位在文本中的文本潜能；另一方面，这些功能形成了一套三个标准的衡量机制，以利于对文本单位的运作在语言上作出解释。这三个标准保留了文本性的精华，对实际译者来说似乎又显得（比七个标准）更容易操作。如果这样的可解释性在原文的创作中是至关重要的，那它在译文的创作中同样也是至关重要的。在文本化过程中，这些功能联合起来制约鲍尔默所称的"部分的、不完整的语言实体（如：词）"的序列组织，组成"完整的实体（如：句子）"，再将后者加进"（语言）上下文（如：文本）"。在翻译中，一个翻译单位，可以在短时记忆中处理又可以进行（跨语言）句法比较，通过行使句法负载、信息携带和文本标记这三个功能便可说是获得了它的"文本人格"（textual integrity）。因此，它的这些功能就应该在译入语的文本化过程中得到匹配。对翻译单位这一文本人格地位的认识，有助于廓清逻辑-科学检验的范围，这样的检验将揭示既存原文由语言表面归纳出的文本性②，由此促成形成中的译文的实际定型。

（五）把文本看作翻译的"目的"而非"单位"

将翻译单位视为具有文本人格的单位，这突出了文本作为具有最高仲裁权威的一个语言单位的重要性，并指出了在对翻译实践的研究中，如何将文本置于同翻译单位这一概念相关的一个更为现实的地位。

斯内尔-霍恩比指出，有关单位对单位对等的论点"基础是很不稳固的"，她认为这个论点假定语言间存在"某种程度的对称性，使所谓的对等成为可能"③。这样的假定又是一个更广义的预设立场的基础，即认为翻译是在两个语言之间进行的；然而更精确地说，翻译应该是在两个文本间完成的。以下论述，很清楚是受到这种"翻译乃文本的创造"这一观点的影响："翻译成的文本是一个新的创造，得之于（对原文的）仔细和认真的阅读，

---

① McCarthy M. and Carter R. A. Language as Discourse: Perspectives for Language Teaching. London: Longman, 1994: 90-93.

② Neubert Albrecht and Gregory M. Shreve. Translation as Text. Kent/London: Kent State UP, 1992: 70.

③ Snell-Hornby Mary. Translation Studies: An Integrated Approach. Amsterdam/Philadelphia: Benjamin's, 1988: 16.

它是个重建而非拷贝(的成果)"①。既然这一新文本通常都是以另一种语言(即译入语)写成的,那翻译行为的技术部分就必定在于如何采用译入语的语言资源,来保证译者所认为可取的文本/功能对应。

对翻译的这种共识,其意义首先在于以追求文本/功能对应(就文本人格来说,这大体上是可行的)来代替追求跨语言的对称或一致。后者用斯内尔-霍恩比的话说,是"幻想(……)简直超不出模糊的近似这一层次,歪曲了翻译的基本问题"②。这就解放了译者,让他们在译入语文本创造中追求文本功能的对应,也让我们对文本有个更现实的理解,即把它看作一个语言(或文化)的单位而不是"那个"翻译单位。

一个灵活不定、含糊不清的文本概念——文本到底是一个句子、一串句子,还是一个自治的实体——反映了以句法观点对文本进行定位的一个基本难题,也无助于翻译单位的实际应用。因此我们根据鲍尔默的观点,提出对文本的一个联合定义:

> 文本是一个自治的实体,由一系列句子和标点符号组成,完成一个单一的(宏观)言语行为或者一系列在结构上相互关联的言语行为。

这一定义与兰斯·休森(Lance Hewson)和杰克·马丁(Jacky Martin)对文本的描述相合。他们认为文本是"基于组成它的各单位(命题或句子)的一个宏观命题"③。但同时,它又强调文本的自治性,突出同组成它的各句子的一种"自上而下"的关系,并通过言语行为也突出同交际语境的一种"自下而上"的关系。这两种关系,在译入语的文本化过程中都是很重要的。

一旦我们将文本看作一个自治的实体,就会发现它位于语言单位的最高层。在此之上,便是诸如交际情境、社会文化环境和体裁类型等因素所组成的一个语用背景,而文本就是在这个背景上将自己投射出来的。虽然这个背景并不公开地参与实际翻译行为中的语言操作,但它作为超语言语境(通过文本这一更直接的语言语境)对如何解读各语言层面上的文本成分,有着至关重要的影响。作为一个自治实体,"一个文本(也)作用于因此也改变那个(非语言)语境"。自上而下地看,文本为它的各组成单位提供了一个语言和概念的语境。这是通过一个以句子为基础的切分机制来完成的。这一机制称为"文本框架"(text frame),可以把文本的组织用图示的方式呈现出来,用于语言教学④。这样看来,局限在文本内的各种内在关系,其本质就比文本和它的非语言语境之间的外在关系更可以在

---

① Bell Roger. Translation and Translating: Theory and Practice. London/NY: Longman, 1991: 161.

② Snell-Hornby Mary. Translation Studies: An Integrated Approach. Amsterdam/Philadelphia: Benjamin's, 1988: 22.

③ Hewson, Lance and Jacky Martin. Redefining Translation: The Variational Approach. London/NY: Routledge, 1991: 91.

④ McCarthy M and Carter R A. Language as Discourse: Perspectives for Language Teaching. London: Longman, 1994.

语言学上获得解释了。虽然由于诸如"上下文的、语境的和互文间的参照"①这样一些制约因素的作用，这种可解释性也反映了各语言中不同的文本化规范。

作为一个翻译行为的目的和最终产品，文本可以"改变"它的非语言语境。但这种改变同该翻译行为的社会文化意义相关，而不是同该行为所涉及的形式和功能问题相关。据此，虽然文本以其(最高)语言单位的地位可以证实它的组成单位的文本人格，但它本身却没有资格作为文本翻译的(翻译)单位。

(六)句子为关键的功能翻译单位

我们论证了，只要接受翻译单位是文本单位的观点，它便不必具有最高文本仲裁权威，也不必是个完整的文本。我们现在的任务便是确定一个语言单位，它的规模必须足够局限、形式必须足够完备、意义必须足够独立，使它的文本人格在翻译中能够把握和保留。沿着语言级阶向上扫描，我们可以看到词、短语、子句都无法满足形式完备和意义独立的要求，尽管它们的规模都很局限。这样，至少在目前，句子引起了我们的注意。

在这一点上，鲍尔默提出的以"(上下文)语境变化"或"语境化"来对文本和句子之间的关系所作的描述，便很能说明问题了：

> 语境化是将不断接收进来的语言信息编排，以将它加进(语言或非语言)语境的方式储存起来的过程。正是在接收进来的句子的结束处，标点符号发挥了它具支配性但非专有的功用。标点符号将这句子加进先前接收进来的文本(部分)。句子在文本中以序列的方式作用于先前的文本(部分)。②

句子以一个在句法层面上独立但文本意义上不能自治的实体进入文本的建造过程。使句子独立的，是一个具有认知意义的由旧—新信息结合成的结构，而较低层面上的文本单位如词语，又使这一信息结构得以成立。从句子层面往下，像子句、短语、词和词素，其独立性便越来越少，减少的程度由相应的标点符号(包括零标点)和词间隔标记。

在操作语境化的标点符号中，句号是最具意义的标点，因为它标记了一个语言片段具有完全的句级独立性。因为这个理由，马尔科姆·库塔(Malcolm Coulthard)把句号描述为篇章中的"互动(标)点"③(沃尔特·纳什④逐项讨论了英语标点符号的"三点系统"，即句号、分号和逗号，这个系统基本上也适用于描述汉语标点符号所标记的句内意义切分等级)。

从句语言学的观点看，句子作为一个不可或缺的语法单位和动态交际的基本单位，提

---

① Hewson Lance and Jacky Martin. Redefining Translation：The Variational Approach. London/NY：Routledge，1991：93.

② Ballmer Thomas. Words，Sentences，Texts，and All That. Text，1981(1，2)：174.

③ Coulthard Malcolm. An Introduction to Discourse Analysis. London/NY：Longman，1985：192.

④ Nash Walter. An Uncommon Tongue：The Uses and Resources of English. London：Routledge，1992：61-62.

供了一个有条理的、可分析的逻辑组合，以及一个确定的形式界限。从功能上说，句子组成了一个命题形式相对完备的信息结构（其下可以包含从属命题），对这一结构可以进行主述位分析和/或主题—焦点评估。那些更关注（翻译）单位的逻辑性而非形式性的论者，如休森和马丁①，实际上已将命题（其相关成分包含在同一个句子中）作为基本操作单位，从书写版式来说，句子的完全性在书面文本中通过句号标出并得到承认，句号提示将该句所携带的信息语境化。从交际上说，句子包含了至少一个言内行为供融汇进整体文本中，虽然"它与它周围的文本（成分）之间的接应程度比较低"说明了它的独立性②。句子代表了一个完备的句法形式，含有一个独立的信息结构，这个信息结构证明是可以"跨语言确定的"③。句子的这些特质有助于廓清一个句子的文本人格的认知和功能基础，有利于它的文本人格在译入语文本中的处理和保存。这样，说句子可以作为一个功能性的翻译单位就言之成理了。

从文本语言学的观点看，句子为最小的完整的文本单位；在它之下的各层语言单位，如果没在一个句子的句法结构中找到自己的位置，其语义和句法潜能便无法实现文本意义④（李子云认为句子是"我们能分析出的最小表述单位"，并提出"词、短语和句子之间的关系是实现关系"，而词和短语之间的关系，以及句子和句群之间的关系，是"组成关系，即部分与整体的关系"）。如果专注于句子的文本人格，译者就可以更有针对性地审视组成该句的次级句法单位是如何为该句成为可行的文本单位负责的。那么在译文中，就可以通过词语和词序的选择，使句子以下的次级单位相应地为句子的文本地位负责。作为一个最小的文本单位，不具备最高的文本仲裁能力，句子便代表了一个开放的结构，含有形式和功能上的接应/连贯装置，如所谓的"逻辑作用词"（logical operators）和"互动符号"（interactive signals），使它得以同上下文联系⑤。句子以这种方式形成了文本的线性连贯和宏观结构的球面连贯的基础⑥。

因此，在各语言层面中，句子是句语言学和文本语言学的重叠结合处（参见张泽乾⑦，张也认为"句子是语言宏观系统与微观系统的交集点"），也是文本化和交际行为相互作用的层面。但同时，其他语言层面上的问题也会不时地浮现，需要个别处理。比如，接应的

---

① Hewson Lance and Jacky Martin. Redefining Translation: The Variational Approach. London/NY: Routledge, 1991: 59.

② Eifring Halvor. Clause Combinations in Chinese (PhD dissertation). Oslo: University of Oslo, 1993: 19.

③ Lambrecht Knud. Information Structure and Sentence Form: Topics, Focus, and the Mental Representations of Discourse Referents. Cambridge: Cambridge UP, 1994: 34-35.

④ 李子云：《汉语句法规则》，安徽教育出版社，1991 年。

⑤ Sinclair J M. Written Discourse Structure. In John M. Sinclair, Michael Hoey and Gwyneth Fox (eds.). Techniques of Description: Spoken and Written Discourse: A Festschrift for Malcolm Coulthard. London/NY: Routledge, 1993: 7.

⑥ Neubert Albrecht and Gregory M Shreve. Translation as Text. Kent/London: Kent State UP, 1992: 40, 136.

⑦ 张泽乾：《翻译经纬》，武汉大学出版社，1994 年，第 155 页。

形式配备可以因语言而异，可能要作为"命题外关系"或文本的策略性安排，在词或短语层面处理①。那么我们就要认识到，在任何其他语言层面上做的决定，都会在句子这一译入语文本建构的首要模块的形式范围之内，相应地反映出来。在源语文本解读和译入语文本建构中，句子同样起了关键的功能翻译单位的作用，虽然不一定就说是唯一的功能翻译单位。

（七）从句子层面看子句和段落

这里说明一下我们对子句（clause）地位的认识。一个子句通常含有一个命题意义，当它（如在英语中）句首为一大写字母、句尾有一句点的话，便被标记为具有完全的句级独立性的实体，如果认为两个或以上的（简单）句，其间文本关联的紧密程度是以需要在形式上作出认可，它们可能就会通过表示接应和平等的形式/逻辑标志，串联成为一个并列复合句，在这种情况下，有关的子句作为文本化中的相互并列的子句，保持了它们大部分的"句子身份"。因此，并列子句在方法上可以按句子处理，如果一个子句被认为是从属于另一个子句，那它就得将它的"句子身份"上交给那个主要的子句，形成一个在形式/逻辑上但更是在文本上紧密结合的单位，即（主从）复合句。在这种情况下，主要子句的命题意义如果没有了从属子句便不完整，而从属子句如果不依附于主要子句便无法发挥其文本功能。这样，句级独立性只能建立在这个复合句的层面，而不是哪一个单独的子句。

段落的地位也值得讨论。同句子一样，段落在文本中的界限也是书写版式的标志。但是，段落的内部组成，尤其是富有创意或表现力的文本中的段落，是无法像句语法那样进行严密的分析的②。至少是在语言教学框架内，确定段落发展各种机制的努力，所发现的不过是些描写性的型式——比如列表/举例式、比较/对照式，等等③。然而，这些型式不但不像句子的组成那样有高度的规律性，而且在（与更加以句子为本的"艺术"作品相比的）实用文本中，这些型式是靠对句子的安排来形成某种论证类型的。

对句子之上的层面进行跨语言研究的努力并不少。除了发现代词分布和段落界限之间的关联外（如托马斯·霍夫曼，1989④），徐赳赳⑤，胡曙中⑥引述了罗伯特·卡普兰（Robert Kaplan）⑦发现的中文段落组织中一种"东方语言中特有的螺旋形"结构，不同于典

---

①　Hewson Lance and Jacky Martin. Redefining Translation：The Variational Approach. London/NY：Routledge，1991：86ff.

②　Hofmann Thomas R. Paragraphs and Anaphora. Journal of Pragmatics，1989：239-250.

③　Imhoof Maurice and Herman Hudson. From Paragraph to Essay：Developing Composition Writing. Essex：Longman，1975.

④　Hofmann Thomas R. Paragraphs and Anaphora. Journal of Pragmatics，1989：239-250.

⑤　徐赳赳：《叙述文中"他"的话语分析》，《语用研究论集》，北京语言学院出版社，1994 年，第113-136 页。

⑥　胡曙中：《英汉修辞比较研究》，上海外语教育出版社，1993 年，第 165-172 页。

⑦　Kaplan Robert. Cultural Thought Patterns in Inter-cultural Education. Language Learning，1966：16.

型的英语段落中的线性结构①。这个差别不仅本身导致了语言学习上的问题，很可能也会影响一个中文段落翻译成英文后在译入语环境里的有效性，同时还存在另外的问题。比方说，是否允许译者把那条"螺旋线"扯成"直线"？将句子重新安排是否能提高中译英译文的有效性？如果答案是肯定的，那在无数个可能的组合中，哪一个最好呢？

将一个长段分为几个短段，或者将几个短段连成一个长段，是最无伤大雅的变通翻译（paraphrasing），在翻译中也并不少见。但从技术上说，哪怕是段落界限变动，翻译公司都不一定允许。把长段截短或把短段拉长算是正当的翻译吗？（比如布莱希特·纽伯特和格雷戈里·什里夫②注意到，在翻译成英语时可能有必要将德文科技文章中的离题话删去）就跨语言翻译中段落重组这一课题而言，还缺少以对专业实践的广泛观察为基础的严密研究。当前有关研究中的一些泛泛之谈，如强调"再现原文在语义结构上的连贯性"③，以及动用如"神似"和"化境"之类未经严格定义的概念④并不能提供任何切实可行的指导。

另一方面，哈蒂姆⑤提出了一个与"书写版式段落"相对的"结构段落"（structural paragraph）理论。该理论引进一种以论证演进阶段为基础的段落划分型式，凌驾于"首行缩格"的段落划分型式之上。按照作者的演示，这种划分型式依赖的是处在关键部位的句子的文本意义，因为这些句子标记着文本论证演进的方向，如"继续"（超越段落的书写版式界限）或者"改变"（在段落的书写版式界限之内）。以此观之，这一理论与我们将句子视作翻译中关键的文本功能单位不谋而合。

既存原文中的段落形式通常来说可以是译文段落设计的出发点。在有些情况下变通翻译和/或重写（其中也包括段落重组）是必要和可取的，目的不管是为了方便页面的安排，照顾译入语文化对段落长度的偏爱（赛德·艾尔-史亚伯就提出了一个有关阿拉伯语—英语的个案），还是为了符合译者从原文的论证演进中发掘出来的结构段落系统。

不管译者如何决定译文的段落划分，有一点是很清楚的：段落形式在很大程度上依赖句子的序列安排来演进发展。这就有力地说明了无论是写作还是翻译，都有必要将句子当作关键的功能单位来分析和建构段落。足以加强这一立场的有克拉力⑥的"出声翻译"（Talk-Aloud-Protocol）试验结果。该试验显示受试者很少在句间层面上翻译，而偏向在词串层面翻译；还有沃尔夫冈·罗什（Wolfgang Lorscher）⑦的报告：专业译者主要选择短语、

---

① 萧立明：《翻译新探》，书林出版有限公司，1992年，第2章。

② Neubert Albrecht and Gregory M Shreve. Translation as Text. Kent/London：Kent State UP. 1992：83.

③ 胡曙中：《英汉修辞比较研究》，上海外语教育出版社，1993年，第601页。

④ 萧立明：《翻译新探》，书林出版有限公司，1992年，第37页。

⑤ Hatim Basil. Communication Across Cultures：Translation Theory and Contrastive Text Linguistics. Exeter：University of Exeter Press，1997.

⑥ Kiraly Donald C. Pathways to Translation：Pedagogy and Process. Kent and London：Kent State UP，1995：86.

⑦ Lorscher Wolfgang. A Psycholinguistic Analysis of Translation Processes. Meta，1996(41)：30.

子句或句子作为翻译单位，而非专业的译者往往关注单个词。其他如卡琳·霍尔（Karin R. Hall）①的研究发现，"经过几个学期的翻译并接触过认知法后，（翻译）学生能够将整个文本作为翻译单位内化于心中"。这指出了以（整个）文本为翻译单位的取向。但不能就将这视为与我们所论证的观点相悖，因为我们是以"文本仲裁权威"的意义来理解文本作为翻译单位的地位的。

综合这些研究的发现，我们可以解释为什么翻译单位的规模取决于译者所采用的翻译技巧、他们的认知能力和所处理的文本类型，以及为什么有经验的译者会在尽量接近的语法层面寻找对等②，而用更直接的话说，译者"一句一句地翻译，（只有在需要的时候）才会有意识地关注更大的单位"③。

（八）以句子为关键功能翻译单位的翻译

以句子为关键功能单位进行翻译，涉及以下几点认识：

第一，只有当一个句子以句法负载者、信息携带者和文体标记者进入文本化机制后，其文本人格才得以实现。在文本翻译中，缺乏对句子的文本人格的尊重，文本性便失去基础；而缺乏文本性的权威，句子的文本人格也无从挂靠。不管出现哪一种情况，都会妨碍译入语文本成为一个连贯的意义结构。这是我们在研究中建立的一个根本宗旨，它吁请译者注意：

(1) 句子内部的信息呈现次序和它在译入语的文本化中潜在的文本人格之间的关系；

(2) 译入语句子的主述位结构模式，对于该句在整篇译文中保持其文本人格的重要性；

(3) 通过适当的句法安排，调校各句的言语行为，使之与文本的言语行为相符。

第二，在文本化过程中，一个句子的以功能为本的文本人格同上下文中其他句子的文本人格之间的相互关联，对文本的连贯性有实质贡献，应该在翻译中仔细观察把握。要在翻译中保持这种相互关联，特别要注意的是那些以对主述位结构的操纵为标记的关联，而不是公开的接应线索（有关文本形成中的结构特征和接应特征，参见韩礼德④）。如果我们发现一个句子的主述位结构对原文的文本化是有意义的，那么，我们会希望它在译文中的相应部分，能通过其内部成分单位相匹配（虽然不必是一模一样）的分布，来发挥相同的作用。这样做，同样需要对句内结构的认真观察，但必须是从句间连贯的制高点来进行

---

① Hall, Karin Riedemann. Cognition and Translation didactics. Meta, 1996(41)：117.

② Sager Juan. Language Engineering and Translation Consequences of Automation. Amsterdam/Philadelphia：Benjamin's, 1994：145, 225.

③ Newmark P. A Textbook of Translation. New York, London：Prentice Hall, 1988：65.

④ Halliday M A K. An Introduction to Functional Grammar. London：Arnold, 1985：96.

观察。

第三，文本翻译不同于句子翻译之处，不在所涉及的文本或翻译单位的规模大小，而在于文本翻译强调从原文提取句间连贯（即将句子串在一起的种种机制），并在译文中重建。本研究中，我们论证了在建设译文的主述位结构网络的过程中，以句子为翻译的关键功能单位，可以对这样的连贯因素作出更确定的解释，并可以更确定地让这些因素为这一网络的建设负责。

第二节　文　学　文　本

一、文学文本的解读

传统上讲，我们一般把文学翻译的对象称为"文学作品"（literature work），但在现代文学理论，特别是从形式主义文学理论看来，这个名称抹杀了"文学文本"（literature texts）作为意义载体存在的客观性，或者说，忽视了文学文本是一个由语言符号按一定的艺术规则组成的自足的、封闭的能指系统。文学作品一旦完成，便与作者分离，成为一种客观存在。作者的意图并不能决定文学文本的意义，文本的意义存在于文本自身的语言结构中。虽然文学意义的最终实现还依赖于读者的解读和阐释，但解读和阐释总是以既定的文学文本为基础的。以翻译为目的的文学文本解读尤其如此。文学文本的客观存在是文学翻译的本质属性之一，故我们把对文学文本的解读视为文学翻译的起点和基础。

什么是文学文本的解读？我们从文学理论中借鉴一个简明的定义："文学文本的解读活动，也就是文学接受或文学鉴赏活动，是一个反映、实现、改变、丰富文本的过程，也是一个融会、了解读者的感受、体验、联想、想象，以及审美判断等多种心理活动机制的认识活动和心理活动过程。"①可见，文学文本的解读是一个读者（译者）的主观活动与文本的客观存在交流互动的过程。文学是语言的艺术，因此，文学文本的解读要求读者具备对语言艺术的感受力、理解力、推想力和审美力，以及必要的生活阅历和知识储备。

文学文本的解读过程一般分为三个阶段②：一是一般性阅读阶段，即"由通晓文字（词、句）到把握作者意图或文本'原意'的阅读过程"。这是最基本的解读方式。二是细读阶段，指"在一般性阅读基础上，通过细致研究词的搭配、特殊句式、句群、意味、语气，以及特殊修辞手段的运用等来细致地体味每个词的本义、暗示义、联想义，在词句中的关系，也即由'上下文'构成的具体语境中，重新确定词义的过程"。细读是文学翻译中主要的解读方式。三是批评性阅读阶段，即"将文本与作者、时代联系起来，对文本作延伸性阅读的过程"，这主要是文学评论家或兼为翻译家和评论家的解读方式。

解读文学文本必须首先清楚文学文本包含哪些要素及其基本特点。文学文本作为一个语言符号构成的意义系统，我们首先关心的是其意义层面，或文学作品的"内容"。这些

---

① 王耀辉：《文学文本解读》，华中师范大学出版社，1999年，第2页。
② 王耀辉：《文学文本解读》，华中师范大学出版社，1999年，第4页。

内容包括文学文本的题材、主题、情节、形象、意境、意象、意蕴等。其次，文学文本又是一个自足的、封闭的符号系统，我们必须重视其语言层面，或文学文本的"形式"，包括语音、韵律、节奏、格律、结构、修辞、风格、表现手法等。文学文本的意义和语言形式是一个有机的整体，无法截然分开。文学文本的形式本身可能就是意义所在。文学翻译中的文本解读切忌割裂两者的关系。

二、文学意义的解读

阅读文学文本对一般读者来说或许是一件自然而然的事，但对文学翻译者而言，对文学文本意义的理解却是翻译工作的起点和基础。意义究竟是什么？文学有无意义？如果说有，它又是怎样产生的？又存在于何处？如何理解文学作品的意义？怎样再现这些意义？意义的追寻，正如波兰哲学家亚当·沙夫（Adam Schaff）所说："关于意义的问题，的确是今天最重要的和在哲学上最困难的问题之一。"①克洛德·列维-斯特劳斯（Claude Lévi-Strauss）在《神话与意义》（*Myth and Meaning*）一书中曾这样写道："在语义学里，有一件非常奇怪的事，那就是在整个语言里，对'意义'这个词，你要找出它的意义恐怕是最难的了。"

（一）关于意义的哲学思考

人们所面对的意义，可以表现在三个不同的相关层面上，即语言的层面、文化的层面和存在的层面。②

1. 语言层面的研究

语义学（Semantics）所注重的是语言层面的意义。语义学这个术语一般公认为来自法国语言学家米歇尔·布勒阿尔（Michel Bréal），他在 19 世纪出版的《语义学：意义科学的研究》（*Semantics：Studies in the Science of Meaning*）一书中解释说："这个术语是借助希腊词根'seme'（批示、指号、符号之意）派生的，意为'关于意义的科学'，与语言学中关于语音科学的语音学相对。"他认为语义学要研究的是语词一旦被创造并赋予一定意义之后，它是怎样把这个意义从一组概念转化为另一组概念，是怎样提高或贬低这个意义的价值的。布勒阿尔的这个观点，至今仍被认为是语义学的一个经典观点。

2. 文化层面的研究

释义学注重对意义进行文化层面的研究。释义学（Hermeneutics）也被译作解释学、诠释学，也是研究意义的学说。它把意义的研究从语言层面扩展到人类文化的各种表现和产物，尤其是语言作品（文本），因而突出了对意义的理解和解释的问题。

释义学最初关心的是对经典文献的考据和注释。例如神学释义学，就是神学家为研究《圣经》而发展起来的，其目的是研究如何把蕴藏在圣典中的上帝的意图通过语言的解释和注释予以揭示和昭明。理解，就是再现它的对象的真实意图。释义学对《圣经》的解释，形成了"四层意义说"：首先假定被解释的圣典有多层含义。在这多层含义中，第一步要

---

① 秦光涛：《意义世界》，吉林教育出版社，1998 年。
② 胡和平：《文学意义的叩问》，《湘潭师范学院学报》，2005 年 7 月，第 59-62 页。

区分语言的或历史的意义与精神意义。语言的意义或历史的意义是指文字表面的意义，也就是文义，语言随历史而变化，所以也称之为语言的历史意义或条件性意义。在语言文义的背后，还有一层精神的意义。精神的意义又细分为三类：象征意义、道德意义、神圣崇高的意义①。

3. 存在层面的研究

在存在层面对意义进行研究的主要有现象学。现象学作为一种哲学运动，则是兴起于20 世纪初。德国哲学家埃德蒙德·胡塞尔（Edmund Husserl）可以被看作这场运动的创始人和理论奠基者。他在 1929 年的第 14 版《不列颠百科全书》（*Encyclopedia Britannica*）的现象学条目中指出，现象学"意味着一种新的、描述的哲学方法"。现象学所要揭示的是人的意义世界，现象学要为研究一切现象的意义提供方法和理论。法国现象学者保罗·利科（Paul Ricoeur）曾说，"现象学把三个方面统一为一体：第一，意义是现象学描述的最全面的范畴；第二，主体是意义的承担者；第三，归纳作为哲学的方式，使存在出现了意义"②。

胡塞尔的现象学反对现象主义，主张现象就是本质。与此相应的是他对本质与存在进行了认真的区分。这种区分，一方面引发了存在主义对本质和存在的关系的讨论，另一方面也突出了意义世界的问题。这一点正如美国哲学家霍尔所说，胡塞尔使得哲学并未因与自己世界、经验世界的分离而被限制住，反而却因意义世界的"开发"（胡塞尔语）而得到了解放。现象学还原是胡塞尔用来把人们的注意力从自然经验对象转向传达这些经验的意义或 noemata（希腊文：知、思）的一种技术③。

（二）文学作品的意义

文学史上大致存在着四种主要的文学意义观，这些意义观分别体现了文学理论在不同时期对待作者、文学作品和读者（包括译者）关系的态度④：

1. 以作者为中心的文学意义观

作者是文本的初始创造者，作者的社会洞察、生活理解、喜怒哀乐、梦境幻思在创作冲动驱使下，由作者驾驭某种语言，富有个性地按文字规则和审美要求书写成能被公众阅读、欣赏、评论的语符系统便是文学作品。在语符系统中作者对外在世界的理解、对自我生活的经验皆被对象化在文学作品之中并被作品显现，这就是作者的文本意图。

在马克思主义阐释图景中，文学作品是作家创作实践活动的结果，是对作家主观意识的确证。作家创作活动是一种生产，产品即是文学作品。文学作品是文学文本的基础和载体，它在文学阅读、欣赏、翻译中成为文学文本。而作为文学文本基础和载体的文学作品也就独立于作者，它在对象化作家的主观世界的同时，成为客观独立的文本，不再为作者

---

① 殷鼎：《理解的命运》，三联书店，1988 年。
② 殷鼎：《理解的命运》，三联书店，1988 年。
③ 秦光涛：《意义世界》，吉林教育出版社，1998 年。
④ 汪正龙：《论 20 世纪文学意义观念的转变》，《学术研究》，2001 年第 12 期，第 140-144 页。

所控制和改变。

2. 以文本为中心的文学意义观

自 20 世纪以来，随着语言学转向和解释学转向，人们普遍认为文学意义不是一种独立依存的客观存在，而是文学语言本身的建构或读者对文学对象的建构，于是以作品(语言建制)和读者(解读)为中心的文学意义观在 20 世纪 20 年代和 60 年代应运而生。

以作品为中心的文学意义观注意到语言的创造性力量。在柏拉图和亚里士多德那里，语言只是描摹思想的被动的工具。瑞士语言学家费尔迪南·索绪尔(Ferdinand de Saussure)所开辟的语言学转向使人们认识到语言的意义甚至思维活动的意义都离不开语言本身。索绪尔指出，前语言的心理只是紊乱、混沌的杂波，只有以语言形式的思想为之命名和整合后，它才获得清晰的形状，"思想离开了词的表达，只是一团没有定型的、模糊不清的浑然之物"①。到了路德维希·维特根斯坦(Ludwig Josef Johann Wittgenstein)那里，"全部哲学都是'语言批判'"②，语言已经成为世界的构成性因素。米歇尔·福柯(Michel Foucault)更是赋予话语以事件的特征，致力于消除能指的特权；而法国哲学家雅克·德里达(Jacques Derrida)在《哲学的边缘》(Margins of Philosophy)中主张书写自身构成一种产生意义的机制。正是基于上述认识，使得"任何有说服力的意义理论都必须被纳入一种语言学的语境中加以讨论"③。从文学创作本身看，文学也由传统的再现性文学向现代的表现性文学转化，文学的历史成分在淡化，更加注重通过语言表达独特感受与个人经验，使文学语言的意义建构功能大大增强了。

以作品为中心的文学意义观的实质是从意义的作者决定走向作品决定。传统的以作者为中心的意义观视文学意义为作家思想意图在作品中的表达，所以，对作者意图的追问与探究成为理解作品意义的关键和解读的目标。孟子说："故说诗者，不以文害辞，不以辞害志。以意逆志，是为得之。"④因而传记分析和寓意分析便成为意义追问的主要方式。前者着意将本文还原为作者生活体验中的历史起源，后者竭力发掘作者深藏于本文中的隐秘所指。

3. 以读者为中心的文学意义观

(1)读者阅读与对文学文本的个体理解。

文学作品是作者生产的产品，作品只有与作者分离，进入消费过程，成为公共间性对象，在读者阅读中获得被他者理解的性质时，它才真正成为文学文本。就文学文本不同于文学作品的这一本质特性的意义说，文学文本以文学作品为基础和载体，最终完成于读者阅读中。文学文本积淀了作者的文本意图，更发育、成长、延续在读者的阅读中。因而文

---

① 索绪尔：《普通语言学教程》，高名凯译，商务印书馆，1980 年，第 157 页。

② 维特根斯坦：《逻辑哲学论》，郭英译，商务印书馆，1962 年，第 38 页。

③ Sheriff Johnk. Introduction to the Fate of Meaning. New Jersey：Princeton University Press，1981：xiii.

④ 《孟子·万章上》，见杨伯峻《孟子译注》，中华书局，1960 年版，第 215 页。

学文本意图绝不仅仅是作者的文本意图，读者的阅读意图与评者的评论意图可能是作为公共文化消费品的文学文本意图的主要构成方面。

阅读是极复杂的精神意识和语言使用活动。在创作生产中，作品与作者是一对一的关系，尽管这一对一的关系极为复杂。而在阅读中，作品与读者则是一与多的关系，对其描述只有统计学意义。所以一个作者只有一个哈姆雷特，一千个读者就有一千个哈姆雷特。就阅读而言，读者精神意识多元开放、运动变化，精神意识的方向、趋势、方式和结构不完全受刺激反应因果必然律的掌控。个体的感受领悟、知识经验、立场价值、能力技巧以其个性方式自由地建构着与文本的理解关系而不同于认识自然世界，也不同于把握社会生活。阅读具有个体心灵选择与心灵赋予的主观自由性。读者的这种主观自由性也使对一个文学作品的每一次阅读都具有独一无二性和不可重复性，甚至可以说同一部文学作品在读者的不同阅读中可能生成多种阐释文本。

（2）以读者为中心的文学意义观的诞生。

单一的、封闭的语言分析对于理解文学意义是不够的，因为文学意义的产生还与作者的赋意和读者的解读有关。正如美国文学理论家乔纳森·卡勒（Jonathan Culler）所指出的，"语言学的分析并不能提供一种方法，使文本的意义从它各个组成成分的意义中归纳出来。因为作者和读者注入文本的远不止单一的语言学知识，而外加的补充经验——对文学结构形成的期待，文学结构的内在模式，形成并验证关于文学作品的假设的实践——正是引导读者领悟和架构有关格局的因素"①。20世纪文学创作从再现性文学到表现性文学的变化，也向读者新的阅读预期和阐释框架发出了吁求。在这样一种情况下，以读者为中心的文学意义观诞生了。

但是总的来说，以读者为中心的文学意义观和以作品为中心的文学意义观一样，贬低或轻视作者在文学意义创造中的地位，脱离作品生成的历史条件，单纯从读者建构（读者决定论）或语言建构（作品决定论）的观点看待与分析文学意义问题，这显然有失偏颇。应当说，无论是从时空的延续还是从论证逻辑上说，文学意义应该是作者赋意、文本传意和读者释义的复合共生体，是作者、作品、读者进行多维对话的产物。对文学翻译而言，单纯以读者为中心的意义观容易导致意义的不确定性，使翻译文本与原作相去甚远。

4. 走向对话的文学意义观

实际上，如果以俄国文论家巴赫金（M. M. Bakhtin）的早期著作为界，对话意义观的产生几乎与以作品为中心的文学意义观同步。但直至20世纪六七十年代，随着巴赫金的对话理论被介绍到西方以及德国作家、哲学家尤尔根·哈贝马斯（Jürgen Habermas）交往行动理论的兴起，对话意义观才产生了越来越大的影响。接受美学在对读者地位的论证中也包含了对对话精神的推崇。在现阶段的文学意义讨论里，各种类型的对话意义观占据了主导地位。

对话意义观认为，在作者、文本、读者的三维关系中包含了对话关系。巴赫金就把文

---

① 卡勒：《结构主义诗学》，盛宁译，中国社会科学出版社，1991年，第148-149页。

学意义视为作者、文本和读者三者进行对话的产物。他说，"话语是一个两面性的行为。……是说话者与听话者相互关系的产物。任何话语都是在对'他人'的关系中来表现一个意义的"①。"任何一种理解都是对话的。……意义不在词语之中，不在说话者的心中，也不在听话者的心中。意义是说话者与听话者凭借该语音综合体，相互作用的结果。"②从作者赋意方面说，法国哲学家让-保罗·萨特(Jean-Paul Sartre)认为，"我们的每一种感觉都伴随着意识活动，即意识到人的实在是'起揭示作用的'，就是说由于人的实在，才'有'存在，或者说人是万物借以显示自己的手段"。

阅读作为一个释义的社会行为来说，也包含了读者对他性的尊重和了解别人的渴望。阅读意味着自身的匮乏，意味着作者经验在某种程度上对读者经验的外在性。"我们已经看到，社会交往起源于人们无法体验他人对自己的体验，而不是起源于什么共同的情境或把双方拉到一起的什么惯例。情境和惯例调节着填补鸿沟的方式，但鸿沟却来自不可体验，结果鸿沟成为交往的基本诱因。与此相似，这种鸿沟，即文本与读者之间的根本不对称导致了阅读过程中的交流。"③

但是，读者的阅读不一定是对文本传达的艺术经验的被动的汲取，它有时并不关心对文本经验的还原，而是从当代的情境和需要出发向文本发问。德国美学家、文艺理论家尧斯(Hans Robert Jauss)说，"在作者、作品和读者这个三角形中，读者不只是被动的一端、一连串反应，他本身还是形成历史的又一种力量。文学作品的历史生命没有其接受者的积极参与是不可思议的。因为正是由于接受者的中介，作品才得以进入具有连续性的、不断变更的经验视野，而在这种连续性中则不断进行着从简单的吸收到批判的理解、从消极的接受到积极的接受、从无可争议的美学标准到超越这个标准的新的生产的转化。文学的历史性和文学的交流特点，是以作品、读者和新的作品之间一种对话的、同时类似过程的关系为前提的，这种关系既可以在讲述和接受人的关系中，也可以在提问与回答、问题与答案的联系中去把握"④。

另外，读者之间也是一种平等的对话关系。在一元解读观破灭以后，任何接受者均不能以真理掌握者自居，并不存在一个主宰和压制别人提问和应答的主导性意见。每一个接受者都是接受群体中的平等一员，他作为对话活动中的第三者所持的特殊立场总会给作品的意义带来某些变化。

由此可见，对话意义观更符合文学意义生成的实际，综合地考虑了作者、文本和读者的因素，对文学翻译中的意义解读具有重要的价值。

---

① 巴赫金：《马克思主义与语言哲学》，见钱中文主编《巴赫金全集》，第 2 卷，李辉凡等译，河北教育出版社，1998 年，第 436 页。

② 巴赫金：《马克思主义与语言哲学》，见钱中文主编《巴赫金全集》，第 2 卷，李辉凡等译，河北教育出版社，1998 年，第 456 页。

③ 张廷琛编：《接受理论》，四川文艺出版社，1988 年，第 49 页。

④ 尧斯：《作为向文学科学挑战的文学史》，见《读者反应批评》，文化艺术出版社，1987 年，第 142 页。

三、文学文本的意义

(一)探究文学文本的意义

1. 意义的意义

关于文学文本的意义,论述甚多。文学文本是否有其意义?文学文本的意义何在?它源于作者、文本还是读者?它呈现于何种结构?如何解读文学文本的意义?就文学文本而言,中国古代有所谓的"复义"说,西方则有"寓意"说。我们是主张"言不尽意"和"复意为工"的,要"玩之者无穷,味之者不厌"①。我们还追求"言外之意"和"文外之旨","言在此,而意在于彼"②。但何谓"意",何谓"复意""言外之意""文外之旨"?何以"言在于此,而意在于彼"?说来说去,说了几千年,文献汗牛充栋,却皆不得要旨。

在汉语中,与文本之"意"相关的概念主要有:①意图(intent/intention),希望达到某种目的的企图;意愿(wish/desire/aspiration),即愿望和心愿;意念(idea/thought),即念头、想法和观念。以上三个概念属于"作者论"的范畴;②意匠(artistic conception),指文本的构思布局;意境(artistic realm),即文本表达的境界;意趣(interest and charm),即文本散发出来的意味和情趣;意味(meaning/significance/implication),含蓄表达出来的意思;意蕴(implication),文本包含的意思。以上属于"文本论"的范畴。③意会(sense by insight),不明说而领会。以上属于"读者论"的范畴。

西方有关意义的用语极其繁复,其繁复的程度可与中国有关"亲戚"的称谓相媲美,这从一个侧面说明了西方人对意义的重视。在英语中,与"意义"(meaning)相当的用语包括:lexical meaning(词汇意义)、grammatical meaning(语法意义)、literal meaning(字面意义)、metaphorical meaning(隐喻意义)、allegorical meaning(寓言意义)、symbolic meaning(象征意义)、sense(字典意义)、connotation/intention(内涵意义)、extension(外延意义)、implication(隐含之意)、denotation(指示之意)、referent(指涉之意)、undertone(潜在意义)。此外还有 idea(观念)、thought(想法)、subject matter(主题)、tenor(主旨)、point(要点)、content(内容)、message(信息)、substance(实质)、essence(本质)、effect(结果或效果)、intent(意图)、spirit(精神)、moral lesson(道德教益)、significance(意味)、overtone(蕴涵或暗示)、strain(语调或口气)、undercurrent(隐蔽的暗示)等。

在语言学中,意义是作者或说话人表达出来并为读者或受话人全面、准确理解的东西。当然,达到这个标准的意义是圆满交流的标志。要实现圆满交流,就必须遵守同一律(law of identity),即用同样的语言,指涉同样的事物,在大脑中引发同样的观念。否则必定造成"含混"(ambiguity),导致作者或说话人与读者或受话人的交流错位。

---

① 南朝·梁·刘勰《文心雕龙·隐秀》。原文:"是以文之英蕤,有秀有隐。隐也者,文外之重旨者也;秀也者,篇中之独拔者也。隐以复意为工,秀以卓绝为巧。"

② (南宋)罗大经:《鹤林玉露》。原文:"诗莫尚乎兴。兴者,因物感触,言在于此,而意在于彼,非若比赋之直言其事也。故兴多兼比赋,比赋不兼兴,古诗皆然。"

在西方，语义学是专门研究意义的。语义学认为，意义是通过记号（sign）和语言（language）传达与接受的。除了语义学，许多学科都在研究意义问题，因此研究意义的方式并不完全相同。有的研究字面意义和作者或说话人试图传达的意义，有的研究单词、短语、语句、标点是如何影响意义的，有的除了研究语言，还研究面部表情、身体语言和语调对意义的影响。最早研究语义问题的西方学者是英国哲学家及经济学家约翰·斯图尔特·穆勒（John Stuart Mill）。他把意义分成两种：一种是 denotation，一种是 connotation。前者是明指，后者是暗含。比如"羊"的 denotation 是一种牛科动物中羊属的、有角的反刍哺乳动物；它的 connotation 则是温顺、虚弱或受压抑的人，或易于被人摆布或被人领导的人。现在，denotation 指词的传统用法或正常用法，connotation 指由词语引发的联想。

语义学立足于语言自身的研究意义和其的传达与接受，语用学（pragmatics）则研究语境对意义的影响。根据语用学，语境分两种：一种是语言性的语境，即上下文；一种是情境性的语境，它处于语言之外。从这个意义上说，意义一方面与语言的上下文有关，一方面与语言之外的世界有关。

2. 文学文本的意义

文学文本类型丰富，主要包括诗歌、散文、戏剧和小说。虽然它们都有各自的行文特点，但总的来说都承载着作者对于他所描述对象和现实的个人观点及情感。作者在其作品中抒写自己的感受和体验。换句话说，文学作品中传达的观点和感受往往局限于作者所处的社会和文学环境，所以具有很强的主观性和独特性。此外，文学作品还具有很强的美感功能，能够感染读者情绪。具有丰富想象力和原创性的作品会震撼读者。文学语言不仅需要用以传递信息，更重要的是进行一种美感和意境的创造与传达。再者，文学作品中很多信息都是隐含的而并非明确表达的。其往往通过与表达信息相关且极为丰富的词汇、句式和修辞手段来激起读者的共鸣。因此，语言形式及行文风格是文学作品最重要的特点。作者使用语言的独特风格也就使得他的作品成为其本身个性的反射。

文学文本的意义只是文学意义中作者意图、文本结构和读者释义三个互动因素之一。对文学翻译来说，文学文本的意义处于基础和中心地位。那么，什么是文学文本的意义呢？

文学文本是由语言符号按照一定的艺术规则构成的结构意义系统。结构主义语言学创始人索绪尔认为意义依附于符号和声音两个特性，这是语言要素的基本特点。符号与意义分别对应"能指"（signifier）和"所指"（signified）。按照这个基本观点，文学文本的意义就是这套"能指"系统的"所指"，换言之，文学文本的意义也依赖于"能指"与"所指"的关系。

然而，作为一门语言的艺术，文学文本与日常语言文本相比，具有显著的差异：

首先，文学文本具有"能指性"或"自指性"，即文学文本中的语言符号（能指）不指向外在的现实世界，而是指向文学系统自身。或者说，文学语言的意义不在于语言的指称意义而在于其言内意义。例如，"水是眼波横，山是眉峰聚""白发三千丈"这样的诗句，它们明显不符合生活事实，但在文学文本中则自有其意义。

其次，文学文本意义的产生依靠"能指"与"所指"之间的"张力"和"陌生化"。换言之，文学文本的意义往往需要割断"能指"（语言符号）与其固定"所指"（意义）的关系，采用新的"能指"来指称"所指"，或让同一"能指"产生多重含义等。因此，语言变异和歧义是文学文本重要的意义来源。

最后，文学文本具有隐喻性。美国语言学家罗曼·雅克布逊通过"转喻"和"隐喻"两个数轴的坐标关系来解释"诗意"的产生。其本质是：一部分的意义是基本的，而另一部分则是在此基础上，并以此为参照引出来的，可以通过事物的类似关系来阐述意义。雅克布逊用这个方法解决了文学作品"诗意"的来源问题。简言之，雅克布逊把意义放在选择和组合两个纵横交错的数轴上来分析。

3. 文学文本意义的可译性

（1）可译性与不可译性。

可译性是从古至今都讨论的一个话题。可译性（translatability）的定义为：用来讨论在多大程度上能够从一种语言把单个的词和词组或者整个文本翻译到另一种语言的术语①。然而，对于可译性，仁者见仁，智者见智，不同的学者从不同的角度得出了不同的结论。在翻译的种类和翻译的方法越来越多的现代，在翻译理论快速发展的今天，着实有必要结合科学的理论探讨可译性。

对于翻译可译性的探讨，可以追溯到意大利中世纪诗人但丁（Dante Alighieri），但丁认为文学作品不可译②，德国著名的语言学家、哲学家维廉·洪堡（Wilhelm von Humboldt）也认为语言差距大而不可译。与之相反的是，意大利翻译理论家利奥纳多·布鲁尼（Leonardo Bruni）认为语言可译。同样，歌德（Johann Wolfgang von Goethe）也认为文学作品具有可译性③。语言哲学家威拉德·奎因（Willard Van Orman Quine）在其对于意义能否确定的探讨中，提出了原始翻译（radical translation）的概念和步骤④，并且认为翻译具有不确定性，该观点被翻译学者安东尼·皮姆（Anthony Pym）解读为是关于不可译性（untranslatability）的理论⑤。语言哲学家唐纳德·戴维森（Donald Davison）对奎因的观点进行了修正，提出了原始阐释（radical interpretation）⑥的概念，认为意义能确定，并且戴维森的"不确定性概念没有奎因的那么极端"⑦。上述语言哲学家针对意义能否确定的讨论，启发了翻译研究关于可译性和不可译性的讨论。

面对卷帙浩繁的翻译实践，可译性是毋庸置疑的。对待这个问题较有智慧的是犹太学

---

① Mark Shuttleworth & Moira Cowie. Dictionary of Translation Studies（3rd Ed.）. Shanghai：Shanghai Foreign Language Education Press，2004：179.

② 谭载喜：《西方翻译简史》（第二版），商务印书馆，2013 年，第 42-44 页。

③ 谭载喜：《西方翻译简史》（第二版），商务印书馆，2013 年，第 44，105，109 页。

④ Quine W. The Ways of Paradox. New York：Random House，1950：28-30.

⑤ Mark Shuttleworth & Moira Cowie. Dictionary of Translation Studies（3rd Ed.）. Shanghai：Shanghai Foreign Language Education Press，2004：75.

⑥ Baghramian. Modern Philosophy of Language. Washington D. C.：Counter Point，1999：168.

⑦ Mark Shuttleworth & Moira Cowie. Dictionary of Translation Studies（3rd Ed.）. Shanghai：Shanghai Foreign Language Education Press，2004：75.

者瓦尔特·本雅明(Walter Bendix Schoenflies Benjamin)，他避开了可译性和不可译性这个讨论不清楚的问题，探讨了某些作品的可译性中原文内在意义的体现，原文的可译性程度所决定的译文能够实现的形式①。具有同样思路的还有一个学者，卡特福德，他认为可译性看起来是一个渐变群，而非边界分明的二元对立，进而指出不可译出现的两种情况：语言困难导致的不可译和文化困难导致的不可译②。本雅明和卡特福德的探讨其实都是对可译性问题研究的推进。

（2）文学文本意义的可译性。

文学作品是一种语言艺术，其艺术价值主要通过其语言形式来产生，因为语言形式不仅传达了作者的视角、语气和态度，还赋予内容信息以感染力和艺术性。因此语言形式对于表达作品内容起着极为重要的作用。一般来说，文学作品翻译的重点是将原作中涉及现实生活中的艺术形象和语言风格传递到译入语中。文学翻译，与其说是一种涉及双语的技术工作，更应该说是一种艺术工作。俄国文学家普希金(A.S. Pushkin)认为：文学作品的翻译即为艺术作品的再创作。也就是说，译者必须全面深刻地理解原作的形式和内容，然后在准确忠实的前提下创造性地在译入语中重现原作艺术价值。

我们主张"文学作品的意义"的丰富性、动态性、开放性和不确定性，这是从文学意义的发起、存在和阐释三方面综合考虑的。而"文学文本的意义"是作品意义的客观存在形式和一切主观阐释的起点和基础。在文学翻译中，文本的意义处于核心地位。在文学翻译中过度强调作品意义的开放性和不确定性，过度强调读者的主观阐释，容易导致不可知论和不可译论。在文学翻译中，作为一种已经完成的文本材料，文学文本的"能指"与"所指"的内部关系是相对固定的，对读者(译者)而言，这种关系是外在的、客观的和相对稳定的。文本意义的相对稳定性、自足性和封闭性构成了文学文本可解读和可译的基础。

首先，文学文本的基本载体是语言，语言除了是表达意义的中介外，还是一套社会成员共享的规则系统。为了达到同一语言成员相互交流的目的，语言总是维持着相对的稳定性。否则，文学文本就根本无法获得理解。为了让文本获得读者的理解和接受，作家会在发挥语言创造性的同时，基本遵守共同的语法规则。另外，读者的解读无论怎样主观与开放，总是以共同的规则为基础的。因此，这就确立了文学文本"可知"的基础。在文学翻译中，对原作的解读当然需要遵循源语的共同规则。

其次，文学文本是一个既定的、自足的、封闭的客观存在。文学文本一经出版，其语言符号与意义之间的关系就相对确定下来。作者在文本中创造的"能指的世界"不再受作者本人的支配，读者对文本的无限解读也始终以文本为基础。因此，文学文本的意义是相对客观、相对稳定的。这是文学文本"可译"的基础之一。

最后，作为原作的文学文本的意义既然是"可理解的"和"相对稳定的"，那么在另一种语言中，是否可以再现相同或相似的意义呢？我们认为，文学文本的意义总体上是可译

---

① Walter Benjamin. Selected Writing Volume I (1993-1926). London：Belknap Press，1996：76，82.

② Catford J C. A Linguistic Theory of Translation. London：Oxford University Press，1965：93-94.

的，但可译性是有限度的，这是因为不同语言间存在着许多共性，译入语同样具有构建文学文本的创造力，并且语言的创造潜力远远超出我们的想象，原作文本的能指性、变异性和歧义性同样可以在译入语中进行重新创造，但是，语言间的差异性，文学文本意义的创造性和复杂程度也决定了文本意义的可译性是有限度的。如前所述，文学作品的意义既有确定的一面，也有开放的、不确定的一面，确定性是可译的依据，不确定性则是可译的限度。① 任何一种原生态的自然语言，都同时具有这两个方面，由于文学是文化含量和艺术含量极高的载体，这个可译性与可译的限度之间的张力十分明显。在具体操作时，译者就需要恰当而巧妙地处理这个不确定性和确定性之间的张力。

4. 文本意义的解读

文学文本的意义存在于构成文学文本的语言符号所组成的结构系统中，与文学形式密不可分。文学文本的意义和形式共同组成了文学文本自足的、封闭的、相对稳定的系统。这个系统的意义包含了微观和宏观的诸多要素：微观的意义是指具体的词句所包含的意义、内涵、意象、意蕴等，宏观的意义要素指的是文学文本所包含的题材、主题、情节、人物形象、意境等。解读文学文本的意义正是从微观的词句意义开始，直至理解其宏观的意义。对文本意义的理解是文学翻译的基本前提。由于文学翻译的核心是文本的语言，因此，词句意义的解读又是翻译的关键。

词句意义是文学翻译所关心的主要意义类型。英国文体学家利奇（Geoffiney Leech）在《语义学》（Semantics）一书中，把语义分为七种类型，包括：①概念意义（conceptual meaning）；②含蓄意义（connotative meaning）；③文本/社会意义（stylistic meaning/social meaning）②；④情感意义（affective meaning）；⑤反映意义（reflected meaning）；⑥搭配意义（collocative meaning）；⑦主位意义（thematic meaning）。③ 这七种意义可以分为三个不同层面，即词汇层面，语篇、篇章层面，语用层面。其中，理性意义和内涵意义属于词汇层面，同时也是对同素逆序词意义区分的初级标准，即可以将意义差别较大的同素逆序词直接区别开来，而无需进入下一层次的比较；当同素逆序词在前一层次无法区分时，就需要将这些意义相近的词语放入语篇中，即提升一个层次区分；反映意义、情感意义以及社会意义则是属于语用层面，这也是语言意义的最高层面。在这个层面上，可以最终区别出来。

（1）概念意义。

概念意义即词语本身所表示的概念，也称"指称意义"或"词典意义"，是词语的基本含义。文学文本中，词语的概念意义与其形式意义相比，处于相对次要的地位，但这并不是说文学文本就没有其本义。前面说过，文学文本的意义往往依赖于能指（形式）与所指

---

① 刘宓庆：《翻译与语言哲学》，中国对外翻译出版公司，2001年，第288-289页。

② "文体意义"（stylistic meaning）是1974年利奇在 Semantics 初版中的所用的术语。在1981年的第2版中，这一术语被换成了"社会意义"（social meaning），但定义未作变动。考虑到"社会意义"可能会造成的歧义或误解，本书仍沿用"文体意义"。

③ Leech Geoffiey. Semanties（2nd Ed.）. Harmondsworth：Penguin，1981：10-27.

(意义)的"张力"，这种张力的来源一是创新性地使用词语，二是一词多义。因此，文学文本中概念意义往往发生变异和产生歧义，这是文学翻译中不能不重视的问题。在理解文学文本中词语的概念意义时，要特别注意词语使用的语境，避免望文生义。

例 1： My life has been lived in the healthy area between too little and too much. I've never experienced financial or emotional insecurity, but everything I have, I've attained by my own work, not through indulgence, inheritance or privilege.

(C. Carroll: *Dreams Are the Stuff Life Is Made of*)

【原译】 我一生都处于不多不少的中间地带。我从未经历过经济或情感不安定，但是我所拥有的一切，都是我自己奋斗得来，而不是通过纵欲、遗产或特权。

这是一个典型的英式汉语的译文，虽然不能说完全不着边际，但是诸如"一生都处于不多不少的中间地带"和"通过纵欲"之类的译笔，着实让读者感到困惑。究其原因，主要是没有吃准 lived in the healthy area between too little and too much 和 through indulgence 的意思。其实，area 在此指的是生活境况，healthy 意为 in a good condition，而 between too little and too much 指的是物质条件既不过于贫乏又不过于丰富。而把 through indulgence 理解成"通过纵欲"也大有问题，根据上下文来看，此处不是指叙述人纵欲，而是指受人溺爱、恩惠之意。因此，这段话可以译作：

【改译】 我一生都处于优裕的境地，既不太穷又不太富，从未经历过经济或情感危机，不过我所拥有的一切，都是自我奋斗得来，而不是受人溺爱、继承遗产或享受特权所致。

译者在没有吃准原文意思的情况下，强作解人，望文生义，甚至期望借助翻译技巧来弥补理解之不足，这绝不是翻译的"正道"。无数实例证明，一旦理解出现问题，任凭译者多么善于表达，也很难做出正确的传译。翻译技巧越高明，可能错得越离奇，也越有欺骗性。例如：

例 2： The commuter dies with tremendous mileage to his credit…

(E. B. White: *The Three New Yorks*)

【原译】 上班族的人死去时有跨越千山万水的辉煌记录……

要正确理解这句话，关键是要吃准 to his credit 这个短语的意思。根据词典的释义，to one's credit 有两个意思：一是 bringing honor to(给……增光)；二是 to/in one's name, belonging to(属于某人名下，归某人所有)，如 He is not yet 30 years old, but has already 5 books to his credit.(他还不到 30 岁，却已出版了 5 本书。)显然，这句话适用的是第二个释义：住在纽约郊区的上班族，每天早上乘公交车到市里上班，晚上再乘车回家，因而

"一生中有着惊人的行程"（大致可以这样翻译）。译者没有仔细研读原文的意思，而是抓住 dies, tremendous mileage, credit 几个词的字面意思，望文生义，随意发挥，把美国一个为了养家糊口而终生在一条线路上来回奔波的上班族，描绘成了一个英雄人物，完全歪曲了原意。

要解决这个问题，译者首先必须抱着严谨的科学态度，对原文进行一丝不苟的语义分析。这就是说，译者遇到难以理解的地方，首先要运用自己的原语语言知识，借助词典的帮助，通过词义、语义辨析和语法分析，捕捉原文的确切意思。

例 3："And you are my uncle, then!" she cried, reaching up to salute him.

（E. Bronte：*Wuthering Heights*，*Ch.* 7，*V. II*）

【原译】　"这么说，你是我的姑父啦。"她嚷道，走到他跟前，行了个礼。

这是《呼啸山庄》里的小凯瑟琳对男主角希斯克利夫说的一句话。译者将 salute 译成"行了个礼"，表面看来似乎很有理据，因为 salute 确有"行礼、敬礼"的意思，而且也是该词最常见的意思。但是通过语境分析，译成"行礼"有点说不通。熟悉小说情节的读者都清楚，希斯克利夫一心想让凯瑟琳嫁给他儿子林顿，当凯瑟琳对他 salute 时，他马上回应说："There—damn it! If you have any kisses to spare, give them to Linton：they are thrown away on me."（"去——该死！你要是有多余的吻，就送给林顿吧——给我是白搭。"）因此，在这句话中，salute 应是 kiss 的意思。再查查词典，就会发现 salute 确有 kiss 的意思。显而易见，译者脱离了语境，从而造成了误解和误译。

译者不仅要准确透彻地理解所译的文本，而且还要在文本之外下功夫。所谓"在文本之外下功夫"，首先要掌握文本的背景知识，以及与文本有关的各种专门知识。如果文本写的是某个人，那就要尽可能详细地了解这个人的生平事迹；如果文本涉及某个事件，那就要尽可能详细地摸清这个事件的来龙去脉；如果文本中提到了某一部作品，那就得去读一读（或至少了解一下）这部作品；如果文本是一部计算机说明书，那就得先学习一点计算机的常识……这可以视为翻译中的"铺路"工作，离开这样的"铺路"工作，翻译就会寸步难行。以"The Jeaning of America"一文为例，作者在文中提到牛仔裤的发明人施特劳斯有 two brothers，a married sister 和 two brothers-in-law。如果译者对施特劳斯家的成员一无所知的话，就无法将这几个看似简单的亲属关系译成汉语，如果译者花费点精力，通过书籍或网络查阅一下施特劳斯的生平资料，就会发现施特劳斯有两个哥哥、三个姐姐，他在家中排行老末，这样一来，我们就很容易把以上关系译成"两个哥哥，一个出了嫁的姐姐，两个姐夫"。

如果翻译的是某位名家的作品，最好阅读一下专家学者对该作者及其作品的评论，从中得到感悟和启迪，以加深对所译作品的理解。请看下例：

例 4：When to these recollections was added the development of Wickham's character, it may be easily believed that the happy spirits which had seldom been depressed before, were now so much affected as to make it almost impossible for her to appear tolerably cheerful.

(J. Austen: *Pride and Prejudice*, Ch.14, *V. II*)

【原译】　每逢回想起这些事情，难免不连带想到韦翰品格的变质，于是，以她这样一个心情愉快而难得消沉沮丧的人，心里也受到莫大的刺激，连强颜欢笑也几乎办不到了，这是可想而知的。

从字面上看，译者将 the development of Wickham's character 译成"韦翰品格的变质"，似乎无可厚非。但是，你若是研读一下英美学者对奥斯汀的评论，就会发现：奥斯丁塑造的人物大致可以分为两类：一类是性格始终没有变化的"平面人物"，一类是性格有发展变化的"圆形人物"，在《傲慢与偏见》中，威克姆(韦翰)即是一个公认的"平面人物"。奥斯丁笔下的这个反面人物，从小就是个品质恶劣的坏孩子，专门算计达西，以博取老达西的错爱；老达西死后，他拐骗达西的妹妹未遂，成年后又带着女主角的妹妹莉迪亚私奔。因此，译者说他"品格的变质"，实属违背了作者的本意。实际上，作者所谓的 the development of Wickham's character，并非说此人品格本身有什么"发展"，而是说女主角对他品格的认识有个"发展"过程——从一开始被他蒙骗，到后来看清他的真面目。英国著名奥斯丁研究专家查普曼曾给奥斯丁另一部小说《曼斯菲尔德庄园》中的 development 加了一条注释：意为 revelation(揭露、显示)。所以，这段话应译为：

【改译】　伊丽莎白虽说一向性情开朗，难得有意气消沉的时候，但是一想起这些事，加上渐渐认清了威克姆的真面目，心里难免受到莫大的刺激，因而连强作欢颜也办不到了，这是可想而知的。

安德烈·勒弗维尔认为，翻译是一种改写。① 同一原著的不同译本只是改写的程度不同而已。何况像林纾这样的翻译大家，他们在翻译中往往有自己的创作意识的介入；他们或根据自己对目标读者群的了解，或根据自己对原文的独特把握在翻译中对原著的某些他们认为不尽如人意的方面进行重新改造。但本文的基本原则还是从语言或文本对比上探求对原意的忠实，在这个范畴内，一切偏离原意的地方，都是可商榷的对象。

(2)含蓄意义。

含蓄意义(connotative meaning)是一种通过语言所指内容而产生的联想意义(associative meaning)。

含蓄意义的认知过程是通过词语的字面意义作用于人的记忆机制，由互文联想(intertextual association)而产生一个与这个字面的概念意义或所指物的特征相关的另一层意义，相当于我们常说的比喻义和引申义。

含蓄意义作用于联想，就必由两个部分组成，一是字面的概念意义(即途径或手段)，二是由此而产生的联想意义(即目的)，也就是词语概念意义中所"含蓄"着的另一层意义，

———————————

① Lefevere A. Translation/History/Culture. London and New York: Routledge, 1992.

这两部分一同构成了含蓄意义。这就意味着，含蓄意义的理想翻译就是要体现原文的这种"途径→目的"或由此及彼的认知模式。只体现途径而未实现目的，或只实现目的而未体现途径，都会造成一定程度上的语义亏损，尽管有时这种亏损难以避免。

受索绪尔的意义二元论的影响，语言学和翻译学早期的意义研究常将意义作两分法。继索绪尔的所指和能指之后，另一有影响的意义分类就是 denotative 和"connotative"，一般译作"外延意义"和"内涵意义"，其实也就是索绪尔的所指和能指的变体。"外延"和"内涵"原是形式逻辑的一对概念。但将形式逻辑中的外延和内涵用于语言学的意义分类首先就存在着概念是否相容的问题，因为在形式逻辑中，外延和内涵如同一张纸的正面和反面不可分割，而语言学和翻译学的意义研究却致力于将所谓的外延和内涵分离，否则也就没有奈达翻译学所追求的那种"雨后春笋"和"like mushrooms"的归化式对译了。其次，"外延意义"和"内涵意义"之分还存在着分类含糊笼统的问题，有些意义类型难以在这两个分类中找到归依，也有很多意义还可以细分。因此，语言学家们后来逐渐抛弃了"外延意义"和"内涵意义"的两分法。在利奇的意义分类体系中，他就避免了所谓的外延和内涵的二元对立，并且有意避免使用 denotative 为"概念意义"命名，只是在解释概念意义时，将 denotative 作为概念意义的同义词来使用。"内涵"一旦离开了"外延"也就失去了其形式逻辑的关联了，而且"内涵"的所指范围太大，因此在此用"含蓄"来为"connotative"这个概念命名。

含蓄意义是一种不确定的、开放型的意义。其特点是通过词语所指物的特征作用于接受者的联想机制，间接地表达某种意义，因而具有一定的含蓄性。由于联想的主观性具有很强的文化依附，因而人们对某一词语所具有的含蓄意义的理解也往往因时、因地、因人而异。根据含蓄意义具有含蓄、形象的修辞效果，我们在翻译这种意义时，应尽可能地既体现它的"含蓄""形象"和"生动"的联想潜势，又要保全它的"意义"，换句话说，就是尽可能地保全表达这个意义的形式特征，如果这个形式负载了独特的文化内涵，那么就用注释的方式把这一文化内涵给读者一个交待，沟通形式与意义之间的联想桥梁。例如：

例1： …the very name of love is an apple of discord between us.

（Bronte：Jane Eyre）

【译文1】　……爱情这两个字本身就会挑起我们之间的争端。
【译文2】　……爱这个字眼本身就是在我俩之间引起争端的祸根。

原文以 an apple of discord 的所指内容——"不和的苹果"为"途径"来表达"不和"的信息。而上面这两种译文却只保留了原文的"目的"，而删掉了"途径"之"苹果"，因而未能译出原文的含蓄，因为"分歧"或"争端"的语义定位无需额外的联想介入。这正是传统翻译方法的一种思维定式：得"意"忘"形"。但问题是，文学的主要功能是不是只是传递信息？文学之所以不同于新闻报道就在于它具有艺术审美功能，因此文学家常常会放着能直抒其义的表达方式不用，而偏用一些间接的表达方式来曲达其义。在翻译文学作品时，碰到这样不循常规的表达方式，我们最好能冷静地问一问自己：为什么作者不直接表达他的意图？在上例中，为什么原文不直接用 discord，何必又画蛇添足地加一个 apple 呢？这种间接的表达方式除了它所表达的信息之外，其"途径"本身是不是还另有意义？它除了信息功能之外，是不是还有审美功能？这种曲达其义的表达形式之中，是不是还"含蓄"着文化的内涵？这一系列的问题实际上已经否定了上面两种译文的处理方法。我们来看看另一个译本是怎么处理的：

【译文 3】　……一说到爱情就在我们中间扔下了不和的苹果。①

原来这"不和的苹果"后面还有一段故事，而且是在西方文化中家喻户晓的故事。相形之下，前两种译法只译出了原文的深层语义，却放弃了具有文学性（literariness）的含蓄意义及其所附载的文化内涵，而译文 3 则既译出了原文的形式，又体现了它的目的，即信息，同时还用脚注对这一典故的由来作了交代。以往，有不少译者在处理这样的语言现象时，总是片面地认为，只要译出了原文的所指信息就已经忠实于原文了；而现在从语义学的角度出发，这样的形式本身就是意义，对于文学来说，尤其如此。再看下一例：

例 2：Every life has its roses and thorns.

（张培基等《英汉翻译教程》）

【原译】　每个人的生活都有甜有苦。

如果将原译回译成英语的话，应该是：Every life has its sweetness and bitterness。在英语中，sweetness and bitterness（甜与苦）是很常见的说法，但问题是，为什么作者不这么写？这是一个显而易见的美学或修辞学问题，即运用形象的表达方式或典故以增加语言的审美力量。因此，我们无论从传统翻译对形意兼顾的追求上讲，还是从后现代翻译美学对能指的自指性、理据性的执著上讲，我们在翻译中都应该尽可能地体现原文的含蓄意义，尤其是在文学翻译中，追求能指和所指的统一，而不是分离：

【改译 1】　每个人的生活中都是既有玫瑰也有荆棘。（普通型）
【改译 2】　生活的道路上既有玫瑰也有荆棘。（格言型）

"玫瑰"和"荆棘"分别代表什么、"含蓄"有着什么样的意义，相信中国读者不至于联想不出来，也不至于联想得那么费劲。

当然，由于不同语言和文化之间差异的必然性和绝对性，含蓄意义的翻译在很多情况下并不能得到理想的，也就是形意兼顾的体现。但能不能体现只是语言文化在现阶段的差

---

①　不和的苹果（an apple of discord）：希腊神话中，不和女神厄里斯向诸神参加的庭席上投下一个金苹果，上面刻有"属于最美者"的字样，引起天后赫拉、美神阿弗洛狄忒和智慧女神雅典娜的争夺，从而引发特洛伊战争。

异问题，或者是译者的个体语言能力问题，但要不要体现，把对这种意义的体现放在什么样的优先序列上，却是一个意识问题——语义的意识、文学审美的意识和文化的意识等，综合起来就是翻译意识的问题。

（3）文体意义。

文体意义（stylistic meaning）是一种能够表达语言运用的社会环境的联想意义，其形成主要与方言（dialect）、时间（time）、使用域（province）、等级（status）、语气（modality）、个性（singularity）等因素有关。语言交际是一定社会环境下的产物。在不同的社会环境中，语言的运用会出现不同的变体（variant），形成不同的文体特征，具有不同的交际价值。在翻译这种意义时，我们应充分考虑原文中的各种文体因素，在目标语中选取具有同等交际价值的表达方式，从整体上来反映原文的文体意义，而不拘泥于一词一义的文体等值。例如：

> **例 1**：They chucked a stone at the cops and then did a bunk with the loot.
>
> （Leech，1981）
>
> **例 2**：After casting a stone at the police，they absconded with the money.
>
> （ibid.）

这两个句子概念意义相同，但用词不同，也就是表达同一概念意义的不同变体，因而具有不同的文体价值（stylistic value）或文体意义。例（1）为俚语体，例（2）为书面体。这两种同义而不同形的表达方式会让读者对语言运用的背景产生相应的联想。我们会联想到，两个罪犯在一起交谈时会用例（1），而警方在写正式报告时则会用例（2）。试译：

> （1）他们朝条子扔了个石头，然后就带着抢来的钱溜了。
> （2）他们向警察投掷石块，后携款潜逃。

上例表明，同样的概念意义在不同的交际环境中由于表达规范和习惯方面的原因，会形成不同的文体变体，因而具有不同的文体意义和交际价值。在翻译中应该根据语境的需要选择合乎语境要求的变体，而不能将概念意义的体现作为唯一的追求。

（4）情感意义。

情感意义（affective meaning）是一种能够表达说写者情感和态度的联想意义，也就是人们在使用语言时所附加给语言的，或由语言产生的感情色彩。它可以通过概念意义、含蓄意义、文体意义，或借助语调、语气、感叹词等手段表现出来。在翻译这种意义时，译者要注意分析话语产生的语境因素和话语发出者的心理特征，像演员进入角色一样，仔细揣摩字里行间可能有的情感色彩，并在译文中予以灵活的处理。杨宪益翻译的《卖花女》中有许多情感意义的体现十分精彩，如卖花女是如何当街鸣冤、叫屈求援的：

> **例 1**：（*springing up terrified*）I ain't done nothing wrong by speaking to the gentleman. I've a

right to sell flowers if I keep off the kerb. (*hysterically*) I'm a respectable girl：so help me. I never spoke to him except to ask him to buy a flower of me.

(Bernard Shaw：*Pygmalion*)

如果不把握人物当时的情绪，只追求概念意义的等值，可能就会译成：

【原译】　(吓了一跳)我和那位先生说话，又不算做了什么错事。我有权力卖花，只要我不在人行道上。(歇斯底里地)我是一个值得尊敬的女孩子，帮帮我，我除了请他买我一枝花，根本没有和他说别的话。

这样译，原文的概念意义基本上都体现出来了，但说话人"受惊"(springing up terrified)和"歇斯底里"(hysterically)的情感成分，却并没有得到恰当的体现，给人的感觉好像说话人是一个通情达理、言语斯文的女孩子，而不是一个歇斯底里、满口土话的卖花女。我们来看看同样的概念意义用不同的语言材料加以情感包装后是什么感觉：

【改译】　(吓得跳起来)咱跟那位先生说句话不能算是做坏事呀，咱卖花也不犯法，又没在人行道上。(害怕大叫)咱可是个正经人家的女孩子。帮帮我，咱也没说别的，就是请他买一枝花。①

(杨宪益)

下面是卖花女受了男人的委屈后的抱怨：

例2：Ought to be ashamed of himself，unmanly coward！

(Bernard Shaw：*Pygmalion*)

【译文】　哼，也不害羞，男人家欺负娘儿们！

(杨宪益)

卖花女情急骂人：

例3：(*rising in desperation*) You ought to be stuffed with nails，you ought.

(Bernard Shaw：*Pygmalion*)

【译文】　(急了)你真该千刀万剐！

(杨宪益)

语言的情感意义反映了说写者的主观情感，翻译时如果处理失当，便会歪曲说话人的

---

① 　萧伯纳：《卖花女》(英汉对照)，杨宪益译，中国对外翻译出版公司，2002年。

态度和立场，也会使读者对说话人的心态或情绪产生错误的联想。

文学翻译中，对文本意义的解读需要译者对原作语言、源语文化和文学有非常深入的了解并具有相当的阅历。大多数文本意义的理解都依赖于译者对原作语言的直觉，如概念意义的偏离和变异，联想意义的产生等。少数意义，如形式意义，对译者的文学素养提出了更高的要求，有时需要译者对文学形式进行一些分析才能解读其中的含义。

（5）折射意义。

折射意义（reflected meaning），亦称反映意义、反射意义，是一种由于语境效应的作用而使某一词语在表达某一概念意义的同时还能让接受者联想到该词的另一概念意义，就好像是光线照射到镜子上的一个点（即概念意义），又折射到另外一个点（即折射意义）。在文学作品中，语言的这种折射意义潜势常被作家们用来制造"双关语"。由于英语常用词多属多义词，而现代汉语词汇中占主导地位的双音节词又往往是单义词，因此，英语和汉语概念意义及其折射意义潜势完全重合的表达方式是非常少见的，这就给折射意义的翻译带来了难以克服的障碍。在卡特福德看来，这样的意义基本上属于"语言不可译性"（linguistic untranslatability）范畴。翻译折射意义，必须首先要意识到，这是一种具有歧义性的表达方式，如果这种歧义性是话语发出者无心而为的话，翻译时一般可以不予体现。但如果是发出者有意制造的话，那么它就是一种积极性修辞，具有"文学性"的特点，因此在翻译时应尽可能地予以体现。例如西方有个关于律师的幽默：

例 1：——What do lawyers do after they die?

——They lie still.

【译文】　问：律师死了之后做什么？这似乎是个极简单的问题，

答：静静地躺着。

然而，西方文化语境中不少律师不择手段捞取律师费的坏名声又会让西方读者很自然地联想到 lie still 的另外一层意思：仍然撒谎，于是形成双关。要把这个双关译出来，几乎是一个"不可能的任务"。也可能在高手的笔下，这个译文的双关仍然可以保留下来。但每个译者的能力都是有限的，因此当我们有限的能力使我们无法对原文"尽忠"时，我们只好选择对读者"尽孝"了：在译文的文面上，保留其中一个意思，一般是"镜面上的意思"，而将另一层意思（折射意义）用加注的方式体现出来。

像上面这个例子，如果不作注，译文读者就无从知道这是个双关。但一直以来，有不少这样具有语言或文化内涵的表达方式都在译者的得"意"忘"形"之时，被扔回给了原作者。再以 lie 为例：

例 2：When my love swears that she is made of truth.

I do believe her, though I know she lies...

（Shakespeare：*Sonnet CXXXVIII*）

在这个句子中，lie 没有歧义，就是"撒谎"的意思。湖南文艺出版社版《莎士比亚抒情诗选》的译文是：

> **【译文】**　我爱人赌咒说她浑身是忠实，
> 我相信她(虽然明知她在撒谎)⋯⋯①

原诗的最后两行是：

例 3：Therefore I lie with her and she with me.
And in our faults by lies we flatter'd be.

至此，我们在概念意义的语境中，还能把握"lie"在这里有表示"撒谎"的语义，但"情人"与"谎言"的话题语境又不免使我们从"lie"这个词的另一词义"躺着"产生一连串的联想，从而完成对原文双关的解读。但这个双关却在译文中蒸发了：

> **【原译】**　因此，我既欺骗她，她也欺骗我，
> 咱俩的爱情就在欺骗中作乐。②

译文对这个双关既没有体现，也没有作注，那么不懂英文的读者就无法在此领略莎翁的妙笔了。诗的主要目的并不是用来传递信息的，如果我们把主要注意力都放在信息和简单的音韵形式上，而忽略诗歌中具有极高诗学价值的文字游戏或具有高度文学性的表达方式，会给诗歌的翻译带来很大的缺憾。当然，文字游戏很多是不可译的。因此，适当的注释会多少弥补这个缺憾。翻开汉语古诗集，那里面有多少注释呢？而一个来自异族文化的古诗集，其中所包含的知识空白点就更多了，翻译时不向读者交待这些空白点，于情于理似乎都有点说不过去，而现在市面上有不少这样的诗歌翻译就没有做到这一点。

至于上例，译文字面上似乎也有进一步改动的空间，那是不是也可以还它一个双关呢？在上面译文的基础上试译为：

> **【改译】**　因此，我既在玩她，她也在玩我，
> 咱俩的爱情就在玩弄中作乐。

在汉语中，"玩"和"玩弄"也有与原文相应的双关含义。不知读者能否接受这样的改译。

(6)搭配意义。

搭配意义(collocative meaning)是一种通过词与词的搭配习惯而产生的联想意义。由于

---

① 莎士比亚：《莎士比亚抒情诗选》(英汉对照)，梁宗岱译，湖南文艺出版社，1996 年。
② 莎士比亚：《莎士比亚抒情诗选》(英汉对照)，梁宗岱译，湖南文艺出版社，1996 年。

语言习惯的作用，同一个词在与不同的词搭配时，往往会使人产生不同的搭配联想，从而传达不同的信息。为了准确地表达原文的搭配意义，我们在翻译时必须勤查词典，对那些表面意义与上下文的逻辑关系不相符合的单词必须格外留心，看它是否与相邻的词具有短语或搭配关系，切忌望文生义。例如：

例 1：It is a wet summer.（＝rainy）

【译文】 这是一个多雨的夏天。

例 2：He is all wet.（＝mistaken）

【译文】 他完全弄错了。

例 3：He is wet through.（＝completely covered in liquid）

【译文】 他浑身湿透了。

极常见的一个词 wet，与不同的词搭配会生出完全不相关的意义来，尤其例 2 中的 all wet 很容易误解成"湿透了""全湿了"。以上例句都取自词典，为了求证于实际，网上有这样一篇文章，标题是：*Critics of Water Language All Wet, Creators Say*①，这是一篇科技新闻，介绍由一种叫"Water"的"XML"编程语言所引发的相关新闻，标题中的 all wet 取的就是"完全弄错了"的意思，切不可因为文中的 water(字面意义"水")，而将 wet 朝"湿"的方向去理解。

搭配意义的认知机制也提醒我们要警惕同义词的不同搭配能力以及由此而产生的意义和非意义。有些同义词尽管有相同的概念意义，但与不同的词搭配所产生的搭配联想却不尽相同，因而搭配意义也不相同。例如，在汉语里，我们一般不说"美丽的男人"，我们把美丽都献给了女性。但在英语中，却有 beautiful man 的说法，但多数也是指女人气的男人，且多在同性恋中使用。这说明有些词语有性别选择倾向，我们在翻译中也不能忽视。请看下面这个例子：

例 4：The door nearest me opened, and a servant came out—a woman of between thirty and forty; a set, square-made figure, red-haired, and with a hard, plain face...

（Bronte：*Jane Eyre*）

【原译】 最靠近我的一扇门开了，一个仆人走了出来，一个年龄在 30 到 40 岁之间的女人，虎背熊腰，一头红发，一张冷酷而长相平庸的脸⋯⋯

（译林版《简爱》）

译文用"虎背熊腰"这一比喻色彩的成语来译原文非比喻的"square-made figure"，除了修辞价值有超额翻译(over translation)之嫌，似乎还有点违背这个汉语成语的搭配习惯。汉语多用这个成语来形容强壮的男人，而原文是形容女人。虽然汉语中也偶见用这个成语

---

① Lefevere A. (ed). Translation/History/Culture. London and New York：Routledge，1992.

来形容女人,但在这个成语男性指向的文化语境中,这个成语在形容女性时往往都带有揶揄调侃的味道,而这并不是原文所附带的情感意义。其他几个译本的译文是:结实、横阔等。

例 5:So now the only Chinese words she can say are sh-sh, houche, chr fan, and gwandengshweijiyan. How can she talk to people in China with these words? Pee-pee, choo-choo train, eat, close light sleep.

(Amy Tan:The Joy Luck Club,1989:289)

【译文 1】 所以,至今她所仅能够说的中国话不过是:嘘嘘、火车、吃饭和关灯睡觉。她怎么能拿这些和中国的人们谈话呢?

【译文 2】 现在,她会说的汉语有"sh-sh"(是是),"houche"(胡扯),"chr fan"(吃饭),"gwandengshweijiyan"(关灯睡觉)。会这几句话怎么跟中国人交谈呢?

【译文 3】 她唯一能讲的中国话是"谢谢""关灯睡觉""火车"和"吃饭"。可在中国,靠这些"关灯睡觉"的中国话,怎么行呢?

这是美籍华人作家谭恩美的小说《喜福会》中的一段话。故事中的女儿要到中国去度蜜月,母亲担心她汉语太差,只会说 sh-sh, houche, chr fan 和 gwandengshweijiyan。作者用汉语的英语拼音,但拼法与汉语常规拼法不一样。为了帮助英语读者理解其意义,作者紧接着用英语作了解释:Pee-pee(尿尿),choo-choo train(火车),eat(吃饭),close light sleep(关灯睡觉);其中"关灯睡觉"没有采用标准的英语 turn off the light and sleep,而是大胆地使用了中式英语 close light sleep,从而生动地刻画出移民母亲的语言特色。再看三位译者在翻译这段话时,不仅没有传达出原文采用的杂合语言和非标准英语的特色,还出现了明显的错误解读:如把 sh-sh(尿尿)译成"是是"(译文 2)、"谢谢"(译文 3),把 houche(火车)译成"胡扯"(译文 2),都造成了原文意义的扭曲。显然,正是语言的杂合造成了这段话丰富的语义内涵,当然也给译者带来了巨大的挑战。译者有没有可能准确而充分地将这丰富的意义和信息传达出来,从而使译文读者获得与原文读者相同的感受呢?我们认为办法还是有的,那就是:其一,对植入的四个汉语词的英语拼音采取"零翻译"(因为作者紧接着就作了解释),其二,对原文的中式英语采取翻译加注的办法。这样一来,可以得到以下译文;

【改译】 现在,她会说的汉语只有 sh-sh, houche, chrfan, gwandengshweijiyan 几个词语。光拿这几个词语怎么跟中国人交谈呢?撒尿、火车、吃饭、关灯睡觉。(注:"关灯睡觉"的标准英语应是 turn off the light and sleep,但作者刻意向标准英语挑战,使用了中式英语 close light sleep。)

严格来说,中式英语 close light sleep 给原文读者造成的感受,汉语是无法回译出来的,加注只是一种补偿手段,以使译文与原文在信息量的传达上尽量接近,通过保留原文的双语混合特征，让译文读者也能大致体会到中式英语对英语读者所具有的"陌生化"体验。

搭配意义对于翻译这种跨语交际来说，还有另外一个具有启示性的意义：搭配之所以能表达一定的意义，那是因为一定的词语搭配及其搭配意义在其所属的语言中已经约定俗成；因此，当我们在将原文的搭配意义转译成目标语言时，就必须要保证译文满足与原文相当的一个基本条件，即各搭配元素之间一般要符合目标语言的认知习惯。从语义学的角度看，真正的同义词是不存在的，即便它们有着相同的概念意义，它们也往往会在不同的联想意义上相互区别。

(7) 主位意义。

主位意义(thematic meaning)指话语的发出者在组织信息时利用词序、焦点和强调等方式所表达出来的意义。

"主位"(theme)是功能语言学的一个概念，与主位相对的概念是"述位"(rheme)。功能语法的核心单位是"小句"(clause)。小句是线性结构，每个小句表达一个信息(message)；一句话中的每个词必须按照一定的规则一个一个按线性序列组合。与传统的那种主语谓语式的语法不同，功能主义更注重同一概念意义的不同线性序列的选择及其背后的心理动因。至于什么是"主位"和"述位"，简而言之"主位就是信息的出发点，……信息的其余部分，也就是主位得以展开的部分，用布拉格学派的话来说，就是述位"①。主位理论又引出了标记理论。一般来说，如果小句的第一个语法单位是传统意义上的主语的话，那么这个主位就是"无标记主位"(unmarked theme)，如果第一个语法单位不是主语的话，那么这个主位就叫作"有标记主位"(marked theme)。主位理论及其标记理论对翻译研究有着重大的理论意义。举两个简单的例子：

例 1：I have money.
例 2：Money I have.

这两个句子的概念意义完全相同，但线性结构或语序不同。例 1 的第一个单位是 I，在句中作主语，因而是无标记主位。从认知的角度上看，我们在处理无标记信息时，认知劳动付出相对较小，基本上是一种无意识的认知过程。例 2 的第一个单位是 money。语法作用是宾语，它没在常规的位置上(谓语动词之后)，而是被移到了主语之前的句首，因此有标记主位。我们的认知机制在碰到有标记主位时，会触动我们的认知敏感，会对这一因为前移而被突出的词语中所包含的信息付出额外的认知劳动。我们要回答一个由此而引起的问题：为什么说话人要突出这个词？I have money 只是简单地陈述了一个事实，当然在特定的语境中，这个简单的事实也可以被赋予特定的情感意义，但那是语言以外的因素所赋予的。而 Money I have，这样的说法本身就带有一定的言外之力(illocutionary force)。生活中，我们什么时候说"我有钱"，什么时候说"钱我有"，并不是不加区别的。但这并

① Halliday M A K. An Introduction to Functional Grammar. London：Edward Arnold，1985：94.

不是说，只有标记主位才具有主位意义，任何一个被置于主位位置上的语言单位都具有一定的主位意义，只不过交际价值不同而已。

利奇将功能语言学的这一成就引入语义学，创造性地将组织信息的方式区分为一种意义，在传统的意义两分法中，区分出了第三大类意义。他对这一意义的解释是：人们在组织信息的过程中，常通过调整词序、变换焦点或实施强调等方式，使句子的重心或强调点得以适当地突出，从而传达说写者不同的用意和目的。因此，概念意义相同的句子由于句子成分的排列不同往往会形成不同的主位突出（thematic prominence）。据此，在翻译中，译者应该在特定语境的制约下，根据原文的组句方式，准确地判断其特定的主位意义及其交际价值，然后再根据汉语的表达习惯，对原文有意突出的部分，尤其是有明显语义意图或修辞意图的，予以恰到好处的体现。

主位意义的存在对于传统翻译理论的修正在于它重视语序的表意性，因为追求得"意"忘"形"的传统翻译理论一般对语序都不怎么重视。当然，在非文学翻译中，语序的表意性确实不太明显。但在文学作品中，语序则常被用来表达特定的语义或情感内涵。

由于学科研究范围的限制，语义学多以词或句为研究单位，因此语义学所关注的主位意义更多的在于被凸显于主位位置上的那个特定的词及其在句子信息结构中的语义价值。但翻译是以语篇为单位的，语篇内的句子都是以这样或那样的方式或隐或显地关联着的。在语篇结构中，一个小句选用什么样的词作主位，往往还与其相邻的其他小句发生关联，形成一定的主位推进（thematic progression）模式。一连串的主位配列，如果植入了特定的审美意图，就会产生特定的美学功能。翻译时，对于这些蕴含着明显的审美意图或美学功能的语序，应尽可能地予以保留。例如：

例3：A face was thrust in at the window of the carriage, a face crowned with matted hair that fell in a fringe above the scarlet, bloodshot eyes. The lips parted, showing the white teeth; and then the lantern was lifted to the window so that the light should fall upon the interior of the carriage. One hand held the lantern, and the other clasped the smoking barrel of a pistol; they were long, slim hands, with narrow pointed fingers, things of beauty and of grace, the rounded nails crusted with dirt.

Joss Merlyn smiled…

(Daphne du Maurier：*Jamaica Inn*)

这段描写展现的是作品人物的叙事视角。语境是女主人公乘坐的马车碰到了歹徒，车夫被枪杀，女主人惊恐万分。上面这段文字就是客观地记录了被吓得呆若木鸡的女主人公躲在车内的状况。就主位意义而言，第一段有一个鲜明的特征在这段描写人的活动的文字中，所有的主位都不是由人来充当的，而是由表示人体的某个部位的词，或是被人所操纵的物来充当的。这正是在惊恐万状之中的主人公所依次看到的东西，或者说是主人公在把这些局部聚焦（focalization）合成为一个整体聚焦之前的视觉记录，就像是一个个特写的局部镜头。从语篇学的角度看，这是一个典型的平行式主位推进模式（parallel thematic progression)。然后到第二段，镜头稍微拉远，局部聚焦聚合成了整体聚焦，推出整体特写。也就是说，主人公通过局部聚焦收集到了足够的图式空位(schematic slot)，完成了图式组合(schematic configuration)和整体聚焦，实现识别：原来是她认识的一个人——焦斯·默林。于是，在第二段里，主位就转而由"人"来担任了。这种由局部聚焦向整体聚焦转移的过程主要是通过主位空位的词语选择("脸""缠结的头发"张开的嘴唇""优雅的、提着灯、抓着枪的手")和语序来实现的。可见，这一主位推进结构有着明显的诗学价值，因此在翻译中应该尽可能地体现这一特定的主位意义，以反映原文独特的叙事视角。试译：

【译文1】　窗外伸进来一张脸，那人长着一头缠结的头发，像流苏一样垂落下来。他瞪着一双血红的眼睛，张着嘴唇，露出白白的牙齿。他把提灯举到窗口，灯光照进车内。他一只手举着提灯，另一只手抓着还在冒烟的枪管。他有一只长长的、细细尖尖的手，很漂亮，很优雅，只是有些泥土粘在圆圆的指甲上了。

　　焦斯·默林笑着……

（译林版《牙买加客栈》）

比较：

【译文2】　一张脸戳进车窗，一张顶着缠结头发的脸，流苏一样垂落的头发下面是一双血红的眼。两片嘴唇张开着，露出白白的牙齿。接着提灯举到了窗口，灯光照进车内。一只手举着提灯，另一只手抓着还在冒烟的枪管。那是一双长长的、纤细的手，细细尖尖的手指，很漂亮，很优雅，圆圆的指甲上覆满了泥土。

　　焦斯·默林笑着……

　　译文2采用常规的以人作为主位的叙事习惯，行文流畅，概念意义的体现也基本上是准确的，但由于译文改动了原文的主位推进结构，将原文中被凸显的成分置于不显眼的位置，过早出现的"他"使原文的悬念感消失了，原文中由一连串的散点聚焦所反映出来的叙事者那惊恐万分的心理也消失了，惊恐得近乎窒息的叙事被冷静的观察取代。在这里，译文2损失的是什么呢？从语义学上讲，损失的是主位意义；从诗学上讲，损失的是文学性。

　　语序这一长期被传统译论所忽视的语言现象，无论从语义学上讲，语篇学上讲，还是从诗学上讲，都不是一个毫无意义的、可有可无的形式因素，这应当引起文学翻译者的重视。①

---

　　①　王东风：《英汉语序的比较与翻译》，《外语教学与研究》，1993年第4期。

(二)文学形式的解读

1. 文学文本的形式

文本是交流沟通的最为重要的手段之一。因此不同种类的文本风格、文体特点就具备不同的功能，传达不同的信息。总的来说，文本可分为两大类：文学文体和非文学文体。"文学文体即以语言艺术反映社会和人生的各种文学作品的统称。……而其他四种文体(应用文体、论述文体、科学文体、新闻文体)则可以统称为非文学文体。"①

文学文本的形式是指文学文本中各种要素的组织形态、结构和存在方式，包括语言形式、体裁、结构、风格、修辞、表现手法等。对文学文本而言，形式即意义，二者融为一体，不分彼此。形式不仅本身就能表达意义(即形式意义)，而且是其他意义的基本载体。文学翻译者如果不能准确地解读文学形式，其理解无疑是不完整的；此外，文学文本的最大艺术价值也正在于其形式的创造性和艺术性，翻译文学作品如果抛弃其形式要素，那么译作必将从一开始就失去了作为语言艺术品的价值。如何解读文本的形式？一种语言的文学文本形式是否可以翻译为另一种语言形式？如何翻译？这些问题是文学翻译者必须清楚的。

我们先来回答文学形式的可译性问题。文学形式是否可译？传统翻译理论的回答一般是：基本不可译。由于各种语言表达思维具有不同性，使用来表达同一概念的方法也不同，因而就在翻译中形成了形式与内容的一对矛盾。人们常说，文学作品不重在说什么，而重在怎么说，相同的内容，可有多样的表达方法，声音、形态、结构等无不具有其自身的价值。翻译的基本目的就是把一种语言转化为另一种语言，把文学意义从其语言形式中剥离出来用译入语中新的语言形式重新"包装"。因此，原作的语言形式是文学翻译要抛弃的东西，故无所谓可译。就拿汉语和英语这两种语言的表现手法来说，就具有很大的差异。汉语是一种意合型的声调语言，其意义是靠四声和其语内的逻辑关系来区别，而英语是形合型的语言，其意义是靠语调及其大量的逻辑关系连词来区别，这就在很大程度上阻障了两种语言间的形式对译。汉语的语义结构具有许多与英语不相同的特点，如：①汉语使用大量的虚词，虚词是汉语构架语义的最基本单位，除了具有语法功能，承载语法信息外，还具有语义功能，承载语义信息；而这一点，英语是通过各种不同的"时"和"体"来体现的。②在语序方面，汉语的语义着重在句法层的语义结构机制上，形成为强制配列式，采用意义支点联接式，凭借意义的逻辑组合或语感构成。③文字方面，汉语是音、形、义结合成一体，具有整体的功能。这三个主要特点，都是构成汉语和其他语言的最主要的形式差别，从而也就构成了汉语与其他语言的语际转换的困难。不同语言，不同的文学系统差异过于悬殊，绝大部分形式要素(尤其是语言本身)都无法获得对等的译法。可译的部分至多是文学作品的体裁、结构和表现手法等宏观的形式要素。经过两千多年的文学翻译实践验证，传统译论关于文学形式不可译的看法无疑有一定道理。离开原作的语言，原来的文学形式势必失去了载体，这是为什么大多数文学形式不可译的根本原因。

---

① 王宏印：《英汉翻译综合教程》，辽宁师范大学出版社，2002年，第292页。

"形式不可译"的观点导致人们轻视译作的语言艺术价值，贬低文学翻译的价值。文学翻译在传统翻译理论中长期扮演"驿马""媒婆"等角色。然而，形式不可译论忽略了文学翻译在文学形式上的重要创新价值，两种语言、两种文学传统和两种文化在翻译家的头脑中激荡和交锋，促使翻译家创造性地理解、阐释，并用译入语创造出新的文学形式。文学翻译家在翻译过程中，常常遭遇译入语文学形式的"空白"，这种空白促使翻译家创造性地解决问题。他们可以在译入语中创造出新的文学形式来重现原作的形式。中国新诗的诞生和发展，小说体制和叙述手法的革新，汉语文学语言、表现手法的多样化等现象不正说明了形式的"可译"吗？因此，形式的可译性实际上是语言创造力的表现。通过创造性的文学翻译，促使译入语自身更新，促进译入语文学形式的创新，这正是文学翻译的重要文化价值。

2. 文学文本形式的解读

（1）语言形式。

文学语言是创作文学作品时使用的语言。虽然文学作品涉及不同的体裁，如小说、散文、剧本、诗歌等，但它们都是由文学语言建筑的"虚构世界"（Fictional World）。这个"虚构世界"是建立在特定时代的现实世界（Real world）基础上的，其核心是人，是人的心灵和人与人之间关系的揭示，是人与自然、与社会的冲突与调和。我们把文学语言看作语言运用中的一种功能变体，是因为不论在哪种文学体裁中，语言的社会职能已从单纯的传递信息转变为给人以美的享受。作家之所以伟大，就在于他能够创造性地运用语言，为人类建构一个艺术世界，让人类能在其中尽情地认识自己，认识自己的今天和过去，并从中汲取改善人生、陶冶情操和实现美好愿望的力量。文学语言几乎调动了一种语言中所有的语言手段和语言结构，来展示情节、渲染气氛、塑造形象、展示人物心理和个性。尽管不同的文学体裁之间存在明显差异，但其使用的文学语言却有许多共同点。在翻译过程中，必须充分考虑到这些特点，调动目的语的一切手段来再现原文的语言特点。

①英语文学语言的形象性。

形象性是文学语言最基本的特征，涉及文学语言的语义层面。文学语言特有的使读者能够"感知"到作品描绘的艺术形象、唤起读者"想象"、在自己的头脑中构造艺术形象的特征，就是它的形象性。语言的形象性具有"二重性"：一方面，它是抽象化的，具有概念功能；另一方面，它又和形象有着密切关系，具有表象的功能。作家以语言为媒介来塑造形象、描绘事物、展现场景，用精炼含蓄的笔触表现丰富的内容，真实地反映千姿百态的社会生活面貌，给读者以身临其境之感，如闻其声，如见其人。以下是英国作家詹姆斯·巴里（J. M. Barrie）《彼德·潘》（*Peter Pan*）中胡克（Hook）船长出场时的片段：

例 1：...He lay at his ease in a rough chariot drawn and propelled by his men and instead of a right hand he had the iron hook with which ever and anon he encouraged then to increase their pace. As dogs this terrible man treated and addressed them, and as dogs they obeyed him. In person he was cadaverous and blackavized and his hair was dressed in long curls which at a little distance looked like black candles and gave a singularly threatening expression to his handsome countenance. His eyes were of the blue of the forget-me-not and of a profound melancholy save when he was plunging his hook into you at which time two red spots appeared in them and lit them up horribly.

(J. M. Barrie：Peter Pan)

【译文】　……胡克安安逸逸地躺在一辆粗糙的大车子里，由他手下的人推拉着走。他没有右手，用一只铁钩代替。他不时挥动着那只铁钩，催手下的人赶快拉。这个凶恶的家伙，把他们像狗一样看待和使唤，他们也像狗一样服从他。说到相貌，他有一副铁青的面孔，他的头发弯成长长的发卷，远看像一支支黑蜡烛，使他那英俊的五官带上一种恶狠狠的神情。他的眼睛是蓝色的，蓝得像勿忘我花，透着一种深深的忧郁。只有他把铁钩向你捅来的时候，这时，他眼睛里出现了两点红光，如同燃起了熊熊的火焰，使他的眼睛显得可怕极了。

（杨静远、顾耕）①

这段文字以形象的语言将胡克船长栩栩如生地展现在我们面前，使他成为英国文学史上最鲜明的形象之一。首先，胡克船长挥动铁钩催促手下的样子令人过目难忘，接着，是一串比喻，将他的手下比作狗，将他的发卷比作黑蜡烛，将他平静时的蓝眼睛比作勿忘我花，将他发怒时的眼睛比作燃烧的火焰。此外，还掺杂着对比手法，如同作了一幅画，使外表英俊强悍，内心阴郁狠毒，身世颇为神秘的胡克船长的形象跃然纸上。

在同一本书中，当彼德·潘出场时，留在读者脑海里的是一幅完全不同的画面：

例2. …He was a lovely boy clad in skeleton leaves and the juices that ooze out of trees but the most entrancing thing about him was that he had all his first teeth. When he saw she was a grown up he gnashed the little pearls at her.

【译文】　……他是一个很可爱的男孩，穿着用干树叶和树浆做的衣裳。可是他身上最迷人的地方是他还保留了一口乳牙。他一见达林太太是个大人，就对她呲起满口珍珠般的小牙。②

读了这段描述，读者不难在脑海中勾勒出一个纯真、可爱、调皮、满口乳牙的小男孩形象。

形象化的语言不仅能在人物描写中带来传神的效果，在环境(景物)描写中也是如此。以美国文学的开拓者华盛顿·欧文的散文《圣诞之夜》开篇为例：

例3：It was a brilliant moonlight night but extremely cold；our chaise whirled rapidly over the frozen ground；the postboy smacked his whip incessantly，and a part of the time his horses

---

①　卢思源：《新编实用翻译教程(英汉互译)》，东南大学出版社，2008年，第39-47页。

②　张春柏：《英汉汉英翻译教程》，高等教育出版社，2003年，第269页。

were on a gallop.

（W. Irving：*Christmas Eve*）

【译文】　这是一个月明之夜，十分寒冷；我们的马车在冰冻的路上疾驰，车夫不停"啪，啪"地挥动鞭子。一段时间马在飞奔。①

作者寥寥数笔，就将隆冬时节的乡间夜景呈现在读者眼前，创造出一种作者着意渲染的气氛：天上是一轮明月，脚下是冰冻的道路，一辆马车在疾驰，似乎你可以听见打破这清冷寂静的嗒嗒蹄声。

②英语文学语言的情感性。

情感性也叫抒情性，指蕴含于作品语言的意象以及词语表达形式之中的情感力量、情感色彩。文学语言具有情感性，无论写人叙事或状物写景，作家都必然带有或显或隐的抒情色彩。例如，莎士比亚名剧《罗密欧与朱丽叶》中罗密欧的一段台词：

例 4：It is the East and Juliet is the sun!

A rise fair sun and kill the envious moon…

（W. Shakespeare：*Remeo and Juilet*）

【译文】　那就是东方，朱丽叶就是太阳！

起来吧，美丽的太阳！赶走那妒忌的月亮……②

正是通过这种直接的抒情，莎翁表现出罗密欧炽热而真挚的情怀，以及他对朱丽叶的仰慕之情。

与这种直抒胸臆的表达方法不同，作家有时也会根据需要采取一些较含蓄的表现手法，如借景抒情。欧文散文《圣诞之夜》的结尾部分有一段抒情描述：

例 5：…I had scarcely got into bed when a strain of music seemed to break forth in the air just below the window. I listened and found it proceeded from a band which I concluded to be the waifs from some neighboring village. They went round the house playing under the windows I drew aside the curtains to hear them more distinctly. The moonbeams fell through the upper part of the casement partially lighting up the antiquated apartment. The sounds as they receded became more soft and aerial and seemed to accord with the quiet and moonlight. I listened and listened—they became more and more tender and remote and as they gradually died away my head sunk upon the pillow, and I fell asleep.

【译文】　我刚要睡觉，一串乐声似乎就在窗下响起。我侧耳倾听，发现是一个乐队在演奏，我断定是邻村来的圣诞乐队。他们绕着屋子走，在窗下奏乐。我拉开窗帘以便听

---

① 陈新：《英汉文体翻译教程》，北京大学出版社，1999 年，第 315 页。

② 张春柏：《英汉汉英翻译教程》，高等教育出版社，2003 年，第 275 页。

得更清楚。月光透过落地窗的上部，部分地照亮了这一古旧的房间。随着乐声的远去，声音变得更加轻柔飘渺，似乎和谐地与四周的宁静及月光相伴。我倾听着倾听着——乐声越来越微弱、越遥远，逐渐地逝去。我的头落在枕上，安然睡去。①

这一段作者用抒情的笔调描绘了轻柔的音乐和静谧的月光，更描绘了音乐和月光在人物心中留下的印象。作者虽未明确告诉读者人物在想什么，但从开始的"倾听"到最后的"倾听"又"倾听"的动作中，不难体味人物内心深处的欢快与平和。这种将客观环境与主观心理相结合、将情与景相结合的描写手法是抒情的典型手段。

③英语文学语言的含蓄性和审美性。

含蓄性是文学语言的蕴含层面，属于深层意义。文学语言贵在以"有限"表现"无限"，言有尽而意无穷，能够给读者留下充分咀嚼、品味、回想的广阔空间。作者往往不把意思明白地说出而尽量留有余地，让读者自己去思索和得出结论。从大的方面说，好的文学作品富有启示性，要求读者有更大的参与性。任何人、物或事都需要通过读者自己去认识，作者本不应把个人的看法强加给读者。从小的方面说，一句话如果表达得太直也就失去了回味的余地。点到即止，暂不说破，岂不更能引起读者的兴趣？例如，《圣诞之夜》的作者对青年军官与美丽少女的神态表情、行为举止的描述，已使读者领悟到两者之间的情感，但作者并未直截了当地道出，而是故意含蓄地说："I suspected there was a little kindness growing up between them."。此句中的 kindness 一词，并非常见的"和善、仁慈"之意，而是相互之间的"爱慕之情"。这一字眼不能直接一语道破，而必须既保留原文的含蓄性又能使读者悟出其真实的意思，所以不妨表述为"亲近感"。

审美性是文学语言的语音层面，指文学作品的语言具有节奏鲜明、韵律和谐的特征，念起来朗朗上口，听起来和谐悦耳。仍以前面提到的欧文的《圣诞之夜》开篇为例："It was a brilliant moonlight night but extremely cold；our chaise whirled rapidly over the frozen ground；the postboy smacked his whip incessantly…"，其中 moonlight 和 night 是非常和谐的尾韵，而 smacked his whip incessantly 使人几乎听到了那"啪、啪"的连续鞭子声。在翻译这句话时应尽可能将这种节奏与响声传达给读者。

以上四个方面，只是英语文学语言的主要特征，学习英语或翻译英语文学作品时应特别注意这些特征。文学作品的译文同样必须是文学作品，必须将原作的文学特征忠实地、一丝不苟地传达给译文的读者——包括语言形式，也包括思想感情，不但要达到信息上的等值，还应达到艺术上的等值。

文学语言是文学文本的基本存在形式。语言形式解读的内容包括：①语音层面：音韵、格律、节奏、重读；②词汇层面：谐音、双关等；③句法层面：组合、排比、语序等；④篇章层面：句式、段落、衔接、粘连等。每个层面的语言形式对文学文本而言都可表达意义，即形式意义。从这个角度上说，解读文学文本的语言形式就是解读文学文本的意义。

---

① 陈新：《英汉文体翻译教程》，北京大学出版社，1999 年，第 322 页。

（2）修辞手段。

准确地说，修辞手段也是文学文本的语言形式因素之一。这里单独列出是因为文学文本中修辞的重要地位。文学文本的能指性、隐喻性和创造性的主要表现手段就是文学文本中的修辞。英汉语中的修辞都是语音、词汇和语法三个层面综合应用的结果，两种语言的修辞方式既有共同特点也存在较大差异：

其一，语音修辞。两种语言都有各自的韵律、节奏方式，都能通过语音的美感来体现文学性，但汉语为音节语，靠声母、韵母、声调三者统一来表现语言的音乐美，常见的音韵修辞格包括平仄、双声、叠韵、儿化、轻声、谐音、象声词等。英语为音调语，文学语言强调音步的短长和语调的起伏，常见语音修辞格有头韵（alliteration）、尾韵（end rhyme）、拟声（onomatopoeia）、音步（foot）、抑扬格等。在文学翻译，尤其是诗歌翻译中，对语音修辞格的识别和重现往往需要译者进行创造性的实验和探索。

其二，词义修辞。英汉语都有一些共同的修辞方式，如比喻（metaphor）、借喻（metonymy）、拟人（personification）、夸张（hyperbole）、双关（pun）、反语（irony）等，但英汉语的词汇构成差异加大，汉语构词法讲究平衡对称，同音字较多，及可拆分的汉字结构，因而有对偶、对仗、排比、谐音、拆字、回环等特有的修辞格。而英语也有一些特有的修辞格，如低调陈述（understatement）、委婉语（euphemism）、对照（contrast）、矛盾修辞法（oxymoron）、移就（transferred epithet）、异叙（syllepsis）、粘连（zeugma）、仿拟（parody）、隽语（paradox）等。

其三，结构修辞。汉语是一种语法形式约束较弱的语言，英语则具有严格语法形式要求，因此尽管两种语言都能通过语法关系来体现修辞效果，但具有各自的特点。常见的结构修辞格如：重复（repetition）、联珠（catchword repetition）、回文（chiasmus）、平行结构（parallelism）、对照（antithesis）、设问（rhetoric question）、突降（anticlimax）等。

（3）文学体裁。

文学翻译大致包括四种文学体裁：诗歌、小说、戏剧和散文。按语言的文体分类，有学者把文学文体分为两类，一是诗歌，一是散文。用英语表述，就是 verse 和 prose，前者是诗歌，即韵文，后者包括小说、戏剧和散文，英语分别是 fiction、drama 和 essay。除 fiction（虚构作品）之外，还有 non-fiction，相对应汉语中所讲的"非虚构作品"。英文中何为"虚构"，何为"非虚构"是一个不太容易阐述清楚的问题。按照企鹅出版集团出版的《文学术语与文学理论词典（第四版）》（*Dictionary of Literary Terms and Literary Theory*，4th ed.）的界定，fiction 是"关于虚构作品（imaginative work）模糊、笼统的称谓，形式上通常是散文（prose①）"。虽然诗歌和戏剧也是虚构的作品，却不包括在内。"fiction"一词现在通常用来指长篇小说（novel）、短篇小说（short story）、中篇小说（novella）以及类似的文体。②

---

①　可以根据 fiction 一词的定义判断，prose 即是没有韵、不使用格律的文体。《牛津英语词典》的解释是"有别于诗歌和韵文的文学形式"。

②　Cuddon J A. The Penguin Dictionary of Literary Terms and Literary Theory（4th ed.）. Rev. C. E. Preston. Oxford，UK/Malden，Mass.：Basil Blackwell Ltd.，1991：320.

而"non-fiction"（非虚构作品）大致是指我们常说的报告文学、纪实文学等。由于不同体裁的文学作品具有不同的语言特征，因而，相应的翻译策略也各有侧重。

（4）文学风格。

《辞海》中说，风格是"作家、艺术家在创作中所表现出来的艺术特色和创作个性。作家、艺术家由于生活经历、立场观点、艺术素养、个性特征的不同，在处理题材、驾驭体裁、描绘形象、表现手法和运用语言等方面都各有特色，这就形成作品中的风格。风格体现在文艺作品内容和形式的各要素中"，即"文如其人"。张今先生也指出"作家的风格就是作家的精神风貌的显现，作家的社会观、审美观和创作个性的表现；作家的风格就是作家的形象，就是作家作为社会人和艺术家的风貌"①。"作家的风格总是要具体表现在作品的语言形式中，也就是表现在一定范围内的词语、句型、修辞手法和艺术手法的性质及其重复频率中。"显然，这里所说的作者的艺术风格是一个广义的概念，它包括作者的世界观、价值观在内，是体现着其文艺思想和指导原则的艺术创作的全部风格的总和，包括作者的时代风格、民族风格以及个人风格三方面。

风格在文学作品中是一个不可或缺的组成部分，它是文学形式要素中最重要的内容之一。"风格"是指艺术家通过作品表现出来的相对稳定、较为内在和深刻、从而更为本质地反映出时代、民族或艺术家个人的思想观念、审美情趣、精神气质等内在特性的外部印记。风格是一个十分宽泛的概念，它似乎无所不包，大的方面包括时代风格、地域风格、民族风格等；小的方面表现为艺术家在题材选择、主题表现、创作手法、人物塑造、语言驾驭等方面的一贯性和独创性。在文学翻译中谈及"风格"，多指特定作家作品所具有的独树一帜的特色。如美国诗人罗伯特·弗洛斯特（Robert Frost）喜用平白如水的语言写作；英国诗人亚历山大·蒲柏（Alexander Pope）偏好雍容端庄的英雄双韵体；美国现代诗人爱德华·卡明斯（Edward E. Cummings）作绘画般的图画诗；爱尔兰小说家詹姆斯·乔伊斯写出呓语般的意识流小说；等等。

在文学发展史上，人们历来都非常重视文学风格的问题。从古希腊、罗马时代起，修辞学就是一门重要的学问。在我国，刘勰、钟嵘、司空图等曾用"风骨"一词来谈论作品的文体精神，可见风格与作品的内容关系极为密切。我们说文学文本中"形式即意义"，而作为文本形式的鲜明特点，风格更是作品中最突出的"意义"。因此，文学翻译绝不能对风格问题视而不见。

重现原作的风格，必须以识别原作的风格特征，领悟原作的精神风貌、行文气势和神韵等为基础。② 译者要传达原作风格绝非易事，需要仔细研究、用心去体味、去领悟原作的韵致。这种韵致并不局限于文字层面，如用词倾向、句式特点、修辞手法、表意方式、篇章安排等，还涉及原作所表现的作者的精神追求、个人特质、艺术追求，进而到作品所体现的时代特征、民族情结等。也就是说，解读文学作品的风格，除了原作文体风貌之外，还包括作家个人风格，时代风格等。只有当译者对这一切了然于胸后，才能最大限度

---

① 张今：《文学翻译原理》，河南大学出版社，1987年，第88、89、131页。

② 许钧等：《文学翻译的理论与实践——翻译对话录》，译林出版社，2001年（引言第26页）。

地传达和再现原著和原作者的风格。

在风格的翻译问题上，被誉为西方四大权威神学家之一的哲罗姆（St. Jerome）曾指出：“翻译既然是一种创造，译者就完全可以具有自己的风格特征，而且优秀的译文完全可以与原作媲美。”①哲罗姆的说法实际上提出了文学翻译中“作者风格”和“译者风格”的问题。文学翻译中，是否允许译者风格的存在？传统上讲，一般认为翻译的任务应该是忠实地再现原作的风格，译者不应当在译作中表现自己的风格。如刘宓庆在《文体与翻译》中所言：翻译中的风格论与文学或一般写作中的风格论并不是完全相同的研究课题。翻译上的风格论所研究的基本问题是在语言转换中如何保证译文对原作的适应性（adaptation）。②

但是，文学翻译是一种再创作，虽然原作是这种再创作的起点和基础，但译作毕竟是翻译家用另一种语言重新创造的文本，其中的主观性和创造性是不可避免的。因此，文学翻译在再现原著风格的同时，译者本人的风格也必然存在。如何处理作者风格和译者风格是很多翻译家思考的问题。草婴、屠岸、文洁若、方平、叶君健等翻译家在该问题上持同样的看法，归纳起来，主要有三点：

一是原作的风格在译文中应该得到再现，但译者在翻译过程中由于语言的变异和译者个性的介入，势必会在译文中打上译者的风格标记；二是译者风格的客观存在并不以削弱原作风格的再现可能性为前提；三是译者应该尽可能将自己的风格与原作者的风格融为一体，使译者的再创作个性转化为再现原作风格的有利因素，以追求原作风格和译作风格的和谐统一。③

（5）创作手法。

随着社会意识等方面的发展和变化，文学创作在主题、内容、风格、形式等方面，形成了某一时代、为某些人群所特有的独特风采，这些依照独特个性形成的人群，就属于同一文学流派。文学流派不管其成因、结果和影响如何，都有一个重要的过程因素，那就是展现它们独特个性和风格的创作手法。比如在中国六朝时期，近乎无病呻吟的华靡文风盛行，多用藻饰、骈偶、声律、典故等，类似西方的巴洛克文风。在西方，现代文学创作中出现了“意识流小说”派别，代表作家有詹姆斯·乔伊斯、弗吉尼亚·伍尔芙（Virginia Woolf）、威廉·福克纳（William Faulkner）等，他们以意识的自由流动叙述心理的发展和历程。以常规的眼光看，他们的作品，往往时空错乱，不可以正常的时空逻辑度之。但正是这种看似荒谬的时空结构，象征了现代人在工业社会中的荒谬感、错乱感和无助感。因此，在翻译文学作品时，应该首先领会作品所处的流派，揣摩其精神和气质，理清作家创作的基本技法，不然，就难以忠实地领会、把握和再现原文的风格、技艺和精神，更谈不上达到整体效果的对等了。所以，界定某个要翻译的文本属于什么样的文学流派，其基本的创作手法是什么，既有助于正确理解原文，又有助于有效地再现原文包括主题、内容、

---

① 廖七一：《当代西方翻译理论探索》，译林出版社，2002 年，第 5 页。
② 刘宓庆：《文体与翻译》，中国对外翻译出版公司，2003 年，第 575 页。
③ 许钧等：《文学翻译的理论与实践——翻译对话录》，译林出版社，2001 年，引言第 30 页。

风格、技巧各个方面的意义。其中不仅仅有认识意义的问题，还包括审美意义。文学从本质上来说，是一门艺术，因而，流派特征和创作手法都是为审美意义服务的。这是文学翻译工作者应该特别注意的方面。

3. 文学文本的解读方法

充分解读文学文本，领会其中的意义，把握其形式的艺术性，这是文学翻译的第一要务。著名翻译家朱生豪所译莎士比亚戏剧堪称莎译中的精品。除时代、风格等因素外，朱译莎剧的成功得益于翻译家对文本的细心解读和深刻领会。朱生豪曾谈到他如何解读莎剧原作："余笃嗜莎剧，尝首尾研诵全集至十余遍，于原作精神，自觉颇有会心。"[1]可见文本解读是何等重要。如上所述，不同的哲学、语言学和文学理论派别对文本解读的方法会有不同的主张和见解。以下我们从实用的角度介绍两种主要的解读方法：一是新批评的方法，二是阐释学和接受美学的方法。前者也可称为"文本细读法"，是"以文为本"的解读方法，对理解文学文本的形式要素具有重要价值，而后者则是提醒译者重视文本解读过程中的主观性的解读方法。

（1）新批评理论。

A. 新批评理论的兴起和主要代表人物。

新批评始于 20 世纪 20 年代，当时英国文学正由保守向开放转变，由维多利亚时代的道德束缚向多元文艺理论冲击转变，由浪漫主义向现实主义转变。早先的文学批评者注重的是作者的生平和社会背景，认为这些才是文学批评的重点和核心。到了 20 世纪初，这种文学批评已经开始遭到质疑，急需一种新型的批评方法的出现，"新批评"应运而生。英国新批评的主要代表人物有 I. A. 瑞恰兹（I. A. Richards）、威廉·燕卜荪（William Empson）、F. R. 利维斯（F. R. Leavis）等，代表作品有瑞恰兹的《文学批评原理》（*Principles of Literary Criticism*）和《实用批评》（*Practical Criticism*）、燕卜荪的《复义七型》（*Seven Types of Ambiguity*）和利维斯的《伟大的传统》（*The Great Tradition*）。

虽然新批评起源于英国，但它的真正壮大却是在美国。20 世纪 20 年代，新批评开始在美国蓬勃发展，到 20 世纪四五十年代形成了一定气候。为什么美国才是新批评的肥沃土壤，能让它开花结果呢？后殖民理论家比尔·阿什克罗夫特（Bill Ashcroft）在《帝国反击》（*The Empire Revack*）中的解释是："作为前英国殖民地，美国渴望获得文化独立，亟须在文学上确立属于自己的文学经典，以对抗英国文学传统对于国民的长期控制；它反对包括语文学、文本目录学、历史考据以及文学史教育在内的传统学院批评，尤其反对学院批评在经典问题上的保守立场，对主流文学史长期以来打压玄学派诗歌和现代作家的做法深表不满。"[2]也就是说，美国人对保守传统的英国文学体制早生厌倦，而新批评成了他们的出路。阿什克罗夫特说，新批评的崛起对于美国文学经典的形成是功不可没的，对于其他后殖民英语国家的民族文学的发展都产生了重要的影响。[3] 在美国，新批评的代表有约

---

① 苏福忠：《译事余墨》，三联书店，2006 年，第 217 页。

② 约翰·克劳·兰色姆：《新批评》，王腊宝译，文化艺术出版社，2010 年，第 3 页。

③ 约翰·克劳·兰色姆：《新批评》，王腊宝译，文化艺术出版社，2010 年，第 4 页。

翰·克老·兰色姆(John Crowe Ransom，1888—1974)、布鲁克斯(Cleanth Brooks，1906—1994)、艾伦·退特(Allen Tate，1899—1979)等，代表作品有兰色姆的《新批评》(*The New Criticism*)、布鲁克斯的《精制的瓮》(*The Well-Wrought Urn*：*Studies in the Structure of Poetry*)、《理解诗歌》(*Understanding Poetry*)、《小说鉴赏》(*Understanding Fiction*)，等等。到了20世纪50年代后期，新批评开始走下坡路，慢慢走向衰败。

B. 新批评理论的三个时期。

回顾新批评的发展历史，根据不同时期所倡导的观点和代表人物，大部分西方文论将其分为三个阶段，即早期(1915—1930)、成熟期(1930—1945)和后期(1945—1957)。①

①新批评理论的早期。

早期的代表人物当属T. S.艾略特(T. S. Eliot，1888—1965)。他的《传统与个人才能》(*Tradition and the Individual Talent*)是新批评中最有影响力的作品。他在该书中说："一个艺术家的进步，意味着继续不断地自我牺牲，继续不断地个性消灭。"②他强调读者必须有"历史感"——也就是说，读者必须有一种写作的传统感情，文学作品只有置身于传统之中才有其自身的意义，才能体现自身的价值。他反对个人主义，认为这是万恶之源，个人只有融入无我的社会(即传统)中，才能幸福。他还专门针对诗歌提出了"非个性化(impersonality)"理论。他指出："要做到消灭个性这一点，艺术才可以说达到了科学的地步。"③这里的"消灭个性"并不是否认个性，而是强调共性和客观性，这也为现代的本体论思想起了指导作用。另一个早期的代表人物是瑞恰兹，他与艾略特一起被认为是新批评理论的拓荒者，他也被称为"新批评之父"。瑞恰兹把语言用途分为科学用途和情感用途，而诗歌就充分地使用了语言的情感用途。他倡导多学科方法，为文学研究带来了新视角。

②新批评理论的成熟期。

成熟期的代表人物是兰色姆和燕卜荪。新批评的领军人物兰色姆在1941年出版了《新批评》，该书正式为新批评派命名，并对瑞恰兹、艾略特和维姆萨特进行透彻的研究与批判，从而提出了自己的诗歌本体论，为该派建立了理论基础。他提出了诗歌是由逻辑结构(logical structure)和局部肌质(local texture)组成的，也就是熟知的"结构—肌质"理论。依他看来，诗歌的中心思想、逻辑观点、表达陈述以及散文释义都属于逻辑结构，是理性的陈述，它就像房子的框架一样；诗歌的用词、语音、表象等细节方面都属于肌质，是无法用散文化的语言转述的，它就像房子的装饰物一样。他认为诗歌的精华与核心部分在于肌质而不是逻辑结构，肌质比逻辑结构重要得多。诗歌的肌质能够唤起人们的情感，它是诗歌中最积极、活跃的部分。该理论与俄罗斯形式主义如出一辙，都陷入了内容与形式的机械论之中。后来很多新批评理论学家对兰色姆的这一理论进行了批评，但是兰色姆对新批评功不可没。燕卜荪是瑞恰兹的学生，他在1930年出版的《复义七型》为诗歌的修辞批评

① 关桂云：《新批评理论述评》，新乡学院学报，2016年第5期，第27-29页。

② Eliot T S. Tradition and Individual Talent. In The Sacred Wood. Essays on Poetry and Criticism. London：Metheun & Co. Ltd.，1934：53.

③ 艾略特：《传统与个人才能》，卞之琳译，上海译文出版社，2012年，第62页。

奠定了理论基础，他同理查兹一道被认为是新批评的杰出代表。燕卜荪提出了诗歌的"复义性"，即一个字或者词包含两种或者更多的意义，这样，一句话就会有更多的理解。这本来在以前被认为是文学作品的大忌，而"新批评"把它看成是诗歌的一个特性，复义性使诗歌的理解多样化，增加了诗歌的复杂性，从而丰富了诗歌的蕴含和意味。

③新批评理论的后期。

新批评理论后期的代表人物有雷纳·韦勒克、维姆萨特、艾伦·退特、柯林斯·布鲁克斯以及罗伯特·佩恩·沃伦。因为他们很多人在耶鲁大学任教，所以又被称为"耶鲁集团"。韦勒克与奥斯汀·沃伦合著的《文学理论》(*Theory of Literature*)(1949)指出："文学……是具有独特审美性质和价值的艺术品。文学的本质在于它的'想象性''虚构性'与'创造性'。由此，文学研究应该是绝对'文学的'。"他将文学分成了内部研究和外部研究。外部研究是指对作家的写作背景、个人经历等方面的研究，而内部研究是指对"作品独特的审美结构、意象、隐喻或类型的研究"①，即研究作品的语音、语义、表象、叙事技巧等。他认为内部研究才是文学研究的重中之重。

C. 新批评理论的价值。

20世纪50年代末，在结构主义、后结构主义、解构主义、读者反映论等后现代理论的冲击之下，新批评开始慢慢衰落。新批评把文学作品看成一个孤立的单独体，关注诗歌的细节，而把诗歌与诗人、读者及社会背景等割裂开来，只注重形式而忽略了内容，只强调文本而造成视野的偏颇与狭窄……这些无疑成了众多批评家批评的焦点。但是我们不能因此就否认了新批评在批评理论上的种种尝试：它提倡逐字逐句的细读法，为更准确地理解文学作品提供了新的科学、细腻的阅读方法；它立足文本的语义分析，强调语境的重要性，为文学批评提供理论基础。新批评的出现改变了以前文学批评只注重作者的意图和读者的感受而忽略作品语言重要性的情况，为文学批评注入了新的血液。

(2)阐释学理论。

阐释学(hermeneutics)是关于理解、解释及其方法论的学科，它最早是指探索词句或作品文本的意义，尤其是确立"上帝之言"的意义。通常认为hermeneutics这个词来自赫耳墨斯(Hermes)，古希腊众神的信使，负责传达主神宙斯的旨意。在把神旨传达到人间，或把神界语言翻译、转换为人间语言时，需要做些解释工作。那一时期的阐释学主要用于逻辑术和辩论术，以及一些宗教、文学经典著作的解释，目的是消除文本的歧义和误解。中世纪成为《圣经》研究的一个分支，文艺复兴和宗教改革时期阐释学的研究领域不再拘泥于宗教经典，而是扩大到对整个古典文化经典的阐释。②

阐释学的发展经历了两次重要突破，第一次是在18到19世纪，德国宗教哲学家施莱尔马赫在融合不同领域阐释学思想的基础上，通过语法和心理学的解释将古典阐释学系统化，形成了具有普遍方法论特征的普通阐释学(general hermeneutics)。而生命哲学家狄尔泰(W. Dilthey)则从"历史理性批判"纲领出发拓展了阐释学研究范畴，使之具有自然科学

---

① 王一川：《文学批评新编》，北京师范大学出版社，2011年，第4-5页。

② 谢天振：《当代国外翻译理论导读》，南开大学出版社，2008年。

的严密体系。第二次突破发生在 20 世纪，两位德国哲学大师海德格尔和伽达默尔使阐释学实现了从认识论向本体论的转变，确立了阐释学作为一种以理解为核心的哲学独立地位，将阐释学推向兴盛。到了 20 世纪 60 年代后期，阐释学主要涉及理解、意义以及读者与文本之间的关系等问题。英国著名翻译理论家乔治·斯坦纳在其所著《通天塔之后：翻译与语言面面观》一书中，率先将阐释学理论运用于翻译研究，从而确立了翻译与解释密不可分的关系。

A. 阐释学理论相关观点。

①施莱尔马赫的翻译思想。

施莱尔马赫在解释理解过程时说，"话语如果不被理解为一种语言的关系，那么它就不被理解为精神的事实，因为语言的先天性限制精神"①，因此必须从语法上加以解释。他在《论翻译的方法》一文中阐述了自己的翻译观点，认为翻译的这一难题可以通过两种途径来解决：一是尽可能地不扰乱原作者的安宁，让读者去接近作者（异化）；二是尽可能地不扰乱读者的安宁，让作者去接近读者（归化）。他还将翻译分为笔译和口译：笔译者主要从事科学艺术领域的翻译；口译者主要从事商业方面的翻译。他同时又将翻译分为真正的翻译和机械翻译：真正的翻译主要指文学作品和自然科学方面的翻译；机械翻译指的是实用性的翻译②。这些观点的提出无疑为后人留下了很多继续研究的空间，从深度与广度两方面极大丰富了翻译的思想理论。

②海德格尔和伽达默尔的翻译思想。

由于翻译是对原文本的阐释与理解，阐释过程极富主观性的翻译研究也因此必须寻回译者这一主体，赋予译者对理解和阐释文本一定的主观能动性。20 世纪以后，基于海德格尔思想，伽达默尔在《真理与方法》(*Wahrheit und Methode*)中提出"理解的历史性""视界融合""效果历史"三大哲学阐释学原则，其中"视界融合"把阐释者主观能动性和创造性提高到前所未有的高度。

伽达默尔认为理解是历史性的，理解的历史性又构成了理解的偏见，进而决定了理解的创造性和生成性。真正的理解不是去克服历史的局限而是去正确地评价和适应它，从这个意义上讲，对文本的理解无疑也是历史性的。无论哪一位译者都会受到各种主观或客观历史条件的限制，绝对"信"的译文不可能存在。历史性误读是时代认可的理解，是理解之前业已存在的社会历史因素、价值观等影响的产物。例如晚清时期，面对列强入侵、外族统治，当时的文人志士充分发挥小说的政治教化功能，不少本来政治色彩较淡甚至毫无政治色彩的外国小说，在译介到中国时都被加以一种"政治性阅读"，肩负起了政治任务。理解的历史性导致了理解的偏见，包括误读现象，但伽达默尔认为这种偏见是"合法的"，他充分肯定了偏见对理解的意义，认为正是这种"合法的偏见"构成了理解的历史性因素。伽达默尔对偏见的积极性的论述使我们认识到了误读的意义，对误读不能一概否定与责难，而要重新审视其价值。

---

① ［德］汉斯·格奥尔格·伽达默尔：《真理与方法》，洪汉鼎译，上海译文出版社，1999 年。

② 谭载喜：《西方翻译简史》，商务印书馆，2004 年。

理解是以历史性的方式存在的，无论是理解的主体——理解者，还是理解的客体——文本都是历史地存在的，但两者都各自具有自己的视界(horizon)。视界指的是理解的起点、角度和可能的前景。两种视界之间存在着各种差距，这种由时间间距和历史情景变化引起的差距，是任何理解者都无法消除的。伽达默尔主张，应在理解过程中，将两种视界交融在一起，达到"视界融合"，从而使理解者和理解对象都超越原来的视界，达到一个全新的视界。他的视界融合观道出了翻译，尤其是文学翻译的实质，即在翻译中，译者应努力接近原作者的初始视界，从而领悟作者的本意。

理解者和理解对象都是历史的存在，文本的意义是和理解者一起处于不断形成过程之中，伽达默尔将这种过程历史称为"效果历史"。在效果历史中理解作品，是伽达默尔解释学的一个基本原则，他认为"艺术作品是包含其效果历史的作品"，并指出文本是开放性的，其意义永远不可穷尽，因此它是超越生成它的那个时代的，这就为不同时代的人们对于它的理解提供了可能性，从这个意义上讲，文学名著的重译值得提倡，鲁迅主张即使已有好的译本，重译也还是必要的，甚至一种近于完全的定本，也会因时代的变化出现新的重译本。作品意义是多元的，一个译本只是特定历史、文化临时固定的产物。人类在理解中不断超越自身，在更新、发展着的"效果历史"中，始终不断地重新书写自己的历史，重新对自己和文化进行反思的批判。

③斯坦纳的阐释学翻译模式。

以海德格尔的释义思想为基础，斯坦纳把哲学、语言学、诗学、文学批评和文化史学的理论应用于对语言的解释，阐述的重点落在翻译这个中心问题上。从阐释学角度来看，斯坦纳最为引人注目之处是提出了"理解也是翻译的观点"，对翻译步骤的阐释尤具特色，其中包含了理解即是翻译(Understanding is translation)。斯坦纳的翻译概念是广义的，即翻译包括语内翻译(intralingual translation)、语际翻译(interlingual translation)和符际翻译(intersemiotic translation)，这与语言学家雅可布逊的提法相同。不仅跨符号系统的翻译和不同语种之间的语际的翻译是困难的，而且在同一语言内，方言与通用语或者古语与现代语之间的翻译也不太容易，难点就在于理解。他认为，语言的产生和理解过程实际上就是翻译过程。翻译是语言的基础，而翻译的基础是作为整体而存在的语言。

阐释步骤构成了斯坦纳理论描述的核心，它共分为四个部分：信赖(trust)、攻占(aggression，penetration)、吸纳(incorporation，embodiment)和补偿(compensation，restitution)。

首先，所谓信赖是指根据以往的经验，读者相信原文是严肃的作品，言之有物，有翻译的价值，因此必须透彻地加以理解，否则不必翻译。一切翻译活动都从信赖开始，对原文的信赖基于两方面，一方面来自经验，另一方面来自理论。[1] 首先，译者的首项行动便是"一项信念的投入"，这一信念和信任就在于认为原文的某些东西是可以理解的。其次，所谓攻占可理解为译者直觉中两种语言、两种思想形式之间的冲突，这是一项兼具"进攻性、强索性与侵略性"的行径。斯坦纳的这种暴力性与挪用性的理解观是从海德格尔那里

---

① 李和庆，等：《西方翻译研究方法论：70 年代以后》，北京大学出版社，2005 年。

寻得理论依据的，具体来说就是指译者侵入原文，对原文加以理解。再次，吸纳则是指译者对原文意思进行吸收，给译文注入新的活力。这是前一个步骤所取得的成果，包括原文的意思和形式必须移植归化到译入语之中，用译入语完整地体现原作的所有信息。斯坦纳将下列极端视为"彻底归化"一是目标文本在目的与经典中完全取得了地位，或是"永远保持陌生和边缘的地位"。最后，补偿是指对翻译过程中的走失进行补偿，即把原有的东西归还到原来的地方，完整的翻译四步骤必须以"补偿"作为终结。斯坦纳指出翻译中译者的侵略性挪用和对原文意义的合并会无可避免地造成原文各方面的损失，因此译者必须尽力"弥补以恢复原作和译作之间的平衡"。

B. 阐释学理解观与翻译研究。

翻译是对原文的阐释与理解，阐释的过程极富主观性，是读者通过文本中介在与作者的对话过程中生成的，也是在主体间的相互作用过程中生成的。阐释主义翻译观认为，译者不是消极地接受文本，而是积极地创造文本，译者必须通过探析原作者的精神过程和思维轨迹，把握超乎文本的"前结构"①。翻译中的阐释即是译者对原语文本在理解基础之上作出的评判、解释，是他在用译入语诉诸书面表达之前所经历的心路历程，是附着于理解和表达环节的。

众所周知，任何翻译都是从对原文的理解开始的，而阐释学理论正是在理解这个问题上一开始就提出了一个很值得翻译研究者重视的观点，伽达默尔认为："理解是一个我们卷入其中却不能支配它的事件，它是一件落在我们身上的事情。我们从不空着手进入认识的境界，而总是携带着一大堆熟悉的信仰和期望。解释学的理解既包含了我们突然遭遇的陌生世界，又包含了我们所拥有的那个熟悉的世界。"这种观点应用于翻译，有利于译者在翻译过程中对文本的认知和理解，但如果忽略了这方面的因素就很容易造成翻译理解的偏差和误解。

哲学阐释学对翻译研究的影响是全面而深刻的，翻译研究中的多数重大理论问题若没有哲学阐释学的运用，可能就无法得到合理的解释，从而使得翻译不再是文本在语言层面的机械转换，翻译研究也不再是对文本对照进行分析和应用。

第三节　文学译本

一、文学译本的创造

20世纪90年代，在翻译研究领域，以苏珊·巴斯内特和勒弗维尔为代表的文化学派提出了"文化转向"（the cultural turn）的口号，② 使翻译研究突破了传统的语言学模式，上

---

① 李文革：《西方翻译理论流派研究》，中国社会科学出版社，2004年。

② Bassnett-McGuire Susan & Lefevere Andre. Constructing Cultures：Essays on Literary Translation. Shanghai Foreign Language Education Press，2001：123

升为一种文化反思。在这一新的范式之下，翻译研究的重点从作者转向读者，从源语文化转向译入语文化；翻译活动的成果——译作则被视为特定文化背景下的文化构建，与其所处时代的意识形态和诗学密不可分；① 对翻译活动的主体——译者的地位与作用也有了重新认识。之后，劳伦斯·韦努蒂(Lawrence Venuti)提出了译作中译者的"可见性"或"显身"(visibility)，② 即译者对原文本的干预问题。近年来，对翻译研究中的这一趋势，有些学者更是提出了一个新的术语："创造性转向"(the creative turn)③。在《翻译与创造性》(*Translation and Creativity*：*Perspectives on Creative Writing and Translation Studies*)一书导言中，尤金·洛弗雷多(Eugenia Loffredo)和曼纽拉·佩特赫拉(Manuela Perteghella)声称，伴随着20世纪80年代文化研究的深入，同时代的其他一些探索和尝试性实践，尽管处于普通翻译概念的边缘位置，却揭示了一个事实：翻译正作为一种"写作"形式，按照其"创造性"的特征被重新思考和定义。④ 这一视角体现在，人们越来越认为翻译作为一种改写，其内在的创造性非常重要；在这些改写中，人的思维过程同样很重要。这就是翻译研究中的"创造性转向"。

翻译活动中的"创造性"其实不是一个新概念。20世纪60年代，美国学者让·帕里斯(Jean Paris)撰写的《翻译与创造》(*Translation and Creation*)一文，就把译者放到跟艺术家很相像的地位，认为"译者是一件艺术作品的共同创造者，而艺术家则是现实的创造者"，从而揭示了翻译的创造性价值。⑤ 法国文学社会学家罗贝尔·埃斯卡皮(Robert Escarpit)更是提出了"创造性叛逆"(creative treason)的术语，他说："翻译总是一种创造性的叛逆。"⑥我国文学翻译家郭沫若、茅盾、瞿秋白、朱光潜等对创造性的翻译都有所论述。郭沫若认为，"翻译是一种创造性的工作，好的翻译等于创作，甚至还可能超过创作"⑦。茅盾也认为，文学翻译的主要任务"在于把原作的精神、面貌忠实地复制出来"，因此，"这种艺术创造性的翻译就完全是必要的"⑧。余光中也从自身实践中总结出翻译的创造性特征，"翻译也是一种创作，至少是一种'有限的创作'"⑨，"真有灵感的译文，像投胎

① Lefevere Andre. Translation, Rewriting and Manipulation of Literary Frame. Shanghai：Shanghai Foreign Language Education Press，2004. Lefevere Andre. Translation，History and Culture：A Sourcebook. Shanghai：Shanghai Foreign Language Education Press，2004.

② Venuti Lawrence. The Translator's Invisibility. Shanghai：Shanghai Foreign Language Education Press，2004.

③ Loffredo Eugenia & Perteghella Manuela. Translation and Creativity：Perspectives on Creative Writing and Translation Studies. London：Continuum，2006：1.

④ Loffredo Eugenia & Perteghella Manuela. Translation and Creativity：Perspectives on Creative Writing and Translation Studies. London：Continuum，2006：2.

⑤ 谢天振：《当代翻译研究的三大突破和两大转向》，四川外语学院学报，2003年第5期，第110页。

⑥ 谢天振：《翻译研究新视野》，青岛出版社，2003年，第66页。

⑦ 罗新璋：《翻译论集》，商务印书馆，1984年，第498页。

⑧ 罗新璋：《翻译论集》，商务印书馆，1984年，第511页。

⑨ 余光中：《余光中谈翻译》，中国对外翻译出版公司，2000年，第34页。

重生的灵魂一样，令人觉得是一种'再创造'"①。

(一)约束是创造之源：译者所受的约束越多，其创造性就越强

一方面，译者处于各种约束之下，约束"来自源文本和其他外在决定因素"②，比如，源语文化和目标语文化的历史和意识形态因素、诗学、赞助人以及读者群等。这实际上是文化派观点的附和。文化派学者巴斯内特和勒弗维尔认为：翻译当然是对原文的一种改写。不管其意图如何，所有的改写都反映了某种意识形态和诗学，以及诸如此类操控文学以某种方式在某一社会发挥作用的因素。③ 面对这些制约因素，译者并非无能为力，他们可以自由地选择是接受约束，还是试图挑战，甚至是打破它们。④ 巴斯内特后来还与彼得·布什(Peter Bush)共同编辑了一本书《译者作为作家》(The Translator as Writer)，着重阐述译者的创造性工作。⑤

该书中，在谈到用捷克语翻译莎剧时，约塞克(Josek)感到译者应能体会其言外之意，并且把该剧上演时的政治气候或意识形态考虑进去。剧作家了解女王的剧院审查制度，一句看上去很平常的台词却可能传递出一种挑衅的意味。在此情形之下，译者有权去说明、去解释原作者的意图，而不只是简单机械地翻译词语。⑥

这一翻译观也很重视读者。在《译者作为作家》一书中，很多学者都从自身经验谈到了他们在翻译过程中对读者的考虑，尤其是与读者的移情作用。在《关于翻译者干预措施的对话》(A Dialogue on a Translator's Interventions)一文中，尼古拉斯·德兰格(Nicholas DeLange)说："翻译诗歌或小说时，你必须创造一种情绪，传递一种情感，让人去感受，……就像作者一样，译者必须让读者笑或者哭，让读者去感受各种情感。所以有时候我们就是因这一点才去调整原文的，并非是认为作者理解不够，或者用词不对，或者句子太短。我们思维背后的真正目的是，这不够漂亮，或者这太浪漫了，应该强硬一点，或者它太粗糙了，应该流畅一点。"⑦彼得·布什希望和读者分享他阅读原文的感受。在他看来，译者把自己阅读原文时的感受，注入译文里，希望读者也来体验、欣赏他们的某些感受，以及他们通过译作引入的新的文学风格。⑧

另一方面，这些约束并不妨碍艺术创造，相反，它们会激发艺术创造。源文本所带来

---

① 余光中：《余光中谈翻译》，中国对外翻译出版公司，2000 年，第 30 页。

② Loffredo Eugenia & Perteghella Manuela. Translation and Creativity：Perspectives on Creative Writing and Translation Studies. London：Continuum，2006：9.

③ Lefevere Andre. Translation, Rewriting and Manipulation of Literary Frame. Shanghai：Shanghai Foreign Language Education Press，2004：vii.

④ Loffredo Eugenia & Perteghella Manuela. Translation and Creativity：Perspectives on Creative Writing and Translation Studies. London：Continuum，2006：9.

⑤ Bassnett-McGuire Susan & Bush Peter. The Translator as Writer. London：Continuum，2006.

⑥ Bassnett-McGuire Susan & Bush Peter. The Translator as Writer. London：Continuum，2006：88.

⑦ Bassnett-McGuire Susan & Bush Peter. The Translator as Writer. London：Continuum，2006：10.

⑧ Bassnett-McGuire Susan & Bush Peter. The Translator as Writer. London：Continuum，2006：25.

的约束使译者始终处于努力想挣脱它们的境地，进而激发并提高了翻译活动的创造性。① 译者创造性发挥的程度与他所受到的约束成正比，换句话说就是，译者所受的约束越多，其创造性就越强。②

(二)创造性融入译者：先阅读，后改写

认知方法在研究创造性时，聚焦于创造的主体，认为创造性蕴于译者这一个体。③ 他们承认"教养、教育、知识、敏感性、爱好和信仰也有助于译者个性的形成"④，它们通过译者个体发挥作用。他们认为，翻译活动就是阅读和写作的问题。"译者之于原文，首先他是读者，其次才是改写者，是用另一种语言改写原文的再创造者。"⑤

第一，译者首先是读者。他对原文的阅读不同于源语文化的读者，他用一个作家或批评家的眼光解读原文，他"审问其他文本，审问其他文学实践"⑥，使原文更清晰明了。苏珊·巴斯内特在探讨诗歌翻译中的种子移植时表达了相同的观点，"译诗的第一阶段是对原文的睿智阅读，这是一个错综复杂的解码过程，既要考虑文本特征，又要考虑文本外特征"⑦。

第二，作为"一个被授权的读者，一个被赋予改写原文特权的读者"⑧，译者写下他对原文的诠释。"文学翻译反映了那个时代的诠释，因为每个翻译记述的都是译者的诠释。"⑨罗斯·施瓦茨(Ros Schwartz)也说，"没有正确的、客观的或者唯一的翻译；你的翻译仅仅是你对原作者的解读。你的选择是主观的，你的措词是你个人的，与任何其他人不同，这是无法避免的"⑩。因而，文学翻译者必定是富于创造性的作者：不是一个双语处理器，不是一个机械的意义复制器，不是一个只依靠词典的傻瓜。⑪ 安娜·彼得森(Anna Peterson)也认为，"在这些难以言表的文体选择时，译者最像作者。译者和作者一样，他

---

① Loffredo Eugenia & Perteghella Manuela. Translation and Creativity：Perspectives on Creative Writing and Translation Studies. London：Continuum，2006：47.

② Loffredo Eugenia &. Perteghella Manuela. Translation and Creativity：Perspectives on Creative Writing and Translation Studies. London：Continuum，2006：9.

③ Loffredo Eugenia & Perteghella，Manuela. Translation and Creativity：Perspectives on Creative Writing and Translation Studies. London：Continuum、2006：9.

④ Loffredo Eugenia & Perteghella Manuela. Translation and Creativity：Perspectives on Creative Writing and Translation Studies. London：Continuum，2006：7.

⑤ Bassnett-McGuire Susan & Bush Peter. The Translator as Writer. London：Continuum，2006：174.

⑥ Loffredo Eugenia & Perteghella Manuela. Translation and Creativity：Perspectives on Creative Writing and Translation Studies. London：Continuum，2006：11.

⑦ Loffredo Eugenia & Perteghella Manuela. Translation and Creativity：Perspectives on Creative Writing and Translation Studies. London：Continuum，2006：60.

⑧ Bassnett-McGuire Susan & Bush Peter. The Translator as Writer. London：Continuum，2006：95.

⑨ Bassnett-McGuire Susan & Bush Peter. The Translator as Writer. London：Continuum，2006：73.

⑩ Bassnett-McGuire Susan & Bush Peter. The Translator as Writer. London：Continuum，2006：11.

⑪ Bassnett-McGuire Susan & Bush Peter. The Translator as Writer. London：Continuum，2006：77.

做出的选择是在一个封闭的盒子里进行的一系列文字连锁反应的结果，是在个性、生活史、教育和文化背景的结合体中引发的"①。

最后一句进一步说明，译者的个性、生活史、教育和文化背景，在很大程度上会影响他的翻译实践，而所有这些又通过译者来发挥作用。

(三)理论基础：关联理论

以上这些看上去只是简单的经验总结，学者们如让·博阿斯-贝尔(Jean Boase-Beier)，还试图通过认知语言学尤其是关联理论来解释读者的角色、译者的自由以及翻译活动中的创造性，并且让译者明白，同一文本有不同的翻译方法，尤其是诗歌翻译可以容许译者有最大的创造性。②

根据斯铂佰(D. Sperber)和威尔逊(D. Wilson)③④关联理论是基于对关联的定义和两大关联原则的：一是认知原则，即人类认知是和最大关联相适应的；二是交际原则，即任何话语都期望产生最佳关联。成功交际的关键在于能否找到最佳关联。认知效果越大，关联性就越大；推理所付出的努力越小，关联性也就越大。而任何话语的间接性需要听话人付出额外的推理努力的话，则必须有额外的认知效果来弥补。翻译作为一种言语交际行为，是与大脑机制密集联系的推理过程，它不仅涉及语码，更重要的是根据动态的语境进行动态的推理，而推理所依据的就是关联性。⑤

翻译过程中，译者首先是一个读者，由于文学作品本身具有意义上的不确定性，充斥其间的信号词、模糊词会造成理解上的鸿沟，使得读者的理解过程十分复杂。正是文学作品的这一特性要求读者/译者"最大限度地投入(maximum engagement)"，"创造性的投入(creative engagement)"⑥因此，"认知翻译理论通过强调翻译活动中有阅读的一面，并且鼓励我们把文学作品描绘成在意义上有最大的不确定性，进而要求译者最大的创造性投入。了解这些理论可以使译者摆脱被原文本内容过度束缚的感觉，应该鼓励翻译活动中最大的创造自由"⑦。这样，译者有了比较大的自由度，他不再需要对原作亦步亦趋，可以并且有权利根据自己对译文读者接受环境的评估和判断选择适合于读者的表达方式来示意原作者的交际意图，以帮助译文读者找到原文与译文语境之间的最佳关联，达到最佳交际

---

① Bassnett-McGuire Susan & Bush Peter. The Translator as Writer. London：Continuum，2006：149.

② Loffredo Eugenia & Perteghella Manuela. Translation and Creativity：Perspectives on Creative Writing and Translation Studies. London：Continuum，2006：48.

③ Sperber D & Wilson D. Pragmatics：A Reader. Oxford：Oxford University Press，1991.

④ Sperber D & Wilson D. Relevance：Communication & Cognition（2nd Ed.）. Beijing：Foreign Language Teaching and Research Press，2006.

⑤ Gutt Ernst-August. Translation and Relevance：Cognition and Context. Shanghai：Shanghai Foreign Language Education Press，2004：i.

⑥ Loffredo Eugenia & Perteghella Manuela. Translation and Creativity：Perspectives on Creative Writing and Translation Studies. London：Continuum，2006：55.

⑦ Loffredo Eugenia & Perteghella Manuela. Translation and Creativity：Perspectives on Creative Writing and Translation Studies. London：Continuum，2006：56.

效果。

按照方梦之《从译学术语看翻译研究的走向》中"一体三环"①的划分，"创造性转向"这一术语虽然也包括对译学本体即译作的研究，但却属于本体之外的二环、三环了，它代表了翻译研究的走向：对翻译活动的主体——译者的关注、对译者翻译过程的关注、对译者和译作关系的关注。

这种从译者主体创造性和译入语文化的角度对翻译进行研究的方法，与"文化转向"多少有点雷同，但两者之间显然有不尽相同之处，"创造性转向"是"文化转向"的延续和补充。首先，它把认知方法应用于对译者和翻译过程的考察，强调文化因素和文本因素通过译者的认知发挥作用，指出翻译过程中的译者和创造性写作过程中的作者这两者的认知过程是相同的。其次，它利用关联理论来证明翻译过程中译者必须发挥主体创造性，使人们对译者主体性的认识从感性走向理性，从经验走向科学，避免了经验主义和文化论的泛泛而谈。再次，它以一种客观的立场探讨译者的主体性。这一主体创造性不是一种绝对的、自由的主体性（an absolute and free subjectivity）②，而是在各种约束之下并且为各种约束所激发的创造性。

在这一翻译观指导下，译者有了比较大的自由度，他不必做原作的奴隶，不必拘泥于语言间的转换规律。相反，在两种语言、两种文化所提供的有限空间，他可以被赋予权利去发挥自己的创造性，以便向译文读者传递原文与译文语境之间的最佳关联，达到最佳交际效果。戴着"镣铐"的译者也可以向读者呈现其创意的舞姿。

二、文学译本创造的立场

文学译本创造的立场指文学翻译者在创造文学译本前，综合各种因素所作的基本选择和出发点。这些基本选择包括：如何处理作者、译者和读者的关系，如何处理原作与译作的关系，如何处理源语和译入语的关系，等等。文学翻译的立场决定了译者创造译本时的出发点、基本策略和具体操作，对译本创造的结果影响重大。

译本创造的立场选择实际上是一个妥协的过程。对上述问题所作的基本选择受制于原作文本的客观存在，受译者对文学翻译的价值、作用或目的等认识的影响，同时也深受译者所处的历史时代、政治制度、文学氛围和翻译思潮的影响，译者需要综合考虑各种因素，才能作出特定的选择。立场选择的具体内容包括：文学翻译涉及三个主体：作者、译者和读者，三者都是文学翻译中的重要因素；文学作品的高度创造性决定了文学译本不可能做到与原文的"等值"，因而译者必须在原文和译文之间进行权衡，源语与译入语语言文化存在巨大差异甚至冲突，译者必须在源语与译入语之间寻找平衡。

（一）作者、译者与读者

文学翻译中涉及的基本因素有作家、原著、译者、译著以及读者，围绕这些要素形成

---

①　方梦之：《从译学术语看翻译研究的走向》，《上海翻译》，2008 年第 1 期，第 8-9 页。

②　Bassnett-McGuire Susan & Bush Peter. The Translator as Writer. London：Continuum，2006：10.

了各种复杂的关系。原著作者为整个翻译活动提供了基础和可能，规定了它的范围。原著则独立于作者的意图，成为一个完整、自足的文本。译著的读者在翻译过程中并非处于消极被动或无足轻重的地位，因为任何译作总是要有人阅读才能产生效果，它直接关系到翻译功能的完成和翻译目的的实现，他们的接受能力和个性喜好使他们也参与了译著和原著的价值的创造。

从"地理"位置的角度来说，一方面，在译界公认的、翻译终极的"原文——译者——译文"三元关系流程中，译者居中，地处"中央"，是适应"原文"和选择"译文"的"中枢"。另一方面，在"作者——译者——读者"三者构成的权利话语的跷跷板上，地处"中央"的译者作为支点，又可以主动调整其位置和功能，以适应作者和读者话语权利的关系。而"用符号学的术语来讲，译者控制着产生译文的整个符号操作过程"。于是，从原语篇到目的语篇，整个翻译过程的一举一动，无不由译者一手完成；他/她既是原语篇的接受者，又是目的语篇的创造者，处于"上情下达"的中间、核心地位。正是：翻译的"好"与"坏"，全靠译者的"思考"（think）和"感觉"（feel）[1]。可谓"成"也译者，"败"也译者。

当我们从译者行为的视角考察翻译活动的时候，便会很容易发现，翻译过程中存在大量的适应、选择现象，译者又总会在翻译过程中进行大量的适应、选择操作。胡庚申在这方面作了大量的专题研究。由于从适应与选择的视角可以把翻译定义为译者适应翻译生态环境的选择活动。（这里的"翻译生态环境"指的是原文、原语和译入语所呈现的世界，即语言、交际、文化、社会，以及作者、读者、委托者等互联互动的整体）这样一来，翻译定义中就出现了"译者""适应""选择"，这表明翻译活动中无论是"适应"还是"选择"，都是由"译者"完成的：适应是译者的选择性适应，选择是译者的适应性选择。译者集适应与选择于一身。于是，顺理成章地以"译者为中心"的理念也就首次明确地置入了翻译的定义之中，使译者的地位和作用得以实质性地凸显。这里提出以"译者为中心"，目的就是突出译者在翻译过程中的这种中心地位和主导作用，并力图从译者为中心的视角对翻译活动作出新的描述和解释，从而形成一个以译者为"中心"的翻译观。

如果"译者为中心"的翻译理念可以接受，那么就能确立译者的中心地位，使译者真正成为"主宰"者，从而名正言顺地由译者来主导翻译活动的全过程，以至"译有所为"地创生译文、影响译入语的文化和社会。

这一"译者为中心"的翻译理念可通过图 3-1[2] 来解释：

图 3-1 中，"译者"居上，是翻译活动的"主导"和"统帅"。在译者的主导和统帅之下，由"作者、原文、适应性选择转换、译文、读者"等串连并行，构成翻译活动的一个循环过程。在这一过程中，"适应性选择转换"是关键，它是译者适应与译者选择的操作环节。"读者"一项中的省略号（……），表明了上述循环过程中还有其他相关的或潜在的因素，如出版商、委托人、资助者、译评者等。最低一层虚框中的"语言、交际、文化、社会"则是翻译过程中需要重点选择转换的视角，而其他一些不能忽视的因素（如美学的、哲学

---

① Robinson D. The Translator's Turn. Baltimore：Johns Hopkins University Press，1991：xii-xiii.

② 胡庚申：《从"译者主体"到"译者中心"》，《中国翻译》，2004 年第 3 期，第 10-16 页。

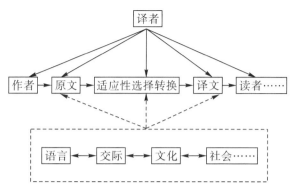

图 3-1　译者在翻译活动中的中心地位和主导作用

的、人类学的等)则包括在"社会"一项的省略号(……)之中。这些因素，连同上述翻译活动循环过程中的种种因素一起，构成了由译者主导的、相互关联的整体。

在确立"译者为中心"的理念时，我们当然不能忽视作者、读者等诸"者"的重要性，这不仅是因为"主体间性"的问题，还因为这些诸"者"也是翻译生态环境的元素①，对译者具有制约作用，或者说译者还需要有选择地适应他们。从相对性的角度来看，既然有译者这个"中心"，那么，必然就有以译者为取向的参照系统。"译者为中心"理念的宗旨，归根结底，不单是能够描述和解释翻译现象，还要有助于搞好翻译，有助于译者履行好本职。

然而，有一点却是必须明确的：在翻译操作的过程中，一切适应与选择行为都要由译者作出决定和实施操作，包括在译文选择过程中，译者以翻译生态环境的"身份"具体实施对译文的选择、最终产生译文。因此，对于产生译文来说，这时的译者就是真正的"主宰"。从这个意义上说，没有译者就没有译文，而离开了译者也就谈不上翻译了——作者与读者之间的交流、讲话者与听话人之间的交际也就无法实现了。可以说，只要我们论及的是翻译问题，那么，译者就一定是"中心"，译者在翻译行为中就一定起着"主导"作用；否则就不能称之为翻译。

(二)原作与译作②

在中西翻译史上，对译作与原作关系的认识在很多情况下是由翻译本质的讨论引发的。对翻译活动本质的界定，往往也就在根本意义上规定了译作与原作的一种关系，或者说也就确定了一种认识。在许多人的眼里，译本只是原本的"翻版"。译本"翻版"之说因其生动形象的比喻而较易为众多不从事翻译的人们所接受，并渐渐成了一种比较普遍的、根深蒂固的观念。

---

① Hu Gengshen. Translation as Adaptation and Selection. Perspectives：Studies in Translatology, 2003, 11(4)：286.

② 许钧：《论译作与原作的关系》，《外语教学与研究》，2002 年第 1 期，第 14-21 页。

　　与"翻版"说相近的，还有"摹仿"或"摹本"说。译作是原作的"摹本"，这种说法或观念在西方也许源于亚里士多德的影响。亚里士多德（Aristotle）在《诗学》（Poetics）一书中，结合诗的本质问题，开门见山地提出了"摹仿"的概念。他指出："史诗的编制、悲剧、喜剧、狄苏朗勃斯（Dithurambos）的编写以及绝大部分供阿洛斯和竖琴演奏的音乐，这一切总的说来都是摹仿。"①

　　与此相通的，便是原作与译作之间的"主次论"。主次论之说，与"主仆论"直接相关。无论中外，许多翻译家在谈到译者与原作的关系时，常把自己比作仆人，自觉地要求自己服从原作，甚至自愿拜倒在原作之下，亦步亦趋，不敢越雷池一步。而在阅读译作的许多读者眼里，若译作精彩，那是原作本来就精彩；若译作读来不理想，那是译文糟糕，没有传达出原作的精彩。总之，译作不过是原作的从属品：原作是第一位的，译作是第二位的；原作是正品，译作是副品。这种观念相当普遍而且大有市场，特别是在翻译界之外。正因为如此，译作，哪怕是文学译作，也往往被当成了原作的一种寄生物或替代品。在相当多的人士（包括学术界、读书界、文化界和出版界的一些人士）的头脑中，译者的劳动是可以忽略的，译作的真正主人仿佛就是原作者。无论是过去还是现在，译者的身份和译作的地位一直得不到正确的定位。

　　对这些观点、看法或观念，近年来翻译界已经开始关注或进行反思。一些具有敏锐的理论意识的学者，借助人文社会科学的研究成果，试图从不同角度对翻译活动进行新的阐释，对翻译的本质进行多层面的探讨，对译者的身份与译作的地位加以重新界定。

　　许钧认为，"原作在译作之后而不在其之下"，着力说明的主要有两点：一是原作与译作并不构成直接模仿的关系，从而在理论上否认了在语言表达的层面复制原文的可能性，进而揭示出译作的创造性价值；二是强调译作与原作具有本质上的关系，即它们的同源关系。

　　从时间的角度看，译作与原作有先后之分；从译作与原作的同源性来看，它们之间有着天然的血缘关系。不可否认，译作的诞生，得益于原作的生命。没有原作，便不可能有译作的孕育与诞生。从原作的生命要素来看，其意象、情节、人物、故事，其内含的一切创造因素，构成了译作生命的基础。当我们在强调译作与原作这种生命姻缘关系的同时，从文本生成和文本形成的角度，我们又不得不对译作自身的生命作一界定，对译作的地位作一探究。

　　首先，文本生成有赖于"文化语境"。严绍在《"文化语境"与"变异体"以及文学的发生学》一文中对"文化语境"作过严格的界定②。他认为，"'文化语境'指的是在特定的时空中由特定的文化积累与文化现状构成的'文化场'。这一范畴应当具有两个层面的内容。其第一层面的意义，指的是与文学文本相关联的特定的文化形态，包括生存状态、生活习俗、心理形态、伦理价值等组合成的特定的'文化氛围'；其第二层的意义，指的是文学

────────

　　①　亚里士多德：《诗学》，陈中梅译注，商务印书馆，1996年，第27页。

　　②　严绍：《"文化语境"与"变异体"以及文学的发生学》，载北京大学比较文学与比较文化研究所编《多边文化研究》，新世界出版社，2001年，第84页。

文本的创作者(有意识或无意识的创作者、个体或群体的创作者)在这一特定的'文化场'中的生存方式、生存取向、认知能力、认识途径与认识心理,以及因此而达到的认知程度,此即是文学的创作者们的'认知形态'。事实上各类文学'文本'都是在这样的'文化语境'中生成的①。翻译作为对原作的一种阐释,对原文本所赖以生成的"文化语境"是万万不能忽视的,不然对原文本的理解以及对原文本的表现便可能陷入误区,造成误解。一个合格的译者,通晓译出语与目的语两种语言,也具有了解原作所赖以生成的"文化语境"的条件。然而,在翻译的过程中,在译作生成的过程中,我们不得不面对这样一个现实:由于语言的转换,原作的语言土壤变了,原作所赖以生存的"文化语境"必须在另一种语言所沉积的文化土壤中重新构建,而这一构建所遇到的抵抗或经受的考验则有可能来自目的语的各个层面:文化层面、语言层面、读者的心理层面以及读者的接受层面等。语言变了,文化土壤变了,读者也变了,译作由此为原作打开了新的空间。

多亏译者,原作的生命才得以在时间与空间的意义上拓展、延续。而原作的生命一旦以译作的生命形态进入新的空间,便有了新的接受历史。在这个过程中,原作依靠译作续写它的历史。但是,在新的文化语境中,开始的不是一个被动的接受过程。它要与目的语文化、目的语文学相遇,而这种相遇,"不仅是认识和欣赏,还包括相互以新的方式重新阐释,即以原来存在于一种文化中的思维方式去解读(或误读)另一种文化的文本,因而获得对该文本全新的诠释与理解"②。对原作而言,这无疑是自身的一种丰富和发展,正如歌德所说,原作可以在"异语的明镜"中照自身,进一步认识自己。同时,又在新的文化语境中,起着在译出语文化中没有起到的作用。考察中西翻译史,我们可以看到这样一个事实:一部著作的价值,在某种意义上,可以通过翻译的历史来进行衡量。一部真正有个性、有价值的作品,它召唤着阐释,召唤着翻译,期待着与译者的历史奇遇,从而去延续新的生命,开拓新的空间。无论是语内翻译,还是语际翻译,对一部作品而言,被翻译的机会越多,其生命力就越强大。没有翻译,便没有一部作品的不朽。当我们从这个意义上再去考察与评价译作与原作的关系时,相信译作在原之下、译作从属于原作的观点便显得过于狭隘与片面了。

(三)异化与归化

语言是文化的载体,文化与语言相互关联,密不可分,文学翻译中必然涉及源语和译入语的文化背景,故归化和异化的区分实际上是文学翻译中文化策略的选择问题。归化(domestication)指在文学翻译中恪守本族文化的语言文化传统、回归地道的本族语表达方式。相反,异化(foreignization)指在翻译策略上迁就原作中的语言文化特点,采用偏向于外来语的表达方式。与归化和异化问题直接相关的就是语言处理层面的直译与意译的

---

① 严绍:《"文化语境"与"变异体"以及文学的发生学》,载北京大学比较文学与比较文化研究所编《多边文化研究》,新世界出版社,2001年,第84页。

② 乐黛云:《多元文化发展中的两种危险及文学理论的未来》,载北京大学比较文学与比较文化研究所编《多边文化研究》,新世界出版社,2001年,第56-67页。

问题。

最早提出归化、异化概念的是德国神学家和翻译学家施莱尔马赫。早在 1813 年的一篇论文中，他就提出：

> 译员要么尽量不去打扰作者，让读者向作者靠握，要尽量不要去打扰读者，让作者尽量向读者靠拢。

但施莱尔马赫并未展开论述二者在翻译实践中的应用。当代翻译学中明确提出归化、异化理论的是意大利裔美国学者劳伦斯·韦努蒂(Lawrence Venuti)。他于 1995 年在《译者的隐身》(*The Translator's Invisibility*)中写道：

> 施莱尔马赫使用了像"尽量"这样的限定词，说明他也认识到了译本不可能完全地再现原本的风貌，但是给译者提供了两种选择。一是归化法，用民族中心主义强行使外国文本符合译入语的文化价值，把原作者带入译入语文化；一是异化法，用非种族主义将外国文本的语言文化特征强加于译入语的文化价值，将读者带入外国情境。[1]

选择归化或异化对广泛涉及文化内涵的文学翻译而言，一直是个重要议题。在西方，勒弗维尔主张归化的翻译策略，认为异化译法的译文对译入语读者来说怪异难懂。奈达提出将译文的表达模式纳入译文读者的文化范畴，也更倾向于归化译法。但劳伦斯·韦努蒂从文学、文化和政治的高度建议采用异化翻译。他认为归化法是一种民族中心主义、种族主义、文化自恋和帝国主义的体现，是一种文化干预战略。[2]

1. 归化法

早在 20 世纪二三十年代，鲁迅就提出了要欧化、不要归化的主张。他说：翻译"必须有异国情调，就是所谓洋气。其实世界上也不会有完全归化的译文，若有，就是貌合神离，从严辨别起来，它算不得翻译"[3]。但是，鲁迅的这一主张长期以来并未得到广泛的重视，我国 20 世纪的翻译活动，归化法在大部分时间里占有明显的优势。以英语翻译界为例，近一百年以来，最令人津津乐道的一些翻译大家，从晚清时期的严复、林纾，到三四十年代的朱生豪、张谷若、傅东华，到新中国成立后的杨必等人，个个都是"归化派"的代表；这些人物当中，除严复、林纾之外，其他人的译作至今仍在广为流传，并深受译评界的赞赏。而在"异化派"的代表译家中，鲁迅虽是中国新文化的旗手，但其译作因为

---

① Venuti Lawrence. The Translator's Invisibility—A History of Translation. Shanghai：Shanghai Foreign Language Education Press，2004：20.

② Venuti Lawrence. The Translator's Invisibility—A History of Translation. Shanghai：Shanghai Foreign Language Education Press，2004：20.

③ 罗新璋：《翻译论集》，商务印书馆，1984 年，第 301 页。

过于拘泥于原作，故而远不像其创作那样广受欢迎；董秋斯的译作虽然力求忠实，但往往也是过于拘谨、缺乏文采，因而其感染力也大打折扣；卞之琳虽然成功地用诗体翻译了莎士比亚的戏剧，但在大众读者群里，其影响似乎还及不上朱生豪的散文译本。正是在这种局面的影响下，许多从事翻译实践的后来人，包括众多的初学者，把归化译法视为自己的努力方向，而尽量避免异化译法。

改革开放以后，随着西方译论的引进，中国翻译界对归化和异化有了新的认识。1987年，刘英凯发表了一篇题为《归化——翻译的歧路》的论文，用许多译例说明归化译法"抹杀"了原作的"民族特点"，将异国情调"同化于归宿语言"，"必然是对原文的歪曲"。因而，他坚决反对归化译法。① 劳伦斯·韦努蒂尖锐地指出，英美文化长期被归化理论所统治，提倡"流畅的翻译"，实际上是不尊重原语文化的"文化帝国主义"②。尽管这些言辞有些激烈，使人难以接受，但一个现象不容忽视：改革开放以来，异化译法在我国翻译界越来越受到重视，越来越多的译者将其视为主要的翻译方法。

形式是为内容服务的，一定的形式表达一定的内容。采取原语的表达方式，往往能够更加准确、更加充分地传达原文的意思。相比之下，一味采取以译入语为归宿的归化译法，有时会损害原文的意思。如：

例1：Mr. Elton was the very person fixed by Emma for driving the young man out of Harriet's head. She thought it would be an excellent match; and only too palpably desirable, natural, and probable, for her to have much merit in planning.

(Jane Austen：Emma, Ch. 4, V. I)

【原译】 爱玛认定，哈丽特只有看上别的人，才会忘记马丁先生，而最合适的人就是埃尔顿先生。她觉得这两人是难得的一对，一定合人意，顺天理，她从中撮合必然成功。

这是一位崇尚意译的译者的一段译文。一般说来，崇尚意译的人喜欢将"地道的原文"译成"地道的译文"。诚然，这段译文是很地道，也很顺畅，特别是"合人意，顺天理"六个字，真让人难以想象是译文。但是，令人遗憾的是，译者在刻意追求地道、顺畅的同时，却也严重地歪曲了原文的意思：译者由于忽视了后半句"too…to…"这个结构，又误解了merit的意思，因而把本该理解为"她觉得这两人十分般配，只是显然太称心如意，太合乎常情，太容易撮合了，她策划成了也未必有多大功劳"的一句话，草率地译成"她觉得这两人是难得的一对，一定合人意，顺天理，她从中撮合必然成功"，因而失去了奥斯丁那特有的幽默。

语言是文化的反映，作者使用的特有语言往往打上了其民族文化的印记，译者只有循

① 杨自俭、刘学云：《翻译新论》，湖北教育出版社，1994年，第270页。

② Venuti Lawrence. The Translator's Invisibility—A History of Translation. London & New York：Rouledge, 1995：20-21.

着作者的思维、表达方式，采取谨慎的异化译法，才能充分反映原语的语言文化特征，充分表达原文的真实意义，而归化译法则可能使译文失去原语文化的特征，从而给译入语读者造成"文化错觉"。如：

例 2：...at the end of all my harvesting, I found that out of my half peck of seed, I had near two bushels of rice, and above two bushels and half of barley, that is to say, by my guess, for I had no measure at that time.

(D. Defoe：*Robinson Crusoe*，Part 3)

【原译】　收获完毕之后，我发现那半斗种子差不多打了两斗大米，两斗大麦；这当然是根据我个人的猜测，因为当时我手边没有量器。

原文中用了两个英语量单位：peck（配克）和 bushel（蒲式耳）。一配克等于 0.25 蒲式耳，相当于 0.91 斗。照此算来，一浦式耳相当于 3.64 斗。鲁滨逊在此列举这些数字，本来是夸耀自己在荒岛上垦殖所取得的成绩：他用半配克（即 1/8 蒲式耳）的种子，收获了将近 2 蒲式耳的大米，2.5 蒲式耳还多的大麦，也就是说，收获的粮食是所下种子的 36 倍！然而，所引译文的译者没有照此去传译，却把两个本有 4 倍差异的不同计量单位都归化成一个"斗"字，其结果，中国读者不仅无法了解英美特异的计量标准，而且会得出一个错误的信息：半斗种子打出了 4 斗粮食，不足炫耀。这句话如果采取异化译法，译成：

【改译】　收获完之后，我发现所下的半配克种子，打了将近两蒲式耳的大米，两蒲式耳半还多的大麦……

并将两个计量单位加上注释，说明半配克等于 1/8 蒲式耳，效果就会好得多。

实践证明，译文如果肆意删除异国文化的成分，一味用中国文化的成分加以替代，读者就无法从中了解译入语文化。读这样的译文，就会像余光中先生比喻的那样，如同到外国旅游，"却只去唐人街吃中国饭"，不仅领略不到真正的异国文化，还可能对异国文化产生错觉。

异化翻译虽有种种优点，但也并不是万能的，可以毫无顾忌地择一而从。实际上，异化法的运用是有一定限度的，这限度主要表现在两个方面：一是译入语语言文化规范的限度，二是译入语读者接受能力的限度。也就是说，译者在运用异化法的时候，还必须注意分寸，既不能超越译入语语言文化的规范限度，也不能超越译入语读者的接受限度，超过了这样的限度，就会产生种种不良效果。请看下面译例：

例 3："I know, Dad," she said, "I'm a selfish pig. I'll think about it..."

(J. Galsworthy：*A Modern Comedy*，Part 47)

【原译】　"我知道，爹，"她说，"我是头自私自利的猪。我会考虑这个问题的……"

本例中又出现了一个 pig，能不能也译成"猪"呢？在文中，"她"是英国的大家闺秀，让她称呼自己"猪"，实在令人不可思议。其实，在英语中，pig 除了"猪"之外，还有一个"像猪一样的人"的引申意思，英文释义为：one thought to resemble or suggest a pig in habits or behavior(as in dirtiness，greediness，selfishness)。因此，文中的这位女士称自己是 a selfish pig，重点并非放在 pig 上，而是放在她所具有的 pig 的习性 selfishness 上。这一说法虽然带有一定的贬义意味，但也只是自责而已，还不宜拿汉语的"猪"来对译，因为在汉语里，说某人是"猪"，那简直是表示极度厌恶的骂人话。基于以上考虑，我们建议将此句改译为："我知道，爸，"她说，"我是个自私鬼。我会考虑这个问题的……"用汉语的"鬼"字来传译英语的 pig，虽然换了形象，表达的却是大致对应的概念。

可见，过分的异化就是不顾读者的接受力，不顾译入语的语言习惯，而一味地追求与原文的形式对应，结果又可能导致译文的晦涩难懂。严格来说，这种译法不能算是异化翻译，而只能称作流于表象的"伪异化"翻译。之所以这样说，是因为这种翻译表面看来是异化翻译，但产生的译文却跟原文貌合神离，让译入语读者难以接受，属于一种违背语言转换规律的"假异化"。伪异化翻译现象在现实中并不罕见。仔细阅读各类题材的英译汉译文，我们就会发现，有不少译者，无论是喜欢异化翻译的，还是喜欢归化翻译的，都会时不时地作出伪异化翻译。所以，我们的译者在做翻译时，应该有意识地注意克服伪异化现象。总而言之，译文要充分传达原作的"原貌"，就不能不走异化的途径，译者应把异化视为翻译的主要方法；但采取异化的译法还要注意限度，不要走上极端，弄巧成拙。

2. 归化法

异化应是翻译的主要方法，但异化并不是万能的，它还有一定的局限性——也就是说，异化法还有行不通的时候。如何解决这一局限性呢？那就是要以归化为辅助手段。归化的目的是力求译文通顺易懂，能为译入语读者所接受。

译者在语言转换的过程中，经常会遇到由于语言文化差异而造成的种种障碍，有些障碍甚至是无法逾越的，如果仍然一味坚持异化译法，势必导致译文晦涩难懂，令读者难以卒读。在这种情况下，译者只能退而采取归化译法，将自己的译笔纳入汉语语言文化规范的轨道。

语贵适境，写作如此，翻译亦如此。凡是在异化译法行不通的时候，译者就要力求冲破原文语言形式的束缚，特别是要学会从原文词法、句法结构的框框中"跳"出来，将原文的意思融会于心，设法寻找汉语在同样场合的习惯说法，译出通达晓畅的汉语来。如：

例 1："I'll sleep," Piani said. "I've been asleep sitting up all day. The whole top of of my head kept coming down over my eyes."

(E. Hemingway: *A Farewell to Arms*, Ch. 27)

【原译】　"我就去睡，"皮安尼说。"我已经坐着打盹打了一天啦。我的眼睛总是睁不开。"

这里叙说的是"一战"期间意大利军队医院工作人员整天忙碌不得安歇的情形。译者将 asleep sitting up all day 译作"坐着打盹打了一天",是典型的"伪异化"译法。从字面上看,译文与原文似乎颇为"对应":"坐着"对应 sitting up,"打盹"对应 asleep,但是这表层的"貌合",掩饰着深层的"神离"!问题的关键出在译者对 sitting up 意义的误解上。sit up 是英语的一个习语,基本意义是"坐起来"(take a sitting position after lying down),但是除了这基本意义外,它还有一个转义:"不睡、熬夜"(stay awake and out of bed till past one's usual bedtime; stay up)。在这句话里,作者取的就是这个转义,表明说话人"熬"了一整天没睡觉。怎么个"熬"法呢?应该不仅仅是"坐",还可以是"蹲",是"立",是"走"等,就是没躺下睡觉。所以,这段译文建议修改为:

【改译】 "我就睡,"皮亚尼说。"我迷迷瞪瞪地熬了一整天了。连眼睛都睁不开啦。"

就理想而言,对于原文的形象语言,最好采取异化译法。但是,有两种情况可以采取归化译法:一是原文的语言虽然形象,甚至也很新鲜,但却无法"照实"传译出来;二是原文的形象语言已不再新鲜,用不着"照实"传译。如:

例 2: Each of us has his carrot and stick. In my case, the stick is my slackening physical condition, which keeps me from beating opponents at tennis whom I overwhelmed two years ago. My carrot is to win.

(C. Tucker: *Fear of Dearth*)

【原译】 我们人人都有自己的压力和动力。就我而言,这压力就是我日趋衰弱的身体状况,害得我两年前还能击败的网球对手,现在却打不过了。我的动力就是想赢球。

作者在此讨论为什么许多人喜欢跑步。文中使用的 carrot and stick,字面意思是"胡萝卜加大棒'",但这种译法会让人感到过于生涩和做作。"胡萝卜加大棒"一般指一个国家所奉行的政策,一个普通人怎么会有"胡萝卜加大棒"呢?仔细查一查词典,就会发现这两个词用在这里,carrot 是"诱惑(物)"(something suitable for use as a means of enticement)的意思,stick 则是"强迫(力)、威胁(力)"(something suitable for use as a means of compulsion)的意思。照此理解,将这两个词归化成汉语的"压力"和"动力",就畅达自如多了。反之,请设想一下:假若我们将这句话译作"我们人人都有自己的'胡萝卜加大棒'",那恐怕连读者都会感到滑稽和无奈的。

谈到译文的归化,我们自然要想到汉语成语的运用。汉语的成语具有结构工整、语言简练、含义深刻等优点,翻译中若能恰如其分地加以运用,确实会增强译文的表现力,给译文增添光彩。例如:

例 3: A man of honour could not have doubted the intention, but Mr. Darcy chose to doubt it—or to treat it as a merely conditional recommendation, and to assert that I have forfeited all claim to it by extravagance, imprudence, in short anything or nothing.

（Jane Austen：*Pride and Prejudice*，Ch. 16）

【译文】　一个要面子的人是不会怀疑先人的意图的；可是达西先生偏偏要怀疑，或者说，他认为遗嘱上也只是说明有条件地提拔我，他硬要说我浪费和荒唐，因此要取消我一切的权利。总而言之，不说则已，说起来样样坏话都说到了。

威克姆是一个反面人物，为了赢得女主角的欢心，就竭力改编达西的话，反咬达西给他加了一些莫须有的罪名。Anything or nothing 本是非常有力的语言，译成松松散散的"不说则已，说起来样样坏话都说到了"，则完全失去了原文的气势，让人误以为说话者是一个谈吐文雅的人。在这里，若是借用汉语的成语"欲加之罪，何患无辞"，就能充分展示无耻之徒善于反咬一口的恶毒口吻。

【改译】　一个体面的人是不会怀疑先人的意图的，可是达西先生却偏要怀疑——或者说偏要把那视为只是有条件地举荐我，还一口断定我完全失去了受举荐的资格，说我生活铺张，举止鲁莽，总之，欲加之罪，何患无辞。

翻译中采取归化译法，也要防止归化过头的倾向。所谓归化过头，就是不顾原文的语言形式，不顾原语的民族文化特征，一味追求译文的通顺和优美，甚至在译文中使用一些具有独特的译入语文体色彩的表达手段，读起来颇像原作者在用译入语写作一样。这样的译文，虽然往往会博得一般读者的喜爱，但是会产生"文化误导"的副作用，其危害在一定意义上要超过异化过头的译文。例如：

例 4：Barbara Tober observes that the bridesmaids, in the days when many brides were mere children, were called upon to assist her with dressing and with the logistics of moving to her new home.

（T. Tuleja：*Wedding Attendants*）

【原译】　巴巴拉·托伯说，过去许多新娘只不过是孩子，因此便请来女侯相帮助她们梳妆打扮，送她们过门。

汉语的"过门"二字，带有浓厚的中国文化色彩：所谓的新娘"过门"，就是"过"到丈夫家，或称"婆家"。而西方所说的新娘 moving to her new home，往往是指她和丈夫所置的新家。因此，我们建议将"送她们过门"改为：并做好其搬往新家的后勤工作。

归化过头的一个常见表现，就是有不少人喜欢滥用汉语成语。汉语成语大多具有浓郁的中华民族的文化特征，翻译中不恰当地照搬滥用，就可能破坏原作的异国情调，给译入语读者制造一种虚假的感觉。例如：

例 5："Of course it may," said Angel, "was it not proved nineteen hundred years ago—if I may trespass upon your domain a little?"

(T. Hardy：*Tess of the d'Urbervilles*，Ch. 25)

【原译】"当然可以，"安琪说道，"一千九百年以前，不是有人做到了吗？我这是班门弄斧了，请原谅。"

有心的读者读到"班门弄斧"这样的译文，难免会纳闷：难道哈代也熟悉这个汉语成语吗？莫非他是个"中国通"？翻译作为文化交流的工具，应该力求"文化传真"，减少"文化失真"，特别应避免"以假乱真"，引起读者多余的联想，或造成不应有的"文化错觉"。我们认为，这句话还是应该老老实实地译作：

【改译】"当然可以啦，"安琪说道，"您容我冒昧地说一句你们的行话：这个事实不是一千九百年以前就被证明过了吗？"

3. 两种方法并用互补

施莱尔马赫在描述了两种途径之后，紧接着又说：这两种途径彼此截然不同，因而无论采取哪一种，都必须坚持到底，不可将二者混淆使用。① 也就是说，一个译者翻译一个作品时，只能选择一种方法，一用到底，而不可两者兼用。就理论而言，翻译的根本任务是忠实地再现原作的思想和风格，而原作的思想和风格都带有浓厚的异国情调，翻译中不采用异化的方法，是很难完成这项使命的；与此同时又要求译文像原作一样通顺，而要做到这一点，译者在语言表达中不得不作出必要的归化。再就翻译实践而言，中国的翻译工作者，无论是喜欢异化的还是喜欢归化的，往往都是两者并用，只不过轻重程度不同罢了。

巴金曾言："好的翻译应该都是直译，也都是意译。"②细想一下，此话颇有道理。如果我们做点简单的个案分析，就会发现：纯粹的异化译文或纯粹的归化译文在实践中并不多见；实践中更常见的是异化与归化的"混用"。如将 kill two birds with one stone 译成"一石二鸟"，如实地传达了原文的形象语言，一般认为是异化译法。但是，由于在语言形式上模仿了汉语的"一箭双雕"，译文又带有归化的成分。下面，我们举一个异化与归化混用于一句的例子。

例1：A：Why do cowboys always die with boots on?

B：So they won't stub their toes when they kick the bucket.

【原译】 A：为什么牛仔总在死时穿着靴子？

B：那样他们上西天时就不会碰了脚趾。

① Lefevere Andrc. Translation, IIistory and Culture：A Sourcebook. Shanghai：Shanghai Foreign Language Education Press，2004：149.

② 罗新璋：《翻译论集》，商务印书馆，1984 年，第 550 页。

这是一则幽默文字。A 问牛仔死时为什么总穿着靴子，B 回答说他们 kick the bucket 时不会 stub their toes。kick the bucket 本是个俚语，意思是"死"；但由于它字面意思是"踢木桶"，也就跟"碰脚趾"形成了语义关联。但是，由于汉语中很难找到一个兼具"死"和"踢木桶"两层意思，同时又跟"碰脚趾"语义相关联的双关语，翻译时只能另辟蹊径。上文的译者采取意译法将 kick the bucket 译成"上西天"，采取直译法将 stub their toes 译成"碰脚趾"，基本传达了原文的幽默情趣："上西天"一语与问句中的"死"相照应，而且与答句中的"碰脚趾"语义连贯，意蕴通达。

异化与归化，说到底也是一对矛盾的两个方面，它们之间既对立又统一，因此，要处理好这两者之间的关系，关键还是要讲究辩证法。任何矛盾的两方面都有主次之分，异化与归化也不例外。翻译既然以传达原作的"思想"和"风味"为根本任务，无疑必须走异化的途径，因而异化也就成了矛盾的主要方面，是第一位的；而归化作为解决语言障碍的"折中"手段，也就成为矛盾的次要方面，是第二位的。然而，异化和归化虽有主次之分，却不存在高低之别，它们各有各的优势，也各有各的缺陷，顾此失彼，或厚此薄彼，都不可能圆满地完成翻译的任务。因此我们主张：在可能的情况下，应尽量争取异化；在难以异化的情况下，则应退而求其次，进行必要的归化。简而言之，可能时尽量异化，必要时尽量归化。

首先，在可能的情况下，尽量实行异化译法。一般说来，"形神皆似"的译文，通常是异化译法的结果。因此，译者在酝酿表达的过程中，应先从异化译法试起。如果异化译法能够晓畅达意，则坚持异化译法。如：

例 2：Second，there is the New York of the commuter——the city that is devoured by locusts each day and spat out each night.

(E. B. White：*The Three New Yorks*)

【原译】　其次是家住郊区、乘公交车到市内上班的人们的纽约——这座城市每到白天就被如蝗的人群吞噬进去，每到晚上又给吐出来。

这句话描写纽约的上班族上下班的情景，虽然只有短短的一句话，但写得既形象又生动，特别是将潮水般来去的人群比作 locusts（蝗虫），早上 devour 纽约，晚上又将纽约 spit out，翻译中应尽量使用同样的形象语言。译文采取了异化译法，devoured 译作"吞噬"，spat out 译作"吐出来"。同原文唯一不同的是，locusts 本是暗喻，译成中文改成了明喻："如蝗的人群"。总的说来，这样的译文取得了"形神皆似"的效果。

其次，如果异化译法不能完全达意，或者不是完全可行，则可考虑汉语的行文习惯，做出一定的归化处理。如：

例 3：I wondered how she would feel if she learned that the negro before whom she had behaved in such an unlady-like manner was habitually a white man.

(J. H. Griffin：*Into Mississippi*)

【原译】 我心想：她在一个黑人面前表现得这样没有淑女风度，如果她得知这个黑人习惯上是个白人时，不知她会有什么感觉。

把 habitually a white man 译成"习惯上是个白人"，这又是不顾语境和意义，死搬汉语的释义，做出的一个让人迷惑不解的传译。其实，译者只要了解一下文章的作者，就会知道 habitually 应该怎样翻译了。原来，该文作者是一个白人记者，为了了解南方的种族歧视，化装成一个黑人。因此，这句话里的 habitually 其实是 actually 的意思，照此理解，问题便迎刃而解，整句话可以译作：

【改译】 我心下思忖：在一个黑人面前表现得如此有失淑女风度，她若是得知这个黑人其实是个白人时，不知作何感想。

最后，如果异化译法彻底行不通，译者也不必勉为其难，而应采取归化译法，含其表层形式传达其深层含义。如：

例 4：She was a fine and handsome girl—not handsomer than some others, possibly—but her mobile peony mouth and large innocent eyes added eloquence to colour and shape.

(T. Hardy：*Tess of the d'Urbervilles*，Ch. 2)

【原译】 那是一个俊美可爱的姑娘——也许未必比某些女伴更俊美——但她那灵动的牡丹一样的嘴唇和天真的大眼睛却给她的颜色和形象增添了魅力。

译者把 peony mouth 译作"牡丹一样的嘴唇"，表面看来跟原文很吻合，实际上是语焉不详。细心的读者难免要问：苔丝的嘴唇在哪个意义上与"牡丹一样"呢？如果是指颜色，牡丹花有红、黄、白、紫等多种颜色，她的嘴唇又属于哪种颜色呢？无疑，这样的译文是把疑难问题抛给了读者。查一查英语词典，原来 peony 作为形容词，有这样的意思：resembling peony in colour：dark red(颜色似牡丹：深红)。所以，对苔丝嘴唇的描绘，可以传译成"她那两片灵动红艳的嘴唇"，而本句话后半部分也可以根据汉语的习惯，译得更精炼一些：她是个标致俊俏的姑娘——也许不比有些姑娘更漂亮——不过她那两片灵动红艳的嘴唇，那一双天真烂漫的大眼睛，给她的姿色平添了几分慑人的魅力。

有人说，翻译是个"抉择"的过程。的确，译者在翻译的过程中，自始至终面临着异化与归化的选择，通过选择，在接近作者和接近读者之间找到一个"融汇点"。这个"融汇点"绝不是一成不变的"居中点"，它有时距离作者近一些，有时距离读者近一些，但无论更接近哪一方，都必须恪守一条原则：接近作者时，不能距离读者太远；接近读者时，又不能距离作者太远。换言之，异化时不妨碍译文的通顺易懂，归化时不改变原作的"风味"，特别是不导致"文化失真"。为了完成"文化传真"的使命，译者还应树立另一概念：归化主要表现在"纯语言层面"上，在"文化层面"上则应力求最大限度的异化。这就是我们所说的适度原则，也即分寸原则。如：

例 5: Mr. Weston was a great favourite, and there was not a creature in the world to whom she spoke with such unreserve, as to his wife; not any one, to whom she related with such conviction of being listened to and understood, of being always interesting and always intelligible, the little affairs, arrangements, perplexities and pleasures of her father and herself.

(Jane Austen: *Emma*, Ch. 14)

【译文 1】 韦斯顿先生与她是莫逆之交，除了韦斯顿太太，她的知音世界上只有他一人。她父亲或她自己有了什么事，无论是琐碎的、紧要的、为难的、高兴的，只要对他说起，他都愿听，能理解，觉得有趣又有理。

【译文 2】 韦斯顿先生是她非常喜欢的人，世界上没有一个人，她能跟他说话像跟他妻子说话那样畅所欲言；没有任何人，她在向他叙述她父亲和她的琐事、安排、困惑和欢乐时能像这样有信心，相信对方能倾听和理解，相信自己讲的东西是对方感兴趣而又听得懂的。

对于奥斯丁《爱玛》中的这个长句子，译文 1 和译文 2 采取了截然相反的翻译策略：前者采取的是"自由式"的归化译法，后者采取的是"亦步亦趋式"的异化译法。先看译文 1。译者把 Mr. Weston was a great favourite 译成"韦斯顿先生与她是莫逆之交"，实在是离谱了。其实，爱玛只是"非常喜欢"韦斯顿先生而已，而她之所以喜欢韦斯顿先生，在很大程度上是因为他是爱玛的知心朋友韦斯顿太太的丈夫。这句话主要是在赞扬韦斯顿太太，而译文 1 却理解成在赞扬"他"韦斯顿先生，这就越发错误。再看译文 2，译者基本传达了原文的意思，但由于太拘泥于原文的句法结构，译文生硬拗口，不堪卒读。我们本着异化、归化并用不悖的原则，试译为：

【改译】 她非常喜欢韦斯顿先生，而他的那位太太，则是天下她最能推心置腹的人；她和父亲但凡有什么安排，或者遇到什么琐碎的、为难的或高兴的事，还就爱跟那位太太讲，知道她喜欢听，善解人意，而且总是很感兴趣，总能心领神会。

在这个译文中，译者考虑到英汉两种语言的句法差异，把英语中后置的 as to his wife，译成汉语中前置的"而他的那位太太"，形成了整句话的转折点，然后根据汉语的行文习惯，有条不紊地陈述下去，其中还调整了 little affairs, arrangements, perplexities and pleasures 的次序，并恰如其分地使用了"推心置腹""善解人意""心领神会"等汉语成语，可谓文从字顺，既忠实地传达了原文的意义，又能使读者领略到阅读的情趣。

作家梁晓声曾言："一部上乘的翻译作品，如同两类美果成功杂交后的果子。"[1]这种译文，有人称作"杂合"的译文，有人称作"第三种(类)语言"。这种语言"兼顾了两种相互转化的文字各自具备的美点"，因而"将是中国文学语言现代化、世界化的标志"。总

---

① 梁晓声：《"译之美"》，《作家谈译文》，上海译文出版社，1997 年。

之，译文的语言既不可能是纯粹的异化语言，也不可能是纯粹的归化语言，而只能是原语和译入语的"杂合"语言。在这种"杂合"语言中，异化的成分该占多少，归化的成分该占多少，没有、也不可能有一个统一的"度量标准"，"度"的把握，还得靠译者发挥主动性，酌情处理。

（四）忠实与通顺

"忠实"与"通顺"作为翻译的两重基本标准，和"直译"与"意译"、"质"与"文"、"信"与"达"的关系是一致的。其实这几对关系也就是内容和形式关系的反映。从翻译的过程来看，理解是翻译的基础、表达的前提，对原作理解透彻，才有可能做到"忠实"；译作的表达尽量切近原作的风格，同时符合译入语的行文习惯，才有可能做到"通顺"。

1. 何谓"忠实"

所谓"忠实"，就是"正确理解和表达原文的思想"，这包括语言层面的忠实、文化层面的忠实以及风格层面的忠实。然而这几个层面的忠实又总是交叉包含，往往不能彼此分割。

（1）语言层面的忠实。

按语言来看，忠实就是字面意义的对等，这首先体现在词汇层面。词汇是构成篇章最基本的单位，也是理解篇章的基础。在篇章中出现的词汇，跟初学英语时背的单词不一样，有了语境，就有了它具体的特定的含义。译者必须有根据地判断到底是哪一种意义才是正确的、合适的，而不可随意把字典上的常见义项照搬照抄，更不能想当然地理解和解释。

林语堂在《论翻译》中说："译者所应忠实的，不是原文的零字，乃零字所组成的语意。"所以翻译篇章的时候，万不可着眼于字词，而应该"将全文神理，融会于心，则下笔抒词，自善互备。至原文词理本深，难于共喻，则当前后引衬，以显其意"①。这就要求译者对语法知识把握透彻，对习语俚语也了解熟悉。

有的文学作品中，尤其是在对话中，往往出现大众熟知的格言、谚语、歇后语不讲完整，部分省略的情况。碰到这样的情形，又该如何译呢？如果按照原作只译半段，那么译作读者看不明白，还能算"忠实"吗？所以，这个时候不能死搬教条，可以灵活增译，把原作中省略的部分补充完整，或者加按语、注释，总之要让译文读者看得明白，这才是真正的"忠实"。

（2）文化层面的忠实。

再看看"Every life has its roses and thorns"这个句子。此句中 rose 和 thorn 这两个单词不仅仅表达了自身的原义，而且负载了其民族文化内涵：玫瑰代表了甜蜜幸福的生活，荆棘代表了艰苦磨难的遭遇。这个例子还是比较容易理解的，然而有的文化内涵就显得相对难以领悟。那么，"忠实"究竟该体现在字，还是其文化内涵呢？新的翻译理论认为，译者不仅要对原作忠实，也要对译作的读者忠实。对于不通原作文化背景的译作读者来说，

---

① 严复语，引自陈福康《中国译学理论史稿》，上海外语教育出版社，2000 年，第 107 页。

解释得通透些，显然更容易理解，以获得和原作读者接近的阅读体验和反应。

当然，"在语际转换中，文化的可译性是相对的，可译性限度是绝对的，翻译中不可能不存在文化障碍"①。这就要求译者融会贯通，在译入语文化中寻找可以替换原文化现象的替代品，或者想办法把该种文化现象介绍进来，这对原作仍然可视为"忠实"。还有寒暄语、委婉语等情况，由于文化差异的缘故，也不宜直接按字面翻译，而应该选择功能上对等的译入语。

（3）风格层面的忠实。

风格分为文体风格、时代风格、流派风格、个人风格等。文体如果是应用文，非文学，一般格式固定，那么用译入语的相应格式来翻译即可。其他几种风格则需译者"运用适合于原作风格的文学语言，把原作的内容与形式正确无遗地再现出来。除信、达外，还要又有文采。这样的翻译既需要译者的创造性，而又要完全忠于原作的面貌。这是对文学翻译的最高境界"②。

林纾在其译作《孝女耐儿传》的"译序"中说道："……余虽不审西文，然日闻其口译，亦能区别其文章之流派，如辨家人之足音。其间有高厉者，清虚者，绵婉者，雄伟者，悲梗者，淫冶者；要皆归本于性情之正，彰瘅之严，此万世之公理，中外不能僭越。"③可见，对于不懂外文的人来说，风格也是很重要的，能在体现原文特色方面起到很大的作用。因此，翻译绝不可漠视这种特色，宜将其最大限度地呈现给读者。

（4）具体权衡的忠实。

当然，根据原作题材和体裁的不同、译作读者群的不同，忠实的标准和侧重也是不一样的。以原作为侧重，则译者在译入语语义和句法结构允许的前提下，尽可能准确地再现原文的上下文意义和表达手法，纽马克谓之语义翻译（semantic translation）；如果是以读者为侧重，那么译者要尽量使译作对译文读者产生的效果等同于原作对原文读者产生的效果，纽马克谓之交际翻译（communicative translation）。前者适用于表达性（expressive）或者是重要的审美性文本，后者适用于绝大多数信息性（informative）、祈使性（vocative）、人际性（phatic）、部分审美性（aesthetic）及元语言性文本（metalingual）和文本片段（segment）。但是纽马克也强调，这两种方法并非互相排斥，而是互为调和的，有重合的时候，也有交替的时候。

2. 何谓"通顺"

"通顺"的含义相对比较简单。译文要通顺，除了正确地理解原文，最重要的就在于表达。维新运动时担任南洋公学（今交通大学前身）译书院院长的张元济（1867—1959）认为"要领会外文之精奥，必须先深通华文"；"只有这样，才能互为借鉴，得其会通"。④其实精通汉语，非但可以更深入地理解外语，更有助于译文的表达。只有较高程度地掌握

---

① 刘宓庆：《当代翻译理论》，中国对外翻译出版公司，2003 年，第 132 页。
② 茅盾：《茅盾译文选集》，上海译文出版社，1980 年。
③ 方华文：《20 世纪中国翻译史》，西北大学出版社，2005 年，第 31 页。
④ 陈福康：《中国译学理论史稿》，上海外语教育出版社，2000 年，第 130 页。

母语，才能够"发挥译入语优势，充分运用译入语的修辞手段，在遣词造句上下功夫，讲究词句的锤炼，使译文流畅贴切，达意传神"①。

首先，语言层面的遣词造句要通顺，要切合原文的连贯度，符合译入语的使用习惯，不佶屈聱牙，不过于松散或紧凑，避免使用可能引起误解的表达法，避免使用影响读者兴趣的意义晦涩、冗长乏味的表达法，其中包括词汇，也包括语法。这是最基础的。

其次，译文的风格也要保持通顺，即前后一致。前面提到翻译必须忠实于原作的风格，但译者在翻译的过程中难免渗入自己的风格，使译文带上了译者的个人标记。只要不是盖过原作者的表达特色，这也是无可厚非的。但是，由于翻译实践的具体情况，有时一篇作品拆开几人翻译，有时即使是同一译者然而翻译时间拖延过长，会致使译文前后的风格迥异。除了在翻译过程中协调，也应该在翻译后作进一步的润色和修正。

3. "忠实"不容解构，"通顺"必须坚持②

翻译的时候，为了体现原作的面貌，译者尽量不要加入自己的观点，这是对原作的"忠实"。唯有如此，才能让读者见识和欣赏到原汁原味的作品特色，无论是内容还是形式。众所周知，清末民初林纾的小说翻译"几乎每一部译作都有大刀阔斧的删改"，③ 甚至有他自己的创造编排。但他曾在其译作《鲁滨逊漂流记》的译序中说："若译书，则述其已成之事迹，焉能参以己见？"④可见林纾还是认为，翻译作品当以"已成之事迹"为基准，不能够将译者自身的观点夹杂进去。当然，译者翻译作品时发挥其主观能动性，必然有其主观色彩，不可能绝对忠实于原作，只能是尽可能地接近原文。

在坚持"忠实"的基础之上，"通顺"也同样重要。鲁迅素以"直译"闻名，"宁信而不顺"。但他在《小约翰》的引言中写道："那下半，被我译成这样拙劣的……冗长而费解，但我别无更好的译法，因为倘一解散，精神和力量就很不同。"⑤从这段话看，鲁迅并不满意自己的这种译法，只是觉得无能为力，只好"宁信而不顺"，勉强为之。⑥ 所以尽可能地，"通顺"能做到还是做到为好。

根据上述分析，"忠实"和"通顺"虽然同为翻译的标准，但两者都无法单独分离开来。针对不同的原作、不同的译作读者，译者应该在"忠实"和"通顺"之间权衡，以资产生最佳的效果。譬如严复认为翻译外国哲学社会科学著作，就最好"精理微言"，用词"古雅"；译作的读者当时是上层知识分子及官僚，即所谓的"士大夫"，那么也必须应用这类读者所心折的古雅文体。⑦ 这里提到的"古雅"，其实就是"通顺"的延伸和深化。反过来，如果翻译以传递信息为重的科技类文献，则应该侧重"忠实"，"通顺"方面但求容易理解就行了。这些关系，其实和纽马克的语义翻译和交际翻译也是有着异曲同工之妙的。综合起

① 丁棪：《译者的天职仅仅是忠实？》，《中国翻译》，2001 年第 3 期，第 28 页。

② 张伟华：《翻译中的"忠实"与"通顺"》，《江西教育学院学报》，2014 年第 1 期，第 109-111 页。

③ 方华文：《20 世纪中国翻译史》，西北大学出版社，2005 年，第 34 页。

④ 陈福康：《中国译学理论史稿》，上海外语教育出版社，2000 年，第 128 页。

⑤ 鲁迅：《鲁迅全集》第 14 卷，光明日报出版社，2005 年，第 11 页。

⑥ 丁棪：《译者的天职仅仅是忠实？》，《中国翻译》，2001 年第 3 期，第 27 页。

⑦ 陈福康：《中国译学理论史稿》，上海外语教育出版社，2000 年，第 108-109 页。

来，两者互不可分，"忠实"不容解构，"通顺"必须坚持。

三、文学译本创造的原则①

译本创造的立场帮助译者确定翻译中的自我定位、译作与原作的关系、译入语与源语语言和文化的关系。在当代文学翻译的理论与实践中，译者的地位得到了极大提高，人们普遍承认译者在文学翻译中的主体和中心地位，但是译者主体性受其他因素的制约，因此是有限度的。当代译论中，译作也从原来的附属和次要地位上升为与原作同等重要的地位，但在彰显译作重要性的同时，我们必须看到译作的存在必然与原作存在相关性，它始终是源于原作的。因此，译者创造必须协调原作与译作的关系。文学翻译的艺术性是其不同于其他艺术形式的关键，因而我们在译本创造中还要考虑到译作的语言艺术性。上述问题都涉及文学翻译的一些基本原则。

（一）和谐共生原则

和谐共生原则指译本创造中，在处理原作与译作、源语与译入语、源语文化与译入语文化之间的关系时，坚持平等对话、和谐共生，和而不同的原则。具体来说，首先，原作与译作的性质和作用不同但地位平等。原作是翻译的起点，是具有高度创造性和艺术价值的文本。译作源于原作，但不同于原作，不从属于原作，是独立于原作的"来世"生命，同样具有高度的创造性和艺术性。解读原作是文学翻译的基础，但译者对原作的解读并非被动的接受，而是与作者创作意图和原作文本进行平等的对话，从而生成新的意义。两种语言文化之间也应该是平等对话的关系。在上述关系中，强调非此即彼的观念无助于文化交流。其次，原作与译作应和谐共生。译作与原作具有亲缘关系，但二者的生存环境完全不同，故两者的存在并行不悖。不过，翻译的基本价值要求，译作不应当以故意违背原作，与原作矛盾，冲突的形象出现。最后，在译本创造过程中，译者根据与原作对话产生的新意义，使用新的语言和文学形式重新创造文学译本，因此，原作与译作必然和而不同。译作与原作差异既是语言文化客观差异造成的，也是文学翻译创造性和艺术性的根本来源。②

在具体的译本创造过程中，和谐共生原则具有与传统翻译理论不同的要求：①尊重原作的艺术价值，深入、充分地解读原作，但原作不是文学翻译的唯一决定因素；②尊重译者解读的主观性和采取具体翻译方法的创造性，但译者主体性是有限度的；③译作应与原作的基本内容和形式保持和谐，不能故意歪曲原作所创造的艺术形式，意义和形象；④承认译作与原作差异的必然性和合法性；⑤作为艺术作品的文学译本本身应该是完整而和谐的。

（二）艺术对等原则

"对等"（equivalence）这个概念是西方语言学翻译理论中的一个核心问题，根据不同

---

① 胡显耀，李力：《高级文学翻译》，外语教学与研究出版社，2009 年，第 115-120 页。

② 关于"和谐"理论，具体可参见郑海波：《译理浅说》，文心出版社，2005 年，第 24-143 页。

的理论主张也可译为"等值"或"等效"。顾名思义，对等即主张原作和译作在形式和意义上等值，在功能上等效。20世纪50年代以来，对等概念一直是语言学、交际学、符号学和传统文艺学翻译理论的焦点。例如：雅各布逊认为一切人类语言都具有同等的表达能力，故一种语言的表达总能在另一种语言中找到对等的表达。卡特福德提出，翻译是"将用一种语言（即源语）写成的文本材料替换成用另一种语言（即译入语）写成的对等的文本材料"①。奈达提出"动态对等"，其理论基础是"等效"原则，即译文读者对译文所作出的反应与原作读者对原作所作出的反应基本一致。他给"动态对等"下的定义是："最切近源语信息的自然对等。"社会符号学翻译论代表人物阿尔布雷希特·诺伊贝特（Albrecht Neubert）提出，翻译对等可被视为一个符号范畴。这个符号范畴的含义是：译文符号在相应译文场合里的意义应该与原作在原文场合里的意义等同。符号对等包括语义和语用等成分。其中语义对等优先于符组对等；语用对等制约着语义对等和符组对等。总体而言，我们可以把语言学派翻译理论的对等观视为"绝对对等观"，即认为译作可以在语音、词汇、短语、句子、篇章等各个层面实现与原作的语义、句法（等值）和语用（等效）对等。

随着西方等值和等效理论的引入，不少国内译论家注意到对等理论与我国译论中"神似""化境"说的异同：两者实际上都追求与原作最大限度的对等，但对等理论试图解释一切形式的翻译，而神似化境说是专对文学翻译而言的。等效论在我国的主要倡导者金堤在《等效翻译探索》一书中，基本认同"神似论"，但同时指出：

> "神似"的原则正确地考虑了总体效果的对等，然而倡导者往往忽略翔实，实质上是把"神"（精神）和"实"对立起来，重神而轻实，没有考虑到事实上的出入常常影响译文的效果。他强调：等效翻译所追求的目标是：译文和原作虽然在形式上很不相同甚至完全不同，但是译文读者和原作读者同样顺利地获得相同或基本相同的信息，包括主要精神、具体事实、意境气氛。这就叫等效或基本等效。这个目标应该适用于一切种类的翻译。②

然而，长期以来的文学翻译实践证明，无论是在形式上还是在所起的文学功能上，文本译本与原作绝对对等或等效其实是不可能实现的。罗新璋就曾说过：

> 等值等效，倘能做到，那是再好也没有了。只要是认真的译者，私心里谁不希望自己的译作能与原作等值，在读者中产生等效。积极方面讲，表示译者与原作者并肩而立，能炮制出令人刮目相看，甚至要叹为观止的等替物；消极方面，则拒绝了一切重译的必要，使自己的译作能"永保永享"，垂范后世。然而，世间一切都不可重复……所谓等效，也应理解为"在可能范围内最接近原著的效果"。这么说，名有点

---

① Catford J C. A Linguistic Theory of Translation：An Essay in Applied Linguistics. London：Oxford University Press，1965：20.

② 王向远：《翻译文学导论》，北京师范大学出版社，2004年，第217页。

不符其实，打出来的旗号，并不是实际所要求做到的。作为一种理论主张，如果光看字面，顾名思义，易致误会，总觉不够严密。理论是实践的总结，也应能是实践的指导。恕我孤陋寡闻，不知世界上是否已诞生公认的等值译本；至于等效，则晓得对同一作品、同一人物，往往观感殊异，爱憎难同，反应是很难等同起来的。①

罗新璋的话直截了当地指出了等值等效理论的矛盾和缺陷。首先，语言文化的不对称性造成的语言空缺和文化空缺是等值论的致命缺陷。尽管从总体上，我们可以认为不同的语言存在共性，人类思维和文化也有许多相通之处，这是可译性的基础，然而，具体到个别现象，我们很难在一种与源语相去甚远的译入语中找到相同的表达。其次，等效论强调译作与原作在效果上的对等，形式上的差异是可以容忍的。但问题是：文学译本的读者与作者和原作所处的历史语境、文化氛围迥然不同，且每个读者对同样的作品具有不同的感受和偏好，如何能够确定译作对此时此地的读者产生的效果等同于原作对彼时彼处的读者的效果？由此可见，无论是语义上的等值还是功能上的对等对文学翻译而言都是一种不可能实现的理想。

那么，文学翻译中是否应该彻底抛弃对等的观念呢？我们的回答是否定的。对等观体现了一种相对进步的翻译价值观，即译作可以通过对等代替原作。这种翻译观与"译作从属于原作，译作不如原作"的传统翻译价值观相比，具有提升译作地位和价值的作用。以现代语言学为基础的对等观还体现了翻译学科化、系统化的努力，通过这种观念，我们得以系统地研究语言在各个层面上的异同，从而更深入地理解文学翻译的本质。文学译本不可能在具体的语言层面、形式层面和效果层面与原作对等，但是从翻译的基本价值来看，通过文学翻译了解其他文学系统，输入新的元素，推动本族语文学的更新和发展都要求译作在艺术层面实现与原作同样的高度。也就是说，译作必须是与原作同样优秀和杰出的艺术作品。"艺术对等"的实质是译作与原作在艺术地位和价值上的相提并论，而并非具体形式或作用的对等。艺术对等对译本创造的具体要求是：（1）充分把握原作的艺术性，了解原作语言、文学形式和文学意象、文学手段的创造性；（2）充分发挥译入语和译者自身的语言创造力，在语言、形式、意象、文学手段等各个层面实现文学文本的各项艺术性要求。

(三)译者主体性及其限度

译者是翻译活动的主体。译者主体性是指译者在翻译活动中表现出来的主观能动性和创造性，即译者积极调动自己的主观性参与文学文本解读的"对话"，创造性地克服两种语言和文化之间的差异，创造性地重写原作在译入语中的形象，创造新的艺术作品。译者主体性贯穿从原作选择、原作解读到译本创造的整个文学翻译过程。但是，主体性并不是完全自由发挥的，而是受到各种因素制约，这就是所谓译者主体性的限度。

译者主体性问题必须置于文学翻译的整体性质中来考察。文学翻译本质上是原作客观

①　王向远：《翻译文学导论》，北京师范大学出版社，2004年，第218页。

性、译作社会性和译者主体性三者的统一。这三者构成了文学翻译的概念结构，缺少了任何一个因素都会导致文学翻译行为的偏颇和失败。因此，译者主体性是受到另外两种属性制约的。首先，作为翻译主体的译者虽然在具体翻译过程中占主导地位，并享有主观阐释和创造译本的相对自由，"但并不具有无视客体可容性的凌驾性"，"他的主观能动性只能源自客体"①。也就是说，译者主体能动性的发挥还得受制于翻译客体。这里的翻译客体并不仅仅指原作文本。"翻译客体由三个相互紧密联系的'方面'（也可以说三部分）组成：①原作及译文文本；②文本作者；③原作及译文文本读者。"②其次，译者作为一个社会人，处在一定的社会环境和历史时期，有着不同的教育背景和成长经历，因而不得不受到他所在国家及地域的政治、经济、文化和心理的制约和影响。译入语社会文化对翻译的社会规范必然制约着翻译的各个层面。最后，译者作为独特的个体，也有其特定的个性、思想、情感、宗教信仰、政治和审美取向。其个体性格、心理、气质、世界观、知识面、语言能力、艺术修养、道德水准等都会影响和限制整个翻译活动的进行。可以说，译者主体性的限度也来自译者个人的局限性。

由此，我们在译者主体性问题上确立了一条辩证的原则——既发挥译者主体性又考虑主体性的限度。

文学翻译作为翻译中的一种，有其特殊性。译者一旦进入原著的艺术世界，按照自己的体验、感受和理解来再现原著的艺术魅力的时候，他就进入了"译作"的状态，也就是创作的状态，这个过程就是文学译本的创造过程。在这个过程中，原作者在一定程度上消隐了，而译者则处于活跃的创作状态，他调动自己的情感、审美、想象等文学鉴赏能力和文化批评的能力，对原作进行阐释，并在此基础上，充分发挥其创造性，有效传达原作的审美信息和文化意蕴。文学翻译有创造性，但它有别于自然创作。

四、文学译本创造的方法

（一）弥补语言文化空缺

1. 关于"空缺""文化空缺词""空缺理论"

空缺现象是在 20 世纪 50 年代首先由美国语言学家查尔斯·霍凯特（Charles Francis Hockett）发现的，他在对比两种语言的语法模式中提出了 random holes in patterns（偶然的缺口）的概念。美国文化人类学家爱德华·赫尔（Edward Twitchell Hall Jr.）在研究澳大利亚土著居民的语言颜色时，发现该民族缺少其他民族所具有的基本颜色的名称，从而启用了"空白、间隙"的术语。

所谓空缺，是指某个民族所具有的语言、文化现象在另一民族之中并不存在。空缺包括语言空缺和文化空缺两大类。所谓语言空缺，是指由语言符号承载的语义、文化信息空缺，其中包括语音、语法、词汇和修辞空缺等；所谓文化空缺，则是在跨文化交际的过程

---

① 刘宓庆：《翻译与语言哲学》，中国对外翻译出版公司，2007 年，第 51，64 页。

② 刘宓庆：《翻译与语言哲学》，中国对外翻译出版公司，2007 年，第 72-73 页。

中由非语言手段的差异形成的空缺，如交际主体的民族性格、思维模式、意念感受、心理联想等的不同特点以及不同民族的手势语、体态语等。

由于文化的个性，不同民族的人们之间有时却不易相互理解，甚至具有不同文化背景的人士相互交往时会产生误会、矛盾、冲突，各自形成了独具特色的民族心理和语用意义①。不同文化间词语的文化内涵的不对应形成了语言之间的文化空白，出现了大量的"文化内涵词"，其中部分是"文化空缺词"。文化空缺词是只为某一民族所独有的，具有独特的文化信息内涵，既可以是该民族文化历史长河中逐步形成的词，也可以是该民族独创的词。词语的文化意义是词义在跨文化交际中以民族文化为比照所显现出来的本族文化的映射，而词语的文化内涵的不对应形成了语言之间的文化空缺现象②。无论英语还是汉语，具有文化内涵的词语几乎无所不在。据某些学者所列，文化内涵词包括成语、谚语、俚语、敬语、俗语、熟语、委婉语、禁忌语、交际语、问候语、礼貌语、称谓语、歇后语、双关语、体态语、拟声词、重叠词、颜色词、数量词、动物词、植物词、食物词、味觉词、政治词语、含有典故和神话的词语，以及其他词语③。

文化空缺词的出现给语际翻译带来了极大的挑战，因为文化空缺所省略或预设的内容通常不在语篇内或语篇外的直接语境内。它是一种具有鲜明文化特性的交际现象，因此不属于该文化的接受者常常会在碰到这样的空缺时出现意义真空，无法将语篇内信息与语篇外的知识和经验联系起来，从而难以建立起理解话语所必须的语义连贯和情境连贯。这就要求译者不仅要有广泛的文化意识和文化预设，而且要有正确的文化翻译观。

无论是在文学文本的解读还是在译本创造的过程中，语言层面都是文学翻译的核心。语言层面的创造因素主要包括：①创造性地弥补由源语和译入语之间的语言文化不对称所导致的"语言空缺"；②再现原作语言的创造性和艺术性，或填补原作通过语言符号留下的"艺术空白"。两者都依赖于译者对原作的充分解读和使用译入语高超的创造能力。源语和译入语之间的语言文化空缺表现在语言的各个层面，如语音、韵律、节奏、词汇、短语、搭配、句法和篇章结构等。发挥译者的语言创造力需要译者具有深厚的语言功底、文学功底和敏锐的语言直觉。④

2. 弥补词汇空缺

例 1：With Franco, I started from a point of hostility, discovered how profoundly he had been misrepresented and reached the stage of "grudging admiration".

【译文】 对于佛朗哥，我最初是怀有敌意，后来却发现人们对他有很大的误解，终致有了"三分仰慕之情"。

---

① Lotman J & Uspensky B A. On the Semiotic Mechanism of Culture. New York History. 1978, IX(2)：211-232.
② Claire Kramsch. Language and Culture. 上海外语教育出版社，2000 年。
③ 李洪金：《英汉语言中的文化空缺现象及其翻译方法》，《泰州职业技术学院学报》，2002 年第 4 期，第 48-50 页。
④ 胡显耀，李力：《高级文学翻译》，外语教学与研究出版社，第 121-123 页。

例 1 中"grudging admiration"的搭配如按字面译为中文显得生硬古怪。这种语言差异造成的词语搭配空缺需要译者创造性地寻找新词，译文的"三分仰慕之情"比较成功地解决了这个问题。

3. 弥补句法空缺

例 2：…a long course of poverty and humility, of daily privations and hard words, of kind offers and no returns, had been her lot ever since womanhood almost, or since her luckless marriage with George Osborne.

（William Thackeray：*Vanity Fair*）

【译文】　自从她不幸嫁给乔治·奥斯本以后，简直可以说自从她成人以后，过到的就是穷苦的日子；她老是受气，老是短一样缺一件，听人闲言闲语责备她，做了好事没好报。①

（杨必）

例 2 的原句以 had been her lot 为中心向两头展开，基本结构是一个主谓倒装的复合句，主语中包括三个有排比效果的后置定语，目的在于强化爱米丽亚的悲惨形象。由于语言差异，汉语中没有并列后置定语这一句法结构。若译文拘泥于原文句法，译句必定古怪拗口。这一语言缺失给译者留下了发挥语言创造力的空间，因此译文突破原文语序和结构，按照汉语表达习惯，颠倒时间状语次序，将名词短语全部译为汉语更常用的动词短语。

例 3：Who amongst us is there that does not recollect similar hours of bitter, bitter childish grief? Who feels injustice; who shrinks before a slight; who has a sense of wrong so acute, and so glowing a gratitude of kindness, as a generous boy?

（William Thackeray：*Vanity Fair*）

【译文】　咱们小的时候谁没有受过这样的气恼？凡是心地忠厚的孩子，受了欺负觉得格外不平，受了轻慢格外觉得畏缩，有人委屈他，他比别的孩子更伤心，有人抚慰他，他也会感激得脸上发光。②

（杨必）

从此译文可见翻译家的语言功底。首句中译者保留了原句的疑问句式，译为"咱们小的时候谁没有受过这样的气恼？"而不是把原作的内容硬译过来，简洁自然，毫无斧凿之痕。第二句中，译者虽改变了原作的疑问句式，但用了"凡是"一词来强调语气。此外，译者还巧妙地将"injustice"译为"受了欺负觉得格外不平"，将"wrong"译为"有人委屈他"，

---

① 萨克雷著，杨必译，《名利场》，人民文学出版社，1982年，第 2 册，第 720 页。
② 萨克雷著，杨必译，《名利场》，人民文学出版社，1982年，第 2 册，第 46 页。

突破了原句语言限制，语句自然，通俗流畅。

　4. 弥补文化空缺

　例 4： I had a letter from Wilfred yesterday. Would you like? He is still out there, but I would hold the sponge for him in church.

(J. Galsworthy：A Modern Comedy)

　【**译文**】 我昨天收到威尔弗里德的信，你愿意他做吗？他仍在国外，不过，我可以在教堂里代他拿海绵，给孩子洗礼。

　例 4 是一个译者发挥创造力弥补文化空缺的例子。按英国教会的习俗，婴儿受洗礼时，以洒点水作为象征。"拿海绵"者即为孩子的教父。若仅译出该词字面含义，恐怕多数中文读者会感到莫名其妙。故译文在保留原文形象的同时补译了"给孩子洗礼"，说明"拿海绵"的含义。

(二) 转换文体

　利奇和肖特(M. H. Short)认为，文体是"在某一语境下，某一人物依据其交际目的产生的特定语言表达方式"①；克里斯特尔(D. Crystal)将文体视为个体或群体在特定语境下形成的独特语用方式②；威尔士(K. Wales)则将文体描述为"可被观察到的特殊语言表达方式"③。虽然不同学者对文体的定义有一定差异，但大多包含语言风格和语域两个层面。需要指出的是英语 style 一词并不仅指汉语中的"文体"，有时它还被用来指"语体、风格"等。文体实际上是一个较为宽泛的概念，研究者因为研究角度的差异常常偏重其不同的部分，如体裁、语体等研究④。不同学者从不同视角提出了各自的文体划分标准，形成了不同的文体学流派，如以罗曼·雅可布逊等为代表的形式主义文体学，以韩礼德为代表的功能文体学，关注女性形象构建的女性主义文体学以及重视语境对文本影响的语用文体学。

　目前国内接受较为广泛的是以韩礼德为代表的功能文体学。韩礼德功能文体学中的"功能"，指的是语言的总体功能。他"从无数具体的功能类别中归纳出三个纯理功能，即概念功能、人际功能和语篇功能"⑤。概念功能是指语言表达者的经历和经验的能力；人际功能是指语言表达者的态度和评价，以及改变言语者与接受者之间相对关系的能力；谋篇功能是指语言内部的衔接和连贯，它将概念功能和人际功能根据情景语境在语篇中组织成为一个整体，共同在语境中起作用。韩礼德认为"文体特征与特定的文体功能(或者效

　① Leech G N & Short M H. Style in Fiction. A Linguistic Introduction to English Fictional Prose. London：Longman，1981.

　② Crystal D. The Penguin Dictionary of Language. London：Penguin，1999.

　③ Wales K. A Dictionary of Stylistics. London：Longman，2001.

　④ 黄立波：《翻译研究的文体学视角探索》，《外语教学》，2009 年第 5 期，第 104-108 页。

　⑤ 张德禄：《韩礼德功能文体学理论述评》，《外语教学与研究》，1999 年第 1 期，第 44-50 页。

果、价值)有一定的联系,作品中某一个形式特征只有发挥一定功能、具有一定效果,才具有文体意义,因此分析者应着重关注文体的功能及其与作品主题的关系"①。申丹也曾指出,韩礼德认为在对某一文本的文体价值进行判断时,应基于具体文本的主题意义,而非语言的基本功能。②

从20世纪90年代开始,国内外许多学者试图从文体学的视角开展翻译研究,逐渐形成了一个新的研究领域——翻译文体学。朱利安娜·豪斯(Juliane House)将人们常用来描述文体的几个概念结合在一起,试图通过比较原文和译文的语言和语境特性来评价译文的质量③;翻译理论家莫娜·贝克(Mona Baker)将文体视为语言和非语言中的个性特征,从语料库的角度探讨了不同译者的"文体"特征,并发现译者的"文体"同译者的交际意图和译文功能紧密相连④。贝克认为,就翻译而言,文体这一概念还可能包括(文学)译者对所译的文本类型的选择、翻译策略的选择,以及他所运用的前言、后语、脚注、文内解释等方法⑤。

文学之所以成为文学是因为它除了有美的内容之外,还有美的包装。这个美的包装,就是它外在的美的言语形式,也就是文学文本的文学性。语言的文学性并不在于词藻的华丽。当代文学理论认为,构成文学言语美的一个关键性因素是言语的"陌生化"(defamiliarization)⑥,也就是不同于常规的、司空见惯的表达方式。黑格尔说:"第一个把美女比作鲜花的是天才,第二个重复这个比喻的是庸才,第三个重复这个比喻的是蠢才。"英雄所见略同,亚里士多德也曾有过这样的天才论,他认为,比喻是天才的标志。钱锺书也说,"比喻是文学语言的根本"⑦。天才的作家无不致力于新的比喻。这一点我们有不少翻译家在翻译中已经注意到了。但我们发现,有相当多的翻译家将注意力主要放在了原文中的词语性隐喻上了,而对于那些不太显眼但却同样具有诗学价值的非词语性隐喻缺乏足够的重视,如结构性或语法性隐喻、语体性隐喻等,并且常常将这类隐喻误读为语言之间的差异,因此在翻译中对于这类现象没有做出积极的反应,普遍存在着文体转换失误的现象。

对于翻译中的这类文体转换失误,有些译者和学者并没有从译者的主观方面去找原因,却常常将造成这些"失误"(有时他们并不认为这是失误,甚至认为是"妙译")的原因

① 方开瑞:《叙述学和文体学在小说翻译研究中的应用》,《中国翻译》,2007 年第 4 期,第 58-61页。

② 申丹:《有关功能文体学的几点思考》,《外国语》,1997 年第 5 期,第 2-8 页。

③ House J. Translation Quality Assessment: A Model Revisited. Germany: Gunter Narr Verlag Tubingen,1997.

④ Baker M. Towards a Methodology for Investigating the Style of a Literary Translator. Target(2),2000:241-266.

⑤ 张美芳:《利用语料库调查译者的文体——贝克研究新法评介》,《解放军外国语学院学报》,2002 年第 3 期,第 54-57 页。

⑥ Shklovsky V. Art as Technique. R. C. Davis. Contemporary Literary Criticism. New York & London: Longman,1986:52-56.

⑦ 钱锺书:《旧文四篇》,上海古籍出版社,1979 年,第 36 页。

归结为两种语言之间在表达习惯上的差异。其实，两种语言表达常规之间的差异在翻译中大多只是程序性的结构转换，不需要译者付出太多的劳动，而原文中许多为实现特定文体价值的非常规的，也就是变异的表达方式，即便是原文读者也会觉得新奇或陌生，也正因为如此，这样的表达方式才有文学性可言。

不可否认，原文读者都觉得陌生的表达方式，对于非本族语的译者来说，其陌生性、怪异性乃至不可理喻性就更不在话下了。如果译者文体能力（stylistic competence）很强，或者具有较高的审美能力，他会在这些变异的表达方式中读出作者的审美意图，并在翻译中作出积极反应。反之，译者的反应就会带有很大的盲目性，而且往往会将原文变异的表达方式简单地归结为语言差异，并将消灭这种差异视为自己义不容辞的责任。然而，正是在这种所谓差异的消解中，原文文本的连贯性和整体性受到了破坏，而读者也因此而失去了许多领略大家手笔的机会。文学作品本质上就是"形式的艺术"，因此，不考虑文学文本艺术形式的译本往往在艺术价值上具有先天不足。不过，由于语言文化差异的存在，原作的文学形式不可能照搬进译作，这就要求译者在译本中发挥文学创造力，创新译入语的文学形式。文学形式的创造是在解读原作形式的基础上，改造或重新创造译本的文学形式。与原作一样，译本文学形式的创造涉及音韵、词汇、修辞、句法、篇章、风格、体裁、表现手法等各个层面。

在再现原著风格方面，翻译家们做了很多卓有成效的尝试。以下例证是李文俊所翻译的文体大师福克纳的小说《我弥留之际》（*As I Lay Dying*）中艾迪的一段内心独白：

例1：And so when Cora Tull would tell me I was not a true mother, I would think how words go straight up in a thin line, quick and harmless; and how terribly doing goes along the earth, clinging to it, so that after a while the two lines are too far apart for the same person to straddle from one to the other; and that *sin and love and fear are just sounds that people who never sinned nor loved nor feared have for what they never had and cannot have until they forget the words.*

【译文】 因此当科拉反复告诉我我不是一个真正的母亲时，我总是想言词如何变成一条细线，直飞上天，又轻快又顺当，而行动却如何沉重地在地上爬行，紧贴着地面，因此过了一阵之后这两条线距离越来越远，同一个人都无法从一条跨到另一条上去；而罪啊爱啊怕啊都仅仅是从来没有罪没有爱没有怕的人所拥有的一种声音，用来代替直到他们忘掉这些言词时都没有也不可能有的东西的。①

这段内心独白中语体特征最明显的为上文斜体部分，如何准确而恰当地译出这句话颇费心思。原句中连续几个 and，never，nor 表现了一种连续不断的意识流，李文俊的译文："而罪啊爱啊怕啊都仅仅是从来没有罪没有爱没有怕的人所拥有的一种声音……"很好地体现了这一文体特征。文体风格的翻译需要翻译家对作者写作风格有充分的了解，并同时

---

① 威廉·福克纳：《在我弥留之际》，李文俊译，上海译文出版社，1996年，第163页。

具有很高的译入语写作功底。

（三）新文学形象和意境

文学形式的创新在文学翻译中占据非常重要的地位，但是翻译不同体裁的文学作品，对形式创新的要求并不一致。例如，诗歌散文的翻译尤其重视形式创新，而戏剧小说的翻译则更注意戏剧形象、小说角色、文学意境的塑造。作为艺术作品的原作在文学形象意境方面一定会给读者（译者）留下充分的想象空间或"艺术空白"，译者首先需要发挥想象力，再根据具体需要填补、重现或重新创造形象意境。值得指出的是，在翻译文学形象意境时，也应在译作中为读者留出必要的"艺术空白"，不可过度翻译（over translate），将原作留给读者的想象空间填得过满。

例 1：Out upon her! Thou torturest me, Tubal：it was my turquoise；I had it of Leah when I was a bachelor：I would not have given it for a wilderness of monkeys!

（Shakespeare：*The Merchant of Venice*）

【译文 1】　她真可恶极了！你简直是教我受罪，条巴尔，那是我的蓝玉戒指；是我没结婚的时候，黎婀给我的；就是给我一群猴子我也舍不得卖掉。

（梁实秋）

【译文 2】　该死该死！杜伯尔，你提起这件事，真教我心里难过；那是我的绿玉指环，是我的妻子莉娅在我们还没有结婚的时候送给我的；即使人家把一大群猴子来向我交换，我也不愿把它给人。

（朱生豪）

【译文 3】　该死，该死！这丫头！你在折磨我，杜巴！那是我的绿玉戒指，是我跟黎婀还没结婚的时候她送给我的。哪怕人家用漫山遍野的猴子来跟我交换，也别想我会答应哪。

（方平）

上例为莎剧《威尼斯商人》第三幕第一场，当 Tubal 告诉夏洛克说他女儿杰西卡用戒指换了只猴子，夏洛克所说的一句愤怒而滑稽的台词。三位译者都是莎剧翻译的名家，但同一句话的三种译文中呈现的夏洛克形象却各有不同：梁译中的夏洛克显得沉着冷静、老谋深算，语气里透出的精明强干胜于守财奴的失态。方译中的夏洛克则完全是一副滑稽小丑做派，"该死""丫头""哪怕"及夸大其词的"漫山遍野"等词语把夏洛克呈现得滑稽、可笑。朱译则介于梁译和方译之间，夏洛克无比吝啬的守财奴心态被刻画得更为突出。三个译文中不同的人物形象印证了"一千个读者就有一千个哈姆雷特"这一说法。可见，翻译家对艺术形象的理解和再现时的差异和创造性是很大的。

文学作品的意境指的是作品中向读者呈现的一系列表达特殊含义的意象的组合，是文学文本所创造的独特的艺术场景。在文学翻译中，通过语言形式和文学形式最终要向读者呈现的就是意境。意境的再现在中国古诗英译中尤为重要，这对译者的想象力和创造力提出了极高要求。

例 2：闺中少妇不知愁，春日凝妆上翠楼。

忽见陌头杨柳色，悔教夫婿觅封侯。

（王昌龄《闺怨》）

【译文 1】 Nothing in her boudoir brings sorrow to the bride;

She mounts the tower, gaily dressed, on a spring day.

（许渊冲）

【译文 2】 In boudoir, the young lady—unacquainted with grief,

Spring day, bestclothes, mounts shining tower.

（庞德）

对中文读者来说，理解原诗呈现的意境并不难，但在英语中重现这个意境却不容易。许渊冲的译文文从字顺，但也许是为了照顾英语文法或押韵，许译改变了原诗的意象排列。这使得译文的整体意境发生了变化，读来平铺直叙，少了原作意象并置后产生的反差。庞德不惜牺牲英语语法，完整再现了原诗的意象结构，尤其注意第 2 句"春日""凝妆""翠楼"三个并置意象。诗歌的高明之处除了音韵的优美外，诗意与意象的完美结合尤为重要，译诗无论是弥补语言文化差异，还是创新文学形式，抑或创造性地再现原作的形象、意境，这些都需要文学翻译者发挥创造力。而上述每一项工作都不是简单的重复或再现，而是融合了译者高度复杂劳动的结果。因此，严肃的、成功的文学译本一定是富于创造性的艺术作品。

第四章　文学翻译方法与技巧

第一节　概　　述

文学翻译作为一种有目的的实践活动和同义选择的艺术，其轴心是转化，工具是语言文字符号与非语言文字符号，对象是文化信息，采用直译与意译(或异化与归化)两种策略，执行对等、增减、移换、分合四种机制，选择对译、增译、减译、移译、换译、分译、合译七种手段。这些手段既可单独操作，也可组合使用，还可进一步细分，构成包含不同层级的方法论体系①。

一、翻译方法为文学翻译实践之本

做任何事情都要讲究方法。方法选用合适，就会事半功倍；方法不当，则会事倍功半，甚至误入歧途。"工欲善其事，必先利其器"。就文学翻译而言，"事"即译事，指翻译艺术和翻译事业，具体落实到翻译实践；"器"即译器，指翻译实践的工具、方法和手段，其核心为方法。文学翻译实践中，翻译方法为本，"本"蕴含三义：本源、范本、根本。

(一)翻译方法为本源

翻译方法为本源，即方法是翻译实践的起点和源头。译者进行每次文学翻译活动、完成每项翻译事业都需要谙熟两种语言文化、精准理解原作、恰当运用方法、灵活再生译作。首先，译者接受一项文学翻译任务，需要明确翻译行为的目的是处理微观语言层面的形义矛盾还是宏观文化层面的供需矛盾，廓清翻译行为的范畴是对原作内容进行完整保留、部分摄取还是增量提质。其次，译者需要选择相应的策略——是尽可能保留原作形式还是加以灵活变换？是尽可能保留原作文化意象还是变换甚至放弃原作意象？再次，译者需要灵活运用恰当有效的手段和方法，包括选择对原作进行形式对应、单位增减、位置移动、方式变换或结构分合。因此，方法是全译行为的起点、过程的中枢和完成的途径。

---

① 余承法：《全译求化机制论——基于钱锺书"化境"译论与译艺的考察》，商务印书馆，2022 年，第 27 页。

144

（二）翻译方法为根本

翻译方法为根本，即方法是文学翻译实践的核心部分。文学翻译实践涉及何人（或采用何机器、何软件）、在何时何地、为何目的、对何对象、运用何工具、采取何方式、有何动作、产生何结果等诸多要素，其中，目的、工具、方式都与翻译行为密切相关，起始并归结于方法。"在探索的认识中，方法也就是工具，是主观方面的某个手段，主观方面通过这个手段和客体发生关系"①。翻译的工具包括译者运用的各种语文符号与非语文符号，采取包括对应、增减、移换、分合等手段，旨在联系译者与原作及其作者、译者与译作及其读者，以及原作与译作、原语与译入语、原作与译作各自反映的世界。因此，翻译方法贯穿翻译过程的始终，是联系主体与主体、主体与客体、客体与客体、主观世界与客观世界、原语世界与译入语世界的中介和桥梁，是文学翻译实践的根本和核心。

（三）翻译方法为范本

翻译方法为范本，即某种翻译方法可能成为借鉴、运用或效仿的对象，进而确立为某种标准。某位文学译者（多为文学翻译名家）采取的某种译法，可成为其本人屡试不爽的先例，也可成为他人照葫芦画瓢的样本。中外翻译史上的劣译、误译和漏译比比皆是，但佳译、妙译和神译也可信手拈来，如：钱锺书将"吃一堑，长一智"译为"A fall into pit, again into wit"，既在整体上采用对译（保留原文的句式结构），又在局部上采用换译（将"吃""长"分别换作名词 fall 和 gain）和增译（增加带有动态意味的介词 into），同时创造性地运用英语尾韵（pit 和 wit）。钱锺书灵活运用三种翻译方法，创造出"不但有形美，还有音美，使散文有诗意"②的妙译。翻译大师译法值得习译者细品和效仿，使他们在潜移默化中获得译感、提高译艺，帮助其译文逐渐由误译改为正译，由劣译变为优译，由粗译升至精译。正所谓："取法于上，仅得为中；取法于中，故为其下。"③

二、翻译策略、翻译方法与翻译技巧辨

翻译策略与翻译方法存在天然联系。西方多位学者将翻译策略界定为过程、步骤和方法，甚至用策略代替方法。一般认为，翻译策略处于文化层面，多从文化考量，而翻译方法处于文本层面，多从篇章语言考量。翻译策略指"翻译过程中的思路、途径、方式和程序。思路与某种宏观理论一脉相承或由翻译经验引发，途径是达到目标的可行之路，方式是达到目标的具体手段，程序是达到目标的先后次序"④。与之对应，翻译策略指译者为

---

① 列宁：《中共中央马克思恩格斯列宁斯大林》，著作编译局译，《哲学笔记》，人民出版社，1974年，第236页。

② 许渊冲：《忆锺书师》，丁伟志主编，《钱锺书先生百年诞辰纪念文集》，牛津大学出版社（中国）有限公司，2010年，第131-132页。

③ 李世民、吴玉贵、华飞主编，《帝范》，《四库全书精品文存》（第三卷），团结出版社，1997年，第137页。

④ 方梦之：《翻译学词典》，上海外语教育出版社，2019年，第98页。

了追求译作和原作的信息相似，在化解文化交流中的本土与异质成分之间的矛盾以及语际内容和形式之间的"一意多言/形"矛盾时，针对总体目的和现实需要从整体上采取的思路、确定的路径、选择的方式和运用的程序。

翻译方法指"译者根据一定的翻译任务和要求，以达到特定目的而采取的途径、手法和技巧"①。由此定义可知，翻译方法既包括在翻译过程中对传达原作语义和语形的总体途径即翻译策略，也包括解决具体问题的办法即翻译技巧。由上述对策略、方法和技巧的区分可知：翻译策略更加宏观和抽象，侧重于整体布局、全盘谋划和方案汇总，而翻译方法则是翻译策略的实施和具化，是为解决特定翻译目的而采取的特定手段和方式；翻译方法是翻译技巧的抽象和提升，翻译技巧是翻译方法的具化和实操，正如切斯特曼（A. Chesterman）所言，翻译方法是"翻译活动中的概括性处理方式，而非具体、局部的操作办法"②。相应地，翻译方法通常指翻译实践方法，是译者为处理译入语与原作的形义矛盾而选择的相对明确的手段和方式，如保留、增加、替换、省略、切分、合并原作语形。

翻译方法倾向影响语篇的宏观和整体语言的呈现状态，而翻译技巧倾向影响语篇的微观和具体语言单位的呈现状态。③ 翻译技巧是翻译方法的细化和具化，是翻译实践的经验总结，是译者对原作语言层面的操作和调控。翻译技巧产生于翻译实践中的因难见巧，在中国传统的翻译研究中占有突出地位。传统的翻译技巧总结和归纳主要是在词法和句法层面，但随着篇章语言学和功能语言学的发展以及认知语言学、心理语言学、大数据技术和翻译技术的兴起，学界开始将翻译技巧扩展到段落的调整、语篇的衔接与连贯以及不同功能的转换，并衍生到认知、心理和人工智能等领域，同时辅以语料库的统计分析和阐释。翻译技巧是译者对某种翻译方法的具体运用和操作时所掌握的技能或技艺。根据运用层面，可将某种翻译方法分为语法性、语义性和语用性技巧；根据操作的基本单位，可将某种翻译方法分为语素、词、短语、小句、复句和句群等层面的翻译技巧。

第二节　词 的 译 法

一、增补和省略

增补与省略是翻译中最为常用的一个变通手段，增补也好，省略也好，都是增词不增义，减词不减义，目的是使意义更加明确，文字更加通达。

英译汉中的增补大致可以分为三种情形：一是原文用词的形态变化表示的数、格、时态等概念，翻译中用增词的办法来弥补；二是根据原文上下文的意思、逻辑关系以及译文

---

① 方梦之：《翻译学词典》，上海外语教育出版社，2019 年，第 110 页。

② Chesterman A. Problems with Strategies. In K. Károly & Á. Fóris（eds.）. New Trends in Translation Studies：In Honor of Kinga Kaludy. Budapest：Adadémiai Kiadó，2005：17-28.

③ Molina L & Albir A H. Translation Techniques Revisited：A Dynamic and Functionalist Approach. Meta，2002（4）：498-512.

语言的行文习惯，在表达时增加原文字面上没有、意思上包含的字词；三是增补原文句法上的省略成分。

（一）增译法

增译法是最常见的技巧之一，增加内容来使译文易于理解，该方法看起来简单，但译者亦不可随意使用增译，需要根据具体的情况来灵活使用。

1. 增词的定义及实质

所谓增词，"是指根据原文上下文的意思、逻辑关系以及译文语言句法特点和表达习惯，在翻译时增加原文字面没有出现但实际内容已包含的词"①。翻译理论家奈达在《翻译理论与实践》（*The Theory and Practice of Translation*）中所阐述的"剩余信息理论"为增词法提供了坚实的理论基础②。增译法又叫增词法，英文"amplification"或"addition"。郭著章、李庆生等学者在《英汉互译实用教程》中给的定义是"为了使译文忠实地表达原文的意思与风格，并使译文合乎表达习惯，必须增加一些词语，这就叫增译法"③。张新红、李明的定义能比较好地揭示增词法的实质，即明示原文读者视为当然而译入语读者却不知道的意义④。范仲英编著的《实用翻译教程》中有一句话，也能揭示增词法的内在性质，说的是翻译后原文中有些含义若未能在译文中体现出来，则有必要把这个意思补充出来⑤。据此可知，译文中所增之词是用来表达原文中未用语言表达出来、原文读者能悟出或联想到而译文读者却不知道或不理解的意义，原文进行直译后，如果译文的某一部分还是难以被读者理解，则应在译文中增加一些能帮助读者理解该部分的词语或短句等。

增词的实质即增加或增补的词语，增加译文在原文中找不到对应的词语。增译法就是在英语原文的基础上添加必要的单词、词组、分句或句子，从而使译文在语法、语言形式上符合汉语的习惯，达到译文与原文在内容、形式和意义方面对等的目的，这里的增加不是无中生有地随意增加，而是增加原文中虽无其词却有其意的一些部分，理论上译者可以根据具体的上下文增加任何词，但需要在翻译实践中体会在什么时候增加什么样的词，才能恰到好处，而不超出原文所要表达的内容之外的意思。真正理解增译法才能在使用过程中慎重选择而不是一味地为增词而增词，否则就是画蛇添足了。

2. 增词的原因

翻译的一个普遍原则是译者不应该对原文的内容随意增减。不过，由于英汉两种语言文字之间存在的巨大差异，连淑能在《英汉对比研究》中提到每个民族生活在特定的自然地理环境之中，具有各自的历史背景和文化传统，因而也形成了各自的思维方式。⑥ 在实际翻译过程中很难做到字词句上完全对应，主要是由以下三个原因导致的。

---

① 林本椿：《英汉互译教程》，上海百家出版社，2004 年。

② 谭载喜：《奈达论翻译》，中国对外翻译出版公司，1984 年。

③ 郭著章等：《英汉互译实用教程》，武汉大学出版社，2010 年。

④ 张新红，李明：《商务英语翻译》，高等教育出版社，2003 年。

⑤ 范仲英：《实用翻译教程》，外语教学与研究出版社，1994 年。

⑥ 连淑能：《英汉对比研究》，高等教育出版社，2010 年。

(1)英汉思维差异。

思维方式决定了文化与语言的差异。西方是一种理性思维，主要来源于亚里士多德的演绎法逻辑思维模式及 16 世纪至 18 世纪的理性主义，注重形式结构，主体会对客体对象进行概念命名、判断、推理来探索揭示客体对象的本质，表现在英语里即强调形态的外露，拘谨于形式结构。而中国是一种悟性思维，中文的哲学背景是源于儒、道、佛的悟性，注重直觉感悟和心理意念，是主体对客体对象的直觉感受领悟，表现在语言里即显示重意会、轻言传。

(2)英汉表达方式差异。

英语采用形合法，属于形态型语言，句法结构侧重显性连接及形式结构协调；而汉语采用意合法，属于语义型语言，重隐性连贯，主要领悟意义和关系。英语中以谓语动词为中心的句子格局表现出一种思维推演的框架，并以形式逻辑为基础来表达思想；而汉语传统的造句形式不能完全以形式逻辑去规范，汉语的特点是形式灵活松弛、结构和谐、上下贯通。两种表达方式的不同造成不同文化的母语人士在理解对方语言时会受到本国语言表达方式的禁锢，这样便不能充分理解对方语言。

(3)英汉语法差异。

在词法层面上，英语的可数名词有单复数之别，汉语则没有①；英语有冠词无量词，汉语无冠词有量词；英语单词词性会有变化，汉语不会；英汉词序的不同，表现在修饰语的位置差异；汉语的虚词比英语多。在句法层面上，英语是从属性语言，汉语是并列性语言；英语多被动句，汉语多主动句，且较多无主句；英语用词强调"性""数""格""时""体""态"等一致，汉语句法模糊，而重语境、语感和约定俗成，注重情感表达。在语篇层面上，英语多静态，汉语多动态。

英汉语言除了以上区别外，文化的巨大差异所造成的文化缺省也促使译者在译文中会选择增加一些解释成分和反映文化背景的信息，以提高译文的可读性。比如，增补典故习语中的文化信息、增补并说明罕见的人名、地名和专有名词的词语，以及增补缩略词的解释性文字。

增词的出现是两种语言翻译时内容的不对等造成的，但更深层的原因是烙印在大脑深处由来已久的思维方式造成的，只有真正了解两种语言的差异，译者才能恰当运用增词。

3. 增词的运用

增词，从理论上说可以增加任何词，但在什么时候增加什么样的词，才能恰到好处，而不超出一定界限，则需要依据实际情况予以增加。增词法有一定的规律可循，不允许任意增添或者无中生有②。下面试分析几个译例：

(1)增补词语以适应目的语的语法要求。

由于汉英两种语言的差异，英文和中文词组或单词完全能对应者不多，要充分表达出

---

① 周成：《英汉翻译中的增词法》，《成都大学学报》(社科版)，2006 年第 3 期，第 126-127 页。

② 刘沸江：《英汉翻译中的增词问题探析》，《邵阳学院学报》(社科版)，2007 年第 5 期，第 82-84 页。

原文的意思往往不得不增添词语，否则翻译时就很难适应目的语的语法要求。增词有时虽不免在字面上造成不对等，但如与原意十分吻合，又适应了目的语的语法要求，则不失为佳译。如下面这首诗译成英语时增添的词语可谓匠心独具，构思巧妙。

例1：前不见古人，后不见来者。

念天地之悠悠，独怆然而涕下。

（陈子昂《登幽州台歌》）

【译文】　Men there have been, —I see them not,

Men there will be, —I see them not.

The world goes on, world without end.

But here and now, alone I stand—in tears.①

（翁显良）

译者在翻译时准确地把握了诗人的感情脉络，紧紧抓住原文中的两个"不见"，将原诗中隐藏在字里行间的"我"这一独特的角色推了出来，在译文中连用了两个"I see them not"，使译文一唱三叹，再现了原文苍凉悲壮之美。而在最后一句中，译者将 alone 一词摆在强调的位置，与原文的"独"所引起的强烈的效果正好吻合。后面增补的"I"与 stand—in tears 放到一起，表现了原诗那种深感宇宙无穷、人生短暂的情怀，把诗人胸中郁结的壮志未酬、功业难就的忧愤之情再现得淋漓尽致。从语法结构上讲，汉语有大量的无主句存在，而英语则不然，如上例中不增补主语"I"，"后不见来者"与"独怆然而涕下"这两句在英译时便无法独立成句，更枉谈再现原诗的意境了。

例2：Its slight occasional falls, whose precipices would not diversify the landscape, are celebrated by mist and spray, and attract the traveler from far and near.

（梭罗《冬日漫步》）

【译文】　河里偶然也有小小的瀑布，但是水突然滑泻而下，整个风景却无改变，只是水汽弥漫，水花四溅，把远处游客的注意力都吸引过来了。②

（夏济安）

与汉语相比，英语有一种少用（谓语）动词或用其他手段表示动作意义的自然倾向，如省略动词以及将动词名词化等。英语句法名词化现象普遍，偏重使用名词词组。而汉语则有一种多用动词的习惯，所以英译汉的过程通常是在译文中强化原文的动态色彩的过程。英语众多的名词词组在翻译时不宜直接转换成汉语的名词词组，而要转换成汉语的动宾词组或主谓词组。究其原因，可以笼统地说是英语句法静态倾向和汉语句法动态倾向使

---

① 余小金：《诗歌翻译的意象与情趣》，《翻译通讯》，1984 年第 4 期，第 28 页。

② 廖美珍：《善用小句》，《上海科技翻译》，1998 年第 2 期，第 36 页。

然。此外，英语多用长句及复合句，而汉语则与之相反，多用短句及简单句。因此，翻译时宜将英语的复合句式破译为简单句式。夏济安的译文恰到好处地顺应了这些特点。其译文通过增加"弥漫"和"溅"两个动词，把"spray"和"mist"处理成带有动态意义的小句，行文流畅，语言生动。加上汉语独有的四字结构，读起来抑扬顿挫，气势连贯，字里行间流溢出强烈的动态美。

例 3：Writers began to refer back to hundreds of precursors—famous, little-known or unknown women authors；they developed dictionaries for women（Wittig and Zeig，1981；Daly and Caputi，1987）which would supplement，if not supplant，the standard works and help create women-identified language；and they proved a powerful source of new ideas，new language and new uses for "old" language.

（Louise von Flotow：*Translation and Gender*）

【译文】 作家开始重提数以百计的先驱者——著名的、鲜为人知的或不知名的女性作家；他们为女性编纂了词典（维蒂格、泽格，1981；达蕾、卡普提，1987），这样一来，这些词典即便不会取代标准作品，也将补充标准作品，并帮助创造女性认同的语言；这些词典是新思路、新语言和"旧"语新用的强大源泉。

在这段英文句子中，有几个从句没有重复出现主语，然而这种现象很少见于中文。为方便读者阅读，有必要在译文中添加一些词汇，使中文更加地道、流畅。所以，中文翻译增加了相应的主语"这些词典"。

(2)增补词语以表达原文的隐含意义。

在翻译过程中，无论是英译汉或是汉译英，有些词语在一定的上下文中不言而喻地被省略了。但译成目的语时则需要适当增补一些词语，把隐含之意再现出来，使译入语读者得以欣赏原文的韵味。

例 1：美人卷珠帘，深坐颦蛾眉。
但见泪痕湿，不知心恨谁。

（李白《怨情》）

【译文】 A lady fair uprolls the screen.
With eyebrows knit she waits in vain.
Wet stains of tears can still be seen，
Who heartless，has caused her the pain?①

（许渊冲、陆佩弦及吴均陶）

诗中的"深坐"便是久坐，即等待之义。许渊冲等人翻译这首诗时通过词的增补将它

① 高嘉正：《唐诗英译中的精品》，《上海科技翻译》，1997 年第 3 期，第 47 页。

译为"waits in vain"，则明确表达了本诗的隐含意义：诗中的女主人公无疑是位富家美少妇，无须操持生计，更无冻馁之虞。但她独守空房，不胜孤寂。苦苦等待中卷帘外望，偶尔瞥见"陌头杨柳色"或"底处双飞燕"，不禁触景生情，潸然泪下。译者用 wait in vain 这一短语将这一愁绪满怀、泪痕斑斑的美妇勾画得栩栩如生。她的痛苦究竟归咎于谁？谁竟如此无情？这给读者提供了充分的思考余地，也使读者强烈地感受到人世间离愁别恨带来的悲戚之美。

例 2："这通身的气派竟不像老祖宗的外孙女儿，竟是嫡亲的孙女儿似的，怨不得老祖宗天天嘴里心里放不下。"

（曹雪芹《红楼梦》第三回第 30 页）

【译文】 Her whole air is so distinguished! She doesn't take after her father, son-in-law of our Old Ancestress, but looks more like a Chia. No wonder our Old Ancestress couldn't put you out of her mind and was for ever talking or thinking about you.

（杨宪益、戴乃迭）

熟读《红楼梦》的人都知道凤姐这句话反映了封建社会浓厚的宗法关系：儿子所生的子女是嫡亲，是一家人；女儿所生的子女是外戚，不算一家人。黛玉是贾母的外孙女儿，但初到贾府时深得贾母的宠爱，因而凤姐说这话明摆着是讨好贾母。但是在汉语里足以区别亲疏关系的"孙女儿"和"外孙女儿"等词在英语里却是同一个词 granddaughter，这样一来，译者如要使英文读者明了原文这层含义，就不得不换用黛玉父亲的角度，交待她父亲是贾母的女婿，通过增补 son-in-law of our old Ancestress 来表示黛玉的身份，以解决交织在一起的语言问题和社会背景问题，忠实地再现了原文的隐含意义。

（3）增补词语以适应英语句子的逻辑要求。

相对汉语而言，英语是一种更为形式化的语言。英语重形合，汉语重意合。英语句子各个部分的逻辑关系比较严谨，而汉语句子的结构较为自由。所以在汉译英时，出于逻辑上的需要，往往需要适当增补一些词语，把隐含的意思更为连贯、更为清楚地表达出来，使它合乎思维规律，顺理成章。

例 1：Some had beautiful eyes, others a beautiful nose, others a beautiful mouth and figure：Few, if any, had all.

（T. Hardy：*Tess of the d'Urbervilles*，Ch. 2）

【译文】 她们有的长着漂亮的眼睛，有的生着俏丽的鼻子，有的有着妖媚的嘴巴、婀娜的身段；但是，这样样都美的，虽然不能说一个没有，却也是寥寥无几。

本例在两个 others 后面都省略了动词 had，这在英语中是司空见惯的，但译成汉语时却不能没有动词，于是译者便增补了"生着""有着"两个动词。

例2：其实地上没有路，走的人多了，也便成了路。

（鲁迅《故乡》）

【译文】　For actually the earth had no roads to begin with, but when many men pass one way, road is made.

这句话中增补"to begin with"是为了适应英语句子的逻辑要求，否则前后文的逻辑就不连贯；不加上 but when，文字上也就讲不通了。

(4) 增补词语以适应英语句子的修辞要求。

修辞加词主要是通过增加总括性的词和润色性的词对翻译出来的句子从修辞上进一步润色，以提高译文的质量，使之具有准确、鲜明、生动的特点。

例1：The works on display are all in oil, with a bold, adventurous use of color.
【译文】　参展的作品均为油画，浓墨重彩，不拘一格。

总括或概括是汉语中的一种修辞方式，即语段中次要的信息在前，重要的信息在后，最重要的信息置于末尾。有时，具有概括性的最重要的信息往往隐含在字里行间，所以英译汉时需要增加总括性强的词语来传递原文的信息，变无形为有形，给读者以完美之感。例1中增加的不拘一格"这几个词即属此列。译者用这一为汉语读者所熟悉的成语对各具特色的参展作品进行了概括，读起来使人觉得清晰完美。

例2：It was a day as fresh as grass growing up and clouds going over and butterflies coming down can make it, it was a day compounded from silences of bee and flower and ocean and land, which were not silences at all, but motions, stirs, flutters, risings, fallings, each in its own time and matchless rhythm.

【译文】　绿草萋萋，白云冉冉，彩蝶翩翩，这日子是如此清新可爱；蜜蜂无言，春花不语，海波声歇，大地音寂，这日子是如此安静。然而并非安静，因为万物各以其特有的节奏，或动，或摇，或震，或起，或伏。

此段译文通过增加重叠词"绿草萋萋，白云冉冉"以及对称结构，既体现出词语的笔力，又使译文的结构同原文的排比结构大致对应；增强了语言的感染力，使修辞效果大为增强。忠实地传达了原作的神韵，再现了原文的结构美、均衡美及节奏美，堪称翻译中的上品。

(二)减词法(省译法)

词的省略是英汉翻译中的常见现象，英汉翻译时，词的省略是为了使译文符合汉语表达习惯和修辞特点。省略词语绝不意味着可以随意删减原文的词句，而必须遵守如下原则，大致有三点，即省去的词语必须是：

(1) 在译文中看起来是可有可无的，或者是多余的。

（2）其意思已经包含在上下文里。

（3）其含义在译文中是不言而喻的。

所谓减词，指一些词在英语句子中必不可少，在汉语中则显得多余，如冠词、代词，英译汉时可酌情略去。应用这种方法的前提，是要保证原文的语义完整、信息准确。只有在这个前提下才能省略一些在译文中显得多余的词语。英译汉时，为照顾汉语的行文特点，突出中心，保全整体，避免行文拖泥带水，必要时可删减个别词。减词不能减意，其目的是更忠实通顺地表达原文的意思。减省的词语应是那些在译文中保留下来反而使行文累赘啰嗦、且不符合汉语语言表达习惯的词语。减词一般用于两种情况：一是从语法角度进行减省；二是从修饰角度进行减省。

省译策略也是汉英翻译的重要技巧之一，其目的是使译文简洁，合目标语的表达习惯和修辞特点。这是因为汉语语内交际中存在大量的冗余成分。潘文国①认为，汉语中的冗余信息一般由三种手段构成：词语伸展、重复和停顿。而这些并不违背汉语的表达习惯，也不会造成信息交流的不畅。换言之，正如赵刚所指出的，"汉语中的冗余其实并非真正冗余"②，而是在解释、修辞和语法上具有一定功能的语言表现形式。然而，如果译者把汉语的冗余成分照搬到英语中，就会影响交流的成功。其最明显的表现就是中式英语："中式英语的标志便是冗词赘语。"③赵刚提出，对于汉语中冗余成分的翻译，译者可以采取"省略""融合"或是"复制"的方法。④ 其中，前两种方法的本质是将汉语中的冗余成分在英译时作省译处理，而后者则是对某些汉语中必须要强调的内容做重复处理。王金波、王燕也指出："汉语中某些习惯表达法含有适度的冗余成分，若逐词对译成英语，会使译文冗余过多，违反英文简练的风格。"⑤王金波、王燕提出了4种可以用省译方式进行处理的汉语冗余现象：①一些范畴词（category word），如"任务""现象""情况"等，意义空泛但语法上不可或缺的词。②一些虚泛的修饰词（pompous word）。⑥ 汉语中有些修饰词起着增强气势或保持结构工整的作用，本身并无多大实际意义。例如，"不切实际的幻想"中的修饰部分在汉语里说得通，整个词组意义重复却不显得累赘，符合汉语行文习惯。③显性重复（explicit repetition）。汉语表达讲究平衡，用词习惯倾向于重复。汉语中有相当多的同、近义词所构成的对称结构含有冗余成分，形成显性重复。这种程度的冗余在汉语中显得自然得体，极富感染力。然而，将汉语中的对称结构照搬到译文中就会冗余过度，妨碍理解原文意义。④隐性重复（implicit repetition）。有时两个汉语词的词性、词形明显不

---

① 潘文国：《汉英语对比纲要》，北京语言文化大学出版社，1997 年。

② Pinkham J. The Translators Guide to Chinglish. Beijing：Foreign Language Teaching and Research Press，1998：2.

③ 赵刚：《汉语中的冗余信息及其翻译》，《国外外语教学》，2004 年第 4 期，第 57 页。

④ 赵刚：《汉语中的冗余信息及其翻译》，《国外外语教学》，2004 年第 4 期，第 57 页。

⑤ 王金波、王燕：《从信息论的角度看汉英翻译的冗余现象》，《中国科技翻译》，2002 年第 4 期，第 2 页。

⑥ 王金波、王燕：《从信息论的角度看汉英翻译的冗余现象》，《中国科技翻译》，2002 年第 4 期，第 2-4 页。

同，但在语义上有所重复，而且这种意义反复是隐性的，只有译成英语才能表现出来，如"提交项目可行性研究报告"中"报告"即是隐性重复。含有趋向动词的动词结构在译成英语时，其中的趋向动词常常省略。

例 1：正在出神，听得秦氏说了这些话，如万箭攒心，那眼泪不觉流下来了。

（曹雪芹《红楼梦》第十一回）

【译文】　As he raptly recalled his dream…Ko-ching's remarks pierced his heart like ten thousand arrows and unknown to himself his tears flowed.

（杨宪益、戴乃迭）

"下来"的含义包含在 flowed 之中，如再译出，在译文中便成为不必要的信息。

汉语中经常使用"二人""双方""等""凡此种种"等概括词，它们并不传达实质性信息内容，英译时须省译：

例 2：因东边宁府花园内梅花盛开，贾珍之妻尤氏……带了贾蓉夫妻二人来面请。

（曹雪芹《红楼梦》第五回）

【译文】　As the plum blossom was now in full bloom in the Ning Mansion's garden, Chia Chen's wife Madam Yu…brought Chia Jung and his wife with her to deliver the invitations in person.

（杨宪益、戴乃迭）

例 3：Radical feminist writing in the late twentieth century has been experimental in that it explores new ground, seeking to develop new ideas and a new language for women. Writers have tried out new words, new spellings, new grammatical constructions, new images and metaphors in an attempt to get beyond the conventions of patriarchal language that, in their view, determine to a large extent what women can think and write.

（Louise von Flotow：*Translation and Gender*）

【译文】　20 世纪后期的激进女性主义写作一直在尝试探索新的领域，为女性寻求新的思路和语言。作家们已经用尽新的词汇、拼写、语法结构、形象和比喻，并试图超越男权语言的惯例，在作家们看来，这在很大程度上决定了女人的所思所写。

仔细观察，就可以发现，该句子出现了很多的"new"。为了不让句子显得啰嗦，在汉译过程中完全可以使用减译的翻译方法，只用一个"新"字来统领后面的"词汇""拼写""语法结构""形象""比喻"。

进行翻译工作时，译者最常使用的就是增译法和省译法，而在使用增译法与省译法时，要注意两方面的问题：第一，增译法和省译法虽然是笔译最重要的技巧，但并非所有场合都适用，翻译工作开展进行前，要先对比分析，以免有不当的情况发生，影响到翻译效果。为了翻译得更准确、更忠于原意，还有其他的一些翻译技巧也是我们能够尝试的，要注意避免画蛇添足。增译法和省译法作为英语笔译中的两大技巧，不能随便使用，必须用在该用的地方，将其作为"万金油"，这样做的后果就是翻译的文字冗繁复杂，翻译的精髓就彻底失去了。第二，忠实原意是翻译的根本要求，无论是应用增译法，还是省译法，都应该在翻译活动中将原意准确无误地表达出来。归根结底，所有的翻译技巧都是服务于原意表达的。尊重原意是翻译工作中的根本要求，无须在翻译工作中使用特定技巧。总之，不要为了去使用增译法和省译法等方法而进行不达原意的翻译工作，这样就与翻译工作的意义相背离了。①

二、转换

英汉语言分属印欧语系和汉藏语系两种不同语系，在词汇、句法和描述角度等方面存在巨大差异，比如其在静态与动态、形合与意合、物称与人称以及被动与主动等方面的不同倾向②，在翻译时难免存在不对等问题。为了让译文达意、通顺、自然、地道，在翻译的过程中我们必须认真思考该词在该语境下的实际含义，精准、忠实地再现原文含义。基于这个前提，我们需要把原文当中某些词的词类成分转换为英语的其他词类或成分，即"词类转换法"或"转性译法"，简单地说，就是将原文中属于某种词类的词转换成译文中的另外一种词类，比如汉语中的动词转换成英语中的介词、名词或形容词。"词类转换"是汉英互译中不可或缺的重要技巧之一，如果运用恰当，译文就有望达到"信""达""雅"的标准，否则译文就会显得生硬累赘。翻译中的"词类转换"有一定的规律可循，最明显的一点就是英语母语国家的人们比较喜好介词和名词，而汉语母语国家的人喜欢动词。因此，在英汉互译过程中要根据规律灵活转换词类。

翻译中的词性转换研究，以美国翻译理论家尤金·奈达的研究最具代表性，他在1969年创造了一个新的分类系统，并运用到翻译实践上，该理论的核心概念是"功能对等"。他从语言学的角度出发，根据翻译的本质，提出了著名的"动态对等"翻译理论。在该理论中，他指出"翻译是用最恰当、最自然的对等语言从语义到文体再现源语的信息"③。语言学层面的对等，主要包括音、词素、词、词组、句、句群、语段等层次的等值关系。同时，翻译中的对等是一个综合的关系，除了语义对等，还有风格和文体的对等。同一社会中生活的人，必须遵守相同的语言分类标准，否则思想无法沟通交流，而不同社会文化中的人，语言的分类系统自然会不同，这是不同语言的显著特征。我们头脑中的A＝甲，这种等式关系，大多是错觉，并不符合实际情况。英汉两种语言除了词汇语义的不完全对应，词性方面也很难做到一一对应。因此，英译汉时，为了使得译文读者获得同原文读者同

---

① 谢莉丹：《试论英语笔译中如何应用增译法和省译法》，《校园英语》，2016 年第 3 期，第 227-228 页。

② 连淑能：《英汉对比研究》，高等教育出版社，2010 年。

③ Nida Eugene A & Charles R Tabler. The Theory and Practice of Translation. Beijing：Foreign Language Teaching and Research Press，2004：69.

样的感受，翻译时语言形式必须改变，以获得内容、效果的不变。但放弃形式并不是要轻视形式所表达的意义，而是要在充分理解形式作用的基础上，完整准确地传递原文的信息，在准确再现原文信息的前提下，将原文中的某些词性灵活地转换为目的语中的其他词性①。所以，有必要就词类转换的原则和策略加以研究，从而探讨人们在翻译实践中如何理解和运用词性转换这一翻译技巧，以及需要遵循的原则。通过翻译实践中词性转换的研究，有利于提高翻译实践技能，使翻译表达形象化、生动化，也使译文更加通顺流畅。翻译的最终目的是要达到与原文的内容信息和功能上的等值，而不是追求形式上的完全对应，所以为了避免翻译实践中出现片面追求形式上的对应，词性转换法成为人们在翻译实践中必选的翻译技巧，以表层结构形式的偏离换取内容或信息的一致。词性转换法在英汉翻译教学与实践中的运用非常普遍，这是汉语语法规范、语言表达习惯的需要，也是英语语言和汉语语言两种不同语系相互转换时的需要，同时也是准确、生动、形象表达的需要。借助词性转换既保持了原文的意思，又符合译文的表达习惯，为读者提供了赏心悦目的作品。

从理论上来说，翻译中的词性转换是没有限制的，凡是出于表达的需要，任何词性的转换都是允许的。比如说，名词可以转换成动词、形容词、副词等，动词可以转换成名词、形容词、副词等，而形容词、副词也可以转换成名词、动词等，不一而足。不过，从实践来看，"英译汉中最重要、最常见的词类转换是名词和动词之间的转换。动、名词之间的转换之所以最频繁，主要是由于英汉双语之间的差异：汉语中动词用得多，英语中名词用得多。动、名词之间的转换有时成了我们不得不采取的唯一手段：除转换词类外，别无他法"②。

例 1：Studies serve for delight, for ornament and for ability.

（Frances Bacon：*Of Studies*）

【译文】 读书足以怡情，足以博彩，足以长才。

（王佐良）

王佐良将名词 delight, ornament, ability 分别译为动词"怡情、博彩、长才"。同时，介词也转移为动词。

例 2：Their chief use for delight, is in privateness and retiring; for ornament, is in discourse; and for ability, is in the judgment and disposition of business.

（Frances Bacon：*Of Studies*）

【译文】 其怡情也，最见于独处幽居之时；其博彩也，最见于高谈阔论之中；其长才也，最见于处世判事之际。

（王佐良）

---

① 金堤：《等效翻译探索》，中国对外翻译出版公司，1997 年，第 103 页。
② 刘宓庆：《英汉翻译技能指引》，中国对外翻译出版公司，2006 年，第 321-322 页。

将名词 privateness and retiring, discourse, the judgment, and disposition of business 分别译为动词"独处幽居、高谈阔论、处世判事"。词性的转换体现了翻译的原则性和灵活性。从以上译例可以看出，词性转换是对原文词语的变通和灵活处理。变通和灵活处理还要本着一个原则，即不违背原文的意思——对原文的信息，既不增减也不扭曲。

三、主动与被动

被动句可以分为结构被动句和意义被动句。"结构被动句指可以借助形态变化，即用动词的被动语态从结构上标示出来的被动句"①，如：He is respected by everybody——人人都尊敬他。"意义被动句指不用动词的被动语态，而用主动的形式表达被动的含义"②，如：This kind of cloth washes very well——这种布很耐洗。

众所周知，英语和汉语在很多因素上的不同导致这两种语言成为两个迥异的语言体系，英语和汉语中被动语态的用法差别很大。形合在英语表达中是至关重要的，这就意味着英语更注重句法的结构和语言表达的方式，当主动形式不易表达时，被动形式更符合英语国家的表达方式。而在汉语中主动形式的表达更居主要表达形式，使用被动形式则会受到多方面的限制。就基本特征不同来区分，英语中选择使用动词的形态变化来表示主动与被动形式，而汉语中多通过词汇的变化来表现。更进一步来说，英语句子在结构上必须使用主谓结构，相应的 be 动词+被动结构构成英语被动句结构，当出现动作实施者的情况，be 动词+by 来接动作的实施者；然而汉语重意合，没有明确的被动结构，可以将原文的结构被动式转换成这样几种句式或谓语结构：①"为……所……"，②"是……的"，③"动词+宾语+的是+施事者"，④"加以"③，构成意义被动式。

（一）英译汉中的主、被动转化

英汉语中主动与被动结构的差异性取决于很多因素，主要有以下几方面：

（1）在英语中，由于下列原因不需要或不可能指定施事者时，常常使用被动句。

①施事未知而难以言明。

②施事可以在上下文中不用点明就被众人所知晓。

③受事在这种情况下相比较施事更为重要。

译文也可以采用通称或泛称(如"有人""人们""大家""人家""别人""某人"等)作主语，以保持句子的主动形式。

例 1： The special cultural situation that allows feminist translation projects to flourish is acknowledged in the preface to *Translating Slavery*.

（Louise von Flotow：*Translation and Gender*）

---

①　邵志洪，《英汉对比翻译导论》，华东理工大学出版社，2010 年。

②　邵志洪，《英汉对比翻译导论》，华东理工大学出版社，2010 年。

③　刘宓庆：《英汉翻译技能指引》，中国对外翻译出版公司，2006 年，第 201 页。

【译文】　《翻译奴隶制》一书的序言承认了女性主义翻译事业得以蓬勃发展的特殊文化环境。

例 2：It has been reminded that Rebecca, soon after her arrival in Paris, took a very smart and leading position in the society of that capital, and was welcomed at some of the most distinguished houses of the restored French nobility.

（W. M. Thackeray：*Vanity Fair*）

【译文】　这我曾经说过，瑞贝卡到达法国首都巴黎后不久，便在上流社会出入，又时髦，又出风头，连好些光复后的王亲国戚都和她来往。

（杨必）

（2）在英语中为了使句子能够起到承上启下、前后连贯并便于衔接的句法作用，或由于英语的表达习惯，句子的主语相较于谓语来说会相对简单，而谓语相对复杂的情况，常采用被动式。

例 3：I was truly dumbfounded by this deep fury that possessed her whenever she looked at me.

（J. H. Griffin：*Into Mississippi*）

【译文】　她一见到我就这么气势汹汹，真把我惊呆了。

（3）在英语表达中，为使得句型优美、避免单调、达到良好的修辞效果，正确地使用被动句更能够吸引读者及听者。

例 4：I was recommended by a professor.（A professor recommended me.）

【译文】　推荐我的是一位教授。

此句还有"一位教授推荐了我""我是由一位教授推荐的"等译法，它们之间存在一些微妙的差异，主要是强调的内容有所不同。

（4）与英语相比，意义被动句在汉语中使用较为频繁。古代汉语中的"被"一词是指"受苦"，"被字式"曾被称为"不幸语态"，主要用以表达对主语而言是不如意或不期望的事，① 如"被捕""被杀""被剥削""被压迫"。

（5）"受事+动词"的格式是那些远古时代的中国式表达，通过情境可认知其被动的含义。汉语中受事主语的广泛使用导致大量的"当然被动句"②。

---

① 王力：《中国语法理论》，《王力文集》（第一卷），山东教育出版社，1984 年，第 124-125 页。
② 连淑能：《英汉对比研究》，高等教育出版社，2010 年，第 126 页。

例 5：Last night I was covered up with two quilts.

【译文】 昨晚我盖了两条被子。

(二)汉译英中的主、被动转化

1. 汉语主动句翻译成英语被动句

在汉语表达中，人称主语占主体，相应的主动语态的句子更容易被语言使用者所接受；相反，在英语表达中，物称主语更为多见，因而被动结构就比较常见。然而，即便汉语表达习惯中主动语态更能够被语言发出者接受，但被动意义的不同表达方式也是存在的，因此将汉语主动形式翻译成英语被动结构是非常普遍的。

例 1：蛤蟆滩经济上和思想上的封建势力已经搞垮了；但庄稼人的封建思想，还需要一段时间才能冲洗净哩！

【译文】 While feudal economic and political concepts had been discarded in Frog Flat, it would be some time before all feudal influences could be eradicated from the peasants' minds.

例 2：夜间，当然比白天需要更多的留神与本事；钱自然也多挣一些。

(老舍《骆驼祥子》第二章)

【译文 1】 Working at night requires special care and skill, so there is more money to be made.

(葛浩文)

【译文 2】 At night more care and skill are needed, so naturally the fee is higher.

(施晓菁)

在老舍先生的原文中，整个句子都使用了主动形式表达，但是在译文 1 中"挣钱"的主动形式被翻译为 to be made，表达"钱"是被"挣"。与此相同译文 2 将"需要更多的留神与本事"翻译为"more care and skill are needed"，表达"更多的留神与本事"被"需要"的意思。在这两个译文中，两位译者都为了符合英美国家的语言结构而将汉语中的主动句改为了英语中的被动句，以此体现英语思维。

2. 汉语被动句直译为英语被动句

汉语中的形式标记词，如"被""遭"等词，可以直译成英语中的被动结构，一般具有消极的情感色彩。

例 3：被撤差的巡警或校役，把本钱吃光的小贩，或是失业的工匠，到了卖无可卖，当无可当的时候，咬着牙，含着泪，上了这条到死亡之路。

(老舍《骆驼祥子》第一章)

159

【译文 1】　Laid-off policemen and school janitors, peddlers who have squandered their capital, and out-of-work laborers who have nothing more to sell and no prospects for work grit their teeth, swallow their tears, and set out on his roads to oblivion.

（葛浩文）

【译文 2】　When police officers, school janitors and cleaners are fired, bankrupt hawkers or unemployed craftsmen have nothing to sell or pawn. They hate it, with tears in their eyes to seize this last desperate step, know that this is a dead end.

（施晓菁）

以上两个译文都使用英语的被动语态对应汉语标记词的"被"，充分体现出这些失去工作的人最后选择做人力车夫的无奈之情。

3. 汉语中受事主语的广泛使用导致大量的"当然被动句"

例 4：……而到了生和死的界限已经不甚分明，才抄起车把来的。

（老舍《骆驼祥子》第三章）

【译文 1】　Not until the lie between life and death has blurred for them do they finally pick up the shafts of a rickshaw.

（葛浩文）

在汉语的表达思维中，看中主题的思维方式使得汉语表达者的注意力多放在主题上，这个时候行为的发出者就显得没有那么重要了或者说不用提及众人便知晓了。在这里的"当然被动句"中，"界限不甚分明"，葛浩文译为"has blurred"，将老舍先生在这句话里想表现的感情充分体现出来，"界限"被"分清"。

4. 汉语的无主句译为英语的被动结构

无主句或者是省略被动句在汉语中是非常常见的，而英语作为形合语言，对句子成分是有要求的，并且主语谓语的结构要清晰明了。因此在英汉互译时，根据目标语的语言习惯相应地改变语态是非常重要的。

例 5：说站住，不论在跑得多么快的时候，大脚在地上轻蹭两蹭，就站住了……

（老舍《骆驼祥子》第十二章）

【译文】　When told to stop, no matter how fast he was going, he planted his feet and pulled up smartly.

（葛浩文）

在老舍先生的原文中，没有体现出是谁"说"让祥子"站住"，但是当我们对上下文理解通透以后就会发现是祥子被客人"说站住"。所以葛浩文在他的译本中，将原文的无主语的句子根据英语表达习惯译为被动句式"when told to stop"，使得其更加贴切英语使用者的思维模式及表达习惯。①

四、正说与反说

由于不同民族在思维方式及语言表达角度上的差异，一种语言从正面来表达的内容，另一种语言有时为了取得修辞效果，或出于习惯等却需要从反面来表达。汉语和英语均有从正面或反面来表达一些概念的现象，有时汉语句子是否定的说法，翻译成英语时不得不处理成肯定的说法，这种翻译方法通常称为正说译法；有时汉语句子是肯定的说法，在翻译成英语时不得不处理成否定的说法，这种翻译方法通常称为反说译法②。正说译法和反说译法在汉英互译中是非常有效的翻译方法，其目的是解决在汉英翻译过程中所遇到的表达方面的困难，使译文更加通顺达意。如果汉语的正面表达直译出来不合乎英语的习惯，就可考虑从反面表达，反之亦然。何时使用哪种方法，主要视译入语表达习惯、修辞效果等语境而定。在汉语中，有些句子形式或结构上是肯定的，但意义却是否定的，翻译成英语时，若找不到对应的、内含否定意义的词语，则往往转译成否定说法；另外，在汉语中，有些句子形式或结构上是否定的，但意义上却是肯定的，翻译成英语时，若找不到对应的、内含肯定意义的词语，则往往转译成肯定说法。运用汉英互译技巧中正说译法、反说译法可以在翻译实践时突破原文的形式，采用变换语气的办法处理词句，把肯定的译成否定的，把否定的译成肯定的。运用这种技巧可以使译文更加合乎汉语规范或修辞要求，且不失原意。

翻译中正说与反说的转换也称为肯定与否定的转换。英语中既有带 no，not，none，nothing，nowhere，nobody，never，neither，nor 等否定词，或带 non-，un-，im-，in-，ir-，dis-，non-，a-，-less 等否定词缀的词句，又有带 hardly，scarcely，rarely，hardly ever，no sooner than，scarcely ever（any），little，few，seldom 等否定字眼的词句，汉语中含有"不""没""无""未""别""休""莫""非""毋""勿"等成分的词句，这些都称为否定说法，简称反说。相反，英汉两种语言中不含这些成分的词句称为肯定说法，简称正说。从原则上说，英语中的正说最好译成汉语的正说，英语中的反说最好译成汉语的反说，以便更准确地传达意义，但在实践中，两者的正反表达形式有时不能吻合，必须进行正反转换，即将正说处理成反说，将反说处理成正说。

（一）反说正译

英语中带有否定词、否定词组或否定意义词的词句，在翻译时可以根据汉语的行文习惯，转换成肯定的说法。

---

① 张星宇：《从主动与被动角度看英汉句式翻译对比差异》，《现代商贸工业》，2019 年第 35 期，第 180-181 页。

② 林煌天：《中国翻译词典》，湖北教育出版社，1997 年。

例 1： This loomed as a project of no small dimensions.

(Max Shulman：*Love Is a Fallacy*)

【译文】 这项工作显得十分艰巨。

译者在看过英语原文之后，会不自觉地运用逆向思维的方法，把原文的否定句译成中文的肯定句。其原因在于原文本身使用的就是曲意法这种修辞手段："no small dimensions"这类否定形式的含义与"great size"这类肯定形式的含义基本相同。

例 2： Even so, I still insist that for the individual himself nothing is more important than this personal, interior sense of right and wrong and his determination to follow that rather than to be guided by what everybody does or merely the criterion of "social usefulness".

(J. W. Krutch：*The New Immorality*)

【译文】 即便如此，我仍然坚持认为，对个人而言，最重要的莫过于这种根植于个人心灵深处的是非感，以及坚决按这种是非感行事的决心，而不是随波逐流，或仅仅以是否"对社会有益"为准则。

Nothing is more important than...，本来也可以译成"没有什么比……更重要"，但由于than 后面的成分太长，难以组织成文从字顺的汉语，因此，译者变反说为正说，译成"最重要的莫过于……"主要是基于汉语表达习惯的需要。

(二)正说反译

在英语中，诸如 avoid、cease、deny、fail、hate、ignore、miss、overlook、pass、prevent、stop 之类的动词，absence、aversion、failure、refusal 之类的名词，absent、far(from)、free(from)、little 之类的形容词，out、least、too (...to)之类的副词，above、beyond、instead of 之类的介词，before、rather than 之类的连接词，都属于"正说类"词语，但由于隐含否定意义，译成汉语时通常要"正说反译"。

例 1： If you feel depressed at a social gathering, **keep it a secret**. It may help to remember the French writer Colette's advice：There are times when you need to "put a smile on your philosophy of life." When that philosophical smile is warm, it is often contagious.

(Letitia Baldrige：*Complete Guide to a Great Social Life*)

【译文】 在社交场合，你就是感到情绪压抑，也**不要表露出来**。记住法国作家考丽蒂的忠告："有时需要你面带哲学家的微笑。"哲学家和蔼可亲的微笑是会感染别人的。

例 2： There is doubtless much material I have not been able to refer to, for instance work produced in Scandinavian countries.

(Louise von Flotow：*Translation and Gender*)

【译文 1】 当然，有很多资料我并没能提到，比如在斯堪的纳维亚国家出版的著作。

【译文 2】 当然，我提到的资料不多，比如在斯堪的纳维亚国家出版的著作就没提到。

在例 2 中，译文 1 是严格按照原文句式结构翻译的，译者没有使用正话反说/反话正说的翻译方法，而译文 2 则使用了这一翻译方法。相较之下，不难读出，译文 2 比译文 1 更为符合汉语言的表达习惯。

例 3：Mattie's hand was underneath, and Ethan kept his clasped on it a moment longer than was necessary.

句中的"a moment longer than was necessary"这个时间状语，如按原文直译，恐怕是很难下笔的，例如："玛提的手在下，伊坦把它握住，握得比必要的时间长了一会儿。"这译法自然是没有味道，因为汉语一般不这么说，或者，根本就没有这样的表达形式。所以汉译只能接近原文。但若采取正话反说译法，可改为：玛提的手在下，伊坦把它握住，没有立刻就放。效果立现。

英汉翻译中正说反译、反说正译翻译法可以是灵活的，仅是英语翻译时所采用的一般原则和规律，决非唯一形式。因为翻译这门语言转换的艺术，其语言现象是千变万化的，故译文也应千姿百态，用多种译法。但万变不离其宗，要因文制宜，在忠实于原文，确切地表达原文含义的基础上作灵活处理。以便既符合汉语的习惯，也把意思表达得更准确贴切、生动有力。只要我们对原文含义确实理解了。所运用的词语符合汉语习惯用法，在译文中又与上下文结合得较好，就可以大胆地这样做。

五、具体与抽象

语言不只是一种表达工具，它跟一个民族的文化心理、思维方式密切相关。"思维方式、思维特征和思维风格是语言生成的哲学机制"①。"思维对语言起决定作用，许多语言现象的产生原因必须从思维与语言的关系中去找"②。因此，我们在语言的研究和翻译中，不仅要打通语言的障碍，更需要构筑思维的通道。而构筑思维的通道最基础的工作就是了解思维的差异及其造成语言的差异所在。

（一）英语重抽象、汉语重具体之渊源

由于不同的历史渊源和文化背景，英汉民族的思维方式和语言结构各有特点。从总体

---

① 刘宓庆：《汉英对比研究的理论问题》，载李瑞华《英汉语言文化对比研究》，上海外语教育出版社，1996 年，第 34 页。

② 许钧：《论翻译的层次》，载杨自俭、刘学云《翻译新论》，湖北教育出版社，1994 年，第 390-402 页。

上看，汉民族则以直观性、整体性和体悟性的思维模式为主；英民族的思维方式则更倾向于分析性、个体性和逻辑实证主义。英语偏重抽象，汉语偏重具体，但它们都植根于各自的文化土壤。

　　造成英汉思维方式的不同主要有三方面的原因，分别是文化本质、哲学基础和文字及字母的形成发展。首先，就文化范畴而言，语言和思维都分属其中。我国学者吴森在论及中西文化精神基本差异时指出："西方文化有三大支柱，即宗教、法律和科学。我们的东方文化有两大基石，一为艺术，二为道德。"中国传统文化的重要特征之一是"尚象"。《周易》以"观象制器"解说中国文化的起源，汉字以"象形"推衍构字之法，中医以"观面相、察舌色"诊治病疾，天文历法研究"观象授时"，人们在日常生活中以观"天象"预测气候变化。中国人喜欢从个别的事物来观察思考，不习惯从事物之间去观察其秩序与关系以建立抽象的法则。如古人言："事难显陈，理难言罄，每托物连类以形之。郁情欲抒，天机随触，每借物引怀以抒之。比兴互陈，反复唱叹，而中藏之欢愉惨戚，隐跃欲传。其言浅，其意深也。"①强调借物的具体去生动地抒发感情和补充说理不够透彻的地方。西方文化秉承古希腊、古罗马文化传统，其特征之一是"尚思"。在爱因斯坦看来西方文化植根于亚里士多德的形式逻辑体系以及在主客对立基础上演化而出的主观抽象玄思。② 美国的科学家卡尔·萨根（Carl Sagan）在《宇宙》（*Cosmos*）一书中提到，早在公元前 300 年之后的 600 年时间里，古埃及的亚历山大城就汇集了一批科学家，他们把亚里士多德的逻辑思维作为方法论，在各个领域探索。当时许多成果超前两千年之久，在文艺复兴时期推动了西方的文化成就和科学成就的蓬勃发展。

　　其次，就哲学基础而言，东方哲学的特点则形式化、宏观化和继承化。盘亘于中华民族几千年的具有形象性的儒、道、佛的悟性塑造了中国人长期以来擅长于形象思维和直觉思维的特点。中国古代哲学讲求"观物取象""近取诸身，远取诸物"③，通过直观的体悟做具象的"抽象"运动，即取万象之象，加工成象征意义的符号，来反映、认识客观事物的规律。汉民族这种注重"观物取象、设象喻理"的传统心理和思维模式使得汉语常常用生动形象的词语来阐释事物，如狼吞虎咽、鹤立鸡群、虎背熊腰、举棋不定等。同时也喜欢用具有概括意义的指称词语，如用笔墨纸砚来泛指书写用具，柴米油盐来比喻家庭生活中的琐事，花草树木来概括景物。而西方哲学具有逻辑化、批判化和体系化的特点。西方哲学家往往同时是自然科学家，亚里士多德开创的以理性和逻辑性著称的形式逻辑以及欧洲的理性主义是英语的哲学背景基础，逻辑主义和理性主义的特点就是抽象性。哲学家的思维基本上是分析型的，他们把探索事物的本质规律作为研究目的。为此，在对客观世界进行析解的过程中，他们以分类为主要手段，穿过表象，深入里层，最终抛开表象，形成

---

①　沈德潜：《说诗晬语》卷上（二）。

②　傅勇林：《文化范式：译学研究与比较文学》，西南交通大学出版社，2000 年，第 109 页。

③　观物取象为《易传》的哲学、美学观点，意谓模仿自然界和社会生活中具体事物的感性形象，确立具有象征意义的卦象。《周易·系辞（下）》："古者包牺氏之王天下也，仰则观象于天，俯则观法于地，观鸟兽之文与地之宜，近取诸身，远取诸物，于是始作八卦。"该句指明了八卦等易象由观物取象而成的过程和方法。

一种纯粹的抽象思维性格。①

从文字的形成发展来看，以黄河流域为摇篮发展起来的田园式农业文明以及中国独特的自然环境和自然资源，使得古代中国人的经济生活较早地过渡到以农业为主的方式，并培养了中国人乐天知命的性格和四平八稳的心态。田园的方块结构和农业种植方式潜移默化地进入了古代中国人的主体意识，使得他们不由自主地对周围世界进行模仿，形成了中国人质朴的思维，乃至于文字的发展从图形结构过渡到方块结构，后又辅以符号，在象形的基础上构成指物之字，其中象形是形象的静态追摹，指事、会意则是复杂意念的显现。而文字的书写方式横平竖直与农田的方格无不有相似之处。当时的先民们使用的文字取材于与社会生活较为贴近的事物，如把劳动产物和劳动对象作为构字的基础，或是来源野兽和家禽的形象，抑或参照自然物象。从构字形态的文化内涵上来看，这些具有很强的现实性特征的构字方法塑造了中国人思维的具体化和形象化。西方最早的文字是腓尼基字母，其出现于大约公元前一千五百年前，一般被认为是地处西亚地中海东岸的腓尼基人在埃及象形文字基础上创造的。古代腓尼基人生活在浩瀚的海上，穿梭于爱琴海各岛，以捕鱼和贸易为主。海上航行和商业贸易使西方人精于计算，培养了他们的抽象思维和逻辑分析能力，抽象思维和逻辑分析的行为方式丰富了西方的理性文化。理性文化以及气候变幻所养成的追求速度与效率的习惯，使西方人废弃了复杂而需花时较多的图形文字，创造出笔画简单、如海浪般富有曲线之美并易于速写的拼写字母。他们将这些字母拼合成数以万计的词汇，形成西方各语言(包括英语)的最基本要素。这就是西方文化高度抽象在语言中的反映。

(二)两种思维方式在语言表现形式上的差异

两种不同的思维方式的侧重和差异，不仅直接反映在文字的构成和发展上，而且对语言词汇的使用、词义的表达形态、句法的结构，以及双语互译都产生直接的影响。林语堂就曾说过，将英语的科学论文翻译为汉语是最难的。将汉语的诗歌和散文翻译成英语也是最难的，因为每个名词都是一个意象。②

1. 英语有丰富的词义虚化手段，语义和抽象化程度较高

英语的词义虚化手段主要有：用虚化词缀构词、用词化手段使语义虚化和抽象化，以及用介词表达比较虚泛的意义。可以使词义虚化的词缀为英语的抽象表达法提供了极大的便利，前缀和后缀的添加都可以构成新的单词。词义虚化在扩充英语词汇的同时更丰富了英语语言的表达方式。此外，作为本身就是虚词的介词，在英语中的使用十分频繁，如在以下三句话中同样的介词词组 in for 却分别表达了"怀恨在心""吃苦头"和"申请"这三个不同的意思。

例1：Bob has it in for George told the teacher Bob cheated in the exam.

① 申小龙：《文化语言学论纲》，广西教育出版社，1996年，第12页。
② 林语堂：《中国人》，学林出版社，1994年。

【译文】　因为乔治向老师报告鲍勃考试作弊，鲍勃就对乔治怀恨在心。

例 2：When your mother sees your torn trousers, you'll be in for it.
【译文】　要是你妈妈看到你的裤子撕破了，你准得吃苦头。

例 3：I understand he's in for a job in the company.
【译文】　我知道他在申请公司的一个职位。

2. 汉语是意象性语言，文字符号具有象形、会意和形声的特点

汉语喜欢用具体形象的实体化概念来表达抽象的概念，常用生动的具体化事物来喻事喻理。从语言形态的角度来看，这是因为汉语缺少像英语那样的形态变化。在表达抽象概念时，汉语一般采用动词取代抽象名词，用范畴词使抽象概念具体化或用形象性词语使抽象意义具体化。英语则习惯使用大量主谓结构或动宾结构的行为抽象名词来表示动作意义，汉语若用相应的名词表达，就会显得僵硬死板且不通顺，汉语可充分利用自身的动词优势来解决这一问题。如：

例 1：He waited for her arrival with a frenzied agitation.
【译文】　他等着她来，急得像热锅上的蚂蚁。

例 2：High blood pressure is a contradiction for this drug.
【译文】　高血压患者忌服此药。

例 3：He had surfaced with less visibility in the policy decision.
【译文】　在决策过程中，他已经不那么抛头露面了。

(三)抽象名词具体化

英语喜欢抽象，抽象名词是英语的一大特色。英语抽象名词主要由动词或形容词派生而成，具有行文简约、内涵丰富、指称笼统等特点。有些英语抽象名词在汉语中能找到与其相对应的抽象名词，但多数都在汉语中找不到相对应的抽象名词，译者在英译汉时若一味将抽象名词进行直译，极容易产生误译或佶屈聱牙的译文。为了准确传达英语抽象名词的含义，译者要学会变抽象为具体，可尝试将抽象名词转译为动词、形容词或句子等，也可尝试对其进行意译。

1. 抽象名词转译为动词

有些英语抽象名词是从动词转化或派生而来的。这类抽象名词既具有名词的属性，又具有动词的特点；既可以表示抽象概念或行为本身，也可以使其抽象行为具体化，表示"行为的主(客)体""行为的原因(或结果)""行为的特征"等。概括来说，这类由动词转化或派生而来的抽象名词可以表示行为的各个方面。译者在翻译这类英语抽象名词时，要注

重分析其表示的含义，可酌情将其译为汉语名词或转译为动词，以使译文更符合汉语表达习惯。我们来分析几个例句。

例 1：Pause you who read this，and think for a moment of the long chain of iron or gold，of thorns or flowers，that would never have bound you，but for the <u>formation</u> of the first link on one memorable day.

（Charles Dickens：Great Expectations）

【译文】　读者诸君，请你们暂时放下书来想一想吧，人生的长链不论是金铸的也好，铁打的也好，荆棘编成的也好，花朵串起来的也好，要不是你自己在终生难忘的某一天<u>动手去制作</u>那第一环，你也就根本不会过上这样的一生了。

（王科一）

原文中的 formation 一词为抽象名词，由其动词形式 form 派生而来，翻译该词的关键在于理解其内涵。Formation 在这里并非强调"形成、构成"这一抽象概念，而是强调"读者诸君"去制作(人生长链第一环)这一具体动作。因此在翻译该词时，不宜将其直译为汉语抽象名词"形成"，而应将其转译为动词。译者王科一将 formation 译为"动手去制作"，既挖掘出原文隐藏的含义，也符合汉语表达习惯。①

例 2：When we came to the river-side and sat down on the bank，with the water rippling at our feet，making it all more quiet than it would have been without that sound，I resolved that it was a good time and place for the admission of Biddy into my inner <u>confidence</u>.

（Charles Dickens：Great Expectations）

【译文】　到了河边，坐在堤岸上，脚下河水潺潺，越发显出四处的静谧。如此大好时机，大好风光，再不<u>向毕蒂倾吐衷曲</u>，更待何时啊。

（王科一）

原文中的 confidence 一词在这里并非"信心、自信"之意，而是表示抽象概念"秘密"。该词所在的名词短语 the admission of Biddy into my inner confidence 的字面意思为"让毕蒂知道我内心的秘密"，译者将其译为"向毕蒂倾吐衷曲"，把 confidence 转译为动词 confide (吐露秘密)，不仅符合上下文的语境，也为译文平添几分文采。

2. 抽象名词转译为形容词

有些抽象名词是由形容词转化或派生而来的。这类抽象名词既具有名词的属性，又有形容词的特点；既可以指形容词的抽象属性，也可以指形容词所修饰的人或物。在翻译这类英语抽象名词时，译者要注意理解其具体指代的内容，可酌情将其译为汉语名词或转译为形容词。我们来体会几个例句。

---

① 张曦：《变抽象为具体》，《新东方英语》，2012 年第 12 期，第 17-20 页。

例 1："Say, a good fellow, if you want a phrase," returned Herbert, smiling, and clapping his hand on the back of mine, "a good fellow, with impetuosity and hesitation, boldness and diffidence, action and dreaming, curiously mixed in him."

（Charles Dickens：*Great Expectations*）

【译文】　赫伯尔特在我背上拍了一下，笑着说："如果你要个现成的名称，我就叫你好家伙，你这个好家伙——说你急躁吧，你又犹疑；说你大胆吧，你又腼腆；说你不尚空谈吧，你偏又耽于梦想；总之，矛盾百出，稀奇少有。"

（王科一）

原文中出现了大量的抽象名词，其中 impetuosity（impetuous），hesitation（hesitant），boldness（bold），diffidence（diffident）都是由形容词转化或派生而来，而 action（act），dreaming（dream）则是由动词转化或派生而来。译者在处理这些抽象名词时，都将其进行了转译，有的译为形容词，有的译为动词，将原文中所描述得有些复杂、矛盾的人物特征展现得形象、生动。

例 2：We Britons had at that time particularly settled that it was treasonable to doubt our having and our being the best of everything：otherwise, while I was scared by the immensity of London, I think I might have had some faint doubts whether it was not rather ugly, crooked, narrow, and dirty.

（Charles Dickens：*Great Expectations*）

【译文】　当时我们英国人都有一种一成不变的成见——谁要是怀疑我们的东西不是天下第一，我们的人不是盖世无双，谁就是大逆不道。我当时固然给偌大一个伦敦吓呆了，然而要不是由于这个成见，说不定也会有些怀疑：难道伦敦不也是道儿又弯，路儿又狭，相当丑陋，相当肮脏吗？

（王科一）

原文中的抽象名词 immensity 来源于形容词 immense（巨大的）。译者王科一在处理该词时，直接将其转译为形容词"偌大"，将抽象的概念具体化。

3. 抽象名词转译为句子

有些由动词或形容词转化或派生而来的英语抽象名词虽然在句子中担任主语、宾语等小成分，但其所表达的丰富、完整的内涵完全可以通过汉语句子来呈现。在遇到这种情况时，为了全面、准确地传达原文的意思，译者可尝试将英语抽象名词译为汉语句子。我们来分析几个例句。

例 1：And the mere sight of the torment, with his fishy eyes and mouth open, his sandy hair inquisitively on end, and his waistcoat heaving with windy arithmetic, made me vicious in my reticence.

（Charles Dickens：*Great Expectations*）

【译文】　他的眼睛定了神，简直像鱼眼，嘴巴张得老大，浅黄色的头发憋得根根倒竖，满肚子鼓鼓囊囊的算题鼓捣得他那件背心乍起乍伏——我一看到这个讨厌的家伙，便索性促狭一下，干脆来个守口如瓶。

（王科一）

原文中的抽象名词 reticence 的译法较为灵活，既可以简单地译为"沉默""不说话"，也可以译为完整的句子。译者在处理该词时，将这个词的含义与原文中透露出的"我"对"他"的不满情绪相结合，将其译为完整的句子"干脆来个守口如瓶"，不仅表达了原文的意思，也传达出了原文中的不满情绪，译得很传神。

例2：And could I look upon her without compassion, seeing her punishment in the ruin she was, in her profound unfitness for this earth on which she was placed, in the vanity of sorrow which had become a master mania, like the vanity of penitence, the vanity of remorse, the vanity of unworthiness, and other monstrous vanities that have been curses in this world?

（Charles Dickens：*Great Expectations*）

【译文】　如今，眼看她承受了上天的惩罚，落得这样颓唐，生于人世而和人世格格不入，白白的一味伤心叹息，而至于风魔入骨——正如有人白白的一味忏悔，白白的一味懊丧，白白的一味羞愧，白白的一味做些荒唐可笑的事情，使世人大遭其殃一样——眼看她落到这般境地，我怎么能不同情她呢？

（王科一）

这段译文文采斐然、句子连贯，读来非常顺畅、自然。这主要归功于译者对于原文中多个抽象名词的巧妙处理。译者将抽象名词短语 the vanity of sorrow，the vanity of penitence，the vanity of remorse，the vanity of unworthiness 译为对仗工整、朗朗上口的短句，不仅完整地传达了原文的意思，再现原文的排比结构，也将原文抽象的概念具体化、形象化，更易于读者理解和领悟。

4. 意译抽象名词

语境不同，对抽象名词的处理也不尽相同。在有些语境中，若将抽象名词的含义直接表达出来，可能不足以体现原文所表达的丰富内涵和强调意味，这时译者可试着采用意译的方式对原文进行诠释。我们来看下面几个例句，体会一下在何种语境下比较适合将抽象名词进行意译。

例1：I loved her simply because I found her irresistible. Once for all, I knew to my sorrow, often and often, if not always, that I loved her against reason, against promise, against peace, against hope, against happiness, against all discouragement that could be. Once for all, I loved her nonetheless because I knew it, and it had no more influence in restraining me, than if I had devoutly believed her to be human perfection.

（Charles Dickens：*Great Expectations*）

【译文】　我之所以会对艾丝黛拉产生爱恋，只是因为我见了她就不容我不爱。一旦爱上就摆不开了。晨昏朝暮我也常常感到悲哀，因为我明知爱上她是违背理性，是水中捞月，是自寻烦恼，是痴心妄想，是拿幸福孤注一掷，是硬着头皮准备碰尽钉子。可是一旦爱上就摆不开了。我并不因为心里明白而就不爱她，也并不因此而就知所克制，我照样把她奉为尽善尽美的人间天仙，完全拜倒在她的脚下。

（王科一）

在小说《远大前程》中，主人公皮普对艾丝黛拉热烈的爱情贯穿全文。而例1中这段爱的表白写得荡气回肠，其中所用的多个抽象名词（promise, peace, hope, happiness, discouragement 等）更是给人一种"爱到奋不顾身"的感觉。在这样的情境下，译者若将这些抽象名词直译为汉语名词，就会显得普通而平淡，无法传达出原文饱含的热情与执着。译者在处理这些抽象名词时，对其进行意译，比如将 against promise 译为"水中捞月"，against peace 译为"自寻烦恼"，against all discouragement 译为"硬着头皮准备碰尽钉子"。这样的处理方式不仅将抽象的概念具体化、形象化，也还原了原文中荡气回肠和爱到奋不顾身的气势，译得非常传神。

例 2：I had cherished a profound conviction that her bringing me up by hand, gave her no right to bring me up by jerks.

（Charles Dickens：*Great Expectations*）

【译文】　我早就有了一种根深蒂固的想法，认为我尽管是由她一手带大的，可并不见得她那只手因此就有权利推我、撞我、扭我、扔我。

（王科一）

原文中的抽象名词"jerk"表示"急促而猛烈的动作"，译者在译文中将其具体化为不同的动作："推""撞""扭"和"扔"。这样的适当意译使译文显得生动而形象。

（四）其他抽象词类的具体化

在英语中，表示抽象概念的不仅可以是名词，而且可以是动词、形容词、副词、介词短语等，遇到这些词类的抽象表达方式，同样可以进行"化抽象为具体"的转换。

例 1：Again, therefore, she applied herself to the key, and after moving it every possible way for some instants, with the determined celebrity of hope's last effort, the door suddenly yielded to her hand.

(Jane Austen：Northanger Abbey，Ch. 6)

【译文】　因此，她又搬弄钥匙，她怀着最后一线希望，果断利索地朝各个方向拧了一阵之后，柜门忽然打开了。

在中国读者看来，apply 和 yield 两个动词表示的都是抽象概念，如果照英汉词典的释义，译文将会很生硬，还会令人费解。译者采取"化抽象为具体"的办法，将之分别译成"搬弄(钥匙)"和"(框门)打开"，读起来就很确切、自然。

例2：Mark his professions to my poor husband. Can anything be stronger?

(Jane Austen：Persuasion，Ch. 9)

【译文】　你听听他对我那可怜的丈夫说的话。还有比这更肉麻的吗?

strong 一词若机械地译作"强烈"之类的字眼，读者定会感到莫名其妙。从前文来看，伪君子埃利奥特给史密斯先生写信时，说了些廉价吹捧的话，听起来十分肉麻。因此，将 strong 具体化，译成"肉麻"是再恰当不过了。

(五)化具体为抽象

实际翻译中，化具体为抽象的现象也很常见，特别是英语中许多带有具体意义或具体形象的表达方式，在不便于直接移植的时候，往往要进行抽象化处理。

例："Mr. Martin, I imagine, has his fortune entirely to make—cannot be at all beforehand with the world. Whatever money he might come into when his father died, whatever his share of the family property, it is, I dare say, all afloat, all employed in his stock, and so forth…"

(Jane Austen：Emma，Ch. 4)

【译文】　"依我看，马丁先生还得完全靠自己去挣一份家产呢——眼前手头根本不可能有钱。不管他在父亲去世的时候可能拿到多少钱，不管他可能分到了多少家产，我想那全都像漂在水上一样，全都用来买了牲口什么的了。"

这是《爱玛》女主角爱玛议论农家出身的马丁的一段话。她的中心意思是马丁"眼前手头不可能有钱"。即使他父亲去世时可能给过他钱，即使他可能分到若干家产，她敢说那些钱 is all afloat。这是什么意思呢? 大概因为 afloat 的原意是"漂在水上"(floating in water)，所引译文将之译成"像漂在水上一样"，可这又是什么意思呢? 可能中国读者会感到莫名其妙。看来，译者试图"以形象译形象"，但却没有表达清楚怎么个形象法，反而导致语义不详。其实，afloat 在此转义为"在流通"(in circulation)，也就是要花销，不可能存下来。所以，我们建议翻译本句不必追求形象译法，能译出其真实意义即可："我想那

171

钱全都要派上用场的，全都用来买了牲口什么的。"

在英译汉中，抽象与具体的转换，总的说来，以抽象转具体为多；具体转抽象也有，但相比之下，数量要少得多。至于什么时候需要转换，以什么形式转换，需要对原文进行透彻分析，对英汉两种语言进行对比研究，特别是对汉语表达习惯进行斟酌推敲，才能作出恰当的选择。译者在决定是否转换，或以什么形式转换的时候，必须掌握两个原则：一是确有转换之必要，二是转换之后并不引起意义的失真或扭曲。一句话，要转换得有理、有利。①

六、词义的引申

（一）引申的意义

众所周知，翻译是一种信息传递的方式，即把一个原来用甲语言表达的信息改用乙语言表达，使不懂甲语言的人也获得同样的信息。因此，翻译对接受者（听众或读者）的效果，应该与原文对原文接受者的效果基本相同。这就是翻译的等效原则。

在英译汉时，我们有时会遇到某些词，在词典上找不到表达恰当的词义，如果按照词典上的解释生搬硬套、逐字直译，就会使人感到译文生硬晦涩，不能确切表达原文含义。那么在英汉翻译的过程中就需要译者在翻译实践的过程中，联系上下文，根据逻辑关系和表达习惯运用行之有效的翻译技巧，使译文忠实原意又通俗易懂。它在理解原文的基础上，通过延续或扩展原文的词义，使译文通顺。②

引申指在保留原文全部语义的前提下，根据具体语境和目的语的表达习惯、不拘泥于词语的字面意义和形式作适当调整，以达到忠实、通顺的目的。③ 翻译上所谓的"引申"是指语言转换中为适应译文表意或行文的需要对原文的词义的延伸或扩展。④ 在众多翻译方法和技巧中，意义引申法有重要的地位及作用，它是处理英语和汉语语言差异的重要方法之一。不论是从具体到抽象的引申还是从抽象到具体的引申，引申词义必须紧扣原文词义理据的精神实质。

引申法常常是双向的，可以是由一般的、泛指词义到具体的、特指词义的引申，也可以是相反的，即由具体、特指到一般、泛指的引申。⑤ 翻译实践证明，为取得英汉两种语言在意思表达上的充分对等，必须要打乱甚至完全排除两种语言表面结构的对等。同样，两种语言的词义对应也并不简单，在复杂的翻译实践中，一般来说都要在译文中对原文个别词或词组给以语义上的必要"发挥"。翻译过程中英汉语言在语法结构上是否对应显得无足轻重，而词义的对应是否正确，则会直接影响句意对应的优劣。翻译时通过引

---

① 孙致礼、周晔：《高级英汉翻译》，外语教学与研究出版社，2022年，第113页。
② 席雁：《浅析翻译中单词的意义引申》，《中国科技信息》，2005年第9期，第289-271页。
③ 方梦之：《中国译学大词典》，上海外语教育出版社，2011年。
④ 刘宓庆：《新编汉英对比与翻译》，中国对外翻译出版社，2012年，第95页。
⑤ 刘宓庆：《新编汉英对比与翻译》，中国对外翻译出版社，2012年，第95页。

申，汉语词义就比原文词义更加抽象，并更具概括性，这样就消除了直译这些词时汉语译句可能产生的阻滞感；同时有的词义比较空泛、笼统的词，翻译时经过引申，汉语词义比原文词义更加具体和确定。① 译者的功夫在于使引申词义与原文词义"形离而神即"。

(二)逻辑引申

所谓逻辑引申是指在翻译过程中，由于直译或死译某个词、短语乃至整句会使译文不通顺或不符合目的语的表达习惯，因而就要根据上下文的逻辑关系，从其基本意义出发，由表及里，运用一些符合汉语习惯的表达法和确切的汉语词句，将原文内容的实质准确地表达出来。②

例1：Bloodroot may be rampant in Mr. Darke's neck of the woods, but here it is gold dust.
【译文】 血根草在达克先生居住的森林地区可以长得密密丛丛，可是在我住的地方却成了凤毛麟角。

原文 gold dust 本义是"金粉"，如果直译，就会使人产生"不知所云"的感觉，因此，就需要进行逻辑引申，它表达某种东西"十分珍贵，不可多得"等意义。本句 gold dust 翻译成"凤毛麟角"非常传神地译出了该词的实质意义。再如 Good secretaries are like gold dust 应译为"好的秘书是不可多得的宝贵人才。"

例2：I've tried but soil or climate or competition or all three eventually took their roll and it isn't one of our harbingers any more. It is vanished.
【译文】 我试种过，但由于土壤、气候、植物竞争诸方面或其中一方面的影响，最终没有成功。血根草在此地不再是报春使者。它绝迹了。

原文中的 took their roll，其本义是"to have a very bad effect on something or somebody over a long period of time""对……产生严重的不良影响"或"造成损失"。这里根据上下文的逻辑意义，应译为"试种没有成功"。

(三)语用引申

所谓语用引申就是译者根据语境信息和语用知识，透过作者所用语句的表层意图，推导语言的蕴涵意义。简言之，就是把原文里的弦外之音(implication)补译出来。补译的词语是根据原文的语用意义增添上去的，其目的是避免译文晦涩费解。但是，增添的词语要恰到好处，若弦外之音引申得太过分或太过头了，反而有损于原作的内容。③

---

① 刘宓庆：《新编汉英对比与翻译》，中国对外翻译出版社，2012年，第96页。
② 徐昌和：《英汉翻译中的词义引申》，《中国科技翻译》，2009年第5期，第10-13页。
③ 刘辉：《英汉翻译中引申法探析》，《连云港职业技术学院学报》，2007年第3期，第50-52页。

例 1：The photo flatters him.

【译文】　他本人长得没有照片上那么好看。

通过语用增补，把"flatter"引申为"没有……那么好看"，比单译"奉承"要好得多。

例 2：Clever heads than mine might have seen his drift.

【译文】　比我聪明的人，才弄得懂他葫芦里卖的是什么药。

原文中的"drift"一词的意思是"动向""趋势"的意思。这里将该词翻译成汉语里的习语"葫芦里卖的是什么药"，非常地道，让人一看译文就明白其意。

（四）修辞引申

在英译汉时，有时为了使译文增色，除了真实地再现原文中包含的内容外，还要运用修辞手段，使译文达到"雅"的标准从而实现等效原则。这种在翻译时因修辞需要而增添的一些引申意义就叫修辞引申。

例 1：Spring has no speech, nothing but rustling and whispering; spring has much more than speech in its unfolding flowers and leaves, and the coursing of its streams, and in its sweet restless seeking.

【译文】　春天无言，只有低瑟和轻吟；花儿盛开，叶儿勃发，溪水奔腾，甜蜜无休地追寻着，这一切更胜语言。

在这个例子中，我们可以看出原文是描写春天万象更新的景色，充满了喜悦、甜蜜以及对春天的热爱之情。那么，在翻译的过程中，应当注意原文的体裁及修辞的需要，从而忠实于原文，用诗一样的语言来描述一个美丽而生机盎然的春天。所以"unfolding"原来的意思为"展开的，伸展的"，在翻译时根据修辞需要译为"盛开""勃发"，分别和"花儿""叶儿"搭配，"coursing"原意为"运行的"，润色引申成"奔腾"，不仅增加了文章的动感与美感，也更好地表现出原文作者赞美春天的喜悦之情。

例 2：A large segment of mankind turns to untrammeled nature as a last refuge from encroaching technology.

【译文】　许多人都向往回归自然，作为他们躲避现代技术侵害的世外桃源。

这里把 a last refuge（最后的避难所）翻译成"世外桃源"是运用比喻修辞法进行引申，该词真是"神来之笔"。

（五）文化引申

语言不是真空的，它深深地扎根于人们的文化意识之中，并且反映该文化社团的全部信仰和情感。语言与文化是共生的、互依的，两者息息相关。英语中有许多承载着丰富文化内涵的成语、谚语、习语和典故等文化词语。在译成汉语时要根据具体情况将它们从文化上进行引进，用通俗易懂的汉语表达出来，使人产生丰富的联想。这个过程叫作文化引申。

例1：She is a sociology professor with an English accent that would impress a duchess.

上句中的 duchess 在英国是指公爵夫人或女公爵，是王室的成员，位尊而仪威。这样有地位的人必然有较高的文化教养，其英文一般都很正统准确、高雅悦耳。但是上句到底该怎么译好呢？下面是三种译法：

【译文1】 她是一位社会学教授，她的英语口音会给一位公爵夫人以深刻的印象。

【译文2】 她是一位社会学教授，讲得一口纯正高雅的英语。

【译文3】 她是一位社会学教授，操一口纯正高雅的英语，可令王室要员赞许。

译文1基本是搬字过纸，只给了原句一个表层的对应，而原句的含义以及精神实质并未体现出来，因而不是一句理想的译文。译文2对原句的画线部分进行了语义阐释，可以说是抓住了要害，但是语义阐释尚不充足。译文3对原句划线部分的语义阐释更精确，也更完整，所以也就更正确地传达了原句的意思。下面是另一个例子：

例2：The last thing America needs in Asia is the rise of a Japanese de Gaulle.

上句中的 de Gaulle 即戴高乐，是法国的已故总统，曾以在国际事务中坚持独立自主的立场而闻名于世，尤不唯美国马首是瞻。这在当时的西方国家中是很突出的。时过境迁，如今的读者中可能有许多人并不知道戴高乐的外交风格，理解这句话就会有困难。下面是三种不同的译文：

【译文1】 美国在亚洲最不愿看到的事情是，日本崛起一位戴高乐式的人物。

【译文2】 美国在亚洲最不愿看到的事情是，日本崛起一位与美国闹独立的领导人。

【译文3】 美国在亚洲最不愿看到的事情是，日本也出现一位戴高乐，与美国分庭抗争。

译文1是一句翻译正确的句子，只要知道藏高乐是何许人者都能理解这个句子的意思。译文2和译文3都是经过语义阐释的句子，都表达出了原句的意思。当然相比较而言，译文3似乎比译文2更妥当些。由此可见，英译汉中对源语进行语义阐释除了依赖译

175

者的语言素养，还要求译者对所阐释的人物、事件具备充分的文化背景知识。①

引申法是将英语译成汉语时常用的一种行之有效的方法。通过适当引申，译者根据文本所给的具体语境及上下文逻辑关系，从词语的基本词义出发，将词义进行逻辑引申，语用引申、修辞引申和文化引申，用译文中切近而又自然的对等语将内容表达出来，以求等效，从而使译文顺从读者的文化习惯和表达习惯，使读者乐于接受。同时，也能领略到异域的风土人情，增长见识。

第三节　句子的译法

一、英汉句式结构比较——形合与意合

世界上的语言大体可分成两类：综合语（synthetic language）和分析语（analytic language）。综合语的特征是运用形态变化来表达语法关系；分析语的特征是以词序和虚词来表达语法关系。大多数语法家认为英语和汉语同属分析语，但不同的民族有不同的文化历史和生活习惯，在语言表达方面自然存在种种差异。因此，我们在进行英汉翻译时，必须根据各自的句法特点，进行恰当的译文处理。

形合与意合，不但是句法现象中的两个基本概念，而且是英语和汉语中两种非常重要的句法表现形式。《英汉语言学词汇》②对形合（hypotaxis）的释义为："复句中同等句或从属句之间需要一种方式表达它们之间的句法关系。"这里所谓"一种方式"，实指使用连词或关联词（语）加以"明示"的句法方式。该书对意合（parataxis）则释义为："分句中间不用连词"，即指句与句（含联合关系或偏正关系）之间的种种逻辑关系"隐含"于上下文之中。

《美国传统词典》（*The American Heritage Dictionary*）对形合定义为："The dependent or subordinate construction or relationship of clauses with connectives，for example，I shall despair if you don't come."③《世界图书英语大辞典》（*The World Book Dictionary*）对意合定义为："The arranging of clauses one after the other without connectives showing the relation between them. Example：The rain fell；the river flooded；the house washed away."④在汗牛充栋的外文版辞书中，这两条英文定义深入浅出，更趋严密性。

英语和汉语属于不同语系，在句法上各具特色。尽管形合句和意合句并存于英语和汉语中，但通过分析比较，总的来说，汉语重意合，英语重形合。英国语言学博士鲁道夫·弗莱奇（Rudolph Flesch）早在 1946 年提出：汉语是"世界上最成熟的语言"。汉语广泛运用"意合"手段来表情达意，这是它"智慧"和"最成熟"的标志之一。诚然，不可脱离语境而

---

① 何刚强：《笔译理论与技巧》，外语教学与研究出版社，2009 年，第 77 页。

② 刘涌泉、赵世开编：《英汉语言学词汇》，中国社会科学出版社，1979 年。

③ The American Heritage Dictionary（Fifth Edition）. Boston：Houghton Mifflin Company，2012：649.

④ Barnhart Clarence L. The World Book Dictionary. Chicago：World Book-Childcraft International Inc，1990：1513.

光凭主观意念去评价形合与意合的高低优劣，但是，意合毕竟是对形合的一种紧缩和简化，更无疑是在形合基础上的一种发展、提高和升华。意合使语句对仗工整，节奏铿锵，朗朗上口，便于记忆。以"种瓜得瓜，种豆得豆"为例，无论是书面语，还是口头语，人们一般不会舍此言简意赅的意合句而取拖沓累赘的形合句。①

当代美国著名翻译家尤金·奈达 1983 年在《译意》(*Translating Meaning*)中指出："就汉语和英语而言，也许在语言学上最重要的一个区别，就是形合和意合的对比(contrast between hypotaxis and parataxis)。"国内有很多学者指出：不可把汉语的优势仅仅理解为四字结构，汉语的主要优势是意合或神合，而其他语种的主要优势则是形合。我国著名语法学家王力在其《中国语法理论》中早就谈到意合问题，认为形合与意合是语言的两种基本组织手段。所谓形合就是依仗形式将语言符号由"散"到"集"的语言组织手段；而意合则是指依仗意义，即内在的逻辑关系组织语言的手段。② 他还在《汉语语法纲要》中强调说："复合句里既有两个以上的句子形式，它们之间的联系有时候是以意合的……"③黄伯荣和廖序东在《现代汉语》中说："有的复合句不用关联词语，分句之间的意义关系，通过分句的顺序可以意合……"④张志公在《现代汉语(下册)》(试用本)中把复合句分为："依靠语序直接组合成的复句"与"借助虚词组合成的复句"。⑤ 胡孟浩在《现代俄语句法研究》中引用语言学家波铁希尼亚的观点，说明："无连接词作为一种联系手段要比连接词产生得早。"⑥"还有……些无连接词复合句型根本没有相应的连接词复合句。"⑦"……任何再大的语言单位在意义上总是这样或那样联系着的。"⑧英语重形合的特点表现为"造句注重形式接应，要求结构完整，句子以形寓意，以法摄神，因而严密规范，采用的是焦点句法"；而汉语的意合特点为"造句注重意念连贯，不求结构齐整、句子以意役形，以神统法，因而流泻铺排，采用的是散点句法"。⑨ 由此可见：意合句不是从形合句中脱胎出来的，它是一种独立的、固有的句子，绝不是形合句的变体，它是意义上和句法上统一的整体。除依靠意义去组合外，它还有一套句法联系手段，如采用语序、词语本身、词汇接应、结构平行、重叠形式、谓语动词时态范畴、重复、推理(如"因果、目的、解证"等)和非推理(如"并列、承接、递进、假设、条件、选择"关系等)联系手段进行意合。例如下列译文发挥了汉语意合的优势，就较为畅洁：

① 冯树鉴：《浅析科技翻译中的"形合"与"意合"》，《中国翻译》，1990 年第 6 期，第 22-27 页。

② 任晓霏：《从形合和意合看汉英翻译中的形式对应》，《中国翻译》，2002 年第 3 期，第 33-35 页。

③ 王力：《汉语语法纲要》，上海教育出版社，1982 年，第 144 页。

④ 黄伯荣、廖序东：《现代汉语(下册)》(试用本)，高等教育出版社，2002 年，第 406 页。

⑤ 张志公：《现代汉语》，人民教育出版社，1985 年。

⑥ 胡孟浩：《现代俄语句法研究》，上海译文出版社，1980 年，第 64 页。

⑦ 胡孟浩：《现代俄语句法研究》，上海译文出版社，1980 年，第 72 页。

⑧ 胡孟浩：《现代俄语句法研究》，上海译文出版社，1980 年，第 67 页。

⑨ 连淑能：《英汉对比研究》，高等教育出版社，1993 年，第 46 页。

例 1： The church was surrounded by yew trees which seemed almost coeval with itself.

（形合）

【译文】 教堂四周，有紫杉环合，两者几乎一样古老。

（意合）

例 2： The sea thundered on, over and past, and as it roared by it revealed a hideous sight.

（形合）

【译文】 狂澜霹雳，隆隆滚远，汹涌波涛，呼啸喧闹了一阵后，一片惨状，顿现眼前。

（意合）

例 3： If rise of blood pressure occurs with some other disease, it is called secondary hypertension.

（形合）

【译文】 某种其他疾病伴发的高血压，称为继发性高血压。

（意合）

例 4： The research work is being done by a small group of dedicated and imaginative scientists who specialize in extracting from various sea animals substances that may improve the health of the human race.

（形合）

【译文】 一群人数不多、专心致志、富有想象力的科学家，正在研究这项工作，专门研究从各种海洋动物中提取能增进人类健康的物质。

（意合）

若将以上英语形合句中的 which，as，if，who，that 等刻板译出，则译文累赘，不堪卒读。

例 5： But the mingled reality and mystery of the whole show, the influence upon me of the poetry, the lights, the music, the company, the smooth stupendous changes of glittering and brilliant scenery, were so dazzling, and opened up such illimitable regions of delight, that when I came out into the clouds, where I had twelve o'clock at night, I felt as if I had come from the clouds, where I had been leading a romantic life for ages, to a bawling, splashing, link-lighted, umbrella-struggling, hackhey-coach-jostling, patten-clinking, muddy, miserable world.

（Charles Dickens：*David Copperfield*）

【译文】 然而，整场演出既有现实感又有神秘感。诗歌、灯光、音乐、演员，舞台背景的变换，和谐壮观、光彩夺目、华丽灿烂，这一切都感染了我：整个场面是这样的令人眼花缭乱、心旷神怡。午夜时分，我走出戏院来到了雨淋淋的街上，感到刚才仿佛是在仙境中传奇般地生活了好久，而现在则已离开了这个仙境，来到了另外一个世界。这里是一片叫喊声、一阵阵飞溅开来的泥浆、一盏盏路灯、一把把挤来挤去的雨伞、一辆辆争先恐后的出租马车，一声声咯噔咯噔的木鞋声、一片泥泞、一片惨状。

对比原文和译文，不难发现，英语原文句式比较复杂，句子比较长，很难把握句子之间的关系和各个词在句子中的成分。而汉语译文的句子就相对简单、短小，甚至琐碎。这就是英汉两种语言在句式上的差别，一个繁复，一个简短。这就要求译者在两种语言之间进行转化的时候一定要把握住两种语言的这种差异。在做英译汉时，一定要认真解剖英语句子的结构和成分，分析清楚其语法结构，用心领会其要传达的意思，然后尽量抛开英语句子原文，把句中含义揉捏成团，再用意合中的汉语重新表达出来。

意合虽是汉语主要优势之一，但这并不意味着需将英语的形合句"一刀切"地译成汉语意合句。与意合句相比，汉语形合句有时显得措辞严谨、语气庄重。黎锦熙和刘世儒在《汉语语法教材——复式句和篇章结构》中说："连词的用不用，修辞上是有体裁色彩的……细致地来探讨这些关系，是修辞上要注意的。语法上只需点明、不生歧义的，可用意合法；否则宁多'钉些钉子'也不要求词句的简练，而招致语意的不明。"①这里所谓"钉些钉子"，即指采用形合法。

二、分句与合句

在英语句子中，主干结构突出，即主谓机制突出，名词，尤其是抽象名词用得多，介词也用得多，表达复杂思想时，往往开门见山，然后借助英语特有词汇关系代词，进行空间搭架，把各个子句有机地结合起来，构成一串葡萄似的句子。② 由于英语句子结构复杂常常是主句带从句，从句中又套有从句，递相迭加，因此，英语中多见长句。这是英语句子的主要特点之一。汉语在表达复杂思想时，往往借助动词，以时间为逻辑语序，横向铺叙，层层推进，归纳总结，形成了"流水型"的句式结构。这种"流水型"句式结构通常是用节节短句逐点交代，把问题层层展开来进行表达。③ 因而句子大多简短明快，很少出现长句。范仲英在对英汉句式结构进行比较时说，英语句子"宛如一棵大树，有树干、有枝杈、有树叶，盘根错节，十分复杂"；而汉语句子则"恰似一根春竹，一节之后又一节，中间掐断却无伤大雅"。④ 这样的比喻恐怕是再贴切不过了。

由于在句子表达上英语以长句见长，而汉语以短句为特色，因此翻译时我们必须注意两种语言表达的不同特点，适当地调整译文句子长度以符合译入语的句法要求和表达习

① 黎锦熙、刘世儒：《汉语语法教材——复式句和篇章结构》，商务印书馆，1962年，第21页。
② 陈定安：《英汉比较与翻译》，中国对外翻译出版公司，2002年，第5页。
③ 包惠南：《文化语境与语言翻译》，中国对外翻译出版公司，2001年，第35-36页。
④ 范仲英：《实用翻译教程》，外语教学与研究出版社，1997年，第161-162页。

惯。通常来说，在表达相同内容时，汉语句子在数量上要比英语多，因此在英汉翻译时，英语的一个长句往往需要转译为汉语的几个短句。

例 1： Her new green flowered-muslin dress spread its twelve yards of billowing material over her hoops and exactly matched the flat-heeled green morocco slippers her father had recently brought her from Atlanta.

（Margaret Mitchell：Gone with the Wind）

【译文】 （她）一袭簇新的绿色细花布衣裙，裙摆被裙箍四下一撑，宛若十二码长的水波涟漪，与脚上那双绿色平跟山羊皮鞋恰恰相配。这鞋是爸爸新近从亚特兰大给她买的。

（黄建人）

然而，形合与意合往往并存于同一种语言，只是侧重点不同罢了。英语虽然是重形合的语言，但也有意合的情况；同样，汉语虽然是意合的语言，有时也会表现出形合的一面。在英汉翻译中，我们常会遇到需要将两个或数个英语句子合译为一个汉语单句的情况。

例 2： She is very busy at home. She has to take care of the children and do the kitchen work.

【译文】 她在家里忙得不可开交，既要照料孩子，又要下厨做饭菜。

原文以两个简单句出现，如果按原文形式将其译成两个汉语单句，则读起来会感到有些松散，而以汉语连接词"既……又……"将译文语句衔接为一个汉语句子，不仅显得词句简练，而且语气连贯，一气呵成。这正是英语显"意合"，汉语现"形合"的情况，是英汉翻译时需要将两个或数个英语句子合译为一个汉语单句的主要原因之一。

由此可见，在英汉翻译中，适当地调整译文句子长度以符合汉语的句法要求和表达习惯是非常必要的。分句法和合句译法是英汉翻译中调整句子长度常用的方法。由于英语重"形合"，汉语重"意合"的特点，英汉翻译中分句法远远比合句法使用得多。

（一）分句法

"所谓分句法是指把原文的一个简单句译为两个或两个以上的句子。"①分句法是英汉翻译中调整句子长度的主要手段。其目的是使译文形式和原文内容达到相互协调统一，更好地表达原文内容。分句法使用得当，可使译文层次分明、语言精辟，更符合汉语的句子特点和表达习惯。分句法常用于以下几种情况：

1. 把原文的一个句子分别译成汉语中的两句或数句

---

① 张培基：《英汉翻译教程》，上海外语教育出版社，1980 年，第 109 页。

例 1：One of the most heartwarming aspects of people who are born with a facial disfigurement, whether minor or major, is the number of them who do not allow it to upset their lives, even reaching out to help others with the same problem.

(Letitia Baldrige: *Complete Guide to a Great Social Life*)

【译文】　有些人天生脸上就有缺陷，缺陷有大有小。但令人欣慰的是，这些人中有相当一部分人并没有为此而生活得不愉快。相反，他们反而主动去帮助那些有类似问题的人。

由于英汉两种语言在思维方式、句法结构与词汇上的差异，有时两种语言的表达方式截然不同。这一段若以原文结构形式译出一定牵强附会。亦步亦趋的文字翻译虽然表面上忠实于原文，但恰恰正是这种只翻译文字的做法抹杀了文字的内涵色彩，反而使译文与原文形似神离、相去甚远。因此有时就需要融会变通。此段大胆舍去了诸如"One of…""Whether…""…not allow it to…"这些在此译出显然有点拖泥带水的词，把原文这一长句化整为零，译成多句在逻辑上互有联系的主谓结构句子，按汉语表达习惯再现了原意。

例 2：…robbed a mother of her speech without even giving her a chance to speak for herself, likening her to a tongue but denying her a body, referring to her birthday but denying her presence at the poet's birth.

(Louise von Flotow: *Translation and Gender*)

【译文】　和母亲抢话，甚至不给母亲发表自己意见的机会；把母亲比作舌头，却否认母亲的身体；提到母亲的生日，但否认母亲在诗人诞生时的存在。

如果把上面的英语长句不加切分地直译为汉语，译文效果将会非常糟糕。通过对比原文和译文，我们可以发现，译者在英语原文的"without""but"处进行了断句拆分翻译，并分别在汉语译文相应的地方增加了逗号，这样更加符合汉语读者的阅读习惯。

例 3：It would take me an entire book to list all of the people I have known in my life who spent the majority of their lives as single people, but who were the undisputed focus of a large group of friends—usually serving as oracles of good advice, problem-solvers, and widely respected and loved.

(Letitia Baldrige: *Complete Guide to a Great Social Life*)

【译文】　我一生中认识了许多人，他们一生中大部分时间是单身，但却是无可非议的众星捧月的核心人物。他们经常给人以忠告，帮人解决问题，受众人的尊敬和爱戴。要把这些人的名字一一列举出来可能要编一本书。

本句也是一句长句。如果按原文顺序生搬硬套地翻译必然文理不清，因此译文不照搬原文结构而按中文表达习惯重新组织。

例4： While the present century was in its teens, and on one sunshiny morning in June, there drove up to the great iron gate of Miss Pinkerton's academy for young ladies, on Chiswick Mall, a large family coach, with two fat horses in blazing harness, driven by a fat coachman in a three-cornered hat and wig, at the rate of four miles an hour.

（W. M. Thackeray：Vanity Fair, Ch. 1）

【译文】 当时我们这世纪刚开始了十几年。在六月里的一天早上，天气晴朗，契息克林荫道上平克顿女子学校的大铁门前面来了一辆宽敞的私人马车。拉车的两匹肥马套着雪亮的马具，肥胖的车夫戴了假头发和三角帽子，赶车的速度不过一小时四英里。

（杨必）

这是英国小说《名利场》第一章的第一句话，如果照原文的结构如实译出，上来先是一个"当……的时候"，接着是一个繁杂的长主句，其结果势必别别扭扭，不堪卒读，破坏读者的阅读兴趣。译者根据汉语的习惯，将译文分成三句，条理分明，文从字顺，读起来如行云流水。

一般来说，英语复杂句的翻译有两个"诀窍"：一是摸清时空关系，二是摸清逻辑关系。所谓的时空关系，指的是时间和空间的前后顺序；而所谓的逻辑关系，指的是事物或行为间存在的前因后果、假设、让步等关系。无论原句多长多复杂，译者只要把握各成分的前后次序或彼此间的逻辑关系，就能确保译文秩序井然、条理清晰。①

例5： …and the rest of the morning was easily whiled away, in lounging round the kitchen garden, examining the bloom upon the walls, and listening to the gardener's lamentations upon blights, in dawdling through the greenhouse, where the loss of her favourite plants, unwarily exposed, and nipped by the lingering frost, raised the laughter of Charlotte, and in visiting her poultry-yard, where in the disappointed hopes of her dairy-maid, by hens forsaking their nests, or being stolen by a fox, or in the rapid decease of a promising young brood, she found fresh sources of merriment.

（Jane Austen：Sense and Sensibility, Ch. 6）

【译文】 大家来到菜园，一面观赏墙上的花朵，一面听着园丁抱怨种种病虫害。接着走进暖房，因为霜冻结束得晚，再加上管理不慎，夏洛特最喜爱的几种花草被冻死了，逗得她哈哈大笑。最后来到家禽饲养场，只听饲养员失望地说起老母鸡不是弃巢而去，就是被狐狸叼走，一窝小鸡本来很有希望，不想纷纷死去，于是夏洛特又发现了新的笑料。就这样，上午余下的时间很快便消磨过去了。

原文是一个错综复杂的长句，开头是主句部分，后面跟了三个由 in 引起的状语，其

---

① 孙致礼、周晔：《高级英汉翻译》，外语教学与研究出版社，2022 年，第 117 页。

中后两个里面各含有一个 where 从句。如果硬要遵循原文的句法结构，把"上午余下的时间很快便消磨过去了"放在前面，几个副词短语跟在后面，那么这样的汉语读起来该有多么别扭啊！该文的译者没有跟着原文亦步亦趋，而是抓住了三个 in 状语结构的时空顺序，先讲第一个 in 中描述的行为，再讲后两个，并分别添加了"接着"和"最后"，而两个 where 则略去不译，采取"天然"联接法，最后来一个总结："就这样，上午余下的时间很快便消磨过去了。"其结果便是译文读起来跟原文一样顺畅。

实际上，分句不仅能使译文更加顺畅，还能增强译文的表达效果。

例 6：I have every reason in the world to think ill of you. No motive can excuse the unjust and ungenerous part you acted there. You dare not, you cannot deny that you have been the principal, if not the only means of dividing them from each other—of exposing one to the censure of the world for caprice and and hopes, and involving them both in misery acutest kind.

(Jane Austen：*Pride and Prejudice*, Ch. 11)

【译文】　我有充分的理由鄙视你。你在那件事上扮演了很不正当、很不光彩的角色，不管你动机如何，都是无可宽容的。说起他们两人被拆散，即使不是你一手造成的，你也是主谋，这你不敢抵赖，也抵赖不了。看你把他们搞的，一个被世人指责为朝三暮四，另一个被世人讥笑为痴心妄想，害得他们痛苦至极。

这是达西第一次向伊丽莎白求婚时，伊丽莎白由于心怀偏见和听信谗言的缘故，对他深恶痛绝而说出的一席话。原文只有三句，其中第三句是个长句名词 means 后面有两个 of 介词结构，翻译中若试图照搬这一结构，恐怕很难传达出原文的气势。译者将其断为两句，一句加上"说起"，一句添上"看你"，语气激愤，字字犀利，充分表达了说话人义愤填膺的心情。

2. 把原文中的某个单词译成句子

有的英文句子虽不长，但照译时译文很别扭，尤其是原文中个别单词很难处置，不拆开来译便不通顺或容易发生误解，这时往往可把这种单词译成一个分句或单句。

例 1：Jerry quickly ordered everyone to put on life jackets, and tried unsuccessfully to put out the fire.

【译文】　杰里立即叫大家穿上救生衣，并且奋力灭火，但却没有成功(无济于事)。

(副词的分译)

例 2：Buckley was in a clear minority.

【译文】　巴克利属于少数派，这是明摆着的事实。

(形容词的分译)

例 3：Radio waves have been considered radiant energy.

【译文】　人们已经认识到，无线电波是一种辐射能。

（动词的分译）

例 4：The dust, the uproar and the growing dark threw everything into chaos.

【译文】　烟尘滚滚，人声嘈杂，夜色渐深，一切都陷入混乱之中。

（名词的分译）

3. 把原文中的短语译成句子

短语的分译是指把原文中一个短语译成句子，使原文的一个句子分译成两个或两个以上的句子，这种现象在英译汉中比单词的分译更为常见。英语中能提出来分译的短语，通常有分词短语、介词短语、动词不定式短语和名词短语。

例 1：Known to man for thousands of years, metals are the backbone of our modern world.

【译文】　金属是现代世界的支柱；人类了解金属已有数千年的历史了。

（分词短语的分译）

例 2：He was not to be moved either by advice or entreaties.

【译文】　别人劝说也好，恳求也好，他都不为所动(无动于衷)。

（介词短语的分译）

例 3：Einstein's theory of relativity is too difficult for the average mind to understand.

【译文】　爱因斯坦的相对论太难，一般人无法理解。

（动词不定式短语的分译）

例 4：These pure verbal artifices do not change the essence of the matter.

【译文】　这些纯粹是文词上的花样，并不能改变问题的实质。

（名词短语的分译）

(二)合句法

"所谓合句法是指把原文两个或两个以上的简单句或一个复合句在译文中用一个单句来表达。"①合句法是翻译中调整句子长度的又一有效方法。合句法在英汉翻译中的运用，目的是使译文符合汉语表达习惯。合句法使用得当，可使译文词句简练、明白易懂且语气连贯、一气呵成。

合句法可省掉一些重复的词语或句子成分，使译文更加紧凑、明确，更加符合汉语习

---

①　张培基：《英汉翻译教程》[M]，上海外语教育出版社，1980 年，第 109 页。

惯。但合译时可能会失去原文的强调意义，容易发生漏译，因此，翻译时必须仔细推敲，从译文的整体上加以考虑，灵活处理。

1. 将两个或数个语气连贯的短句合译为一个句子

处理这种情况的方法，通常可以根据原文各句之间的逻辑关系合译，也可以在译文句与句之间加上汉语连接词如"而""还""也""（既）又……又（要）……""因为""可是"等。

例2：说毕，张道士方退出去。这里贾母与众人上了楼，在正面楼上归坐。凤姐等占了东楼。

（曹雪芹：《红楼梦》，第二十九回）

【译文】 Thereupon the priest withdrew, while the Lady Dowager and her party went upstairs to sit in the main balcony, Xifeng and her companions occupying that to the east.

例3：旧历新年快来了。这是一年中的第一件大事。除了那些负债过多的人以外，大家都热烈地欢迎这个佳节的到来。

（巴金：《家》）

【译文】 The traditional New Year Holiday was fast approaching, the first big event of the year, and everyone, except those who owed heavy debts—which traditionally had to be paid off before the year—was enthusiastically looking forward to it.[1]

2. 将原文中的一个句子紧缩为译文中另一句子的句子成分

英语有时会以两个或数个逻辑关系较为密切的短句来表述某一事物，其中各句之间有主次关系之分。在这种情况下，若以相对应的汉语短句来翻译原文，译文语义往往会显得松散且主次不分，这时我们可根据原文的逻辑关系和汉语的表达习惯，将原文上下文中相对次要的句子紧缩为相对主要的句子的组成部分，通常紧缩为状语、定语及同位语等。

例1：They sat down in the waiting-room to do some reading. People came to and fro there.
【译文】 他们在人来人往的候车室里坐下来看点书。

（缩为定语）

例2：历来野史，或讪谤君相，或贬人妻女，好淫凶恶，不可胜数。

（曹雪芹：《红楼梦》，第一回）

【译文】 The trouble is that so many romances contain slanderous anecdotes about sovereigns and ministers or cast aspersions upon other men's wives and daughters so that they are packed with sex and violence.

（缩为定语）

---

① 冯庆华：《实用翻译教程》，上海外与教育出版社，2020年，第93页。

例3：小分队跳下绝壁岩，续行三日，进入绥芬大甸子。这是大锅盔山下的激洪冲积成的一个大草原。

（曲波：《林海雪原》）

【译文】　Three days after the detachment descended the cliff, it reached the Suifen Plain—a wide level formed by the topsoil continually being swept down by torrents from the neighbouring Big Helmet Hills.

（缩为同位语）

例4：车子慢慢地走着，在一个泥洼子里渥住了。老孙头一面骂牲口，一面跳下地来看。

（周立波：《暴风骤雨》）

【译文】　The lumbering cart got stuck in the mud. Swearing at his beasts, Old Sun jumped down to take a look.①

（缩为主语和状语）

3. 简化原文句子结构译为简单句

由于英语句子通常比汉语句子包含的成分多、复杂，有时按原文汉译，译文句子成分显得过于繁琐、累赘，体现不出汉语"短小精悍"的特点。因此，原文中的英语复合句有时需要调整，简化结构，译为汉语的简单句。汉英翻译亦然。

例1：They turned a deaf ear to our demands, which enraged all of us.
【译文】　他们对我们的要求置之不理，这使我们大家都很气愤。

有些定语从句中的关系代词并不是指主句中的一个词，而是指整个主句，一般将其译成"这"或"这一点"主句的本身不是一个分句，而是"这"的同位语。

例2：允许美国战俘接受红十字会的食品包裹，允许他们写信，但要经过审查。
【译文1】　American prisoners are permitted to receive Red Cross food parcels and write letters which must be censored.

（复合句）

【译文2】　American prisoners are permitted to receive Red Cross food parcels and write censored letters.

（简单句）

---

① 冯庆华：《实用翻译教程》，上海外与教育出版社，2020年，第95-97页。

三、名词性从句的翻译

名词性从句(noun clause)是在句子中起名词作用的句子。名词性从句的功能相当于名词词组，它在复合句中能担任主语、宾语、表语、同位语、介词宾语等，因此根据它在句中不同的语法功能，名词性从句又可分别称为主语从句、宾语从句、表语从句和同位语从句。

(一)主语从句的翻译

主语从句指的是在复合句中充当主语成分的句子，主要有两种表现形式：

1. 关联词或从属连词位于句首的从句+主句谓语+其他成分的主语从句

主语从句有三种类型：一是由连词 that, whether, if 引起；二是由连接代词 who, whom, whose, which, what 引起；三是由连接副词 when, where, why, how 引起。翻译的时候，大多数可以按照原文的句子顺序翻译成相应的汉语译文。但是，有时候，可以采用其他翻译方法来灵活处理，比如加字。

例1： The symbol is not the dollar. It is not even Coca-Cola. It is a simple pair of pants called blue jeans, and what the pants symbolize is what Alexis de Tocquevile called "a manly and legitimate passion for equality…"

(C. Quinn：*The Jeaning of America*)

【译文】 此物不是美元，甚至也不是可口可乐，而只是一条称作蓝色牛仔裤的普通裤子。这种裤子所象征的，如亚历克西·德托克维尔所言，是"对平等的果敢而正当的渴求……"

What the pants symbolize 是主语从句，从句不长，symbolize 又是及物动词，可以译成跟原文非常对应的"这种裤子所象征的"，放在谓语前面。

例2： Whether the meeting will be postponed makes little difference.
【译文】 会议是否延期(这)无关紧要。

根据汉语的行文习惯，例1中无须改变顺序；而例2可以加上"这"字。

2. 用 it 作先行词：it+谓语+that(whether)引导的从句

以 it 作形式主语引出的真正主语一般都较长。概括地说，这种主语从句主要有以下几种形式：①It is important (necessary, essential, etc.) that …；②It seems (appears, happened, turned out, etc.)that…；③It occurs to (dawns on, strikes, etc.)one that…；④It is said (believed, thought, reported, expected, etc.)that…这种句式的共同特点是：that 引导的真主语比较长，而谓语都比较短。汉译时可有两种处理方法：一是先译出主语从句，即把主语从句放到汉语句子最前面去译。在这种情况下，为了强调起见，it 一般可以译出

187

来；如果不需要强调，it 也可以不译出来；二是采用插译或把主语从句译成主谓结构作宾语。插译是把主句插入到原来的从句中。

例 3：It seemed inconceivable that the pilot could have survived the crash.

【译文】　驾驶员在飞机坠毁之后，竟然还能活着，这看来是不可想象的。

在此例句中，it 翻译为"这"，有时候，如果主语从句仍然按照英语原来的顺序翻译的话，it 一般不需要译出来。

It is...that...可以构成一种强调句，翻译这种句子重点要考虑的不是语序问题，而是如何把句子的强调点凸显出来。

例 4：Theologists may take the argument one step farther. It is our modern irreligion, our lack of confidence in any hereafter, that makes us anxious to stretch our mortal stay as long as possible.

（C. Tucker：Fear of Dearth）

【译文】　神学家会进一步争论说：现代人就是因为不相信宗教，对后世生活缺乏信心，才迫切地想要尽量延长在世的时间。

原文中强调了 our modern irreligion, our lack of confidence in any hereafter 译文中加了"就是"二字，以示强调。

(二)宾语从句的翻译

名词句用作宾语的从句叫宾语从句。引导宾语从句的关联词与引导主语从句、表语从句的关联词大致一样，在句中可以作谓语动词或介词及非谓语动词的宾语。

1. 用 that, what, how, when, which, why, whether, if 等引导的宾语从句，翻译成汉语的时候，一般不需要改变它在原句中的顺序

例 1：I don't believe the vast majority of conductors think of themselves as better musicians than the players in the orchestra, but there's no denying that the job sets us apart, and the choice we make to move from sitting within a circle of egalitarian music-making to standing at its edge to direct proceedings from the sidelines is a relatively unusual one.

（Mark Wigglesworth：The Silent Musician）

【译文】　我相信，与管弦乐团中的演奏者进行比较时，绝大多数指挥家都不会认为自己的音乐才华更加卓尔不凡，但不可否认的是，这份工作的确让他们显得与众不同。指挥作出的选择是：先是处在一个崇尚平等主义音乐创作的圈子里，接着跳到圈子外，从一旁指导整个流程。

例 2：But，still，I hope that a basic explanation of the musical，physical，and psychological relationship between an orchestra and its conductor，and an exploration of some of the more public and personal issues conductors face，will answer any curiosity audiences might have about the process they are watching，and as a result appreciate even more the music they are hearing.

（Mark Wigglesworth：*The Silent Musician*）

【译文】 然而，我仍然希望能对管弦乐团和指挥之间的音乐关系、肢体关系和心理关系作出一些基本解释，能对指挥所面临的一些更加公开化或更加私人化的问题展开探索。这样一来，对于任何观赏表演的观众而言，其好奇心便会因此得到极大的满足，而且他们也能更好地欣赏音乐。

例 3：If one person alone refuses to go along with him，if one person alone asserts his individual and inner right to believe in and be loyal to <u>what his fellow men seem to have given up</u>，then at least he will still retain <u>what is perhaps the most important part of humanity</u>.

（J. W. Krutch：*The New Immorality*）

【译文】 只要有一个人不肯跟着随波逐流，只要有一个人还会坚持自己植根于心灵深处的权利，信守<u>他的同胞似乎已经放弃的美德</u>，那他至少还会保留着<u>也许是人性中最为宝贵的东西</u>。

2. 介词宾语从句，有时根据汉语习惯，采用倒译法

例 4：The sheer number of performers involved in opera makes the experience extremely engaging on a human level and，though the conductor is officially responsible only for how the music sounds，it is impossible to meet that responsibility without reference to what the set looks like，how the staging affects the singers' ability to sing，what they are wearing，how they are lit and，most important of all，what are the dramatic choices that have been made that determine every character and situation.

（Mark Wigglesworth：*The Silent Musician*）

【译文】 参与歌剧演出的演员数量之多，使得这种体验极具人性，尽管就个人职责而言，指挥家只对音乐的演奏传达负有绝对的责任，但如果不考虑舞台布景，舞台如何影响歌唱演员的演唱能力，演员的穿着，舞美灯光以及最重要的，究竟是怎样的剧情决定了各个角色和不同的情境，就不可能真正履行这一职责。

3. 英语中有时用 it 作形式宾语，而把宾语从句放在句末。译成汉语时，应将形式宾语省译，而宾语从句则按汉语表达习惯，要么用倒译要么用顺译

例 5：In Mozart's *Così fan tutte*，for instance，Fiordiligi is convinced she loves Guglielmo but the music in the orchestra makes it clear to the audience that she probably shouldn't be so sure of herself.

(Mark Wigglesworth：The Silent Musician)

【译文】　例如，在莫扎特的歌剧《女人皆如此》中，费奥迪莉姬深信自己爱着古列尔摩，但是管弦乐团的音乐却向观众清楚地表明，她可能不应该对自己太过自信。

(三) 表语从句的翻译

在句中作表语的从句叫表语从句。表语(从句)实质上也是主语补语(从句)，因为都是对主语的性质、特征、状态的描述，或者是对主语进行标识，而主语则是被标识的对象。

1. 表语从句是位于主句的联系动词后面、充当主句主语的表语的从句，它也是由 that，what，why，how，when，where，whether 等连词和关联词引导的。一般来讲，可以先译主句，后译从句

例1：Whether this anecdote is true or not，the seriousness behind the undoubted humour of the situation is that the conductor wanted to establish a physical relationship with the musicians before they started playing any music.

(Mark Wigglesworth：The Silent Musician)

【译文】　不管这是不是真事，毫无疑问的是这种情形实在滑稽可笑，但其背后所蕴含的信息却很严肃：指挥家想在开始演奏乐曲之前，与乐团成员建立一种肢体上的关系。

例2：One advantage of jogging around a reservoir is that there's no dry-shortcut home.

(C. Tucker：Fear of Dearth)

【译文】　绕着人工湖跑步的一个好处，就是不能抄近路回家。

2. 几种常见句型的译法

(1)在"that(this)is why…"句型中，如果选择先译主句，后译从句，可以译成"这就是为什么……""这就是为什么……的原因""这就是……的缘故"等。如果选择先译从句，再译主句，一般可以译为"……原因就在这里""……理由就在这里"等。

例3：That is why practice is the criterion of truth and why the standard of practice should be first and fundamental in the theory of knowledge.

【译文】　所谓实践是真理的标准，所谓实践的标准，应该是认识论的首先的和基本的观点，理由就在这个地方。

(2)在"this(it)is because…"句型中，一般先译主句，再译从句，译成"因为……""这

是因为……的缘故""这是由于……的缘故"。

例 4：This is because not everyone opts to leave.

【译文】　这是因为不是每个人都选择离开。

（3）在 "this is what…" 句型中，如果先译主句，后译从句，通常译为"这就是……的内容""这就是……的含意"等。如果先译从句，后译主句，通常译为"……就是这个道理""……就是这个意思"等。

例 5：This is what makes the audience feel as if it is witnessing something special：an intense and extreme experience that embraces the risk of sounding "on the edge" without crossing a line that simply makes them uncomfortable.

（Mark Wigglesworth：*The Silent Musician*）

【译文】　这便是令观众感觉到在经历一场特别的旅程：一种强烈而极端的体验，这其中包含了在没有跨越让观众感到不舒服的界限的情况下发出"临界"声音的风险。

（四）同位语从句的翻译

同位语从句说明其前面的名词的具体内容，英语的同位语从句是用以解释说明前面某一名词的内容的，也就是将这一名词的含义具体化，其地位和此名词是同等的。从句常用 that 或 whether 来引导。同位语从句常用来说明 fact、theory、sense、question、conclusion、news、experience、evidence、proof、condition、law、conjecture、doubt 等词的具体含义翻译时也可采用不同的方法。

方法一：把同位语从句译成汉语联合复句中的一个分句。

例 1：It was from these slender indications of scholarship that Dr. Weldon drew the conclusion that I was worthy to pass into Harrow.

（W. Churchill：*Harrow*）

【译文】　正是从这可以表明我学识的细微迹象中，韦尔敦博士得出结论：我有资格进入哈罗公学。

例 2：We know the fact that there are two kinds of memory：short-term and long-term.

【译文】　我们全都知道这一事实，即有两种记忆：短期记忆和长期记忆。

译文跟原文有一定的相似之处，只是原文在名词后用 that 引出同位语从句，而译文在"结论""即"后借用冒号和逗号引出分句。

方法二：把同位语从句译成由主谓结构充当的定语。

191

例 3：Then arose the question where we were to find more food.

【译文】　接着就产生了我们到哪里去找到更多食物的问题。

同位语从句 where we were to find more food 被译成"我们到哪里去找到更多食物"，作"问题"的定语。

例 4：The news that Anna failed the exam had an influence upon her mother.

【译文】　安娜没有通过考试的消息对她母亲有些影响。

同位语从句 that Anna failed the exam 被译成"安娜没有通过考试"，作"消息"的定语。

方法三：把同位语修饰的名词转译成动词，而将同位语从句译成宾语。

例 5：We run, as the saying goes, for our lives, hounded by the suspicion that these are the only lives we are likely to enjoy.

【译文】　正如俗话所说，人们为了生命而运动，因为大家都在担心，这可能是人们所能享受的唯一的人生。

译者把名词 suspicion 译成汉语的动词"担心"，然后把同位语从句译成一个小句，作"担心"的宾语。

例 6：We recycle soda bottles and restore old buildings and protect our nearest natural resource—our physical health—in the almost superstitious hope that such small gestures will help save an earth that we are blighting.

（C. Tucker：*Fear of Dearth*）

【译文】　我们回收汽水瓶，整修旧楼房，保护跟我们关系最密切的自然资源——我们的身体健康——心里抱着一种近乎迷信的念头，希望借助这种小小的姿态，来拯救一个正受到我们摧残的地球。

译文将 superstitious hope 拆开，先是"迷信的念头"，再来一个"希望"，然后把同位语从句译成动宾结构作宾语。①

四、状语从句的翻译

英语和汉语在状语结构上有很多共同点，它们都有种类多样的状语结构，如：条件状语、时间状语、方位状语、方式状语、原因状语、结果状语等。同时，在很多方面也存在着很多差异。

---

①　孙致礼、周晔：《高级英汉翻译》，外语教学与研究出版社，2022 年，第 123-124 页。

（一）英汉状语结构比较

英汉两种语言的状语结构在表达形式以及与中心语的位置关系和连接等方面存在许多相同点和不同点。

1. 英汉状语表达形式比较

英语中的从句作状语时，可以翻译为汉语的主谓短语作状语。英语中的介词短语作状语的翻译方法较多，可以翻译为汉语的偏正结构和联合结构作状语。英语和汉语里有些词类作状语时，有很多相同的地方。英语中的非限定成分作状语时，可以翻译为汉语的代词、形容词、动宾短语、动词等。

英语是重形合的语言，讲究逻辑严谨、主次有序，这是它的语言本身特点所决定的。英语句子的句子主干包括主谓句中的主语、谓语和宾语，主系表结构中的主语、系动词和标语以及"there be"句型。从形式上来看，主要由名词、代词、动词、形容词等充当这些主要句子成分。其他次要成分包括定语、状语、补语、同位语等。这些句子成分可以由句子、短语、词类来充当，如：从句、名词性短语、形容词性短语、介词短语、副词、现在分词、过去分词、不定式等。

英汉两种语言在状语的表达形式上既有相同点又有不同点。相同点是，英语和汉语都存在着形容词、副词、名词、介词短语作状语的现象。不同之处有以下几点：首先，汉语除了形容词、副词、介词短语作状语外，表达形式更加多样化，各种关系词组、比较结构和其他词性也都可以用来充当状语。其次，英语中有各种不同的从句，和主句构成不同的关系来充当条件状语、时间状语、目的状语、方式状语、原因状语、结果状语等；而汉语没有从句，只有偏正复句，和主句是并列的关系，可以用来表达让步、条件、原因、结果等关系。还有一个不同点是英语的状语结构有形式上的变化而汉语没有。如英语中的动词可以有数、时态的变化而汉语中的动词不会随着主语数和时态的变化在形式上产生变化。英语可以有不定式作状语、分词作状语，而汉语的动词则没有这些形式，汉语使用动词原形作状语，有时要加上"地"构成状语结构。

2. 英汉状语位置比较

英语和汉语的状语结构在句子中的位置都非常灵活，两种语言的状语位置在翻译时不能一一对应，因为两种语言状语位置差别较大。考虑到源语和目的语上下文的关系、句子平衡和强调程度的不同，翻译的时候状语的位置会作出不同的调整。

英语的状语结构一般为"主语+谓语+宾语+状语"的形式，状语可以出现在句首、句中或句尾。英语是主次分明的语言，往往通过不同句子成分或主从句之间的对照就可以非常清晰地表达出来。英语的主谓成分一般尽可能靠近，只能在句尾加很少的次要成分，或者不加次要成分。有语言研究者认为英语属于"向右展开式"语言，主语和谓语位置靠近而且靠前，其他句子成分靠后，属于句末开放式语言。这和英语"倒金字塔"式的表达习惯是相符合的，英语在表达时喜欢开门见山，直接指出问题的核心所在。在把汉语长句翻译为英语时，就要考虑英语这种"倒金字塔"式的表达习惯，先翻译出句子主谓结构，再把表达各种关系的相关部分添加在句子主干的相应位置。除了"主语+谓语+宾语+状语"的模式之外，状语的位置也可以放在句子的其他位置，如放在句首的状语一般对整个句子起到修饰作用，放在句子中间的状语往往作插入语或起进一步解释说明的作用。

汉语的状语结构位置和英语有所不同，一般放在主语和谓语之间，呈现"主语+状语+谓语+宾语"的模式。虽然一般来说汉语语序较英语要灵活，但状语的位置却比较固定，因此翻译时作语序的调整就不可避免。英语的"主语+谓语+宾语+状语"模式和汉语的"主语+状语+谓语+宾语"模式只是两种语言的一般模式，并不是所有的句子结构都呈现这样的固定模式。汉语的主语和谓语之间的关系不如英语的主谓关系紧密，因此，汉语的主谓之间可以加入许多其他成分。如果从汉语的谓语角度来看，谓语的前面可以加入很多其他成分，这种语言就属于"向左展开式"语言。由于主语和谓语之间塞入的成分多，就导致了汉语的谓语出现延后的现象，形成了铺垫效果。这是汉民族语言的习惯，体现了螺旋式思维模式，在指出问题的核心之前先铺垫。因此，在把英语长句翻译成汉语时，应该把汉语的主谓之间的插入成分先进行处理，而这些铺垫成分往往就是状语，把谓语动词放在后面翻译。如：

例：She went shopping in the store by bus with her roommates.
【译文】　她跟着室友一起坐公交去逛街。

当然，如果想使汉语的译文显得有异域风情或为了强调某个句子成分，可以把这些铺垫成分按照英语的表达习惯放在句首或句尾。

3. 英汉状语外在形式比较

从外在形式上看，汉语的状语结构有结构助词"地"，而大部分英语的状语结构是直接和中心词相结合，状语结构中没有和"地"相对应的语法成分。英语中可以构成状语的结构有很多，除了常见的形容词、副词等词类，还有各种介词短语、分词短语、不定时短语，以及各种名词短语、复合结构以及状语从句。但是英语的状语结构和汉语的状语结构在外在形式上也有相似之处，主要表现在英语以-ly 结尾的副词作状语时，和汉语的"地"可以看作形式上的对应。分词和分词结构中的-ing 和-ed 也和汉语状语的助动词"地"相对应。虽然英语的-ly，-ing，-ed 可以看作和汉语状语的助动词"地"相对应，但并不意味着，它们在功能和含义上完全一致。英语是重形合的语言，因此作为结尾词缀的-ly，-ing，-ed 是不能省略的。而汉语的助动词"地"根据实际情况，有时可以省略，而且不影响句意表达，也不会出现语法错误。

（二）英语状语结构翻译方法

由于东西方文化和思维方式的不同，造成表达时语言习惯也不同。因此，在不同语言之间进行翻译转换时，一定要考虑源语和目的语之间的异同，调整词语、句子或从句的顺序，尽可能地考虑目的语的语言习惯，使译文和原文达到最大程度的形合和意合，达到通顺流畅的阅读效果。

在英语中，状语从句用作句子的状语和副词，它可以修饰谓语、非谓语动词、定语、状语或整个句子。根据其功能的不同，可以分为时间、地点、原因、条件、目的、结果、让步、方式、比较等。状语从句一般由连词(从属连词)引导，也可以由短语引导。当从句位于一个或多个句子中时，它通常用逗号与主句隔开。在复合句中，起状语作用的从句称为状语从句，状语从句由连词引导，它们的位置通常可以放在句末，也可以放在句子中，在大多数情况下，逗号的作用是分隔状语从句。当逗号出现在句末时，它不一定是必需的，可以省略。

英语状语从句的关联词较多，例如 when，while，as，as soon as，before，because，if，in case，once，though，although，even though，no matter what，whatever，so...that，so that，in order that，for fear that，in that 等。这些关联词不但各有各的语法和语义功能，而且"一词多义""一专多能"的现象比较普遍，因而容易给译者带来一定的理解困难。另一方面，汉语对应的表示法也极为丰富，常常不拘泥于一种译法，就看译者能否灵活把握。

从语义和语法功能来看，状语从句可以分为时间状语、地点状语、原因状语、目的状语、结果状语、条件状语、让步状语、比较状语、方式状语等。

1. 时间状语从句

时间状语从句是指表示时间的句子，在句子中起状语的作用。时间状语从句中常用的连词有 when，before，after，while，as soon as，until，since 等。这里值得注意的一点是，如果主句一般是将来时，这个从句只能用现在时态。句子中的时间状语从句表示动作发生在过去，当它用于过去时，表示在前面的叙述中没有提到的信息。

When 作为关联词，在引导时间状语从句时，其基本意思是"在……时""当……时"，这对中国学生来说很容易掌握，但也正因为如此，便可能忽略该词在不同情况下所具有的引申意义，如"……就，每当""其时，然后""既然，在……情况下，如果""虽然，然而，可是"等。

例 1： The greatest writers create mysterious sources of beauty and unending founts of inspiration, and "limited" is hardly a word that springs to mind when thinking of Shakespeare, Tolstoy, or Keats. Hans Christian Andersen said that "where words fail, music speaks", but when the singers explode out of the finale of Beethoven's *Ninth Symphony*, it sounds as if the opposite is true.

(Mark Wigglesworth: *The Silent Musician*)

【译文】 最伟大的作家创造了神秘的美之源流和无尽的灵感源泉。当我们想到莎士比亚、托尔斯泰或济慈时，"边界"一词几乎不会在脑海中浮现。汉斯·克里斯蒂安·安徒生曾经说过，"言语黯然失色时，音乐响起"，但是当歌唱演员们在贝多芬第九交响曲的最后乐章中抵达高潮时，这句话反过来理解似乎才切中要害。

例 2： There can be no equality in the world when capitalist system still exists.

【译文】 只要资本主义制度依然存在，世界上就没有平等可言。

这句话中 when 表达的是 as long as 的概念，因此译成"只要"。

例3：When John arrived home，he guaranteed me that the little calf was snuggled with its mother.

（J. Donaldson：*To know what's happening*，*just ask the neighbors*）

【译文】　约翰一回到家，就向我担保说小牛犊已经和妈妈偎依在一起。

这里讲的是美国农村邻里互相关心、互相帮助的故事。译者将这句话译成"约翰一回到家，就向我担保说……"，更能体现邻居间关心他人的热切心情。

2. 地点状语从句

当一个从句被用来修饰一个地点并充当状语时，它就被称为地点状语从句。这类状语从句通常由 where 引导，地点状语是表示动作发生地点的状语，状语可以是副词、介词短语或从句(处所状语从句也属于处所状语)。

(1)无论该从句在什么位置，均可前置处理。

例1：Make a mark where there is any doubt or questions.

【译文】　在有疑问的地方做个记号。

(2)可以运用转换法，将其译为条件句。

例2：Where there is sound，there must be sound waves.

【译文】　如果有声音，就一定有声波。

(3)可省略关联词。

例3：Where lobbyists used to avoid notoriety and preferred to work behind scenes，many today seek publicity as a useful tool.

【译文】　过去，游说者往往避免出名，喜欢在幕后工作，如今他们中许多人把抛头露面作为一种有用的手段来追求。

例4：Trying to eradicate the mistakes that marred your previous attempts is a backward-looking position that prevents you seeing where you are going.

（Mark Wigglesworth：*The Silent Musician*）

【译文】　那些错误将你以前所做尝试破坏殆尽，但试图消除那些错误却又体现了一种僵化保守的立场，这一做法会令你无法看清自己前进的方向。

3. 原因状语从句

引导原因状语从句常用的词和短语有 due to，because，because of，provided（that），taking（that），given（that），for，in that，for the reason that，seeing（that），now（that），considering（that）等。由于状语从句通常放在主句后面，所以在句末用逗号隔开。"因为"是表达感情最强烈的词，它是直接的，有最强烈的语气。在大多数情况下，这是最合适的答案。Because 也表示原因，但它不跟从句。Because of 这个短语后面只能跟名词、代词或动名词。但是，because 和 so 不能同时出现在一个句子中。由 because 引出的原因状语从句一般置于句末，也可位于句首，通常用来表示直接原因。由 as 引导的原因状语从句通常位于句首；若置于句末，前面应有逗号分开。表示的原因或理由为说话的对方所知道，as 通常翻译为"由于"。since 引出的原因状语从句通常位于句首，把已知的事实作为推理的依据，说明的原因或理由是说话的双方所明知的事实，因此，since 往往翻译为"既然"。for 引导的是并列句表示原因，它所表示的原因并不是主句行为发生的直接原因，只是一种辅助性的补充说明，所以只能置于主句之后翻译。seeing（that），now（that），considering（that），in that 这几个词语与 since 引导的原因状语从句意思相近，都表示"既然"。在翻译以上连接词引导的原因状语从句的时候，通常置于主句之前翻译。

所有的英语原因状语从句在汉语译文中通常为前置，偶尔亦置于句末，此时是对前面意义的补充，翻译为"之所以……是因为"。

（1）原因状语从句前置。

例 1：Many of these differences originated because performers，thinking they knew better，or believing they could sound more impressive if they changed something，indulged in choices that said more about themselves than about the music.

（Mark Wigglesworth：*The Silent Musician*）

【译文】 之所以会产生这么多不同之处是因为演奏者认为自己对乐曲了解得更清楚，或者认为如果能做出一些改变，那么乐曲经由其演奏将更令人难以忘怀。

例 2：Because it seems as if there is a physical absence of the need for a conductor inherent in the music itself，I always feel rather an intruder when I conduct it—and an emotional impostor as well.

（Mark Wigglesworth：*The Silent Musician*）

【译文】 因为乐曲本身似乎就不需要指挥，所以当指挥一首乐曲时，我总是感觉自己是一个入侵者——同时也是一个情感上的骗子。

（2）有些原因状语置于主句后面，是对主句的补充和说明。

例 3：Don't try to drive through Cambridge during the five minutes between lectures，as you will find crowds of people on bicycles hurrying in all directions.

【译文】 在课间休息的五分钟时间里不要在剑桥大学里开车，因为你会发现成群骑自行车的人匆匆忙忙地奔向四面八方。

例 4：It is frequently said that computers solve problems only because they are "programmed" to do so.

【译文】　人们常说，电脑之所以能解决问题，只是因为给电脑输入了解决问题的"程序"。

(3)省略关联词而把原因状语从句译成汉语偏正复句中的正句。

例 5：Since we live near the sea, we can often go swimming.

【译文】　我们住在海边，所以可以常去游泳。

例 6：As the weather was fine, I opened all the windows.

【译文】　天气很好，于是我把所有的窗子都打开了。

(4)译成因果关系内含的并列分句。

例 7：Time spent in a bookshop can be most enjoyable, whether you are a book-lover or merely there to buy a book as a present. You may even have entered the shop just to find shelter from a sudden shower.

【译文】　无论你是个书迷，还是单纯为了买本书做礼物，哪怕只是为了躲避突如其来的阵雨而进书店，在那里度过的时光会给你带来极大的乐趣。

例 8：Not that I loved Caesar less, but that I love Rome more.

(William Shakespeare：*Julius Caesar*)

【译文】　不是我不爱凯撒，是我更爱罗马！

4. 目的状语从句

目的状语从句是用来补充说明主句中谓语动词用途的状语从句。一般以 so that，in order that，to the end that，in case 等从属短语连词引导，译成汉语中相对应的"为了""以便""以免""以防"等引导的目的状语修饰语。副词短语的状语通常包含 may，might，can，could，should，will，would 等情态动词，掌握这些情态动词是必要的。

(1)译成表示"目的"的前置状语，通常译为"为了，要使"等。

例 1：For example, a film can slow down the formation of crystals so that students can study the process.

【译文】 例如，为了能让学生研究这一过程，电影可以放慢演示晶体的形成过程。

原句中由 so that 引导的目的状语从句在译文中放到了主句之前。

例 2： He sent a bunch of flowers each day in order that he could win her love.
【译文】 为了赢得她的芳心，他每天送她一束花。

(2)后置处理，通常译为"以便，以免，为的是，以防"等。

例 3： He is planning to make this speech in order that we might have a better understanding of the vicissitude of the international situation.
【译文】 他打算作一次演说，以便我们能更好地理解当今国际形势的风云变幻。

例 4： 为了扩大知识面，你们除了学好规定的教材之外还应该阅读一些与专业相关的书籍。
【译文】 Besides learning the prescribed textbooks, you are supposed to read more books on your subject in order that you may expand your scope of knowledge.

(3)灵活地译为表目的的句子。
有时也可根据逻辑意义和汉语表达习惯，将英语目的状语从句与主句融合起来翻译，译为表目的的句子，包含"其目的是……"和"为的就是……"这样的词语。

例 5： We learn from our past lessons so that history won't repeat itself.
【译文】 我们从过去的经历中吸取教训，为的就是不再重蹈覆辙。

5. 结果状语从句
英语和汉语的结果状语从句都位于句末，是句子的后部分内容。结果状语从句通常用这样的短语，如 so/such that，so/such…that，to the extent，in such a way that…所有这些词都是整个句子的引导者和主人，是表示结果的。Such 是一个副词，用来修饰名词或名词短语，而 so 是一个副词，只能修饰形容词或副词，如 many，few，much，little 等。
(1)后置，译成表结果的分句。

例 1： The advantages of music being heard with silent focus and rapt attention are clear, but when Wagner initiated the idea that dimming the lights in the auditorium would encourage the most profound of personal experiences, and was happy that the public's identity could be subsumed so that only that of the music and its performers remained, he forged what can be a problematic gap between the audience and the music.

(Mark Wigglesworth：*The Silent Musician*)

【译文】　安静而专注地聆听音乐所带来的种种好处显而易见，但当瓦格纳提出将观众席的灯光调暗可以令其获得最深刻的个人体验时，虽然他很高兴地发现观众将被完全纳入演出，而音乐和表演者也会极具存在感，但他却在观众和音乐之间制造了一道有争议的鸿沟。

例 2： But there are others who like the specific building blocks of a performance to be really clear, precisely so that they are freer to reveal a long-sighted view of the work in the concert.

（Mark Wigglesworth：*The Silent Musician*）

【译文】　但也有一些演奏者喜欢把演出的具体组成部分弄得清楚明白，准确无误，这样他们就能更加自由地表达出对音乐会具体工作的长远看法。

（2）译成不含关联词但内含因果关系的并列分句。

例 3： The world's natural resources are being used up so rapidly that there would not be enough to provide an adequate standard of living for everyone within the next two centuries.

【译文】　地球上的自然资源消耗得很快，在未来的两个世纪内将没有足够的资源保障人们相当的生活水平。

例 4： In such situations, when you and the orchestra are so in sync that anything is possible, there is a danger of being tempted to exploit this freedom for its own sake; you need a certain discipline to trust that just because the orchestra is allowing you to be spontaneous, doing so will not be always be an improvement.

（Mark Wigglesworth：*The Silent Musician*）

【译文】　在这种情况下，当指挥和管弦乐团处处协调一致，似乎一切皆有可能时，就会存在一种危险，那就是他可能会受到诱惑，会为了自由而利用这种自由；指挥需要制定一定的纪律才能相信，就算乐团允许自己随心所欲，这样做也并不能总带来进步。

6. 条件状语从句

由 if 或 unless 引导的状语从句称为条件状语从句。在英语中，if 通常可以翻译为"如果"。此外，if 引导的子句还指示不可接受的条件或根本不存在的条件，它可能是一个虚拟条件或假设。当从句用一般现在时或过去时时，它是祈使句。

（1）译成前置"条件"分句。

汉语中条件分句常用的关联词有"只要""如果""一旦"等。在语气上，"只要"最强，"如果"最弱。英语中的"条件"状语从句的位置比较灵活，汉语中的"条件"分句一般前置。

例 1： If my preparation has given me the confidence to handle a work's more pragmatic necessities from memory without feeling distracted by the specific concentration that that requires, I find the freedom of conducting without looking at the printed music exhilarating.

(Mark Wigglesworth：The Silent Musician)

【译文】　如果我所做的准备工作让我有信心凭记忆处理一部作品中更实际的各种要求，而不会因为需要集中注意力而分心，那我就会发现，不参看乐谱指挥所享有的自由的确令人心情振奋。

例2：The music is either too fast to breathe or too slow to feel alive; rhythms cannot find their character unless there is a pulse enabling that discovery to happen; and an ideal speed allows players to hop on and off the musical "train" without anything sounding dislodged.

(Mark Wigglesworth：The Silent Musician)

【译文】　整首乐曲要么快到让人无法呼吸，要么慢到让人感觉不到任何活力；如果无法发现这一真理，节奏便丧失特性；而理想的速度可以让演奏者轻松自如地跳上或跳下这趟音乐"列车"，而不会出现任何声音的错位。

(2)译成"假设"分句。

汉语中"假设"分句常用的关联词有"倘使""假如""万一""如果"，一般置于句首。

例3：If only he could have understood the doctors words.

【译文】　如果他能弄懂医生的话就好了。

例4：Send us a message in case you have any difficulty.

【译文】　如有困难，捎个信来。

(3)将分句置于句末，译成补充说明情况的分句。

例5："Why don't you come and see me again in a week's time?"

"Yes, yes, yes, all right, if you wish."

【译文】　"你为什么不过一个星期再来见我一次呢?"

"好，好，好，就这样吧，如果你希望这样做的话。"

例6：Well come over to see you on Wednesday if we have time.

【译文】　我们将在星期三来看你，如果有空的话。

(4)采用转换译法，即按逻辑关系，将条件状语从句译成"让步""结果""时间"等分句。

例 7：Judy says she wouldn't date Fred if he were the last boy in the world, but I know that's only sour grapes.

【译文】　朱迪说，即使世界上只剩下弗雷德一个男孩，她也不会跟他约会。不过我知道，这只是吃不到葡萄说葡萄酸。

状语从句由 if 引导，从 he were 可以看出，这是个假设条件句，由于汉语没有相应的动词形态变化，翻译中只能在关联词上下功夫。译文用"即使"将该从句转译为让步状语从句，准确地表达了原文的意思。

例 8：If we have carried on thorough investigations, we can draw a correct conclusion.
【译文】　只有当我们作了彻底的调查研究之后，才能得出正确的结论。

7. 让步状语从句

让步状语从句是状语从句的一种，一般译为"尽管"或"即使"。在我们的日常生活中，它意味着后悔，包含着一种宽恕的感觉。在让步状语句中使用的主要连词有 though，even if 等。要注意的是，though 不能在句子中与 but 同时使用，但是可以与 as 或 yet 连用。
（1）前置处理，译为汉语的让步分句。

例 1：Despite the unlikelihood of being persuaded that setting *Madama Butterfly* on the moon is finally going to reveal the work's true meaning, I believe it is the wide variety of dramatic interpretations that is currently keeping opera alive.

（Mark Wigglesworth：*The Silent Musician*）
【译文】　尽管人们不太可能相信歌剧《蝴蝶夫人》将故事场景设置在月亮上最终揭示出这部作品的真正内涵，但我相信，正是各种不同的戏剧诠释让这部歌剧得以保持活力。

例 2：Getting exactly what you want might sound attractive, but it's not as meaningful as achieving something with other people, even if you have to compromise on specific wishes in order to do so.

（Mark Wigglesworth：*The Silent Musician*）
【译文】　收获自己希望拥有的听起来也许极富吸引力，但这并不像和别人合作完成某件事那样有意义，即便就某些具体的希望而言，你必须作出妥协才能达到这样的目标，情况也是如此。

例 3：Even if there is such a thing as a right time to clap, everyone has their own sense of when that should be, and there is no reason why those who want the applause delayed have any more rights than those who do not.

（Mark Wigglesworth：*The Silent Musician*）

【译文】　即便真的有为鼓掌而预设的最佳时间，对于何时应该鼓掌，每个人都有自己的感觉，因此，相较于那些不希望掌声延迟的观众，那些想要晚些时候再鼓掌的观众没有理由享有更多的权利。

（2）译为汉语的无条件分句。

英语里有一种复句，前一分句排除某一方面的一切条件，后一分句说出在任何条件下都会产生同样的结果，也就是说结果的产生没有条件限制。这种复句里的前一分句我们称之为"无条件"的条件分句，通常以 whatever，wherever，whoever，whenever，no matter wh-为引导词，通常译为"不论""无论""不管"等。

例 4：Conductors are constantly asking orchestras to make their instruments "sing", whatever form of music they are playing, but opera orchestras hear the sound of the voice every day.

（Mark Wigglesworth：*The Silent Musician*）

【译文】　不管管弦乐团演奏的是什么形式的音乐，指挥仍然不断地要演奏员用乐器"深情歌唱"，但歌剧管弦乐团每天都能听到人类的音声。

例 5：I would not say that I adjust my musicianship to connect with an orchestra's culture. I believe there is a right sound and style for each composer and, while taking into account the identity of the orchestra, hope broadly to recreate them wherever I go.

（Mark Wigglesworth：*The Silent Musician*）

【译文】　我并不是说，指挥需要调整自己的音乐修养以契合管弦乐团整体的文化氛围。我相信每位作曲家都有适合自己的声音和风格，在考虑到乐团身份的同时，我也希望无论我走到哪里，都能将他们的声音和风格重新创造出来。

（3）现代汉语受西方语言的影响，渐渐出现让步状语后置的现象。

例 6：I shall remember how you pushed me back into the red room, though I was frightened, and begged you for mercy.

【译文】　我不会忘记你是怎样把我推回到红房子里去的，尽管我由于害怕乞求过你宽恕。

8. 比较状语从句

比较状语从句是指当一个句子用作状语时起副词作用的句子，从句就是其中之一，在比较级和最高级的句子中主要与形容词和副词连用。最初的形式是：as，not so…as。比较级是：more…than，less…than，the more…the more；最高级的是：the most…in/of+形容词。常用的指导词有 as（同水平比较），than（不同程度比 较），它们不修饰动词。而 as， so，less，more 等副词或其他比较级词，如 taller，harder 等修饰动词。这里不是作为动词修饰语，而是作为状语从句。

翻译此类从句经常使用顺译法。通常按句子的顺序进行，但需注意汉语的习惯表达，因为比较从句往往只保留了与主句比较的部分。

例 1： The more rehearsal there is, the greater the likelihood of a concert that seeks only to recreate in public what has been achieved in private. Over-rehearsing can stifle genuine creativity during the performance and it is definitely possible to practise yourself away from the music.

(Mark Wigglesworth：*The Silent Musician*)

【译文】　彩排的次数越多，在正式音乐会上只寻求在公开场合重现私下里取得的成就的可能性就越大。过度排练会扼杀演奏者在表演中真正的创造力，而且在远离音乐的环境下练习是完全可行的。

例 2： Solzhenitsyn's remark that "the less you talk, the more you hear" was politically loaded but as a philosophy it is no less relevant to conductors.

(Mark Wigglesworth：*The Silent Musician*)

【译文】　索尔仁尼琴曾说过，"说得越少，听到得越多"。这句话虽然带有政治意味，但作为一种哲学理论，对指挥而言也同样重要。

例 3： The more you hear in the score, the more the audience will hear too, and the better you know the piece, the easier it is to imagine its meaning.

(Mark Wigglesworth：*The Silent Musician*)

【译文】　你在乐谱中所听到的内容越丰富，听众所听到的也会越丰富，你对这首曲子了解得越深刻，就越容易想象出乐曲的含义。

例 4： Jane was as much gratified by this as her mother could be, though in a quieter way.

(Jane Austen：*Pride and Prejudice*, *Ch.*3, *V. I*)

【译文 1】　简跟母亲一样得意，不过比母亲还要安静些。
【译文 2】　简跟母亲一样得意，不过比母亲来得安静。
【译文 3】　简跟母亲一样得意，只是不像母亲那样叽叽喳喳。

这里说在舞会上，简"成了大红人"，事后她跟母亲一样得意，不过 in a quieter way。所谓 quieter，自然是 quieter than her mother，但是鉴于她母亲是个整天叽叽喳喳的女人，译文 1 译成"还要安静"显然不妥，译文 2 译成"来得安静"，意思是准确的，译文 3 则在准确的基础上增加了几分生动。

9. 方式状语从句

英语表示方式的状语从句通常由 as, as if, as though, just as, in a manner, in this way，to the extent 等引导，位置往往于主句之后，在 as...so...结构中，as 分句通常置于主句之前。在口语中可用 the way(that)引导方式状语从句。方式状语从句的时态取决于说话人的态度，而态度与谈话的内容密切相关。如果说话者认为他的观点是正确的或可能成为事实，那么谓词就会定期变化。如果从句的内容不真实，则从句的时态应使用虚拟语气。主句谓语现在是一般时态，对从句的谓语形式没有影响。在中文中，通常译为"好像"或"像"。这两个连词经常被用在描述性词语后面，如 feel，look，seem，smell，sound，taste 和其他动词来引导方式状语从句。

（1）顺译。

例1：Through music we can experience an hour as if it were a minute or a minute as if it were an hour.

（Mark Wigglesworth：*The Silent Musician*）

【译文】　有时音乐让我们感到时间如白驹过隙，有时又仿佛寸阴若岁。

例2：Sometimes it can feel as if you are thrashing around in the dark searching for something to hold on to，but I've learned that it is better if you can be open to letting the connection come to you.

（Mark Wigglesworth：*The Silent Musician*）

【译文】　有时候你会感觉自己在黑暗中挣扎，似乎想要抓住什么东西。不过我已经领悟到，如果你能敞开心扉，让这种联系自动找到你，那就再好不过了。

（2）采用合译法，把主句与从句合并为一个单句。

例3：All folk songs sound as if they come from the heart.
【译文】　所有民歌听起来宛如人们的心声。

例4：As the twig is bent，so the tree is inclined.
【译文】　上梁不正下梁歪。

总之，译者在翻译英语状语从句时，首先要搞清关联词的语义功能，继而对之作出准确而又符合汉语习惯的传译。汉语中有些逻辑事理通常不靠关联词而能自明，因此常常省略关联词。译者应该通过不断的实践逐渐掌握这些技巧。

五、定语从句的翻译

著名语法研究专家任学良认为"在句法关系上修饰、限制主语和宾语的句子成分，就是定语"①。定语是用来修饰或限制名词或代词的从属成分，回答"谁的""大小、多少、

---

① 　任学良：《汉英比较语法》，中国社会科学出版社，1995 年，第 421 页。

新旧""怎样的"等问题的成分。英汉双语都有定语，不同的是：英语独有定语从句，无论是书面语还是日常口语，英语定语从句使用频率很高。

(一)英、汉两种语言定语对比

英汉双语有大量的定语，英汉定语使用频率都非常高，汉语定语只从语义上作区分，分为描写性定语和限制性定语。英语除了这种区分，还区分限定性和非限定性。英汉双语定语使用方式或定语所处的位置既相似也有差异。汉语是分析型语言，其句首开放，因此，汉语绝大多数的定语都是前置，如"典型的哥特式建筑"，定语"典型的""哥特式建筑"都放在被修饰语"建筑"之前。英语是综合型语言，其句尾开放，定语位置非常灵活，既可前置，如 my youngest son；也可后置，如 something to eat。英语中常出现一个被修饰语既有前置词修饰又有后置词修饰，如 the only room available。英语后置定语(post-modifier)的频率比前置定语(pre-modifier)更高，后置定语的形式可以是单词、短语，还可以是定语从句，修饰被修饰语。英语中充当前置定语的主要是形容词、代词、数词、普通格名词、所有格名词和某些分词等；而后置定语一般是介词结构、动词不定式、子句、分词结构、副词等。①

英汉双语有多个定语作前置定语时，其定语排列规律几乎一样，即越能体现被修饰词内在属性的修饰成分就越靠近被修饰语，详见表 4-1，其中数字越小越靠近被修饰词②。

表 4-1　英汉多重定语的排列顺序

	7	6	5	4	3	2	1	被修饰成分	1
汉语	限定性定语短语/领属	指示代词	数量	描写	性质	出处	构成	Nominal	
英语		指示代词/冠词	数量	描写	性质	出处	构成	Nominal	定语从句/形容词短语/分词短语/介词短语

(二)英语定语从句的特点与分类

英语中修饰某一名词或代词的从句称为定语从句(attributive clauses)。有些语法专家如章振邦称其为关系分句。英语定语后置的一个很独特、很特殊的现象即为定语从句。定语从句有前行词(也称先行词)、有关系成分(关系代词、关系副词，有时是隐性的)，用以引导一个形容词性分句。从信息主次角度看，定语从句在句中修饰名词性成分，起修饰

---

① 任学良：《汉英比较语法》，中国社会科学出版社，1995 年，第 438 页。
② 秦洪武、王克非：《汉英比较与翻译》，外语教学与研究出版社，2010 年，第 136 页。

语作用，属于次要信息，其也是句子的附加信息，与所修饰的名词结合成更大的结构单位，被修饰语在句中作主语或宾语，定语从句起补充主句信息的作用①。定语从句根据其与先行词的语义关系，分为限制性定语从句和非限制性定语从句。

（1）限制性定语从句。

限制性定语从句与先行词的所指意义有着不可分割的联系，若没有定语从句，作为先行词的名词或代词不能明确表示所指对象，从而导致主句信息模糊，不知所云。在英语口语中，定语从句使用频率也很高，通常说话时先行词和定语从句不中断，没有停顿。而在书面语中，英语定语从句与先行词写在一起，不加标点符号。根据语法规则和语言使用习惯，限制性定语从句中先行词在从句中作主语时，用 who/that 指人，which/that 指物。但大多数情况下指人用 who，指物用 that，尤其在口语中更是如此。而先行词在定语从句中充当宾语时，关系代词 that 常常省略。②

例 1：While most men seemed to have a favorable impression of the woman who outsmarted them in the test and evinced greater interest in befriending her—the situation when transposed to real life showed the very men becoming less disposed toward befriending the smarter women, sharing their contact details and/or planning a date.

【译文】　大多数男性似乎对考试成绩超过自己的女性颇具好感，而且表现出很大的与之交往的兴趣，但同时当这一情景转换为真实生活时，如要交换联系方式或进行约会，这些男性对于比自己聪明的女性开展交往却不再显得那么有兴致。

例 2：Articles have appeared, including in *Science*, revealing some of the scientific and medical advances associated with slavery, such as the natural history collections derived from the transatlantic slave trade where Africans were shipped to the Americas as enslaved people whose labors became a driving force of the economies of the European colonies, or the cruel experimentation on enslaved women in the history of gynecology.

【译文】　许多文章得以发表，揭示出某些科学和医药发展与奴隶制具有相关性，包括诸如《科学》期刊上的关于起源于跨大西洋的奴隶贸易的自然历史文集，这种贸易使非洲人被当作受奴役的人船运到美洲，然后变成欧洲殖民地经济或者妇科学历史上对于女性奴隶实施的残酷实验的驱动力量。

（2）非限制性定语从句。

英语语言具有"形合"的特点，在判断非限制性定语从句时有明显的形态标记，即先行词与定语从句之间形式松散，常常先行词与定语从句引导词之间有一个形式标记"逗号"。在英语口语中，非限制性定语从句有停顿，在书面语中常常用逗号分开先行词与引

①　高斌：《汉语和英语定语位置对比研究》，南昌大学，2008 年，第 4 页。
②　章振邦：《新编英语语法教程》，上海外语教育出版社，1992 年，第 577-583 页。

导词。非限制性定语从句通常是结构是"逗号+which"，其引导词或关系代词还可以是 who，whom，whose 等 wh-开头的单词，偶尔也用 that。

例 1：There is a curious tension in today's operatic culture between the musical priority of the performers，which typically tries to be one of complete fidelity to the composer's instructions，and the dramatic one，where the philosophy is that a piece is a springboard for a director's limitless imagination.

（Mark Wigglesworth：The Silent Musician）

【译文】　在当今的歌剧文化中，在主张音乐优先和主张戏剧优先的表演者之间，存在着一种令人费解的紧张关系，前者通常试图完全忠实于作曲家的指示，后者所主张的哲学是，作品应该是导演发挥无限想象力的跳板。

例 2：There is plenty of music，especially well-known music，in which players do not need to see the down-beat all the time and it can be liberating to feel free from the functional inner workings of the pulse.

（Mark Wigglesworth：The Silent Musician）

【译文】　在很多乐曲中，尤其是那些举世闻名的乐曲中，演奏者没有必要时时刻刻都盯着强拍。这样的乐曲可以使人从节拍的内部功能运作中解脱出来。

（三）英语定语从句的翻译难点及原因

英语定语从句虽然结构较为复杂，但在多数情况下不会给译者造成很大的理解障碍。一是因为这种从句比较容易辨认，一般都由关系代词或关系副词引导；二是从语法结构功能来看，英语定语从句和汉语一样，都是修饰名词的从句。① 然而谈到定语从句的翻译，有时即使是比较简单的句子，也容易出现问题。倘若原文句子复杂，定语从句的逻辑意义发生变化，那么译者翻译起来更是困难重重，甚至无法入手。

定语从句翻译的难点在于：译者难以摆脱英语语法的束缚和母语负迁移的影响；不能很好地处理语序重整和逻辑意义识别，从而不能使译文既忠实地表达原文内容，又符合汉语表达习惯。外语学习者在翻译过程中常犯的一个毛病是，一见到定语从句就千篇一律地按照"定语+名词"的模式"死译硬翻"。对于比较复杂的定语从句，翻译界一般主张采用分译法或转换法，根据其中暗含的逻辑意义，将定语从句译成表示并列、转折、原因、结果、目的、时间等关系的分句。但是，由此也产生了一个问题：如何理解原文的隐含意义或如何发现定语从句在不同语境中的逻辑意义。这个问题不仅对外语学习者提出了更高的要求，也给翻译带来了更大的困难。

---

① 耿智、马慧芳：《认知——功能视角下英语定语从句的翻译》，《上海翻译》，2015 年第 1 期，第 42-45 页。

（四）英语定语从句翻译的技巧与方法

1. 前置法

鉴于汉语是句首开放的语言，翻译时可采用前置法，即将一些简短的英语限制性定语或非限制性定语从句译为汉语"……的"定语词组，直接将从句内容放在被修饰词之前，从而将英语的复句定语从句翻译成英语的单句。① 采用前置法翻译的核心条件是定语从句内容简洁，与被修饰词关系密切，同时采用前置法翻译符合汉语的表达习惯。

例 1： Every note is a consequence of the one that precedes it, and is given meaning by the one that comes next. There is an intention behind every sound, an intention that—in an overarching orchestral sense—is led by the conductor.

（Mark Wigglesworth：*The Silent Musician*）

【译文】 每个音符都是前一个音符所引发的结果，并由下一个音符赋予意义。每个声音背后都隐藏着一种意图，从管弦乐的宏观角度上看，一种由指挥支配的意图。

例 2： Everybody navigates their own way through the situations they find themselves in, and those who achieve the most are often the ones who are the most individual in their solutions.

（Mark Wigglesworth：*The Silent Musician*）

【译文】 每个人都会在自己所处的环境中找到自己的方向，而那些取得伟大成就的人往往就是那些在寻找解决方案时最特立独行之人。

2. 后置法

若英语定语从句较长或很复杂时，采用前置法翻译时，译文前置定语显得太长，抑或汉语译文读起来拗口、不符合中文短小精悍的表达习惯时，可考虑采用后置法翻译，即将定语从句译成后置的并列分句。常见的翻译处理方法有两种：一是重复先行词或用指示代词指代先行词，二是省略先行词。

（1）重复先行词。

如果定语从句比较长，起的是对先行项加以描写或补充说明的作用，则可将其译为主句的并列分句，并重复先行词。

例 1： But orchestral music need be neither diffuse, nor emotionally detached. It is profound, wide-ranging, and subtle, and conductors encourage the musicians to relish wearing their hearts on their sleeves while imperceptibly massaging this expression into a focused and sincere line of communication, one that is strengthened, rather than weakened, by the number of people taking part.

（Mark Wigglesworth：*The Silent Musician*）

---

① 高斌：《汉语和英语定语位置对比研究》，南昌大学，2008 年，第 4 页。

【译文】　然而，管弦乐既不需要表达上的弥漫扩散，也不需要情感上的超然冷漠。它广泛、深刻而又微妙。乐团指挥鼓励演奏者享受这种情感流露的过程，同时又不知不觉地将这种表达形式揉成一种专注的、真诚的交流方式，这种交流方式会随着参与人数的增加而加强，而不会随之削弱。

例 2：The seeds of this relationship are nurtured with hard work and patience，neither of which could be described as run-of-the-mill qualities in an average five-year-old.

（Mark Wigglesworth：*The Silent Musician*）

【译文】　令这种关系不断生根发芽的便是苦练和耐心，这两种品质即便放在一个 5 岁孩子的身上都不能用"普通"二字笼统带过。

在原文中，neither of which 引导的定语从句用于补充说明，前面加上"这两种品质"算是对先行词的重复。

（2）省略先行词。

翻译成并列分句，省略先行词。有时候，如果逻辑语义不点自明的话，译文可以省去先行词。

例 1：The impression that a piece is limited rather than set free by the composer's instructions is understandable，given that most people's first exposure to classical music as a child is based on the importance of playing exactly what is written.

（Mark Wigglesworth：*The Silent Musician*）

【译文】　鉴于大多数人在孩提时代第一次接触古典音乐是建立在强调准确演奏作品的基础之上，因此，人们便产生了这样一种印象：由于受到作曲家种种指令的限制，在面对任何一部作品时便都无法做到自由发挥。

例 2：I propose to offer a theory which，as far as I am aware，has not previously been set forth，that only those animals capable of speech are capable of laughter，and that therefore man，being the only animal that speaks，is the only animal that laughs

【译文】　我想提出一种理论，据我所知，这种理论还未曾有人提出过，那就是：只有能说话的动物才会笑。人是唯一能说话的动物，所以也是唯一会笑的动物。

3. 译成合成独立句

所谓译成"合成独立句"，就是指把原文主句中的先行词和定语从句融合在一起，译成一个简单句。这种融合法多用于翻译限制性定语从句，比较常见的是将主句压缩成一个汉语词（组）作主语，而把定语从句译成单句中的谓语部分。

例 1：Is there really any evidence that personal dishonesty is more prevalent than it always was?

(J. W. Krutch：The Immorality)

【译文】 难道真有什么证据，证明个人的舞弊行为比以往更加盛行吗?

在该译文中，"有什么证据"作为主语，"证明……"作为谓语，两者合在一起，构成一个简单句，行文颇为流畅。英语中的 there be 结构一般可以采取这种译法。

例 2：And then there is the particularly terrifying story of the careless construction worker who dangled fifty-two stories above the street until secured, his sole support the Levi's belt loop through which his rope was hooked.

【译文】 还有一个特别骇人听闻的故事：一个粗心的建筑工人悬挂在 52 层高的楼上，直至获救，他的唯一支撑点就是李维斯牛仔裤的裤带扣，他的安全绳就扣在这裤带扣上。

"一个粗心的建筑工人悬挂在 52 层高的楼上"，将定语从句的先行词组(the careless construction worker)与定语从句(who dangled fifty-two stories above the street)略去关联词 who 后组合在一起，构成一个独立的简单句。

以上例句之所以可以把先行词和定语从句译成主谓结构的简单句，是因为先行词在语法功能和逻辑意义上确实起的是主语作用，而定语从句起的则是谓语作用。但有时候，先行词(组)在逻辑关系上是定语从句中动词的宾语，遇到这种情况，则可以将主从复合句译成另一种简单句。

4. 译成状语

一些定语从句兼具状语从句的作用，定语从句与主句语义上有状语关系，如说明原因、结果、目的、让步及条件等关系。在翻译这类英语定语从句时，要善于根据原文上下文，灵活变通，译成汉语各种相应的状语偏正复句结构。

(1)译成原因状语从句。

例 1：She had no willingness to have a conversation with her old classmate in her childhood, who was now less than agreeable.

【译文】 她不愿再和儿时的老同学讲话，(因为)他当时显得令人厌烦。

例 2：They killed Joe Turner who knew the murderer.

【译文】 他们杀害了乔·特纳，因为他认出了杀人犯。

(2)译成结果状语从句。

例 3：The first generation of mobile phones in 1990s used the same types of component which made the device very large and bulky.

211

【译文】　第一代手机采用同类元件，（致使）当时的手机又大又笨重。

（3）译成让步状语从句。

例 4： She has been doing everything in her power by thinking and talking on the subject，to give greater—what shall I call it？—susceptibility to her feelings；which are naturally lively enough.

(J. Austen：*Pride and Prejudice*，*Ch.* 5)

【译文】　她总是想着这件事，讨论这件事，极力想使自己变得更……我该怎么说呢？更容易触动情怀，尽管她天生已经够多情的了。

例 5： Carol insisted on purchasing another house，which she had no need for.
【译文】　卡罗琳坚持要再买一座房子，尽管她并不需要。

（4）译成目的状语从句。

例 6： China will continue to improve the investing environment to draw more foreign investment it needs to develop further economy.
【译文】　中国继续会改善投资环境吸引更多外资以进一步发展经济。

例 7： We students need to improve our study methods with which we will continually improve our study efficiency.
【译文】　我们学生需要改善学习方法以便我们进一步提高我们的学习效率。

（5）译成条件状语从句。

例 8： No one who is dependent on anything outside himself，upon money，power，fame or whatnot，is or ever can be secure.

(J. W. Krutch：*The New Immorality*)

【译文】　一个人如果依赖的是身外之物，是金钱、权力、名誉之类的东西，那他就不会感到安全，永远也不会。

（6）译成时间状语从句。

例 9： She mentioned her to Radon Crawley，who came dutifully to partake of his aunt's chicken.
【译文】　（那天）罗登·克劳莱到她家来做孝顺侄儿，吃她的鸡，她也对他说起爱米丽。

例 10：The thief, who was about to escape, was caught by the policemen.
【译文】 小偷正要逃跑时，被警察抓住了。

(7)译成转折句。

例 11：My mother is very patient towards us children, which my father seldom is.
【译文】 母亲对我们兄弟姊妹们很有耐心，(而)父亲却很少这样。

例 12：A good deal went on in the school, which he—her farther, did not know.
【译文】 学校发生了许多事情，(但是)她的父亲却不知道。

综上所述，定语从句在英语中的应用范围很广，其翻译方法也多种多样，主要与句法调整有关。实际上，很多定语从句不一定译成汉语的定语，因此，首先要正确理解原文，看清定语结构，找准它所修饰的先行词，然后力求摆脱原文语法结构的限制，善于从原文字里行间发现主句和从句内在的逻辑关系，灵活变通，视不同情况灵活运用一定的翻译方法，对原文作出忠实，通顺的翻译。

第五章 文学翻译的体裁

什么是文学？文学到底有什么感染力？《简明不列颠百科全书》指出文学是"用文字写下的作品的总称。常指凭作者的想象写成的诗和散文，可以按作者的意图以及写作的完美程度而识别。文学有各种不同的分类法，可按语言和国别分，亦可按历史时期、体裁和题材分"。高尔基指出"文学是社会诸阶级和集团的意识形态——感情、意见、企图和希望之形象化的表现"(1959：1)；韦勒克和沃伦认为"文学是创造性的，是一种艺术"(1984：1)。海德格尔认为"语言是存在的家，人就居住在这个家中"(1987：181)；Griffith 认为"文学即是语言"(2006：13)。罗根泽说道："文学，在今天一般被视为'美的艺术'或'语言艺术'，包括诗、小说、散文、戏剧文学、影视文学等样式。但在古代甚至今天，它却至少有着三种不同含义。为理解方便，我们不妨把文学概念的三种不同含义分别称作广义文学、狭义文学和折中义文学。"①童庆炳认为广义文学是一切口头或书面语言行为和作品的统称，包括今天所谓文学和政治、哲学、历史、宗教等一般文化形态。狭义文学才是今日通行的文学，即包含情感，虚构和想象等综合因素的语言艺术行为和作品，如诗、小说、散文等。介乎广义文学与狭义文学之间而又难以归类的口头或书面语言作品，可以成为折中义文学。广义文学体现出文化的文学观念，狭义文学表达了审美的文学观念，折中义文学代表着惯例的文学观念。② 文学的定义和三种不同的文学观念，告诉我们文学不是绝对的，也不是一成不变的，文学是开放的、发展的、复杂的，但是文学的魅力和感染力是永恒的，经典文学作品的魅力经久不衰，一代代读者为之心驰神往。

在诸多文学定义中，我们同意童庆炳(2003)"文学是显现在话语蕴藉中的审美意识形态，文学作为社会结构→文学作为一般意识形态→文学作为审美意识形态→文学作为话语蕴藉中的审美意识形态。文学是显现在话语蕴藉中的审美意识形态，这种审美意识形态是一般意识形态的特殊形式，而一般意识形态又属于社会结构中的上层建筑"③。

将文学理解为话语蕴藉中的审美意识形态，意味着翻译文学作品在内容和文风上都要尽量与原文保持一致，同时还要通过译文传递出与原作同样的艺术魅力，因此才能使译作读者获得同原作读者一样的审美体验，传递出原作话语中蕴藉的审美意识形态。文学翻译按体裁可以分为：小说翻译、诗歌翻译、散文翻译、戏剧翻译、寓言翻译、神话翻译、幽

---

① 罗根泽：《中国文学批评史(一)》，上海古籍出版社1984年新1版，第3页。
② 童庆炳：《文学理论教程》，高等教育出版社，1998年4月第2版，第49-50页。
③ 童庆炳：《文学理论教程》，高等教育出版社，1998年4月第2版，第75页。

默翻译、笑话翻译及文艺评论翻译等。鉴于文学翻译题材的多样性，为保证译作的文学价值，文学翻译总体的原则可以概括为以下几个方面：

第一，深刻理解原作基础上的翻译。理解原文是英汉互译的基础，也是前提。原文题材的语言特点，要想忠实准确地翻译出来，就必须在原作理解上下功夫。原作的时代背景、作者的写作意图都可以通过语言的繁简、虚实、轻重、显隐等体现出来，因此文学翻译一定是理解原作基础上的翻译。原作的作者因经历、学识、才智、处境的不同，在创作作品时，想表达出来的思想内涵也有很大不同。在理解原作的基础上，通过译文再现原作的精神内涵，对译者来说是种挑战。从历史演变看，文学可以分为古代文学、近代文学、现代文学。古代文学是文学类型的初步形成时期，现实型、理想型和象征型文学初步形成；近代文学是文学类型的充分发展时期，浪漫主义文学、现实主义文学、象征主义文学在这一时期充分发展；现代文学类型多向演变，现代主义文学是复杂的文学现象，各个流派都有自己的思想艺术特色。

第二，把握原作体裁基础上的翻译。文学作品按体裁可以分为小说、诗歌、散文、戏剧、寓言、神话、幽默笑话、文艺评论等，可以说每种体裁都有自己的特点。小说有细致的人物刻画、完整复杂的情节叙述、集体充分的环境描写；诗歌的基本特征是凝练性、跳跃性、韵律性；散文的题材广泛多样，结构灵活自由，抒写真实传情；戏剧浓缩地反映现实生活，集中地表现矛盾冲突，以人物台词推进戏剧动作。根据文学创造的主客体关系和文学作为意识形态对现实的不同反映方式，文学作品还可以分为现实型、理想型和象征型三类。现实型文学侧重写实，以真实的方式再现客观现实的文学形态；理想型文学侧重抒情，通过抒情表现主观理想；象征型文学侧重暗示，以暗示的方式寄寓审美意蕴。

第三，品味原作独特题材风格基础上的翻译。无论是小说、诗歌还是戏剧，每一篇文学作品都是在一定题材类型的基础上，拥有自己的独特风格。从整体看，原作的风格是清新、奇丽、冷凝、幽默，还是辛辣、简洁、自然？从局部看，原作者在作品中通过哪些手段表现了作者的何种情感，这些情感又在译文通过何种语言体现出来？大词长句、方言俚语、场景的描写、人物的对话、平仄押韵等，可以说每一篇文学作品都有自己独特的风格。译文应尽量忠实于原作的语言风格。

总之，翻译文学作品必须在分析原作体裁、题材、语言风格等方面的基础上进行翻译，译文既要忠实准确，又要展现原作的风格特点。原文繁琐，译文也应繁琐；原文简练，译文也应简练；原文庄肃，译文也应庄肃；原文诙谐，译文也应诙谐。在翻译过程中既要体现原文风格，又要不受到原文句式的束缚。茅盾说过"句调精神是在尽可能的范围内求相似""文学翻译必须使用文学的语言"。文学的语言来自译者的体会，"繁琐、简练、庄肃、诙谐"也需要译者品味其中的差别，那么译者是否可以拥有自己的风格呢？我们认为，在忠实于原文内容，忠实于原文风格的基础上，如果译文语言通顺、符合规范，而又具有译者自己的特点，也不失为一篇优秀的译文，翻译名家在文风上有没有自己独特的特点，也是值得我们文学翻译爱好者探究的领域。

第一节　小　　说

一、小说的题材

小说是一种侧重刻画人物形象，叙述故事情节的文学样式。"小说"一词最早见于《庄子·杂篇·外物》："夫揭竿累，趣灌渎，守鲵鲋，其于得大鱼难矣，饰小说以干县令，其于大达亦远矣。"鲁迅认为此处所用的"小说"一词指"琐屑之言，非道术之所在，与后来的小说固不同"（1995）。从篇幅看，小说可以分为长篇小说、中篇小说与短篇小说；从出现时间看，又可以分为文言小说与现代小说等。小说的基本特征是：深入细致的人物刻画、完整复杂的情节叙述、具体充分的环境描写。①

小说的题材有广义和狭义之分。广义的小说题材指小说反映的生活领域或取材范围。狭义的小说题材指小说家在作品中具体描绘的、体现小说主题的一组相对完整的生活现象。小说的题材由作家从社会生活中挑选出来，经过加工提炼组织成作品。现代小说的题材多种多样，可以分为都市小说、乡村小说、革命小说、爱情小说、科幻小说等。概括说来，经典文学作品中的小说可以划分为三类：历史小说、社会小说、传记小说。

历史小说具有很高的史学性，小说中的背景、人物、事件，都源自历史，通过描写历史人物和事件再现一定历史时期的生活面貌和历史发展趋势。历史小说创作具有真实与虚构相统一的特征，主要人物和事件有历史根据，但也有适当的想象，概括和虚构。历史小说的代表有司各特的《艾凡赫》（*Ivanhoe*），狄更斯的《双城记》（*A Tale of Two Cities*），罗贯中的《三国演义》（*Romance of the Three Kingdoms*）等。

社会小说从浪漫主义文学思潮中演化而来，社会小说以客观现实生活为根基，强调社会和经济状况对人物和事件的影响，着力反映社会存在的问题，时常蕴含显性或隐性的社会变革主题，并通过艺术形象提出作者对不同社会现象的见解，H.B.斯托夫人的《汤姆叔叔的小屋》（*Uncle Tom's Cabin*），斯坦贝克的《愤怒的葡萄》（*The Grapes of Wrath*），吴敬梓的《儒林外史》（*Unofficial History of the Scholars*），雨果的《悲惨世界》（*Les Misérables*），茅盾的著名长篇小说《子夜》（*Midnight*）都是社会小说的代表。背景广阔、贴近生活、描写细腻是社会小说的特点。

传记小说由纪实性传记发展而成，传记小说描写特定人物的生活经历、精神风貌和历史背景，以反映现实生活。传记小说以真实人物的史实为依据，人物的基本事迹有历史依据，但在材料、地点、对话等方面有一定的联想和虚构成分。传记小说的代表有罗马尼亚作家雷安格的小说《童年的回忆》（*Childhood Memories*），D. H.劳伦斯的小说《儿子与情人》（*Sons and Lovers*），金敬迈的小说《欧阳海之歌》（*The Song of Ouyang Sea*），姚雪垠的《李自成》等。

近代文学发展进程中，相继出现了浪漫主义、现实主义和象征主义文学思潮，小说又

---

① 童庆炳：《文学理论教程》，高等教育出版社，1998 年 4 月第 2 版，第 171 页。

可分为现实主义小说、浪漫主义小说、意识流小说和哥特式小说等不同流派。巴尔扎克的《人间喜剧》(*The Human Comedy*)描写了私人生活、外省生活、巴黎生活、政治生活、军事生活、乡间生活，全面深刻地展示了当时现实社会的各个层面，既有精细入微的刻画又有历史长卷式的宏观展示，是现实主义文学的经典作品。中国革命和建设时期，我国出现了革命现实主义和革命浪漫主义相统一的"两结合"型文学。他们既注重现实又注重理想，以革命现实主义为基础，以革命浪漫主义为主导，如《青春之歌》(*Song of Youth*)就是"两结合"的代表。

尽管小说的分类标准不同，但小说的三要素是相同的，即"情节""人物"和"场景"。小说的情节通常分为开端、发展、高潮、逆转和结局五个阶段。从翻译角度看，小说人物众多，不同人物具有不同的语言特色，语体可以是高级的和低级的。小说可能还包括其他文学体裁的话语形式，如长篇小说《红楼梦》，不仅有叙述、对话，还有散文、戏曲、诗词、曲赋，既有典雅华美之辞，也有粗俗鄙薄之言。长篇小说可能包括所有其他文学体裁的话语形式，而其他题材则不可能使用小说的所有表现形式。以长篇小说《红楼梦》为例，其中不仅有叙述、对话，而且还有散文、戏曲，同时还包括了诗、词、曲、赋等表现形式。

二、小说翻译名家

我国小说翻译从晚清开始，梁启超在 1896 年所著的《自然论译书》中强调了小说在开启民智方面的重要性，他的理念得到了晚清学者的热烈响应。此后，以林纾为代表的晚清学者翻译了大量的欧美小说。欧美小说翻译促进了民族意识的觉醒，推动了社会的变革。

晚清小说翻译，翻译者的语言风格受"桐城派"①的影响，翻译策略以"归化"为主。后来，以赵景深为代表的学者主张"宁错而务顺"，而鲁迅则针锋相对地指出"宁信而不顺"的翻译原则。1907 年，鲁迅与周作人合译的第一本书就是英国作家哈葛特与安德鲁·兰合著的小说《世界之欲》，也译作《红星佚史》。周作人用文言文翻译了正文部分，鲁迅用骚体诗翻译了小说中的 16 节诗歌。1909 年两人又合译了《域外小说集》，其中周作人翻译了 37 篇文言译的短篇小说，鲁迅翻译了迦尔洵的《四月》，安特莱夫的《谩》和《默》。1922 年和 1923 年两人又合译了《现代小说译丛》，鲁迅翻译了 9 篇。1923 年两人合译《现代日本小说集》，鲁迅翻译 11 篇。《晚清小说史》作者阿英评价晚清翻译小说时就曾提到，就对文学的理解和译文忠实于原文方面，周氏兄弟首推。②

近现代小说翻译名家中，胡适 1914 年翻译了法国阿尔丰斯·都德(Alphonse Daudet)的短篇小说《柏林之围》；1917 年翻译了莫泊桑的《两个朋友》；1919 年翻译了《短篇小说》(第一集)，英国作家阿瑟·莫里森(Arthur Morrison)的小说《楼梯上》，俄国契诃夫的小说《洛斯奇尔的提琴》，意大利女作家 Gaslenuoveo 的小说《一封未寄的信》；1924 年翻译了契

---

① 桐城派是中国清代文坛上有影响力的散文流派，亦称"桐城古文派"，世通称"桐城派"。戴名世、方苞、刘大櫆、姚鼐被尊称为桐城派"四祖"。

② 郭著章：《翻译名家研究》，湖北教育出版社，1999 年 7 月第 1 版，第 2 页，第 9 页。

诃夫的小说《苦恼》；1928 年翻译了欧亨利的小说《戒酒》，美国短篇小说家弗朗西斯·布雷特·哈特(Francis Bret Harte)的小说《米格尔》；1930 年翻译了哈特的小说《扑克坦赶出的人》(*The Outcasts of Poker Flat*)；1933 年出版《短篇小说》(第二集)。林语堂 1939 年在美国出版长篇小说《京华烟云》(*Moment in Peking*)。该书使其成为诺贝尔文学奖的候选人，其英译中小说有英国作家萧伯纳的《卖花女》。茅盾 1917 年翻译了英国作家赫伯特·乔治·威尔斯(H. G. Wells)的小说《三百年后孵化之卵》，该小说是茅盾使用文言文翻译的第一篇短篇小说；1920 年翻译了美国作家爱伦坡(Edgar Allen Poe)的著作《心声》(*The Tell-Tale Heart*)；1925 年出版了《新犹太小说集》；1935 年翻译了美国作家欧·亨利的小说《最后的一张叶子》(*The Last Leaf*)；1946 翻译出版了《苏联爱国战争短篇小说译丛》。梁实秋 1944 年翻译了英国作家艾米莉·勃朗特(Emily Bronte)的《呼哮山庄》；1932 年翻译了英国作家乔治·艾略特(George Eliot)的《织工马南传》。钱歌川 1929 年翻译了托马斯·哈代(T. Hardy)的《娱妻记》；1934 年出版《幽默小说集》；1935 年翻译了英国作家 A. 赫胥黎(A. Huxley)的《青春之恋》，英国作家约翰·高尔斯华绥(J. Galsworthy)的《舞女》，美国作家爱伦·坡(E. A. Poe)的《黑猫》，英国作家 D. H. 劳伦斯的《热恋》；1946 年翻译了英国作家埃尔茨(S. Ertz)的短篇小说《房客》，1975 年出版译著《英美小说选》。张谷若 1935 年翻译了英国作家托马斯·哈代的《德伯家的苔丝》；1958 年翻译了托马斯·哈代的《还乡》《无名的裘德》；1982 年翻译了英国作家查尔斯·狄更斯的《大卫·考坡菲》。巴金 1943 年翻译了屠格涅夫的《父与子》，德国作家斯托姆的短篇小说集《迟开的蔷薇》；1949 年翻译了屠格涅夫的中篇小说《蒲宁与巴布林》；1950 年翻译了高尔基的短篇小说 4 篇，迦尔洵的短篇小说集《红花集》；1952 年翻译了屠格涅夫的短篇小说《木木》。傅雷 1934 年翻译了罗曼·罗兰的《弥盖朗琪罗传》；1937 年翻译了罗曼·罗兰的《约翰·克里斯朵夫》；1944 年翻译了巴尔扎克的《高老头》；1948 年翻译了巴尔扎克的《欧也妮·葛朗台》；1959 年翻译了巴尔扎克的《搅水女人》。萧乾 1933 年至 1935 年与美国记者埃德加·斯诺(Edgar Snow)合编《活的中国》(*Living China*)，翻译了郭沫若的《十字架》、巴金的《狗》、丁玲的《水》、茅盾的《自杀》、萧乾的《皈依》等 17 篇现代短篇小说；1961 年与李从弼合译亨利·菲尔丁(Henry Fielding)的《弃儿汤姆·琼斯的历史》；1995 年与文洁若合译英国作家詹姆斯·乔伊斯的《尤利西斯》。许渊冲 1956 年翻译了德莱顿的《一切为了爱情》；1994 年翻译了德莱顿的《埃及艳后》；1983 年翻译了司汤达的《红与黑》，1983 年翻译了巴尔扎克的《人生的开始》；1992 年翻译了福楼拜的《包法利夫人》。

三、小说的特点与翻译策略

　　小说是一种侧重刻画人物形象和叙述故事情节的文学样式。小说可以分为长篇小说、中篇小说、短篇小说、文言小说与白话小说等。小说的基本特征主要是：深入细致的人物刻画、完整复杂的情节叙述及具体充分的环境描写。描写人物是小说的显著特点。着重刻画人物形象是小说走向成熟的标志。小说在人物刻画上拥有丰富的表现手段，可以从各个方面深入细致地塑造性格复杂的人物形象。情节是与人物密切相关的，是人物性格发展的基础。环境描写是衬托人物性格、展示故事情节的重要手段。"历史环境可以上下几千年，自然环境可以纵横几万里。环境描写为人物和情节提供时间和空间范围。"①

韦努蒂②将"归化""异化"的翻译策略进行对比，并从文化取向角度解释这两种翻译原则差异的原因。他指出归化翻译强调流畅、通顺，异化翻译避免流畅，倾向于在译文中融入异质性的话语。归化翻译从目的语中预先存在的价值观、信仰和表达法来重构原文。归化翻译将原文的语言文化差异替换成被译文语言所阐释的文本，通过译文，我们读到的是熟悉的文化。

无论是"归化"还是"异化"，小说翻译需要达到的标准都是展现原作风格，勾勒人物形象，情感美与意境美相结合。宏观上，展现原作整体风格，微观上揭示作品中人物的情感。通过了解作者创作的时代背景、个人阅历、创作意图等，对译文进行宏观上的把握和微观上的调整，保留原作的语言风格特点。微观上，通过人物描写、人物对话勾勒出小说中人物的特征，使小说中人物形象鲜明、栩栩如生。因此小说中人物对话是作者有意识地使用特殊语言符号展现不同人物特征的地方，这也是小说翻译的重点。

通过译文再现小说的意境美与情感美是小说翻译的终极要求。作家、翻译家在创作小说中的人物时，都在人物身上倾注了一定的情感。风景描写、场景描写，不但对情节发展有着重要的铺垫作用，好的小说译文还会使读者身临其境，体会意境之美。通过心理揣摩再现小说的情感美；通过场景描写再现小说的意境美，是小说翻译策略的总体要求。

（一）小说名的翻译

小说名是小说内容和主题的高度凝练与概括，小说的名字既可以直接点明中心，又间接地为读者留下广阔的想象空间，小说名不仅仅是名字、名称，它是文学艺术符号，蕴涵着审美。因此，小说名的翻译可以直译也可以意译，直译是通过显性的手法展示小说主题，意译则是通过隐性的手段展示小说的意境美，诱发读者联想，激活审美想象。

小说名称的翻译对于提炼和照应小说主题至关重要。小说名的总体翻译原则是：显性小说名称通常采用直译法，尽量保留原作的显性特征。举例如下：

Lady Chatterley's Lover	《查太莱夫人的情人》
Women in Love	《恋爱中的女人》
Sons and Lovers	《儿子与情人》
Tess of the D'Urbervilles	《德伯家的苔丝》
A Passage to India	《印度之旅》
Jane Eyre	《简·爱》
Gimpel, the Fool	《傻瓜古姆佩尔》
A Tale of Two Cities	《双城记》

---

① 童庆炳：《文学理论教程》，高等教育出版社，1998年4月第2版，第171-172页。

② Venuti, Lawrence. The Translator's Invisibility—A History of Translation. Shanghai：Shanghai Foreign Language Education Press. 2004：19，35.

Treasure Island	《宝岛》或《金银岛》
The Return of the Native	《还乡》
Childhood Memories	《童年的回忆》
《三国演义》	*The Three Kingdoms*
《西厢记》	*The Story of the West Pavilion*
《牡丹亭》	*The Peory Pavilion*
《镜花缘》	*Flowers in the Mirror*
《浮生六记》	*Six Chapters of a Floating Life*
《暴风雨中的树叶》	*A Leaf in the Storm*

隐性小说名称旨在留下文学空白，形成审美距离，对读者产生审美召唤。因此，不管采用直译、意译，还是变通手法，都应尽可能保留其隐性特征，从而实现审美效应。① 举例如下：

Vanity Fair	《名利场》
The Rainbow	《虹》
The Scarlet Letter	《红字》
Catch-22	《第二十二条军规》
Gone with the Wind	《飘》
The Grapes of Wrath	《愤怒的葡萄》
A Dream of Red Mansions	《红楼梦》
Leaf in the Storm	《风声鹤唳》
Between Tears & Laughter	《啼笑皆非》
Lolita	《一树梨花压海棠》

古典小说《红楼梦》有两个译本，书名也有不同的翻译：杨宪益、戴乃迭译为 *A Dream of Red Mansions*，此种译法采用了异化翻译策略，为直译法；David Hawkes 译为 *The Story of the Stone*，此种译法采用了归化翻译策略，为意译法。David Hawkes 的翻译有两重含义，如果按前八十回手抄本《石头记》为名，也可以理解为直译。从语用意义来看，语用差异可以表现在同一词语所含的颜色词的联想与象征上。中国人对颜色的联想比较丰富，典型的例子是京剧脸谱，红色表示忠勇，白色表示奸诈，黄色表示豪侠，绿色和蓝色表示鲁莽，黑色表示正直和廉洁，金色和银色表示天神，绿色和蓝色表示神鬼。红色在中国文化色彩中表示的是喜庆、忠勇、祝福等，但是在英文的文化色彩中，红色多表示人物脾气暴躁，白色表示清白，黄色表示胆怯，蓝色表示忧愁，绿色表示嫉妒，黑色表示邪恶。因此，David Hawkes 的译文 *The Story of the Stone*，也可以理解为归化翻译策略，通过意译

---

① 周方珠：《文学翻译论》，中国出版传媒有限公司，2014 年，第 91 页。

法，避免了文化色彩词在语用方面的影响。在 David Hawkes 的译文中，怡红公子译为 Green Boy，怡红院译为 Green Delights，也是考虑到了文化差异和译文的可接受性。

因此，翻译有特殊含义的颜色词最好不要直译。以"红色"相关词语翻译为例：

红眼病	be green-eyed
开门红	get off to a good start
红白喜事	weddings and funerals
红榜	honour board
红火	flourishing，prosperous

类似的文化色彩词，还有和动物相关的如"虎"和"狮"：汉语中"虎"是百兽之王，带"虎"字的成语有虎视眈眈、虎踞龙盘、狐假虎威等，但在英语中狮的地位远远超过虎，英语俗语有：

beard the lion in his den	太岁头上动土
the lion's share	最大、最好的份额
a lion's provider	豺狼，走狗
lion heart	勇士
a lion in the way	拦路虎

再如：鸡皮疙瘩—gooseflesh，水底捞月—to fish in the air，猫哭老鼠假慈悲—to shed crocodile tears，热锅上的蚂蚁—a hen on a hot girdle。鸳鸯在汉语中常被比喻夫妻，英语中 mandarin duck 却没有夫妻的含义。"山羊"在汉语中没有特殊含义，但英语中 goat 可以表示色鬼。因此，文学翻译要注意汉英文化色彩上的语用差异，直译可能会失去原文的语用意义，很难达到作者想要达到的交际目的。

电影 The Lion King 直译为《狮子王》，符合汉语的语言色彩和语用习惯，直译完全可以。反观俄裔美国小说家纳博科夫的小说《洛丽塔》(Lolita)，其改编为电影后中文名称为《一树梨花压海棠》。Gone with the Wind 最初由上海电影制片厂译为《随风而去》，后来改译为《乱世佳人》，作为小说名称，傅东华将其译为《飘》，这是因为影片的名字要考虑原作的审美，也要考虑票房的价值和观众的接受度。因此，隐性翻译手法产生的审美效应是翻译由小说改编而成的影片的常用手段，电影与原作不一致正好在语用上形成了审美召唤，达到了电影的审美效果。

(二)小说中人物的翻译

1. 称谓
小说中的称谓可以说数量庞大、种类繁多。现代小说的称谓可以反映小说人物的职业、社会地位、社交角色等。古代小说中的称谓多种多样，有谦称、敬称、百姓称谓、职业称谓、朋友关系称谓、年龄称谓、性别称谓等。

谦称，表示谦逊的态度，用于自称。一般的谦称有愚、鄙、敝、卑、臣、仆、不才、不佞、不肖、在下、老朽、老夫、老拙、晚生、晚学等；帝王谦称有孤、寡、寡人、朕、朕躬等。官吏谦称有下官、末官、小吏、卑职等；还有"家"称，"舍"称，"犬"称，"小"称，"拙"称，"鄙"称等。敬称，指在称呼别人时对对方表示尊敬和客气，也叫尊称。有"令"称，如令尊、令堂、令阃、令兄、令郎、令爱；有"贤"称，如贤弟、贤侄；有"先"称，如先帝、先父或先考、先慈或先妣。

百姓称谓有布衣、黔首、生民、庶民、黎民、黎庶、黎元、苍生、氓等。职业称谓指对一些以技艺为职业的人称呼其时时常在其名前面加一个表示其职业的字眼，让人一看就知道这个人的职业身份。例如："庖丁"，"丁"是名，"庖"是厨师；"师襄"，"襄"是名，"师"，意为乐师，表明职业；"优孟"，"孟"是名，"优"，亦称优伶、伶人，表明职业。朋友关系称谓有贫贱之交、金兰之交、刎颈之交、患难之交、莫逆之交等。年龄称谓有垂髫，总角，豆蔻，束发，弱冠，而立，不惑，知命，花甲，古稀，耄耋，期颐等。性别称谓有巾帼，须眉等。

小说中的称谓常有第一、第二、第三人称，现代小说的称谓翻译比较清晰，古典小说的称谓翻译，需要译者仔细推敲。第三人称称谓指的是对说话者和受话者以外的人、事、物，如交际双方的亲属、朋友、同事，或与他们有关的事物的称谓。小说翻译时，要注意称谓对应关系在英汉两种文化中的转换。

范例 1：
〈原文〉

正是呢！我一见了妹妹，一心都在他身上，又是喜欢，又是伤心，竟忘记了老祖宗。该打，该打！

（曹雪芹：《红楼梦》）

〈译文〉

I was so carried away by joy and sorrow at sight of my little cousin. I forgot our Old Ancestress. I deserve to be caned.

（杨宪益、戴乃迭 译）

〈分析〉

1. 本句中的主语"我"是王熙凤，"妹妹"是林黛玉，了解《红楼梦》的人都知道，林黛玉是贾母唯一的外孙女，是王熙凤的表妹，因此，不分析人物之间的关系，直接翻译成"younger sister"，会让读者误解二人之间的关系。"my little cousin"既准确地表述了二人之间的关系，又通过 my little，准确地译出了"表嫂"对"表妹"的亲切呵护之情。

2. "老祖宗"译为 our Old Ancestress，展现了王熙凤对贾母的尊重、奉承，以及贾母在贾府至高的地位。David Hawkes 在译文中将"老祖宗"译为"Granny dear"，无法表现王熙凤对贾母的奉承之意，也无法展现贾母的地位。

3. "该打！该打！"此处是假自责、真撒娇，不是实打，而是一种虚指。译文中用 to be

caned，是考虑贾母年迈，挂着藤杖，可以用藤杖轻轻打一下来惩罚。David Hawkes 的译文中，此处译为 "I deserve to be spanked, don't I?"。spank 的意思是 to hit sb, especially a child, several times on their bottom as a punishment。spank 虽然也是实指，但是更符合当时情景，更符合贾母和王熙凤的关系。don't I? 的使用，翻译出了叠词的功能和王熙凤娇媚调皮的神态。

《红楼梦》原文使用了大量的称谓词，翻译起来可以从归化和异化两个总体翻译原则出发，具体加以甄别推敲，第三十三回节选原文选段如下：

范例 2：
〈原文〉

这一城内，十停人倒有八停人都说，他近日和衔玉的那位令郎相与甚厚。下官辈听了，尊府不比别家，可以擅来索取，因此启明王爷。王爷亦说："若是别的戏子呢，一百个也罢了；只是这琪官，随机答应，谨慎老成，甚合我老人家的心境，断断少不得此人。"故此求老先生转致令郎，请将琪官放回。

(《红楼梦》第三十三回)

〈译文 A〉

However, in the course of the very extensive inquires we have made both insideand outside the city, eight out of ten of the people we have spoken to say that he has recently been very thick with the young gentleman who was born with the jade in his mouth. Well, obviously we couldn't come inside here and search as we would have done if this had been anyone else's house. So we had to go back and report the matter to His Highness; and His Highness says that though he could view the loss of a hundred ordinary actors with equanimity, this Bijou is skilled in anticipating his wishes and so essential to his peace of mind that it would be utterly impossible for him to dispense his services. I have therefore come here to request you to ask your son if he will be good enough to let Bijou come back again.

(David Hawkes： The Story of the Stone)

〈译文 B〉

We are told by eight out of every ten persons questioned that he has recently been on the closest terms with your esteemed son who was born with jade in his mouth. Of course, we could not seize him from your honorable mansion as if it were an ordinary household. So we reported the matter to His Highness, who says he would rather lose a hundred other actors than Chi-kuan, for this clever well-behaved lad is such a favorite with our master's father that he cannot do without him. I beg you, therefore, to ask your noble son to send Chi-kuan back.

(杨宪益、戴乃迭 译：A Dream of Red Mansions)

〈分析〉

1. "十停人倒有八停人"可以译为：eight out of ten of the people 或 eight out of every ten persons。

2. 关于第三人称称谓词"令郎""尊府""王爷"和"令郎"，David Hawkes 的译文与杨宪益、戴乃迭的译文既有相同点，也有不同处。令郎：young gentleman，your esteemed son，your son，your noble son。尊府：Your honorable mansion。王爷：His Highness。

3. 其他与称谓相关的词汇有：下官辈（we），别家（anyone else's house，an ordinary household），琪官（Bijou，Chi-kuan），我老人家（our master's father），此人（him），老先生（you）。

David Hawkes 在 *The Story of the Stone* 中采用的是"归化"翻译策略，关注译文和译文读者，因此在文化差异上，考虑到英国是君主立宪制国家，所以多采用英国的皇权贵族称谓，如陛下（Your/His Majesty）、阁下（Your/His Excellency）、大人、殿下（Your/His Highness）等。这些称谓同古代中国有相似之处，采用对等翻译方法，更容易让译文读者理解和接受，因此将王爷直接翻译成 Your/His Highness。另外，从文化价值观看，西方文化中没有类似古代汉语中的谦词和敬词，西方人崇尚个人价值，强调表现自我，不会通过自谦甚至自贬来表示对他人的恭敬，因此谦词和敬词在英语中没有对等词。David Hawkes 将"令郎"译成 young gentleman 和 your son，将"尊府"省缺不译。

杨宪益、戴乃迭在 *A Dream of Red Mansions* 中采用的是"异化"翻译方法，译文关注原文和原文作者，译文读者尽量向原文靠拢。第三人称称谓词"令郎""尊府""王爷"和"令郎"分别被译为：your esteemed son，your honorable mansion，His Highness，your noble son。四个词语都被翻译出来，没有作省译处理。从跨文化交际的效果看，这种异化翻译方法将原文权势内涵表达得更加透彻。

对于《红楼梦》中人名的翻译，杨宪益、戴乃迭大多采用拼音译法，为了弥补异化翻译策略的不足，部分人名同时作了脚注补充，如：

甄士隐	Zhen Shiyin—Homophone for "true facts concealed"
熙凤	Xifeng—Splendid phoenix
袭人	Xiren—Literally "assails men"

对于拼音译法，杨宪益、戴乃迭最初使用威式拼音法，这更符合英美人的拼写习惯，便于拼读。由于威式拼音法存在不足，即容易将"金"和"秦"混淆，如金荣（Chin Jung）和秦钟（Chin Chung），因此 2003 年外文出版社出版杨宪益、戴乃迭译的 *A Dream of Red Mansions* 时将人物姓名全部改为现代汉语拼音法。

David Hawkes 译的 *The Story of the Stone* 采用的是"归化"翻译策略，作了意译，以"琪官"和其他带"官"的人名为例：

琪官—Bijou（珠宝）

龄官—Charmante（迷人，可爱）

豆官—Cardamom（豆蔻）

药官—Pivoine（芍药）

《红楼梦》中，人物名称意译的翻译方法，在一定程度上补偿了文化内涵的流失，也补偿了单纯拼音译法的不足，同其他翻译方法相比，意译更侧重读者的感受，容易被英美读者所接受。

2. 人物形象

描写人物是小说的显著特点，着重刻画人物形象是小说走向成熟的标志，在小说中，既有人物言语又有叙述人物的语言，小说可以具体地描写人物的音容笑貌，也可以展示人物的心理状态，还可以通过对话、行动、环境等烘托人物形象。对小说人物描写的翻译，首先要关注人物的身份、地位、经历等，这些特征直接决定着人物的言行，影响人物的性格。其次，要结合人物的语言、外貌、行动和心理等直接描写，还有对环境、与他人关系等的间接描写，才能从整体上把握人物的思想感情和性格特征。

范例 1：

〈原文〉

Scarlett O'Hara was not beautiful, but men seldom realized it when caught by her charm as the Tarleton twins were. In her face were too sharply blended the delicate features of her mother, a coast aristocrat of French descent, and the heavy ones of her florid Irish father. But it was an arresting face, pointed of chin, square of jaw. Her eyes were pale green without a touch of hazel, starred with bristly black lashes and slightly tilted at the ends. Above them, her thick black brows slanted upward, cutting a startling oblique line in her magnolia-white skin—that skin so prized by Southern women and so carefully guarded with bonnets, veils and mittens against hot Georgia suns.

Seated with Stuart and Brent Tarleton in the cool shade of the porch of Tara, her father's plantation, that bright April afternoon of 1861, she made a pretty picture. Her new green flowered-muslin dress spread its twelve yards of billowing material over her hoops and exactly matched the flat-heeled green morocco slippers her father had recently brought her from Atlanta. The dress set off to perfection the seventeen-inch waist, the smallest in three counties, and the tightly fitting basque showed breasts well matured for her sixteen years. But for all the modesty of her spreading skirts, the demureness of hair netted smoothly into a chignon and the quietness of small white hands folded in her lap, her true self was poorly concealed. The green eyes in the carefully sweet face were turbulent, willful, lusty with life, distinctly at variance with her decorous demeanor. Her manners had been imposed upon her by her mother's gentle admonitions and the sterner discipline of her mammy; her eyes were her own.

（Margaret Mitchell, *Gone with the Wind*）

〈译文〉

　　那郝思嘉小姐长得并不美，可是极富魅力，男人见了她，往往要着迷，就像汤家那一对双胞胎兄弟似的。原来这位小姐脸上显然混杂着两种特质：一种是母亲给她的娇柔，一种是父亲给她的豪爽。因为她母亲是个法兰西血统的海滨贵族，父亲是个皮色深浓的爱尔兰人，所以遗传给她的质地难免不调和。可是质地虽然不调和，她那一张脸蛋儿实在迷人得很，下巴颏儿尖尖的，牙床骨儿方方的。她的眼珠子是一味儿的淡绿色，不杂一丝儿的茶褐，周围竖着一圈儿粗黑的睫毛，眼角儿微微有点翘，上面斜竖着两撇墨黑的蛾眉，在她木兰花一般白的皮肤上，划出两道异常惹眼的斜线。就是她那一身皮肤，也正是南方女人最最喜爱的，谁要是长着这样的皮肤，就要拿帽子、面罩、手套之类当心保护着，舍不得让那大热的阳光晒黑。

　　1861 年 4 月一个晴朗的下午，思嘉小姐在陶乐垦殖场的住宅，陪着汤家那一对双胞胎兄弟——一个叫汤司徒，一个叫汤伯伦的——坐在一个阴凉的走廊里。这时春意正浓，景物如绣，她也显得特别的标致。她身上穿着一件新制的绿色花布春衫，从弹簧箍上撑出波浪纹的长裙，配着脚上一双也是绿色的低跟鞋，是她父亲新近从饿狼陀买来给她的。她的腰围不过十七英寸，穿着那窄窄的春衫，显得十分合身。里面紧紧绷着一件小马甲，使得她胸部特别隆起。她的年纪虽只十六岁，乳房却已十分成熟了。可是不管她那散开的长裙显得多么端庄，不管她那梳得光滑的后髻显得多么老实，也不管她那叠在膝头上的一双雪白的小手显得多么安静，总都掩饰不了她的真性情。那双绿色的眼睛虽然嵌在一张矜持的面孔上，却是骚动不宁的，慧黠多端的，洋溢着生命的，跟她那一副装饰起来的仪态截然不能相称。原来她平日受了母亲的温和训诲和嬷嬷的严厉管教，这才把这副姿态勉强造成，至于那一双眼睛，那是天生给她的，绝不是人工改造得了的。

（傅东华　译）

〈分析〉

1. 原文第一句，but men seldom realized it 没有采用直译，采用了省略的译法，同时增译了"可是极富魅力"，丰富了主人公郝思嘉小姐引人着迷的形象。

2. 第二句中 too sharply blended the delicate features 译为"混杂着两种特质"，在下一句中补充了"质地难免不调和"，将郝思嘉小姐身上两种遗传气质混合的特点传递给译文读者。

3. 第一段第四句开始到第一段结束，详细地描述了郝思嘉的五官，her thick black brows slanted upward, thick black brows 译成墨黑的蛾眉，蛾眉比喻女子美丽的眉毛，出自《诗·卫风·硕人》："蝤首蛾眉，巧笑倩兮。"给中文读者，很强的美感。

4. 第二段 she made a pretty picture 译为"这时春意正浓、景物如绣，她也显得特别的标致"使用了增译，补充了她成为美景的一部分的含义。turbulent, willful, lusty with life 译为"骚动不宁的、慧黠多端的、洋溢着生命的"选择使用汉语四字成语，形成排比，更展示了汉语的语言美。

5. 最后一句中，her eyes were her own，译为"至于那一双眼睛，那是天生给她的，绝不是人工改造得了的"。译出了隐含的对郝思嘉天然美的称赞。

原文出自美国著名女小说家玛格丽特·米西尔(Margaret Mitchell, 1990—1949)的代表作《乱世佳人》(*Gone with the Wind*)。小说塑造了一个外表迷人、性格坚强、头脑精明、性格圆滑, 又敢爱敢恨的南方佳人形象。郝思嘉不是一个温柔完美的女性形象, 但她真实, 敢于反抗世俗, 敢爱敢恨, 观众为她的魅力所倾倒, 称其为战火中的玫瑰, 生活中的强者。傅东华的译文与原文风格十分接近, 语言纯正、行文流畅, 是高度的归化译文, 使主人公的形象跃然纸上, 栩栩如生。

范例 2:
〈原文〉

孔乙己是站着喝酒而穿长衫的唯一的人。他身材很高大; 青白脸色, 皱纹间时常夹些伤痕; 一部乱蓬蓬的花白的胡子。穿的虽然是长衫, 可是又脏又破, 似乎十多年没有补, 也没有洗。他对人说话, 总是满口之乎者也, 叫人半懂不懂的。因为他姓孔, 别人便从描红纸上的"上大人孔乙己"这半懂不懂的话里, 替他取下一个绰号, 叫作孔乙己。孔乙己一到店, 所有喝酒的人便都看着他笑, 有的叫道, "孔乙己, 你脸上又添上新伤疤了!"他不回答, 对柜里说, "温两碗酒, 要一碟茴香豆。"便排出九文大钱。他们又故意地高声嚷道, "你一定又偷了人家的东西了!"孔乙己睁大眼睛说, "你怎么这样凭空污人清白……""什么清白? 我前天亲眼见你偷了何家的书, 吊着打。"孔乙己便涨红了脸, 额上的青筋条条绽出, 争辩道, "窃书不能算偷……窃书! ……读书人的事, 能算偷么?"接连便是难懂的话, 什么"君子固穷", 什么"者乎"之类, 引得众人都哄笑起来: 店内外充满了快活的空气。

(鲁迅:《孔乙己》)

〈译文〉

Kung was the only long-gowned customer to drink his wine standing. He was a big man, strangely pallid, with scars that often showed among the wrinkles of his face. He had a large, unkempt beard, streaked with white. Although he wore a long gown, it was dirty and tattered, and looked as if it had not been washed or mended for over ten years. He used so many archaisms in his speech, it was impossible to understand half he said. As his surname was Kung, he was nicknamed "Kung I-chi," the first three characters in a children's copybook. Whenever he came into the shop, everyone would look at him and chuckle. And someone would call out:

"Kung I-chi! There are some fresh scars on your face!"

Ignoring this remark, Kung would come to the counter to order two bowls of heated wine and a dish of peas flavoured with aniseed. For this he produced nine coppers. Someone else would call out, in deliberately loud tones:

"You must have been stealing again!"

"Why ruin a man's good name groundlessly?" he would ask, opening his eyes wide.

"Pooh, good name indeed! The day before yesterday I saw you with my own eyes being hung up and beaten for stealing books from the Ho family!"

Then Kung would flush, the veins on his forehead standing out as he remonstrated："Taking a book can't be considered stealing…Taking a book, the affair of a scholar, can't be considered stealing!" Then followed quotations from the classics, like "A gentleman keeps his integrity even in poverty," and a jumble of archaic expressions till everybody was roaring with laughter and the whole tavern was gay.

（杨宪益、戴乃迭 译）

〈分析〉

1. "一部乱蓬蓬的花白的胡子"译为"He had a large, unkempt beard, streaked with white", 补充了 he 作为主语, 一部译为 a large, 乱蓬蓬译为 unkempt, 花白使用非谓语动词 streaked with white, 更加符合英语的表达习惯。

2. "满口之乎者也"译为 used so many archaisms in his speech。"之乎者也"是古语的象征, 因此英语直接使用古语 archaism 一词。"窃书"使用 taking a book, 同 stealing 进行区别。君子固穷译为 a gentleman keeps his integrity even in poverty。固穷, 隐含了守正, 译文补充了 integrity, 揭示了君子固穷的深层含义。

原文选自鲁迅的小说《孔乙己》, 孔乙己是一个贫困潦倒却不甘与"短衣帮"为伍而自视高人一等的读书人。他确是个读书人, 说话"总是满口之乎者也", 但他既不会营生, 又好吃懒做, 为了生活, 还"做些偷窃的事"。杨宪益、戴乃迭的译文对原作的语言特点把握得恰到好处, 从句法结构到选词等级都体现了原作的风格, 通过词语的运用, 忠实地再现了原作人物的神态, 孔乙己的形象跃然纸上。

3. 对话

对话是小说塑造人物形象的常见手段, 对话可以展现人物的性格特征、思想和心情, 还可以反映人物微妙的心理活动, 揭示人物的身份地位。小说对话使得小说中的人物形象更加生动饱满。对小说对话的翻译, 要在传递字面意义的基础上, 展现小说人物的特点, 体现出文学作品的价值。小说中人物对话的翻译通常是借助语境展开的, 词汇往往简短, 口语化特征明显。另外, 小说对话翻译要考虑语境, 顺应原文语境, 使译文与特定语境相符, 再现人物的语气和个性。

范例 3：

〈原文〉

"What a beautiful, byoo-ootiful song that was you sang last night, dear Miss Sharp," said the Collector. "It made me cry almost; upon my honour it did."

"Because you have a kind heart, Mr. Joseph; all the Sedleys have, I think."

"It kept me awake last night, and I was trying to hum it this morning, in bed; I was, upon my honour. Gollop, my doctor, came in at eleven (for I'm a sad invalid, you know, and see Gollop every day), and, gad! There I was singing away like a robin."

"O you droll creature! Do let me hear you sing it."

"Me? No, you, Miss Sharp; my dear Miss Sharp, do sing it."

"Not now, Mr Sedley," said Rebecca, with a sigh. "My spirits are not equal to it; besides, I must finish the purse. Will you help me, Mr Sedley?" And before he had time to ask how, Mr Joseph Sedley, of the East India Company's service, was actually seated tête-á-tête with a young lady, looking at her with a most killing expression, his arms stretched out before her in an imploring attitude, and his hands bound in a web of green silk, which she was unwinding.

(*Vanity Fair* p. 76)

〈译文〉

收税官说："亲爱的夏泼小姐，你昨天晚上唱的歌儿真是美—依—极了。我差点儿掉眼泪。真的不骗你。"

"乔瑟夫先生，那是因为你心肠好，我觉得赛特笠一家子都是慈悲心肠。"

"昨晚上我想着那歌儿，睡都睡不着。今天早上我在床上试着哼那调子来着。真的不骗你。我的医生高洛浦十一点来看我(你知道我身子不好，天天得请高洛浦来看病)。他来的时候啊，我正唱得高兴，简直像一只画眉鸟儿。"

"唷，你真好玩儿，唱给我听听。"

"我？不行，还是你来吧，夏泼小姐，亲爱的夏泼小姐，唱吧!"

利蓓加叹了一口气，说道："这会不行，赛特笠先生，我没有这闲情逸致，而且我得先把这钱袋做好，肯帮忙吗，赛特笠先生?"东印度公司里的乔瑟夫·赛特笠先生还没有来得及问明白怎么帮忙，不知怎么已经坐了下来，跟一个年轻姑娘面对面地谈起心来，他一脸勾魂摄魄的表情瞧着她，两臂求救似的向她伸开，手上绷着一绞绿丝线让她绕。

(《名利场》杨必 译)

〈分析〉

1. a beautiful, byoo-ootiful song 美—依—极了。

2. upon my honour it did 和 upon my honour 直译是"以我的名誉担保"，考虑到小说对话的口语特点，译为"真的不骗你"更加贴切，符合人物形象。同样，O you droll creature! 译为"你真好玩儿"，droll 的原意是 comical in an odd or whimsical manner，如果直译为滑稽的、好笑的，不符合语境和对话者想表达的含义。

3. All the Sedleys have，译文中补充了宾语"慈悲心肠"，关于 My spirits are not equal to it，根据下文，了解到忙于做事情的含义，因此译为"我没有这闲情逸致"。

4. A most killing expression，killing 的含义通常是 making you very tired, exhausting，译为"一脸勾魂摄魄的表情"，这一贴切传神的用词，使得乔瑟夫这个花花公子追求利蓓加的形象跃然纸上。

原文选自英国 19 世纪批判现实主义作家萨克雷的长篇小说《名利场》(*Vanity Fair*)，作者以圆熟的笔法，描绘了一幅 19 世纪英国贵族资产阶级追名逐利、尔虞我诈的虚伪面目。从译文的对话中，读者可以感到肥胖笨拙的乔瑟夫·赛特笠极力向利蓓加献殷勤，而利蓓加考虑到自己的处境和对方的资财与地位，也是抓住时机，频施魅力，企图一步一步吸引住对方。译文对话贴切传神，使乔瑟夫这个花花公子和不顾一切追名逐利的利蓓加两个形象跃然纸上。

（三）小说中场景的翻译

小说的场景在一定程度上是一种铺垫，为小说情节的展开铺设道路，吸引读者的注意，使读者进入小说的重要部分。通过场景描写，揭示角色情感上的风风雨雨，面临的各种情况，也可制造一定的紧张局面，让情节升级，推动故事发展。小说场景既包括社会环境也包括自然环境，场景描写是场面描写和风景描写的合称。场景翻译要从点明时代背景，渲染环境气氛，塑造人物形象，烘托人物情感等角度出发，选择恰当的词汇和句式以突出文章的主题，推动故事情节发展。

范例：
〈原文〉

子　夜

早上九点钟，外滩一带，狂风怒吼。夜来黄浦江涨潮的时候，水仗风势，竟爬上了码头。此刻虽已退了，黄浦里的浪头却还有声有势。爱多亚路口高耸云霄的气象台上，高高地挂起了几个黑球。

这是年年夏季要光顾上海好几次的风暴本年度第一回的袭击！

从西面开来到南京路口的一路电车正冲着那对头风挣扎；它那全身的窗子就像害怕了似的扑扑地跳个不住。终于电车在华懋饭店门口那站头上停住了，当先来了一位年轻时髦女子，就像被那大风卷去了似的直扑过马路，跳上了华懋饭店门前的石阶级。

〈译文〉

Midnight

It was nine o'clock in the morning, and half a gale was howling along the Bund. At high tide during the night the level of the Whangpoo had topped the landing—stages, and although the river was beginning to drop now, the water was still rough and choppy, and several black cones had been hoisted above the towering meteorological observatory in Edward VII Road.

This was the opening attack of the season by one of the storms with which Shanghai was favoured each summer.

A No. 1 tram running eastward towards the Bund to the end of Nanking Road was battling with the powerful headwind, and its windows rattled noisily as if trembling with fear. It finally came to a halt at the stop in front of the Cathay Hotel, and fashionably dressed young woman got off. She ran straight across the road as if driven forward by the wind and flew up the stone steps in front of the hotel.

（译文选自《快速通关：汉译英分册》杨晓荣）

〈分析〉

1. 中国人名、地名的翻译可以采用汉语拼音。本文故事发生在半个世纪以前，为了体现时代特征，地名采用旧的拼写方式，即采用威式拼音法译地名，如南京路译为 Nanking Road，黄浦江译为 the Whangpoo，外滩译为 the Bund，爱多亚路(今延安东路)译为 Edward VII Road，华懋饭店(今和平饭店)译为 the Cathay Hotel。

2. 狂风怒吼、有声有势、高耸云霄都是汉语中的四字词语，译文抓住了这几个四字词语的基本含义，译为 howling，rough and choppy，towering，实现了语义的对等。水仗风势可以译为 pushed by the wind/on the strength of the wind。

3. 光顾(favoured)；冲着那对头风挣扎(was battling with the powerful headwind)；扑扑地跳个不住(windows rattled noisily as if trembling with fear)。这几处使用了拟人的修辞手法，译文也作了相应处理，变得更加直观，

4. 第三段时态运用灵活，出现了虚拟语式、过去完成时、过去进行时等。

这是茅盾先生的长篇小说《子夜》中的一个片段，《子夜》原名《夕阳》，中国现代长篇小说，约 30 万字。小说以 1930 年五六月间半封建、半殖民地的旧上海为背景，以民族资本家吴荪甫为中心，描写了当时中国社会的各种矛盾和斗争。原文有叙述、有描写，但文字并不复杂，交待了外滩早上九点钟受到风暴袭击的情景。

小说种类繁多，小说的创作离不开人物和情节，丰满鲜明的人物形象、引人入胜的故事情节是小说成功的重要标志。每一位作家都有自己的风格，翻译要再现原作的创作风格，小说翻译的选词用句要考虑特定的语言环境，要与人物的性格和形象保持一致，要再现原作的风格。译者只有深入了解原作和作者，才能更好地再现原作的内容与特色。

第二节 诗 歌

诗是一种语词凝练、结构跳跃、富有节奏和韵律，高度集中地反映生活和表达思想感情的文学体裁。① 诗可以分成抒情诗、叙事诗、格律诗、自由诗等。诗的凝练性体现在用高度概括的艺术形象、极其精炼的文学词语最集中地反映社会生活和表达思想感情。诗在结构上具有跳跃性，它遵循想象、情感的逻辑，超越了时间的藩篱、空间的鸿沟。诗的音乐性体现在节奏和韵律两方面，停顿次数均匀的古代诗歌有着明显的节奏感。

一、诗歌翻译名家

中国古代诗歌丰富、瑰丽壮阔，句子长短整齐、平仄对仗、辞藻瑰丽、节奏韵律优美，有四言、五言、六言、七言和杂言体。20 世纪初英美翻译家将中国古代诗词翻译为英文时，根据诗歌的不同特点，选择的翻译策略有所不同。以翟理士(H. A. Giles)为代表的格律派，侧重诗词的韵体，翟理士译的唐诗曾被誉为那个时代最好的诗；以庞德(Ezra Pound)为代表的创译派或称仿译派，在翻译过程中根据原诗的内容进行创造性的改写；以韦利(Arthur Waley)为代表的散体派，侧重的是自由诗体的翻译。其他诗词翻译家

---

① 童庆炳：《文学理论教程》，高等教育出版社，1998 年 4 月第 2 版，第 170-171 页。

如洛威尔(Amy Lowell)主张将古诗词译为现代诗，华逊(Burton Watson)和巴恩斯通(Wills Barnstone)主张直译，登纳(John Turner)和艾黎(Rewi Alley)主张意译，雷洛斯(Kenneth Rexroth)主张仿译或者改译。

中国诗词翻译家也有不同的翻译侧重，有主张直译的初大告，主张意译的蔡廷干，主张仿译的林语堂。20世纪50年代的代表是杨宪益，其主张格律，代表作是《离骚》，70年代最重要的翻译家有柳无忌和罗郁正，他们合编了《葵晔集——中国三千年诗选》，70年代后期黄雯主张逐字翻译，林同济主导现代翻译，翁显良主张改译。80年代，古诗散体译文的杰作有杨宪益与戴乃迭翻译的《唐宋诗文选》，散文诗译法的杰作是翁显良的《古诗英译选》，格律派的优秀译本是许渊冲等编译的《唐诗三百首新译》。①

1994年，英国企鹅出版社首次出版了由中国人翻译的古典诗词，即许渊冲翻译的中国古诗词集《中国不朽诗三百首》。该书同时在英、美、加、澳等国同步发行。该书好评如潮，与此同时，新世界出版社推出了许渊冲翻译的《中国古诗词六百首》英译本。许渊冲在几十年的翻译实践中，撰写了翻译理论著作，《翻译的艺术》(中国对外翻译出版公司，1984年版)、《中诗英韵探胜》(北京大学出版社，1992年版)，翻译理论著作是古典诗词翻译理论的代表作。许渊冲翻译了四十多本译著，从古典诗词英译、法译，到英译中、法译中，译著多达六百多万字，经典译作有《中国古诗词六百首》《中国不朽诗三百首》《诗经》《楚辞》《唐诗三百首》《宋词三百首》《毛泽东诗词选》等。

二、诗词翻译理论

许渊冲在《翻译词典》一书中写到了诗词翻译的发展过程。该书总结了两三百年以来中国优秀古典诗词的英译情况。书中指出，威廉·琼斯(Sir William Jones)(1746—1794)是近代第一个诗词英译者，理雅各(James Legge)(1814—1897)曾把全部《诗经》译成散体和韵体，是近代第二个诗词英译者。许渊冲的英文专著《中诗英韵探胜》系统地研究了不同时期中国古典诗词翻译的代表作品，并对这些作品进行比较和评论。美国加州大学威斯特教授、美国学者Dr. Ethan等都对此书进行了高度评价。许渊冲概括总结的诗词翻译理论有：诗词翻译的三化论、文学翻译公式和诗词八论等。

(一)三化论

诗词翻译三化论指深化、等化、浅化。三化论是许渊冲在1984年出版的《唐诗一百五十首》英译本一书中提出的翻译理论。通过一般化、抽象化、减词、合二为一等译法对诗词进行翻译，就是浅化法，是一等译法；通过特殊化、具体化、加词等手段进行的翻译就是对诗词进行了深化处理，是二等译法；通过灵活对等、词性转换、正说、反说、主动、被动等译法就是等化翻译。三化论概括来说就是分别利用加词、换词和减词等方法，通过意译来努力达到神似的境界。以李商隐《无题》上半部分为例：

---

① 郭著章：《翻译名家研究》，湖北教育出版社，1999年7月第1版，第448-449页。

范例：

〈原文〉

相见时难别亦难，

东风无力百花残。

春蚕到死丝方尽，

蜡炬成灰泪始干。

〈译文〉

It's difficult for us to meet and hard to part;

The east wind is too weak to revive flowers dead.

The silkworm till its death spins silk from love-sickheart;

The candle but when burned up has no tears to shed.

〈分析〉

1. 第一句使用"等化"译法，第一个"难"字意思是难得，第二个"难"字意思是难舍难分，因此选用了 difficult 和 hard 两个不同的词。

2. 第二句使用了"深化"译法和"浅化"译法，原文表层意思是百花凋残，但深层含义是东风太弱，无力使凋残的花朵复活，因此译为 wind is too weak to revive flowers dead，这是"深化"译法；"百花残"的"百"字没有翻译出来，是因为"百"是原文表层才有的含义，深层看没有"百"的意思，因此翻译此句省略了"百"，采用了"浅化"译法。

3. 第三句中"丝"译作 silk，但考虑到"丝"与"思"谐音，在深层上表达思念、相思之情，因此增加了 from love-sick heart。这也是"深化"译法的体现，译出了新意，拓宽了翻译思路。

4. 最后一句"泪始干"译为 has no tears to shed，属于"等化"译法，"shed"一词的使用更加符合英语的表达习惯。

(二)文学翻译的公式：1+1=3

许渊冲在《外国语》1990 年第 1 期首次提出了文学翻译的公式。他说："科学研究的是 '1+1=2；3-2=1'；艺术研究的却是'1+1=3；3-2=2'。"因为文学翻译不单是译词，还要译意；不但是译意和，还要译味。"文学翻译公式是借助数学的方法表述翻译理论。科学研究的准确性，肯定性，可以补充抽象艺术的朦胧性、模糊性。因此，文学翻译的公式用数学方式表达如下：

译词：1+1=1(形似)

译意：1+1=2(意似)

译味：1+1=3(神似)

诗词的翻译包括译词、译意和译味。译味包括翻译出诗词的意味和韵味，意味指诗词的意境和表达的情感；韵味是译文的音韵和节奏，两者相结合是诗词翻译的审美最高目标。译味不仅能表现出诗人创造意向的格调，还能表现诗词的含蓄之美。通过加词、减词、换词、移词、分译、深化、浅化等翻译技巧，诗词翻译的公式和所表达的翻译效果十分明显，如鲁迅的诗句"管他春夏与秋冬"，翻译成 I don't care what season it is。将春夏秋冬四个词合译成 season 一个，达到了"1+1=3"的译味效果。

(三)译诗八论

译诗八论是许渊冲先后在《中国翻译》发表的译诗六论和《北京大学学报》上补充了诗词翻译三论后结合在一起，最后提出了诗词翻译八论。译诗八论指：译者一也，译者依也，译者异也，译者易也，译者意也，译者艺也，译者益也，译者怡也。概括地说，译诗在于"一，依，异，易，意，艺，益，怡"这八个字。"译者一也"指译文和原文要在字句、篇章、文化层次上相统一、相一致。"译者依也"指如果译文不能达到和原文相同的效果时，译文要以原文的字句为依据。"译者异也"指虽然译文以原文为依据，但是译文可以创新，可以标新立异。"译者易也"指诗词翻译时要变换语言形式。"译者意也"指诗词翻译的重点是传情达意，既要传递言内之情，又要传递言外之意。"译者艺也"指诗词的翻译是语言的艺术。"译者益也"指诗词翻译的工作是使人知之，要能做到开卷有益。"译者怡也"指翻译是怡情悦性的工作，翻译的最高境界是使人乐于如此。

许渊冲将翻译艺术概括为六要素：世界、作者、作品、译者、译作、读者。他认为翻译艺术的六要素是相互影响的，即世界影响作者，作者创造作品，作品反映世界，作品通过文字表达思想，文字和思想又统一在一起。翻译作为译者根据世界、作者、作品，创造出译作。因为译者受世界的影响不同于作者，因此译者和作者的感受不完全一样，就会有一些标新立异的地方，这就是译者的异处。即使标新立异，但是译文要传情达意，通过变化语言形式，达到传递原文言内、言外之意的效果，最终的目的是使读者受益。如果译作能吸引读者，使读者在理智上、情感上对译文、对原作有好感，这就达到了翻译的境界。许渊冲的诗词翻译理论拓宽了翻译理论研究的视野，丰富了诗词翻译理论。

三、诗歌的语言特点与翻译要点

诗歌相比小说、散文、戏剧，具有独特的语言特点，诗歌使用简练的语言，通过节奏和韵律，表达诗人的内心情感。平衡对仗的句式特征、语义上的照应和粘连、叠词的使用等都是诗歌常用的语言表现手段。

(一)平衡对仗的句式特征

范例 1：

〈原文〉

善欲人见，不是真善；

恶恐人知，便是大恶。

〈译文〉

A good deed is no good deed if it is done for show.

An evil deed is all the worse if it is covered up.

（裘克安和王哈里 译）

古典诗词中的名言警句，平衡对仗的句式特征十分突出。翻译此类格言，首先要理解句子的表层和深层含义，该句的意思是：做善事的目的是让别人知道，那么目的不真诚，做坏事如果怕别人知道，那么这是极大的坏事。汉语使用"善""恶"，"欲""恐"，"见""知"，"不是""便是"，"真善""大恶"等词进行对比，但是翻译成英语时，要考虑关联词，借助关联词表达相对应的逻辑关系。

范例 2：
〈原文〉
　　施惠无念，受恩莫忘。
〈译文〉
Do not remember a favor given；
Do not forget a favor received.

（裘克安和王哈里 译）

这一组警句中，"惠"和"恩"是同义，"施"和"受"是反义，"无念"理解为不要放在心里，"莫忘"理解为不要忘记，因此，"惠"和"恩"都译成 favor，"施"和"受"分别译为"given"和"received"，两个过去分词起到传神达意的作用，译文选词准确。从句式上看，警句中隐含着祈使的含义，两句话，八个字，完全对称，译文用 do not remember 和 do not forget，句式对称，而且表达出了祈使的含义。

（二）篇章粘连

粘连既有结构上的粘连，也有语义上的粘连，结构粘连指语言结构上的联系，语义粘连指语言形式在语义上的联系。照应（co-reference）粘连指诗句中通过词语和所指对象间的联系而获得的语义关系（semantic relationship），分为语外照应（exophoric reference）和语内照应（endophoric reference），其中语内照应又分为前照应（cataphoric reference）和后照应（anaphoric reference）。语外照应指词语所指的对象在篇章外，语内照应就是词语所指的对象在篇章内，如果出现在上文中，就是后照应，如果出现在下文中，就是前照应。对偶、排比、顶针和回环等句式手段的使用，有助于篇章的粘连。①

范例 1：
〈原文〉
　　诗中有画，画中有诗。
〈译文〉
There is poetry in the paintings，and there are paintings in the poetry.

（李定坤 译）

---

① 陈宏微：《汉英翻译基础》，上海外语教育出版社，1998 年 2 月第一版，第 45、69-70 页。

原文中两个"诗"，翻译成 poetry，两个"画"译成 paintings，通过 there be 句型和连词 and 构成一种回环往复的结构，以达到语篇粘连的效果。原文第一句以"诗"开头，第二句以"诗"结尾，第一句以"画"结尾，第二句又以"画"开头，两句话头尾呼应，第一句与第二句前后呼应，这种词在句子中错综排列的方式是汉语修辞回环的一种，回环就是利用词序，造成回环往复的句子结构，借此来表达两种事物之间的关系。

范例 2：
〈原文〉

人无千日好，花无百日红。

〈译文〉

Man cannot be always fortunate; flowers do not last forever.

（李定坤 译）

原文中，花"和"人"相对、"百日"和"千日"相对、"红"和"好"相对，千日好中的"千日"是浅层意思，并非指一千天，因此在深层表述上，可以省略，用 always fortunate 来表述。同样，百日红中的"百"也是浅层表述，并非真正的一百天，因此，也省略了百字的翻译，直接译成 last forever。原文中的对称，体现在语法结构相似、使用字数相等方面，存在一一对应的关系。这是汉语修辞格中的对偶，通过对偶的使用，使言内意义在句法层面同样得以体现的一种表达方式。译文通过副词 always 和 forever 作状语的手法，表达了"长久、总是"的语用意义，译文准确。

范例 3：
〈原文〉

满招损，谦受益。

（《书经》）

〈译文〉

Haughtiness invites losses while modesty brings profits.

（李定坤 译）

原文中，"满"和"谦"，"招"和"受"，"损"和"益"，字字相对，上下句字数相等，意义相对。"招"译成 invites，"受"译成 brings，使用连词 while 将两句连接起来，达到了前后相对比的效果。句法上看，原文使用主谓宾结构，译文也使用主谓宾结构，原文和译文都使用抽象名词作主语，句法语义关系完全一致，言内意义通过译文得到了体现。

（三）叠词的译法

汉语中常常使用叠词的方式来增加汉语的生动性与形象性，两个音、形、义完全相同的词重叠使用，如安安静静、清清爽爽、清清楚楚、大大方方、堂堂正正、踏踏实实、寻寻觅觅、冷冷清清、哆哆嗦嗦等。反观英语，叠词使用的较少，英语的叠词多属于拟声词和回声词，如打鼓声"tom-tom"，沸腾声"bubble-bubble"，口语中的喋喋不休"talkee-talkee"。汉语叠词的语用功能有强调和节奏美感，叠词的使用可以突出思想、强调感情、增强节奏、加强音韵美。

范例 1：
〈原文〉

寻寻觅觅，

冷冷清清，

凄凄惨惨戚戚。

梧桐更兼细雨，

到黄昏，

点点滴滴。

（李清照《声声慢》）

〈译文〉

I look for what I miss,

I know not what it is,

I feel so sad, so drear,

So lonely, without cheer.

On parasol-trees a fine rain drizzles,

As twilight grizzles.

（许渊冲 译）

〈分析〉

1. "寻寻觅觅，冷冷清清，凄凄惨惨戚戚"七对叠词置于词首，作者李清照借助这七对叠词表现出秋日黄昏孤独凄凉的愁情。译文使用"I look for what I miss, I know not what it is, I feel so sad, so drear"三个句子，而没有和原文一样使用叠词，主要考虑叠词的使用不自然，不能实现语义对等，三个句子看似没有重叠词的使用，但实际上每句都重复了"I"，译者通过"I look, I miss, I know, I feel"实现了叠词相对应的功能效果。

2. 叠词在本文中的主要功能是传递信息、表达感情、增加节奏感，前三句的翻译中，除了使用"I look, I miss, I know, I feel"表达出叠词相对应的信息传递、情感表达功能外，还通过 what I miss 和 what it is 来增加译文的节奏感。第三句和第四句使用了 so sad, so drear, so lonely，相同的结构既增加了叠词的节奏感，又表达了词人心中悲伤、孤独的愁苦情绪。

3. 译文三、四句结尾处，drear 和 cheer 的使用押韵，增加了叠词重复、强调的效果。

4. 词的后三句，梧桐更兼细雨，译为 On parasol-trees a fine rain drizzles，通过 drizzles 一词的使用，将梧桐和细雨串联，而且 drizzles 同后文 grizzles 相呼应，营造出了原文中最后一个叠词"点点滴滴"的效果。

音美是诗歌特性的使然。人们称赞李清照运用叠字之妙，她的"寻寻觅觅，冷冷清清，凄凄惨惨戚戚"，韵味醇厚地表现了一个饱经忧患、孤苦无依的女子的惨景愁情。译者巧妙地将原文叠词的言内意义融进了同义词和同句型的重复之中，前后呼应，虽然没有使用汉语的结构，但是通过同义词、同句型、同一个词汇的重复使用及押韵的使用，突出了思想、强调了情感、加强了节奏、增添了音韵美，达到了与原文相似的语义和功能效果。阅读译文时，我们能体会到黄昏时分，细雨敲打着梧桐，词人倚在窗前的那种孤独惆怅的情感。译文自然流畅、主题明确、富于旋律美，再现了叠词的表情功能和美感功能，既有意境美又有音韵美。

范例2：
〈原文〉

敕勒歌

敕勒川，阴山下。
天似穹庐，笼盖四野。
天苍苍，野茫茫，
风吹草低见牛羊。

〈译文〉

A Shepherd's Song

By the side of the rill,

At the foot of the hill,

The grassland stretches 'neath the firmament tranquil.

The boundless grassland lies,

Beneath the boundless skies.

When the winds blow

And grass bends low,

My sheep and cattle will emerge before your eyes.

(许渊冲 译)

〈分析〉

1. 原文第一句"敕勒川，阴山下"译成"By the side of the rill, At the foot of the hill"，通过介词短语的使用，再现了原文句式对称的特点。

2. 原文第二句"天似穹庐，笼盖四野"，主语是天，译文转换视角，以 the grassland 作为主语，从一望无际的草地出发，延伸到宁静的天空。

3. 第三句"天苍苍，野茫茫"使用了叠词。译文中 boundless 一词的重复使用，在结构和节奏上，都再现了叠词的功能。同时使用 lies 和 skies，通过押韵展现了原诗的音韵美和意境美。

4. 第四句同样使用押韵的译法，the winds blow 和 grass bends low，结构对称、结尾押韵，达到了"风吹"和"草低"呼应的效果。"见牛羊"译为 sheep and cattle will emerge，从民歌吟唱者的角度出发，增加了主语 my，同时结尾增译 your eyes，同 my sheep and cattle 呼应。

《敕勒歌》为北朝民歌，是南北朝时期流传于北朝的乐府民歌，赞颂了北国草原壮丽富饶的风光，抒写了敕勒川人民热爱家乡、热爱生活的豪情。全诗有静有动，有形象有色彩，风格明朗、境界开阔，具有极强的语言概括能力。

四、古诗英译

（一）起承转合的篇章结构

汉语强调篇章的整体结构，诗词讲究起承转合的完备性，注重对称平衡；英语诗词篇章侧重句式结构的严谨。

范例1:
〈原文〉

春 晓

孟浩然

春眠不觉晓，处处闻啼鸟。
夜来风雨声，花落知多少？

〈译文〉

The Spring Dawn

Meng Haoran

Slumbering，I know not the spring dawn is peeping，
But everywhere the singing birds are cheeping.
Last night I heard the rain dripping and wind weeping，
How many petals are now on the ground sleeping?

（吴钧陶 译）

〈分析〉

1. 第一句在篇章上是启，"春眠"，选用 slumber 一词，书面表达意思明显，同时隐含了很安静的含义，"不觉晓"译成 I know not the spring dawn is peeping，增加了主语 I，使英文的句式更加严谨，peep 一词则带出了拟人的色彩。

2. 第二句承接上文，现在进行时的使用配合处处都听得到的鸟鸣。第三句转写昨晚风雨声，使用了 rain dripping and wind weeping 的并列结构。

3. 最后一句译文使用同原文一样的疑问句式，结尾增译了 sleeping，同前文的 peeing，cheeping，dripping，weeping 押韵，体现了古诗翻译的工整与韵味。

孟浩然的《春晓》语言平实、韵味隽永，首句由春夜不知不觉就天亮了开启，承接第二句春天早上到处都听得到的鸟叫声，第三句转写昨天夜里的风雨声，最后一句，眼前庭院落花，惜春之情油然而生。由喜爱春天到惜春，再到爱春，感情层层递进，表现了诗人对春天、对大自然、对生活的热爱。起承转合、结构完整，原文主语的省略体现了汉语诗词模糊化的特点，译文补充了主语，体现了英语句法的规范，属于归化的翻译理念，既传

递了原诗的意境，又兼顾了英语的语言特点和读者的思维习惯。

范例 2：

〈原文〉

登鹳雀楼

王之涣

白日依山尽，

黄河入海流。

欲穷千里目，

更上一层楼。

〈译文〉

Mounting the Stock Tower

Wang Zhihuan

The white sun sets behind mountains,

The Yellow River flows into the sea.

Go further up one flight of stairs,

And you'll widen your view a thousand li.

(李定坤 译)

〈分析〉

1. 首句"依山尽"，按照深层含义就是太阳落山，因此译为 set behind mountains，第二句"入海流"直译为 flows into the sea。

2. 三、四句中，关联词 and 的使用表明了两句之间的关系，增加主语 you，使英语的句子结构更加完整。

　　原文使用了对偶的修辞，前两句是"正对"，不仅结构相同，而且内容平列，其中"黄河"和"白日"相对、"人"和"依"相对、"海"和"山"相对、"流"和"尽"相对，可谓字字相对，极为工整。后两句是"串对"，两句的内容相连，彼此是条件和结果关系。译文的前两句也用了对偶(antithesis)修辞格，工整匀称，后两句中增添了"And you'll"，打破了对偶形式，但将两句之间的内容、条件和结果关系通过增译词完整地体现了出来。

(二)原文风格的再现

范例：

〈原文〉

龟虽寿

曹操

神龟虽寿，犹有竟时。

腾蛇乘雾，终为土灰。

老骥伏枥，志在千里。

烈士暮年，壮心不已。

盈缩之期，不但在天；

养怡之福，可得永年。

幸甚至哉，歌以咏志。

〈译文 1〉

Turtles Live Long

Cao Cao

Turtles live a long life，（a）

And yet will die someday.（b）

Dragons ride on haze rife，（a）

But will fall to decay.（b）

The stabled old horse peers；（c）

He'd course a thousand li.（d）

The man in his late years（c）

Aims as high as can be.（d）

In life losses and gains（e）

Don't but on Heav'n depend.（f）

If one his health maintains，（e）

He may live without end.（f）

How nice，how fortunate!（g）

I chant in praise of it.（g）

（赵彦春 译）

〈译文 2〉

Indomitable Soul

Cao Cao

Although long lives the tortoise wise，（a）

In the end he cannot but die.（b）

The serpent in the mist may rise，（a）

But in the dust he too shall lie.（b）

Although the stabled steed is cold，（c）

He dreams to run for mile and mile.（d）

In life's December heroes bold（c）

Won't change indomitable style.（d）

It's not up to Heaven alone（e）

To lengthen or shorten our day. (f)

To a great age we can live on, (e)

If we keep it, cheerful and gay. (f)

How happy I feel at this thought! (g)

I croon this poem as I ought. (g)

（许渊冲 译）

〈译文 3〉

Though the Tortoise Lives Long

Cao Cao

Though the tortoiseblessed with magic powers lives long,

Its days have their allotted span;

Though winged serpents ride high on the mist,

They turn to dust and ashes at last;

An old war-horse may be stabled,

Yet still it longs to gallop a thousand li;

And a noble-hearted man though advanced in years

Never abandons his proud aspirations.

Man's span of life, whether long or short,

Depends not on heaven alone;

One who eats well and keeps cheerful

Can live to a great old age.

And so, with joy in my heart,

I hum this song.

（杨宪益、戴乃迭 译）

〈分析〉

1. 译文 1 更加关注原诗的时代风格特征，原诗是十四行诗，由三个小节加上一个对偶句组成，每一个小节都有一组起承转合。考虑到曹操文笔简洁，译文使用三步抑扬格（iambic trimeter），没有使用更为复杂的五步抑扬格，韵脚则完全采用莎士比亚的"ab ab cd cd gg"韵式，读起来抑扬节奏明显，用词也最少，因此最能体现四言诗的"形美"和"声美"。"壮心"翻译成 high aim，high aim 通常指的是目标高远，原诗中的壮心有奋发进取的含义，high aim 缺乏这个意图。"盈缩之期"意为生命的长短，直译为"in life losses and gains"，表达的是生命中的得与失，与原诗"人寿命长短，不只是由上天决定的"这句话的原意有差距。"老骥伏枥，志在千里"，使用动词 course。Course 虽有（马等）奔跑之意，但是似乎尚缺乏那种纵横驰骋的感觉。诗歌最后一句"歌以咏志"中的动词"咏"译为 chant，有情感地重复吟唱、歌颂之意，该动词意象与原诗中的那种含情吟唱和歌颂的意思相吻合。

2. 译文 2 中"神龟"被译成"tortoise"，强调"神"，再现神龟的文化形象，乌龟在中国文化中象征着长寿，通过译文展现出来。"壮心"翻译成 indomitable style，译为不屈不挠的，勇敢坚定的，同标题"Indomitable Soul"进行呼应，译出了诗人创作诗歌时的壮志豪情。将"盈缩之期"译为 To lengthen or shorten our day，表达原意的同时与后文"cheerful and gay"押韵。"老骥伏枥，志在千里"一句的译文，使用动词 run，run 是常用词，缺少纵横千里奔跑的想象。诗歌最后一句"歌以咏志"中的动词"咏"译为 croon，有轻声低吟，哼唱的含义，与原作想表达的凯旋高歌有一定的差距。

3. 译文 3 是散体诗，"神龟"译成 tortoise，增译 blessed with magic powers，试图再现神龟的文化内涵，将原诗中暗含的内容补充出来，更容易取得语境效果，完成交际目的。将"壮心"翻译为 proud aspiration，将曹操打仗获胜后的自豪之情和满腹雄心、老当益壮之意表达得淋漓尽致，意蕴深远。将"盈缩之期"译为 Man's span of life，whether long or short，这虽然正确地表达了作者的信息意图，达到了最大关联，但并没有带来原作的认知效果。"老骥伏枥，志在千里"选用动词 gallop，该词在意象和语境上绝大部分都与马有关，展现了马的疾驰、飞奔之意，精准地符合原作者的交际意图。诗歌最后一句"歌以咏志"中的动词"咏"译为 hum，该词意为轻声哼唱或是嘈杂声，意象并不符合当时曹操战胜凯旋、高歌奏凯之豪情。

　　诗歌的三要素是"形""声""意"。四言诗是中国文学史上重要的诗体之一，四言诗也是建安文学，建安诗歌的代表，四言诗所代表的建安诗歌的时代风格是用词简练，语言简约。曹操的诗用质朴的形式披露广博的胸襟，他的《短歌行》《步出夏门行·观沧海》《步出夏门行·龟虽寿》等开启了建安文学之风气，凸显了建安风骨。作者在诗中将自己比喻成一匹上了年纪的千里马，虽然形体衰老，但胸中仍有驰骋千里的豪情，表现了老当益壮、积极进取的人生态度。全诗蕴涵哲理、慷慨激昂，述理、明志、抒情融为一体，语言清峻刚健，是建安文学的代表。

（三）意境美与音韵美

　　中国古代诗歌向来以音韵美和意境美著称，闻一多先生称《春江花月夜》为"诗中的诗，顶峰上的顶峰"，译文展现了原诗的意境美；音美也是内容美的一部分，李白的《月下独酌》和许渊冲先生的译文再现了诗歌的音韵美。

范例 1：
〈原文〉

春江花月夜
张若虚
春江潮水连海平，
海上明月共潮生。
滟滟随波千万里，
何处春江无月明。

〈译文〉

A Moonlit Night on the Spring River

Zhang Ruoxu

In spring the river rises as high as the sea,

And with the river's tide uprises the moon bright.

She follows the rolling waves for ten thousand li,

Wherever the river flows, there overflows her light.

(许渊冲 译)

〈分析〉

　　译文通过结构、音部、韵脚，节奏展现了音韵美，译文音部整齐，采用 abab 形式，押尾韵。通过 moon，follow，rolling，flows，overflows 几个单词发音，"o"音表伤感，"r"音表"涌动"，构成了明月随潮涌生，浩瀚江潮的景观影像。动词 rises，uprises，follows，flows，overflows 的使用，体现了江水涌动、水波激滟的意境美感。

范例 2：

〈原文〉

月下独酌

李白

花间一壶酒，独酌无相亲。

举杯邀明月，对影成三人。

月既不解饮，影徒随我身。

暂伴月将影，行乐须及春。

我歌月徘徊，我舞影零乱。

醒时同交欢，醉后各分散。

永结无情游，相期邈云汉。

〈译文〉

Drinking Alone under the Moon

Li Bai

Among the flowers from a pot of wine,

I drink alone beneath the bright moonshine.

I raise my cup to invite the Moon who blends,

Her light with my Shadow and We're three friends.

The Moon does not know how to drink her share,

In vain my Shadow follows me here and there.

Together with them for the time I stay,

And make merry before spring's spent away.

I sing the Moon to linger with my song;

My Shadow disperses as I dance along.

Sober，we three remain cheerful and gay；

Drunken，we part and then each goes his way.

Our friendship will outshine all earthly love；

Next time we'll meet beyond the stars above.

（许渊冲 译）

〈分析〉

1. 原文每两句使用相同的对偶句，形成原诗的格律，译文采用全等韵（identical rhyme）形式，译出了原诗的音韵美，译文押韵为 aa bb cc dd ee ff gg，其声铿锵，颇为悦耳。

2. 头韵、尾韵、行内停顿交替使用："flowers from，make merry，spring's spent"使用头韵；每两句结尾使用同一尾韵；"Sober，Drunken"使用行内停顿（caesura）。全诗译文符合英诗格律的特点。

　　《月下独酌》的译文采用了全等韵（identical rhyme）形式，每两句用相同的对偶句再现原诗的格律，通过押韵和跳跃性的节奏，体现了原诗音和景的美，使读者仿佛身临其境。通过诗歌的对仗、和谐、节奏、押韵、格律等凸显全诗内部和外在的美。

五、英诗汉译

　　英语诗歌始于公元 8 世纪的史诗《贝奥伍尔夫》（Beowulf），距今已有 1000 多年的历史，英诗根据内容可以分为不同的种类：有关重大历史题裁的严肃史诗（epic），如弥尔顿的《失乐园》；用诗写成戏剧的戏剧诗（dramatic poems），如莎士比亚的戏剧；用诗写成故事的故事诗（metrical tale），如乔叟的《坎特伯雷故事集》；无名诗人吟唱的民谣（ballad）；以及抒情诗（lyric）、颂诗（ode）、悼念诗（elegy）、田园诗（idyll）、爱情诗（love poem）、说理诗（didactic poem）等。

　　英诗有英雄双行体（heroic）、三行体（tercet）、四行节（quatrain）、斯宾塞式的九行节（Spenserian stanza）和十四行诗（sonnet）等。常见的节奏有抑扬格（iambus）、扬抑格（trochee）、扬抑抑格（dactyl）、抑抑扬格（anapaest）等。根据诗行含有的音步数目，可以分成八种音步：一音步（monometer）、二音步（dimeter）、三音步（trimeter）、四音步（tetrameter）、五音步（pentameter）、六音步（hexameter）、七音步（heptameter）和八音（octameter），其中七音步和八音步比较罕见。

　　英诗汉译首先需要了解诗的大意和内涵，分析诗中的意象和暗示的含义。深入理解原作，才能忠实、深入地传达意蕴；同时要有丰富的想象力，领会诗的意境，通过生动的语言抒发诗人的情感；感悟原诗的语言形式和语言特征，分析诗篇结构、修辞手段，才能更好地保持原作的韵味。

　　罗伯特·彭斯是 18 世纪早期苏格兰浪漫主义诗人。彭斯的诗采用苏格兰方言，语言质朴、新鲜，极具感染力。王佐良《彭斯诗选》收录 61 首彭斯的诗歌，其翻译彭斯诗歌的原则是保持原诗的风格。

245

范例：
〈原文〉

A Red，Red Rose

Robert Burns

O，my Luve is like a red，red rose，
That's newly sprung in June.
O，my Luve is like the melodie，
That's sweetly played in tune.
As fair are thou，my bonnie lass，
So deep in luve am I，
And I will luve thee still，my dear，
Till a' the seas gang dry.
Till a' the seas go dry，my dear.
And the rocks melt wi' the sun！
And I will luve thee still，my dear，
While the sands o'life shall run.
And fare thee weel，my only Luve！
And fare thee weel，a while！
And I will come again，my Luve，
Though it were ten thousand mile！

〈译文〉

我的爱人像朵红红的玫瑰

彭斯

呵，我的爱人像朵红红的玫瑰，
六月里迎风初开；
呵，我的爱人像支甜甜的曲子，
奏得合拍又和谐。
我的好姑娘，多么美丽的人儿，
请看我，多么深挚的爱情！
亲爱的，我永远爱你，
纵使大海干涸水流尽，
太阳将岩石烧作灰尘，
亲爱的，我永远爱你，
只要我一息犹存。
珍重吧，我唯一的爱人，
珍重吧，让我们暂时别离，

　　　　但我定要回来，

　　　　哪怕千里万里！

　　　　　　　　　　　　　　　　　　　　　　　　（王佐良 译）

〈分析〉

1. 从整体风格看，译文采用与原诗大体相等的字数，注重与原诗保持形式上的一致。原诗是根据苏格兰民歌改编而成的，诗中有很多苏格兰方言，译文为保持与原诗的一致性，也采用了民歌的调子，通俗易懂。

2. 原诗通过"June，tune；I，dry；sun，run；while，mile"押尾韵，译文虽然与原诗的韵脚不完全一致，但根据汉语的语言特点，使用了"尽、尘、存"进行押韵。

3. 原诗语言清新自然，译文清晰流畅，保留了原诗的形象感。海水枯竭、岩石熔化，在原诗的文化中富有强烈的表现力，译文加以保留处理，没有译成汉语文化中的海枯石烂，保持了原诗的形象性。

第三节　散　文

　　《辞海》第 1471 页指出《四书》《五经》《庄子》《古文观止》等概称散文，因为古代汉语中，散文指的是不同于韵文、骈文的散体文章。从历史角度讲，散文文体出现在小说、戏剧之前。现代散文有广义和狭义之分。广义的散文既包括诗歌以外的一切文学作品，也包括一般科学著作、论文、应用文等。狭义的散文，即文学意义上的散文，指与诗歌、小说、剧本等并列的一种文学样式，包括抒情散文、叙事散文、杂文、游记等。散文的基本特征是：题材广泛多样，结构灵活自由，抒写真实感受。①

一、散文翻译名家

　　英国散文最早出现在公元 7 世纪的盎格鲁-撒克逊时期，当时的散文都以拉丁文写成。1516 年，英国空想社会主义学者托马斯·莫尔（Thomas More，1478—1535）创作出版了游记《乌托邦》（*Utopia*），该书是拉丁文写成的。英国著名散文家培根（Francis Bacon，1561—1626）也时常用拉丁文写作，培根的第一部散文集 *Essays*（1597）虽然用英文出版，但字里行间却呈现出拉丁文的风韵。也正因为如此，培根的散文才确立了在英国散文史上的里程碑地位。英国散文的鼎盛时期在 18 世纪，著名的散文家有艾狄生（Joseph Addison，1672—1719）、斯梯尔（Richard Steele，1672—1729）、斯威夫特（Jonathan Swift，1667—1745）、笛福（Daniel Defoe，1660—1731）、理查逊（Samuel Richardson，1689—1761）、菲尔丁（Henry Fielding，1707—1754）、歌尔斯密斯（Oliver Goldsmith，1728—1774）等，这一时期散文开始由正式体走向非正式体。19 世纪浪漫主义运动促使英国散文风格发生变化，浪漫主义散文家创造了轻松自然、风格自由的小品文，查尔斯·兰姆（Charles Lamb，

---

　　① 童庆炳：《文学理论教程》，高等教育出版社，1998 年，第 174 页

1775—1834）是这一时期的代表。20 世纪以来，英国散文语言流畅、风格平实、质朴自然，彻底跳出了严肃正规的范畴。

王佐良是我国著名的散文翻译家，前面我们介绍过他的诗歌翻译，概括地讲，他的译作可以分为两类，一类是诗歌，另一类是散文。《谈读书》是他翻译的培根的《随笔》中的一篇。

范例 1：
〈原文〉

Reading makes a full man; conference a ready man; and writing an exact man. And therefore, if a man write little, he had need have a great memory; if he confer little, he had need have a present will; and if he read little, he had need have much cunning, to seem to know that he doth not. Histories make men wise; poets witty; the mathematics subtile; natural philosophy deep; moral grave; logic and rhetoric able to contend. Abeuntstudia in mores.

〈译文〉

读书使人充实，讨论使人机智，笔记使人准确。因此不常作笔记者须记忆特强，不常讨论者须天生聪颖，不常读书者须欺世有术，始能无知而显有知。读史使人明智，读诗使人灵秀，数学使人周密，科学使人深刻，伦理学使人庄重，逻辑修辞之学使人善辨。凡有所学，皆成性格。

原文文笔简练，警句迭出，鞭辟入里，译文"读史使人明智，读诗使人灵秀，数学使人周密，科学使人深刻，伦理学使人庄重，逻辑修辞之学使人善辩"，不但准确地传递了原文的神韵，而且已成为家喻户晓的名言。

范例 2：
〈原文〉

Crafty men contemn studies, simple men admire them, and wise men use them; for they teach not their own use; but that is a wisdom without them, and above them, won by observation.

〈译文 1〉

有一技之长者鄙读书，无知者美读书，唯明智之士用读书，然书并不以用处告人，用书之智不在书中，而在书外，全凭观察得之。　　　　　　　　　　　　（王佐良 译）

〈译文 2〉

多诈的人藐视学问，愚鲁的人羡慕学问，聪明的人运用学问；因为学问底本身并不教人如何用它们；这种运用之道乃是学问以外，学问以上的一种智能，是由观察体会才能得到的。

（水天同 译）

从整体上看，译文 2 略显复杂，使用 72 字，使用白话，行文不够简约，译文 2 完成于 1942 年，使用未定型的白话，因此将"的"译成了"底"，另外"多诈的人"和"学问以上"也不够准确；译文 1 行文简约，共计 50 字，使用浅近文言，表达有力，用词灵活。

二、散文特点与翻译原则

根据散文的内容和表达方式，散文可以分为记叙性散文、抒情性散文和议论性散文三类。记叙性散文以叙述和描写为主，记人记事写景，不像小说多方刻画人物和铺设曲折的情节，但是记叙散文的人物和事件相对完整。抒情性散文采用大量的抒情笔法，抒发作者的主观感受，可以直抒胸臆，也可以托物言志。议论性散文虽然也可以有叙事和抒情，但更为侧重说明事理和发表议论。议论性散文运用事实，理论和文学形象等多种方法，使议论和抒情相结合，理论和形象相结合，因此也被人称为文艺性散文。

散文的内容包含人物、画面、景物等，因此散文也常将叙述、描写、抒情、议论等表达方式融合在一起使用，以叙述和描写作为基础，议论中包含抒情，记叙中又有议论。英国作家罗伯特·林德的散文《无知的乐趣》将抒情、记叙、议论穿插，文章跌宕起伏、妙趣横生。吴伯萧先生在《多写些散文》中指出："作为精神食粮，散文是谷类；作为战斗武器，散文是步枪。我们生活里也常用散文，在文艺园地里，散文也应当是万紫千红繁茂的花枝。"

散文形式自由，结构灵活，内容没有小说情节复杂，形式没有诗歌格律工整，结构没有戏剧严谨，但形式和结构灵活多变，篇幅也是可长可短。散文翻译可以看作文学翻译的基础，在关注散文特点的基础上，达到译文与原文在形式和内容上的一致，是散文翻译家关注的重点。散文翻译要想打动读者，需要翻译出真情、翻译出文采、翻译出审美。

首先，译文要传递原作的风格。散文通过文章的风格展现作者的独特个性，作者经过思想文化的陶冶，通过语言手段展现自己的风格。译者翻译前，要对作者和作品仔细揣摩，明确作品的风格，才能保持作者的文风，使作品风格得到再现。

其次，译文要传达原作情感。作者创作散文时往往融入了自己的真情实感，译者要充分理解作者的情感，才能译出富有感染力的作品，才能忠实地传递作者的情感。这就要求译者了解散文的创作意图、思想倾向、作品构思、立场观点。

最后，译文要再现原作的语言。散文虽然不像诗歌一样押韵，但是散文也讲究音乐美、节奏美，散文通过排比、对偶、声调和声韵传递语言的美。好的散文依靠准确、形象、生动的语言，表现出真挚的情感和深刻的思想。译者要总结原文的语言特点、作品结构、发展脉络、文章色调、用词特征等，继而分析、重组、再创造出贴切自然流畅的译文。

三、散文的功能与翻译特点

依据英语散文发展的脉络，我们可以将其分为正式散文和非正式散文两大类，正式散文以客观严谨的态度讨论问题，分析透彻、结构清晰、逻辑缜密、用词工丽、风格典雅。培根的作品就是这类散文的典型代表。非正式散文则以散漫的结构、幽默风趣的语言、轻松自然的表现形式表达作者的思想感情，揭示社会现实问题。现代散文题材广泛，内容涉猎市井生活、社会历史、政治斗争、人物速写、绘景议事等方面。表现形式不拘一格，可为杂文、小品文，亦可为随笔或报告文学等。

散文具有记叙、描写、抒情、议论四大功能。依据其功能，散文通常分为记叙散文、描写散文、说明散文和议论散文四类。

（一）记叙

记叙散文主要记叙本人的亲身经历和所见所闻。奇闻轶事则主要叙述自己的感受与经历。记叙散文包括时间、地点、人物、事件等要素，通过文字描述使作者身临其境，不知不觉中感受作者想表达的对人生及社会的见解。

范例：
〈原文〉

In a little place called Le Monastier, in a pleasant highland valley fifteen miles from Le Puy, I spent about a month of fine days. Monastier is notable for the making of lace, for drunkenness, for freedom of language, and for unparalleled political dissension. There are adherents of each of the four French parties—Legitimists, Orleanists, Imperialists, and Republicans—in this little mountain-town; and they all hate, loathe, decry, and calumniate each other. Except for business purposes, or to give each other the lie in a tavern brawl, they have laid aside even the civility of speech. This is a mere mountain Poland. In the midst of this Babylon I found myself a rallying-point; everyone was anxious to be kind and helpful to the stranger. This was not merely from the natural hospitality of mountain people, nor even from the surprise with which I was regarded as a man living of his own free will in Le Monastier, when he might just as well have lived anywhere else in this big world; it arose a good deal from my projected excursion southward through the Cevennes. A traveler of my sort was a thing hitherto unheard of in that district. I was looked upon with contempt, like a man who should project a journey to the moon, but yet with a respectful interest, like one setting forth for the inclement Pole. All were ready to help in my preparations; a crowd of sympathizers supported me at the critical moment of a bargain; not a step was taken but was heralded by glasses round and celebrated by a dinner or a breakfast.

(Robert Louis Stevenson, *Travels with a Donkey*)

〈译文〉

在位于中央山脉15英里以外的风景宜人的高原山谷中，有一个名叫蒙纳斯梯尔的小地方。我在那里消磨了大约一个月的晴朗日子。蒙纳斯梯尔以生产花边、酗酒无度、口无遮拦和空前绝后的政治纷争而闻名于世。在这个山区小镇里，法国四大党——正统派、奥尔良党、帝制党与共和党都各有党徒。他们相互仇恨、厌恶、攻击、诽谤。除了谈生意，或者在酒馆的口角中互相指责对方说谎之外，他们说起话来一点不讲文明。这里简直是个山里的波兰。在这个巴比伦似的文明之都，我却成了一个团结的中心。所有人都急切地想对我这个陌生人表示友善，愿意帮忙。这倒不仅是出于山区人民的天然好客精神，也不是因为大家惊奇地把我看成是一个本可以住在这一大世界的任何一个地方，却偏偏自愿选中蒙纳斯梯尔的人。这在很大程度上是因为我计划好了要向南穿过塞文山脉旅行。像我这样的旅行家在全区内简直是一个从未听说过的怪物。大家都对我不屑一顾，好像一个人计划要到月球旅行似的，不过又带有一丝敬重和兴趣，就像我是一个将出发到严寒的北极去冒险的人。大家都愿意帮助我做各种准备；在讨价还价的关键时候，一大群同情者都支持我。在采取任何步骤之前都要先喝一顿酒，完了之后还要吃一顿晚饭或早饭。

（《驴背旅行》，译文选自陈新《英汉文体翻译教程》）

〈分析〉

1. 从风格上看，这是典型的记叙散文，作者讲述自己的游历，语言风趣幽默，略带讽刺，讲述一个偏僻小镇人们的生活。

2. 从语言上看，原文第二句用"for the making of lace, for drunkenness, for freedom of language, and for unparalleled political dissension"构成一种并列排比的句式，以增加原文的节奏感，使散文更加优美，译文用"生产花边、酗酒无度、口无遮拦和空前绝后"四字词语获得了与原文同样的效果，且四字词语的使用符合汉语的表达习惯，读起来贴切、自然。

3. 从情感上看，原文后四句，表达了作者的态度，在这里外出旅行被看作奢华的冒险，作者夹叙夹议，从细微事物中洞悉深刻的社会现象。译文将"was looked upon with contempt"和"with a respectful interest"处理成"不屑一顾""一丝敬重和兴趣"，respectful 没有按照原文译成形容词，而是改变词性，使名词和修饰语变成了并列结构，如此译法更加符合汉语的表达习惯。

（二）描写

描写散文将作者的感知转化成语言传递给读者。在描写的过程中，作者不会完全摆脱情感进行客观描写，作者往往会根据见闻景物、举止言行、外貌形象等进行描写。通过客观描写，作者会有意、无意，甚至下意识地将个人的心境、感受融入描述过程，以便同读者进行情感交流。其这种描写方式被称为印象描写，印象描写的目的是情感交流，其通常有两种途径，即直接抒发感受的倾诉式表达和移情于物、寄情于山水的间接表达。

朱自清在《荷塘月色》写了清华园中荷塘月色的美景，全文构思精巧，语言清新典雅，景物描绘细腻传神，具有强烈的画面感，是现代描写和抒情散文的名篇。

范例1：

〈原文〉

月光如流水一般，静静地泻在这一片叶子和花上。薄薄的青雾浮起在荷塘里。叶子和花仿佛在牛乳中洗过一样；又像笼着轻纱的梦。

（朱自清：《荷塘月色》）

〈译文1〉

Moonlight was flowing quietly like a stream down to the leaves and flowers. A light mist over spread the lotus pond. Leaf and flower seemed washed in milk.

(《英语世界》1985年第5期)

〈译文2〉

The moon sheds her liquid light silently over the leaves and flowers, which, in the floating transparency of a bluish haze from the pond, look as if they had just been bathed in milk, or like a dream wrapped in a gauzy hood.

(《中国翻译》1992年第2期)

译文1在用词上更贴切，但是将"洗"译成washed不够生动，句法上，译文1与原文一一对应，以小句为翻译单位。译文2在用词上更加灵活，将"洗"翻译成bathed形象生动，译文2的句式相对复杂，将原文句式进行处理，以句群为翻译单位，将原文三个小句译成英文一个长句，体现了复合句的逻辑关系。因此，要想使散文具有与原作类似的艺术感染力，需要译者具有深厚的英汉文学功底和丰富的词汇，并通过仔细思考才能创作出理想的译文。

范例2：

〈原文〉

曲曲折折的荷塘上面，弥望的是田田的叶子。叶子出水很高，像亭亭的舞女的裙。层层的叶子中间，零星地点缀着些白花，有袅娜地开着的，有羞涩地打着朵儿的；正如一粒粒的明珠，又如碧天里的星星，又如刚出浴的美人。微风过处，送来缕缕清香，仿佛远处高楼上渺茫的歌声似的。这时候叶子与花也有一些的颤动，像闪电般，霎时传过荷塘的那边去了。叶子本是肩并肩密密地挨着，这便宛然有了一道凝碧的波痕。叶子底下是脉脉的流水，遮住了，不能见一些颜色；而叶子却更见风致了。

(朱自清：《荷塘月色》)

〈译文〉

All over this winding stretch of water, what meets the eyes is a silken field of leaves, reaching rather high above the surface, like the skirts of dancing girls in all their grace. Here and there, layers of leaves are dotted with white lotus blossoms, some in demure bloom, others in shy bud, like scattering pearls, or twinkling stars, or beauties just out of the bath. A breeze stirs, sending over breaths of fragrance, like faint singing drifting from a distant building. At this moment, a tiny thrill shoots through the leaves and lilies, like a streak of lightning, straight across the forest of lotuses. The leaves, which have been standing shoulder to shoulder, are caught shimmering in an emerald heave of the pond. Underneath, the exquisite water is covered from view, and none can tell its colors; yet leaves on top project themselves all the more attractively.

(朱纯深 译)

本段节选，原文工整、优美，通过叠声词和平行结构带动本段的节奏，节奏明快，具有强烈的乐感，通过光、影、声、色冲击着读者的视听感官，译者精确地把握了原文的风格和语言特点。大量形容词和副词的使用是本段的亮点，也是翻译的难点。使用直译方法的有：曲曲折折的译为 winding，羞涩地译为 shy，刚出浴的译为 just out of the bath，渺茫的译为 faint，凝碧的译为 emerald，肩并肩密密地译为 shoulder to shoulder。弥望的译为 what meets the eyes is，将形容词转化为主语从句；亭亭的译为 in all their grace，将形容词转化为方式状语。田田的译为 silken field of，并增译 silken，使读者更能理解含义，层层的译为 layers of，由形容词转化为名词；零星地译为 are dotted with；袅娜地译为 demure；一粒粒的译为 scattering；碧天里的译为 twinkling；脉脉的译为 exquisite，使用了意译的翻译方法。

(三)抒情

抒情散文通过对具体事物的记叙和描绘，表现作者的思想感受，抒发作者的情感。散文是作者激情的鲜明表现，结构立意精心，语言准确、简练、生动优美。抒情散文大致可以分为借景抒情、因物抒情和以事抒情三类。写景抒情散文主体是景物，景物是作者抒情的载体，准确把握景物的特点可以增加对情感的理解。

范例：
〈原文〉

Father's attitude toward anybody who wasn't his kind used to puzzle me. It was so dictatorial. There was no live and let live about it. And to make it worse he had no compunctions about any wounds he inflicted: on the contrary, he felt that people should be grateful to him for teaching them better.

〈译文〉

从前我总觉得不懂父亲为什么对那些脾气跟他不一样的人采取那么个态度。那么专制！一点"你好我好"也没有。尤其糟糕的是他伤害了人家还毫无抱歉的意思；正相反，他觉得别人应该感谢他，因为他教他们学好。

(吕叔湘 译)

〈分析〉

1. 这是一段作者的独白，通过作者自述抒发情感，原文用词简单，译文平易、优美、贴切。原文第一句以 father's attitude 作为主语，第二句用 it 作主语，指代前文，两者相呼应，符合英语的表达习惯；译文第一句以"我"作为主语，第二句使用无主句"那么专制"，隐含主语"他"，同前一句相呼应，更加符合汉语的表达习惯。

2. 原文 puzzle，译为"不懂"，点明全段；live and let live 是成语，可以直译为"待人宽厚如待己"，但这样译，对于读者不够明了，同本段文风也略显突兀，因此译成通俗易懂的"你好我好"，保持本段风格一致。

（四）议论

议论散文以散文的笔法阐述观点，它不像一般议论文注重逻辑合理性，而是侧重形象的描绘和感情的抒发。议论散文具有抒情性、形象性和哲理性的特点，给读者以富于理性的情感、深入的思考和广阔的联想空间。议论散文的思想内涵是对社会、人生的独特思考，以形象的思维、具体的感情描写构建蕴含观点的画面感。

范例：
〈原文〉

What I Have Lived For

Bertrand Russell

Three passions, simple but overwhelmingly strong, have governed my life: the longing for love, the search for knowledge, and unbearable pity for the suffering of mankind. These passions, like great winds, have blown me hither and thither, in a wayward course, over a deep ocean of anguish, reaching to the verge of despair.

I have sought love, first, because it brings ecstasy-ecstasy so great that I would have sacrificed all the rest of life for a few hours of this joy. I have sought it, next, because it relieves loneliness—that terrible loneliness in which one shivering consciousness looks over the rim of the world into cold unfathomable lifeless abyss. I have sought it, finally, because in the union of love I have seen, in a mystic miniature, the prefiguring vision of the heaven that saints and poets have imagined. This is what I sought, and though it might seem too good for human life, this is what—at last—I have found.

With equal passion I have sought knowledge. I have wished to understand the hearts of men, I have wished to know why the stars shine. And I have tried to apprehend the Pythagorean power by which number holds away above the flux. A little of this, but not much, I have achieved.

Love and knowledge, so far as they were possible, led upward toward the heavens. But always pity brought me back to earth. Echoes of cries of pain reverberated in my heart. Children in famine, victims tortured by oppressors, helpless old people a hated burden to their sons, and the whole world of loneliness, poverty, and pain make a mockery of what human life should be. I long to alleviate the evil, but I cannot, and I too suffer.

This has been my life. I have found it worth living, and I would gladly live it again if the chance were offered to me.

〈译文〉

我生活的目的

伯特兰·罗素

在我的生活中起支配作用的有三种简单却又极为强烈的情感：对爱情的渴望，对知识的追求和对人类苦难的无比同情。这些情感像大风一样吹来吹去，方向不定，越过深沉痛苦的海洋，直达绝望的边缘。

我追求爱情，首先因为它使人陶醉——陶醉到往往使我愿意牺牲我的余生来换取几小时这样快乐的程度。其次我追求爱情是因为它使人摆脱寂寞——那种可怕的寂寞，好似人带着一种颤抖的意识，站在世界的边际，俯视下面无底的死亡深渊一样。最后我追求爱情是因为在爱情的结合里我看见了在圣徒和诗人的想象中所预见到的天堂的神奇缩影。这就是我的追求，尽管这似乎是人生过度的奢望，但它正是我最终找到的东西。

我怀着同样的热情追求知识。我渴望了解人心。我渴望懂得星星为什么发光。我竭力想弄清使数字成为变化主宰的毕达哥拉斯的力量。我获得了一点结果，但成绩不大。

爱情和知识在一定范围内通向天堂，而怜悯却又总把我带回人间。我的心里回响着痛苦的呼唤。忍饥挨饿的孩子们，遭到压迫者折磨的受苦者，成了儿辈们讨厌负担的无依无靠的老年人，以及整个寂寞、贫穷、痛苦的世界，所有这一切对于人类应过的生活是一种嘲弄。我盼望减轻这些罪恶，但无能为力。我自己也在受苦受难。

这就是我的生活。我觉得过这样的生活值得。如果有机会，我会高兴地再这样活一遍。

（译文选自陈新《英汉文体翻译教程》）

原文第一段将情感划分为三类，第二段列出追求爱情的原因，第三段从三个具体方面说明追求知识的内容，第四段从感情的角度观察世界。第一段作者用三个平行短语列出三种情感"the longing for love，the search for knowledge，and unbearable pity for the suffering of mankind"，译文选用同样的平行结构即"对爱情的渴望、对知识的追求和对人类苦难的无比同情"，保持与原文一致的风格。第二段"one shivering consciousness looks over the rim of the world into cold unfathomable lifeless abyss"，译文增加主语"人"，将介词转化为动词"站在""俯视"，使句子更加符合汉语的表达习惯。第三段译文通过"怀着、渴望、竭力"，使译文与原文相呼应；第四段原文使用充满感情的句子和词汇，译文忠实地译出了原文的情感。

散文类型多样，如写人记事、托物言志、写景抒情、阐发哲理等。散文能展示丰富多彩的自然景象和社会生活，也能通过写人记事、写景写物表达独特的情感体验和深刻的人生感悟。散文翻译要领会作品的情思，反复品味语言，体会和理解作者的感受和思考。好的译文仿佛是作者与译者推心置腹的交谈，字里行间传达着真诚与睿智，让读者了解作者的人生感悟，获得思想的启迪。

第四节 戏 剧

一、戏剧的语言特点与翻译原则

戏剧作品的主要作用与价值是用于舞台演出，戏剧作品具有综合性、舞台性、直观性，演出的效果与创作质量、服装道具、布景灯光、音响设备等密不可分。剧本是一种侧重以人物台词为手段，集中反映矛盾冲突的文学体裁。剧本可以分为悲剧、喜剧、正剧，还可以分为独幕剧、多幕剧。戏剧的基本特征是：浓缩地反映现实生活，集中地表现矛盾冲突，以人物台词推进戏剧动作。①

剧本受舞台表演时间、空间的限制，是现实生活的高度浓缩。舞台演出的时间有限，空间也有限，因此剧本要在有限的时空内吸引观众的注意力，展现丰富的社会生活，这就需要剧作家用高度凝练的语言和较短的篇幅，将戏剧的内容浓缩地展现在舞台上。西方提出的"三一律"，要求动作、情节、时间、空间整一。只有使剧情高度集中、概括，才能充分发挥戏剧的表现功能。老舍的《茶馆》这出戏仅有三幕，通过三幕展现了三个时代。

没有集中的矛盾冲突，就没有戏剧。戏剧的冲突就是作品中反映的矛盾和斗争，有人物间的冲突，人物与环境的冲突等。戏剧的矛盾冲突，源自生活、人物性格，又表现为外在的生活冲突，内在的性格冲突等。剧本要集中地表现矛盾冲突，情节要在有限的时间和空间内迅速地展开，因此剧本需要抓住事件的起点，通过必要的层次发展，把事件尽快地推向高潮。

台词是展示矛盾冲突、塑造人物形象的基本手段。台词有对白、旁白、独白等形式，对白是台词的主导。台词具有引出动作、推进剧情发展的作用，台词要以矛盾冲突为语言基础，促进事件发展。人物的对白不仅可以展示人物的心灵，还可以促使剧情发展。

戏剧本身的特点决定了戏剧语言的基本特点。戏剧语言是刻画人物、展开情节、揭示主旨的基本材料，也是基本手段。戏剧语言具有动作性和个性化的特点。

动作性，也称为可表演性，是戏剧中人物语言最基本的特征，通常表现为两个方面：对话伴随的动作、表情、手势、内心活动；对话引起的行为以及一系列相关的动作。动作性能体现人物的性格，表达人物的情感，推动剧情发展。个性化指人物语言要符合人物的性格特征，人物不同，使用的个性化语言也不同。人物的语言要符合时代特征及其所处的生活环境，不仅与人物语言、身份阅历、心理活动、思想习惯有关，还能揭示人物的性格发展。

戏剧翻译要有上口性。戏剧语言的动作性和个性化特点要求戏剧翻译追求语言上的上口性。译文要便于演员表达，也要利于剧情表现，更要适于观众理解。译文要便于演员表演时抑扬顿挫地朗读，也要使观众听起来语音清晰、顺耳流畅。这也要求译文要简练、鲜活。

戏剧翻译要鲜活生动。戏剧翻译的语言要鲜活、生动形象，语言表达要准确、有力，充满时代气息。舞台提示语用于介绍戏剧中的时间、地点、人物和心理，译文要简洁、清晰；人物语言，即台词，用于塑造人物形象，展示矛盾冲突，因此要有鲜明的个性特点。戏剧翻译家，首先要了解人物语言背后的动作性，才能使译文便于表演，从而推动剧情的顺利发展。

戏剧翻译要有抒情性。以诗歌写成的剧本中，抒情性通过诗韵、诗味表达，如中外戏

---

① 童庆炳：《文学理论教程》，高等教育出版社，1998 年 4 月第 2 版，第 172 页。

剧中用韵文写成的剧本；以散文写成的剧本中，抒情性体现在散文化的语言上；以小说写成的剧本中，抒情性体现在人物内心的表白等语言手段上。抒情有助于丰富人物形象，是人物舞台魅力的展现。

　　戏剧翻译要展现不同人物的性格。翻译时要针对不同人物的性格进行遣词造句，再现人物的性格特征，把握人物的台词和原文的语义、风格，不能千篇一律。总之，戏剧翻译，要突出人物性格，千人千面，在翻译过程中，要仔细探究人物的性格与特点。

　　综上所述，戏剧翻译不仅要考虑译文与原文的一致性，还要使译文具有可表演性。译文语言在特定语境中起关联与激发作用，人物的语言推动动作，动作与语言相互作用，就此推动剧情发展。

二、戏剧中的独白与对话

（一）独白

　　戏剧中的独白是一种特殊的语言形式，它既是人物独处时内心活动的披露，也是自身情感和愿望的抒发，它的主要作用是揭示人物的内心。表演时，主人公在舞台上大段陈述自己的内心，如在莎士比亚的戏剧《哈姆雷特》中，有十余处独白，这些独白思想深邃，赋予全剧启蒙意义。

范例：
〈原文〉
《哈姆雷特》第三幕第一场选段
To be, or not to be: that is the question:
Whether 'tis nobler in the mind to suffer
The slings and arrows of outrageous fortune,
Or to take arms against a sea of troubles,
And by opposing end them. To die, to sleep—
No more—and by a sleep to say we end
The heartache, and the thousand natural shocks
That flesh is heir to! 'Tis a consummation
Devoutly to be wished. To die, to sleep—
To sleep—perchance to dream: ay, there's the rub,
For in that sleep of death what dreams may come
When we have shuffled off this mortal coil,
Must give us pause. There's the respect
That makes calamity of so long life:
For who would bear the whips and scorns of time,
The oppressor's wrong, the proud man's contumely,

The pangs of despised love, the law's delay,

The insolence of office, and the spurns

That patient merit of the unworthy takes,

When he himself might his quietus make

With a bare bodkin? Who would fardels bear,

To grunt and sweat under a weary life,

But that the dread of something after death,

The undiscovered country, from whose bourn

No traveller retuns, puzzles the will,

And makes us rather bear those ills we have,

Than fly to others that we know not of?

Thus conscience does make cowards of us all,

And thus the native hue of resolution

Is sicklied o'er with the pale cast of thought,

And enterprises of great pitch and moment,

With this regard their currents turn awry,

And lose the name of action. —Soft you now,

The fair Ophelia! —Nymph, in thy orisons

Be all my sins remembered.

(William Shakespeare：*Hamlet*)

〈译文〉

　　生存还是毁灭，这是一个值得考虑的问题；默然忍受命运的暴虐的毒箭，或是挺身反抗人世的无涯的苦难，通过斗争把它们扫清，这两种行为，哪一种更高贵？死了；睡着了；什么都完了；要是在这一种睡眠之中，我们心头的创痛，以及其他无数血肉之躯所不能避免的打击，都可以从此消失，那正是我们求之不得的结局。死了；睡着了；睡着了也许还会做梦；嗯，阻碍就在这儿：因为当我们摆脱了这一具朽腐的皮囊以后，在那死的睡眠里，究竟将要做些什么梦，那不能不使我们踌躇顾虑。人们甘心久困于患难之中，也就是为了这个缘故；谁愿意忍受人世的鞭挞和讥嘲、压迫者的凌辱、傲慢者的冷眼、被轻蔑的爱情的惨痛、法律的迁延、官吏的横暴和费尽辛勤所换来的小人的鄙视，要是他只要用一柄小小的刀子，就可以清算他自己的一生？谁愿意负着这样的重担，在烦劳的生命的压迫下呻吟流汗，倘不是因为惧怕不可知的死后，惧怕那从来不曾有一个旅人回来过的神秘之国，是它迷惑了我们的意志，使我们宁愿忍受目前的磨折，不敢向我们所不知道的痛苦飞去？这样，重重的顾虑使我们全变成了懦夫，决心的赤热的光彩，被审慎的思维盖上了一层灰色，伟大的事业在这一种考虑之下，也会逆流而退，失去了行动的意义。且慢！美丽的奥菲利娅！——女神，在你的祈祷之中，不要忘记替我忏悔我的罪孽。

(朱生豪 译)

〈分析〉

1. 原文第一句"To be or not to be"是本段的中心句，也是莎士比亚戏剧的名句，为大家广泛传颂。首先，直译可以译为"活下去还是不活"，或者"生存还是不生存"，这种译法过于平直，没有原文的诗意。其次，再考虑独白的主人公哈姆雷特的人物背景，他所使用的语言应不同于普通人的日常用语，译文将其翻译为"生存还是毁灭"，生存和毁灭相对应，体现了原文的诗意特征，而且也符合人物形象的语言特征。再次，考虑剧本的冲突、哈姆雷特所面临的问题，不是能否生存和能否活下去，而是苟且偷生与挺身反抗之间的内心矛盾冲突，因此译文要更为恰当。最后，本段独白旨在抓住观众的内心，"生存，毁灭"比"活下去"更有措辞力度，而且与全篇独白激昂、愤懑的风格一致，因此从整体上更加符合原文的风格。

2. 原文第四行，a sea of troubles，译为无涯的苦难，trouble 一词对应的汉语词语有很多，"烦恼，苦恼，忧愁"相比哈姆雷特当时所处的困境，都不足以描述环境的险恶，考虑主人公哈姆雷特是有远大理想和抱负的人文主义者，译文选用"苦难"可以覆盖后面提及的"人世的鞭挞和讥嘲、压迫者的凌辱、傲慢者的冷眼、被轻蔑的爱情的惨痛"等一系列痛苦。

3. 原文第十六行 the proud man's contumely 译为"傲慢者的冷眼"，contumely 一词原意是指语言、行为上的无礼、傲慢，译为"冷眼"具体地诠释了无礼傲慢的行为；第二十九行 the native hue of resolution 是决心的本意或本色，将本色具体化，翻译为"赤热"，符合本段独白想要表现的挣扎、反抗的精神。本段类似的译文还有第三行 The slings and arrows of outrageous fortune，译作"命运的暴虐的毒箭"。outrageous fortune，有影视作品将其译为"非凡运气"或"不义之财"，考虑本剧的内容和本段独白的作用，译为"命运的暴虐的毒箭"，既灵活变通又与原文贴近。Flesh 译为"血肉之躯"，pause 译为"踌躇顾虑"，也是本段用词灵活贴切的例子。

4. 原文第二十六至二十七行，And makes us rather bear those ills we have, Than fly to others that we know not of?，译为"使我们宁愿忍受目前的磨折，不敢向我们所不知道的痛苦飞去?"，通过肯定和否定的转换，更加符合汉语表达习惯。

　　这段独白反映了哈姆雷特内心的激烈斗争及忧郁的深思，译文准确地把握了原文的主旨，生动地再现了原文的内容。译文措辞典雅、变通流畅、翻译准确，再现了原文典雅、凝重的文风和全剧所表达的思想情感，同时，抑扬顿挫的译文符合舞台表演风格。

(二)对话

　　对话，也称为对白，是一部戏剧成功的关键。对白应当自然、真实，通过对白可以交代剧情和人物性格，也能展现人物心理，理解人物之间的关系。因此，对话的措辞要与人物个性相匹配，人物的话语反映其动机，每件事都与某一特定行为或感情有联系。戏剧对白的翻译，要考虑对话的话轮，将对话看作一个统一的、意义上有联系的整体，这样有助于译者正确理解词义，有效构建话语的衔接，理解对话的完整性。

范例：

〈原文〉

茶 馆

（第二幕 选段）

老舍

吴祥子：瞎混呗！有皇上的时候，我们给皇上效力，有袁大总统的时候，我们给袁大总统效力；现而今，宋恩子，该怎么说啦？

宋恩子：谁给饭吃，咱们给谁效力！

常四爷：要是洋人给饭吃呢？

松二爷：四爷，咱们走吧！

吴祥子：告诉你，常四爷，要我们效力的都仗着洋人撑腰！没有洋枪洋炮，怎能够打起仗来呢？

松二爷：您说的对！嗻！四爷，走吧！

常四爷：再见吧，二位，盼着你们快快升官发财！（同松二爷下）

宋恩子：这小子！

王利发：（倒茶）常四爷老是那么又倔又硬，别计较他！（让茶）二位喝碗吧，刚沏好的。

宋恩子：后面住着的都是什么人？

王利发：多半是大学生，还有几位熟人。我有登记簿子，随时报告给"巡警阁子"。我拿来，二位看看？

吴祥子：我们不看簿子，看人！

王利发：您甭看，准保都是靠得住的人！

宋恩子：你为什么爱租学生们呢？学生不是什么老实家伙呀！

王利发：这年月，做官的今天上任，明天撤职，做买卖的今天开市，明天关门，都不可靠！只有学生有钱，能够按月交房租，没钱的就上不了大学啊！您看，是这么一笔账不是？

宋恩子：都叫你咂摸透了！你想的对！现在，连我们也欠饷啊！

吴祥子：是呀，所以非天天拿人不可，好得点津贴！

宋恩子：就仗着有错拿，没错放的，拿住人就有津贴！走吧，到后边看看去！

王利发：二位，二位！您放心，准保没错儿！

宋恩子：不看，拿不到人，谁给我们津贴呢？

吴祥子：王掌柜不愿意咱们看，王掌柜必会给咱们想办法！咱们得给王掌柜留个面子！对吧？王掌柜！

王利发：我……

宋恩子：我出个不很高明的主意：干脆来个包月，每月一号，按阳历算，你把那点……

吴祥子：那点意思！

宋恩子：对，那点意思送到，你省事，我们也省事！

王利发：那点意思得多少呢？

吴祥子：多年的交情，你看着办！你聪明，还能把那点意思闹成不好意思吗？

〈译文〉

Teahouse

（Act Two　Excerpt）

Lao She

Wu Xiangz : Oh, muddling along! When there was an emperor, we served him. When there was President Yuan Shikai, we served him. Now, Song Enz, how should I put it?

Song Enz : Now we serve anyone who puts rice in our bowls.

Chang : Even foreigners?

Song : Master Chang, let's get going!

Wu Xiangz : Understand this, Master Chang. Everyone we serve is backed by some foreign power. How can anyone make war without foreign arms and guns?

Song : You're so right! So right! Master Chang, let's go.

Chang : Goodbye, gentlemen. I'm sure you'll soon be rewarded and promoted!
(*Goes off with Song.*)

Song Enz : Bloody fool!

Wang Lifa : (*pouring out tea*)Master Chang has always been stubborn, won't bow down to anyone! Take no notice of him. (*offering them tea*)Have a cup, it's fresh.

Song Enz : What sort of people do you have as lodgers?

Wang Lifa : Mostly university students, and a couple of old acquaintances. I've got a register. Their names are always promptly reported to the local police-station. Shall I fetch it for you?

Wu Xiangz : We don't look at books. We look at people!

Wang Lifa : No need for that. I can vouch for them all.

Song Enz : Why are you so partial to students? They're not generally quiet characters.

Wang Lifa : Officials one day and out of office the next. It's the same with tradesmen. In business today and broke tomorrow. Can't rely on anyone! Only students have money to pay the rent each month, because you need money to get into university in the first place. That's how I figure it. What do you think?

Song Enz : Got it all worked out! You're quite right. Nowadays even we aren't always paid on time.

Wu Xiangz : So that's why we must make arrests everyday, to get our bonus.

Song Enz: We nick people at random, but they never get out at random. As long as we make arrests, we get our bonus. Come on, let's take a look back there!

Wang Lifa: Gentlemen, gentlemen! Don't trouble yourselves. Everyone behaves himself properly, I assure you.

Song Enz: But if we don't take a look, we can't nab anyone. How will we get our bonus?

Wu Xiangz: Since the manager's not keen to let us have a look, he must have thought of another way. Ought to try to help him keep up a front. Right, Manager Wang?

Wang Lifa: I...

Song Enz: I have an idea. Not all that brilliant perhaps. Let's do it on a monthly basis. On the first of every month, according to the new solar calendar, you'll hand in a...

Wu Xiangz: A token of friendship!

Song Enz: Right. You'll hand in a token of friendship. That'll save no end of trouble for both sides.

Wang Lifa: How much is this token of friendship worth?

Wu Xiangz: As old friends, we'll leave that to you. You're a bright fellow. I'm sure you wouldn't want this token of friendship to seem unfriendly, would you?

（英若诚 译）

〈分析〉

1. 从选词角度看，原文第一句"瞎混呗"译为"Oh, muddling along!"，保留了语气词，同时根据英语习惯，在语序上进行了调整；"要是洋人给饭吃呢？"译为"Even foreigners?"，语言简洁、连贯，疑问挑衅的口吻，可以追进剧情的发展；"升官发财"译为"be rewarded and promoted"，采用了意译的方式，准确地表达了语境效果。

2. 从人物语言特点看，宋恩子、吴祥子语气凌人，非常跋扈，译文"We don't look at books. We look at people！""We nick people at random, but they never get out at random"体现了两位人物的特点。王利发的语言"Shall I fetch it for you?"则表现出处事圆通、谦和的语气特点。另外，在翻译宋恩子的语言时用了"nick""nab"，这样的词汇说明说话人的社会文化层次不高。

3. 原文倒数第四句，"那点意思！"译为"A token of friendship!"，表面是说友情，实则是敲诈，译文成功地译出了这句话的真实意图。

　　阅读英汉戏剧经典作品，可以体会戏剧语言的特点。通过研究不同风格的戏剧作品，可以分析作品的审美特征，鉴赏翻译的审美表达，感受戏剧的翻译原则。戏剧语言来自生活，非常口语化，因此，戏剧语言既通俗易懂又富有审美情趣。

第五节 文学评论

文学评论是指对小说、诗歌、散文、戏剧等文学作品的评论，文学评论通过对作品思想内容、创作风格、艺术特点的评价，提高读者的阅读、鉴赏水平。文学评论首先要对作品进行分析，然后进行评价，评价要有论证的过程和总体评价。

范例：

〈原文〉

从溪到河到瀑布
——跋 朱伬伬著《发芽的心情》
毕淑敏

读朱伬伬的日记体作品《发芽的心情》，使我想起清澈的小溪。它从长着青草的岩石缝隙里，像珍珠一样、慢慢地沁出，渐渐地积成一小洼，好似一面淡绿色的小镜子。待到水积攒得多了，就在某一个瞬间，无声地溢出岩窝，缓缓地流下山岗。它奔腾着、跳跃着，遇到不平的地方，就发出哗哗的响声。在奔流的路上，小溪好奇地张望着，搜索着，分辨着，收集着……露水、雨水、雪水汇入小溪的胸怀，她在前进的岁月里成长壮大起来，在一个充满阳光的早晨，成为一条小小的河。

这是一个城市女孩从小学到初中到高中的心路记录，从最初的天真烂漫到逐渐的犀利与沉稳，我们随着她的笔，看到了生命成长的过程。

世人往往重视的是结局，轻视的是过程。因为结局灿烂辉煌，是有定评的东西，使人能很痛快地接受。过程有一种生死未卜的性质，充满劳动的艰辛与失败的危险。即使是很优秀的成就，分解到每一天，基本上也是平凡的、朴素的，在诚恳与谦虚的宁静中积蓄力量。

朱伬伬真实地描绘了一个当代女孩对这个世界的看法，她的学习与生活，她同家人相处的和睦与冲突，她与朋友的温馨和争执，她读过的书，她观察过的天象，她受伤了，她哭了……读的时候，好像那孩子就坐在我们面前，轻声诉说，我们的心随之轻轻颤动：

日记本来是写给自己看的。我想书中女孩那部时间跨度达10年以上的日记，最初写的时候，一定想不到有一天它会出版。这在某种程度上，是对作者的挑战。完成这种作品，需要勇敢，需要智慧。日记体作品和小说不同，它是以真诚和直率的自由，引起读者共鸣。阅读的时候，也需更从容的心境。

小河激越地流向远方，也许它会在某个优美的港湾停住，成为静止的潭水。但更大的可能是，它不停地起伏着，前进着，冲决束缚，化作飞流而下的瀑布，奔腾万里，汇入浩瀚的大海。

〈译文〉

From Brook to River, and Promisingly Waterfall
—Postscript to Zhu Wawa's *Feel like Budding*
Bi Shumin

Feel Like Budding, a diary-style work by Zhu Wawa, reminds me of a crystal-clear brook.

Pearls of water drops oozing out of grassy clefts gradually accumulate to form a small pool like a pale-green mirror. When it becomes full, it overflows unnoticed, trickling down the hill. Then a brook comes into being, gurgling along, springing and dancing. Looking around curiously and searchingly, the brook picks its way, collecting dew, raindrops and snowflakes to swell its bosom. In the course of time, it grows into a small river one morning under a glorious sun.

That is a city girl's track of mind progressing from juvenile innocence to a keen perception and mental steadiness as she goes on with her schooling from the primary to the top secondary level. Her pen serves as a guide showing us the growth of a young person.

People often see the result of an event to the ignorance of its development. That's because a result is often splendid, something definite and evaluable that people can readily accept. The course of development, however, is of an uncertain nature, involving risk of failure as well as arduous labor. Even if the achievement is remarkable, it is merely the result of an accumulation process in which efforts have been made in quiet sincerity and modesty—each day's work would appear very plain and commonplace.

Zhu Wawa shows us a true picture of how a girl of our time views the outside world, deals with her studies and daily life. Different aspects present themselves in turn; harmonious relationship and occasional conflicts with her family, on good terms or bad with her friends, the books she has read and the astronomical phenomena observed. There are also tearful episodes when she is hurt…Reading it we seem to listen to the child's soft narration right beside us, our heartstrings vibrating accordingly.

Diary is meant only for the writer. Publication of hers that lasts over ten years must have been quite unexpected for the girl when she started writing it. This fact, in a sense, is indeed a challenge to the writer herself. To do such a work and have it published requires courage as well as intelligence. Unlike novels, a diary-style literary work is characterized by the writer's sincere and candid confessions that can find echoes in the reader's mind. It needs a calm mood to get a real enjoyment.

The small river is running energetically to a distant land. It may wind up its course in a beautiful harbor to become a still pool of water. Yet more likely it will surge forward incessantly, breaking all the blocks on its way, until it pours down in a waterfall with such a momentum as to carry it thousands of miles to the sea.

（译文选自陈文伯《译艺：英汉双向笔译》）

〈分析〉

1. 译文第二段末，"我们随着她的笔，看到了生命成长的过程"，"生命"根据上下文的内容，具体化处理为"the growth of a young person"，第三段第一句中的"结局""过程"，也增加了"an event"，具体化后译为"the result of an event""its development"，这些具体化的处理，可以呼应文章的标题。通读全文，就可以了解标题中的"从溪到河"是实写，"瀑布"是虚写，文章借用小溪写女孩的成长，译文处理得合理、恰当。

2. 文章标题采用了虚实结合的写作手法，溪、河是实，瀑布是虚，发芽是实，心情是虚，译文增加了"promisingly"，将心灵上的瀑布同现实中的"溪、河"加以区分，使读者能更深刻地体会原文想要表达的思想感情。

　　文学评论的翻译需要追寻细节，在选词用句上，考虑词汇本身的含义，还要考虑作者写作的虚实，以及作者的观点。文学评论翻译要从作者的写作风格出发，选择与作者文风相近的表达方式，突出文学作品的特点、提高读者的鉴赏能力、促进优秀文学作品的传播。

参 考 文 献

一、英文部分

[1]Alvarez Roman, Vidal M Carmen-Africa, eds. Translation, Power, Subversion[M]. Beijin: Foreign Language Teaching and Research Press, 2007.

[2]Baker Mona. In Other Words[M]//A Coursebook on Translation. Beijing: Foreign Language Teaching and Research Press, 2000.

[3]Baker Mona. Routledge Encyclopedia of Translation Studies [M]. London & NY: Routledge, 1998.

[4]Bassnett Susan. Ways Through the Labyrinth: Strategies and Methods for Translating Theatre Texts[M]. London: Croom Helm, 1985.

[5]Bassnett Susan. Translation, History & Culture[M]. London: Pinter Publisher, 1990.

[6]Bassnett Susan, Andre Lefevere. Constructing Cultures: Essays on Literary Translation[M]. Shanghai Foreign Language Education Press, 2001.

[7]Bassnett Susan, Trivedi Harish, eds. Post-colonial Translation: Theory and Practice[M]. London: Routledge, 1999.

[8]Bell Roger. Translation and Translating: Theory and Practice [M]. London/ NY: Longman, 1991.

[9]Benjamin W. The Task of Translator [C]//Venuti Lawrence. The Translation Studies Reader. London & NY: Routledge, 2000.

[10]Bowker Lynne, et al., eds. Unity in Diversity? Current Trends in Trandanion [M]. Beijing: Foreign Language Teaching and Research Press, 2007.

[11]Brooks C, Warren R P. Understanding Fiction[M]. Beijing: Foreign Language Teaching and Research Press, 2004.

[12]Brunning J, Forster P, eds. The Rule of Reason: The Philosophy of Chapman, Siobhan [M]. London and New York: Routledge, 2000.

[13]Chesterman Andrew. Readings in Translation Theory [M]. Helsinki: Oy Finn Lectura Ab, 1989.

[14]Chesterman Andrew, Wagner Emma. Can Theory Help Translators? [M]Beijing: Foreign Language Teaching and Research Press, 2006.

[15]Coulthard Malcolm. An Introduction to Discourse Analysis[M]. London/NY: Longman,

1985.

［16］Cuddon J A. The Penguin Dictionary of Literary Terms and Literary Theory（4the Ed.）［M］. Oxford, UK; Malden, Mass: Basil Blackwell Ltd., 1991.

［17］Davis Kathleen. Deconstruction and Translation［M］. Shanghai: Shanghai Foreign Language Education Press, 2004.

［18］Dollerup Cay. Basics of Translation Studies［M］. Shanghai: Shanghai Foreign Language Education Press, 2007.

［19］Flotow Luise Von. Translation and Gender［M］. Shanghai: Shanghai Foreign Language Education Press, 2004.

［20］Gentzler Edwin. Contemporary Translation Theories［M］. Shanghai: Shanghai Foreign Language Education Press, 2004.

［21］Gross John. The Oxford Book of Essays［M］. Oxford: Oxford University Press, 2002.

［22］Gutt Ernst-August. Translation and Relevance: Cognition and Context［M］. Shanghai Foreign Language Education Press, 2004.

［23］Hatim Basil. Communication Across Cultures: Translation Theory and Contrastive Text Linguistics［M］. Exeter: University of Exeter Press, 1997.

［24］Hermans Theo. Translation in Systems: Descriptive and System-oriented Approaches Explained［M］. Manchester: St. Jerome, 2004.

［25］Hermans Theo. Crosscultural Transgressions: Research Models in Translation Studies II: Historical and Ideological Issues［M］. Beijing: Foreign Language Teaching and Research Press, 2007.

［26］Hofmann Thomas R. Paragraphs & Anaphora［J］. Journal of Pragmatics, 1989.

［27］Holmes James S. Translated! Papers on Literary Translation and Translation Studies（2nd Ed.）［M］. Amsterdam: Rodopi, 1994.

［28］Hirsch David H. The Deconstruction of Literature: Criticism After Auschwitz［M］. Providence: Brown University Press, 1991.

［29］House J. Translation Quality Assessment: A Model Revisited［M］. Germany: Gunter Narr Verlag Tubingen, 1997.

［30］Lefevere Andre. Translation/History/Culture: A Sourcebook［M］. London/New York: Routledge, 1992.

［31］Lefevere Andre. Translating Literature: Practice and Theory in a Comparative Literature Context［M］. Beijing: Foreign Language Teaching and Research Press, 2006.

［32］Loffredo Eugenia, Perteghella Manuela. Translation and Creativity: Perspectives on Creative Writing and Translation Studies［M］. London: Continuum, 2006.

［33］Lorscher Wolfgang. A Psycholinguistic Analysis of Translation Processes［J］. Meta, 1996（41）.

[34] Mark Shuttleworth, Moira Cowie. Dictionary of Translation Studies (3rd Ed.) [M]. Shanghai: Shanghai Foreign Language Education Press, 2004.

[35] Matthews Brander. The Oxford Book of American Essays [M]. New York: Wildside Press, 1914.

[36] McCarthy M, Carter R A. Language as Discourse: Perspectives for Language Teaching [M]. London: Longman, 1994.

[37] Molina L, Albir A H. Translation Techniques Revisited: A Dynamic and Functionalist Approach [J]. Meta, 2002(4).

[38] Morris C. Writings on the General Theory of Signs [M]. The Hague: Mouton, 1971.

[39] Munday Jeremy. Introducing Translation Studies—Theories and Applications [M]. New York: Routledge, 2001.

[40] Newmark Peter. Approaches to Translation [M]. Shanghai: Shanghai Foreign Language Education Press, 2001.

[41] Nida E A. Language, Culture & Translating [M]. Shanghai: Shanghai Foreign Language Education Press, 1993.

[42] Niranjana Tejaswini. Siting Translation: History, Post-Structuralism and the Colonial Context [M]. Berkeley: University of California Press, 1992.

[43] Quirk R, et al. A Comprehensive Grammar of the English Language [M]. Harlow Essex: Longman, 1985.

[44] Reis K. Translation Criticism: The Potentials and Limitations [M]. Shanghai: Shanghai Foreign Language Education Press, 2004.

[45] Robinson Douglas. The Translator's Turn [M]. Beijing: Foreign Language Teaching and Research Press, 2006.

[46] Rose Marilyn Gaddis. Translation and Literary Criticism: Translation as Analysis [M]. Beijing: Foreign Language Teaching and Research Press, 2007.

[47] Sager Juan. Language Engineering and Translation Consequences of Automation [M]. Amsterdam/Philadelphia: Benjamin's, 1994.

[48] Schulte Rainer, Biguenet John. Theories of Translation [M]. Chicago: The University of Chicago Press, 1992.

[49] Snell-Hornby Mary. Translation Studies—An Integrated Approach [M]. Shanghai: Shanghai Foreign Language Education Press, 2001.

[50] Sperber D., Wilson D. Relevance: Communication & Cognition (2nd Ed.) [M]. Beijing: Foreign Language Teaching and Research Press, 2006.

[51] Tymoczko Maria. Translation in a Postcolonial Context—Early Irish Literature in English Translation [M]. Shanghai: Shanghai Foreign Language Education Press, 2004.

[52] Venuti Lawrence. The Translator's Invisibility [M]. London & New York: Routledge, 1995.

二、中文部分

[1]艾略特. 传统与个人才能[M]. 卞之琳, 译. 上海：上海译文出版社, 2012.

[2]J. 奥斯汀. 傲慢与偏见[M]. 王科一, 译. 上海：上海译文出版社, 1990.

[3]布鲁姆. 误读图示[M]. 朱立元, 陈克明, 译. 台北：台湾骆驼出版社, 1992.

[4]蔡新乐. 翻译的本体论研究[M]. 上海：上海译文出版社, 2005.

[5]曹明伦. 翻译之道：理论与实践[M]. 上海：上海外语教育出版社, 2013.

[6]陈德鸿, 张南峰. 西方翻译理论精选[M]. 香港：香港城市大学出版社, 2000.

[7]陈登, 谭琼琳. 英汉翻译实例评析[M]. 长沙：湖南大学出版社, 1997.

[8]陈定安. 英汉比较与翻译[M]. 天津：中国对外翻译出版公司, 2002.

[9]陈福康. 中国译学理论史稿[M]. 上海：上海外语教育出版社, 2005.

[10]陈宏薇. 高级汉英翻译[M]. 北京：外语教学与研究出版社, 2009.

[11]陈平原. 20世纪中国小说史[M]. 北京：北京大学出版社, 1989.

[12]陈新. 英汉文体翻译教程[M]. 北京：北京大学出版社, 1999.

[13]杜慧敏. 晚清主要小说期刊译作研究（1901—1911）[M]. 上海：上海书店出版社, 2006.

[14]范文美. 翻译再思——可译不可译之间[M]. 台北：台北书林出版公司, 2000.

[15]范仲英. 实用翻译教程[M]. 北京：外语教学与研究出版社, 1994.

[16]方生. 后结构主义文论[M]. 济南：山东教育出版社, 1999.

[17]方华文. 20世纪中国翻译史[M]. 西安：西北大学出版社, 2005.

[18]方梦之. 翻译学词典[M]. 上海：上海外语教育出版社, 2019.

[19]方梦之. 中国译学大词典[M]. 上海：上海外语教育出版社, 2011.

[20]丰华瞻. 丰华瞻译诗集[M]. 上海：上海外语教育出版社, 1997.

[21]冯庆华. 实用翻译教程[M]. 上海：上海外语教育出版社, 2020.

[22]W. 福克纳. 在我弥留之际[M]. 李文俊, 译. 上海：上海译文出版社, 1996.

[23]佛克马蚁布思. 文学研究与文化参与[M]. 北京：北京大学出版社, 1996.

[24]冯庆华. 实用翻译教程[M]. 上海：上海外与教育出版社, 2020.

[25]古今明. 英汉翻译基础[M]. 上海：上海外语教育出版社, 2001.

[26]郭建中. 文化与翻译[M]. 天津：中国对外翻译出版公司, 2000.

[27]郭建中. 当代美国翻译理论[M]. 武汉：湖北教育出版社, 2000.

[28]郭延礼. 中国近代翻译文学概论[M]. 武汉：湖北教育出版社, 1998.

[29]郭延礼. 近代西学与中国文学（增订本）[M]. 南昌：百花洲文艺出版社, 2008.

[30]郭著章. 翻译名家研究[M]. 武汉：湖北教育出版社, 1999.

[31]T. 哈代. 德伯家的苔丝[M]. 张谷若, 译. 北京：人民文学出版社, 1984.

[32]韩子满. 文学翻译杂合研究[M]. 上海：上海译文出版社, 2005.

[33]何刚强. 笔译理论与技巧[M]. 北京：外语教学与研究出版社, 2009.

[34]何其莘. 翻译与跨文化交际[M]. 北京：外语教学与研究出版社, 2012.

［35］何其莘. 世界文化典籍汉译［M］. 北京：外语教学与研究出版社，2011.

［36］何其莘. 高级文学翻译［M］. 北京：外语教学与研究出版社，2009.

［37］何其莘，孙致礼. 高级英汉翻译［M］. 上海：上海外语教育出版社，2022.

［38］胡显耀，李力. 文学翻译［M］. 北京：外语教学与研究出版社，2009.

［39］胡翠娥. 文学翻译与文化参与——晚清小说翻译的文化研究［M］. 上海：上海外语教育出版社，2007.

［40］胡曙中. 英汉修辞比较研究［M］. 上海：上海外语教育出版社，1993.

［41］伽达默尔. 真理与方法［M］. 洪汉鼎，译. 上海：上海译文出版社，1999.

［42］金堤. 等效翻译探索［M］. 天津：中国对外翻译出版公司，1997.

［43］金堤，奈达. 论翻译［M］. 天津：中国对外翻译出版公司，1984.

［44］李长栓. 非文学翻译［M］. 北京：外语教学与研究出版社，2009.

［45］李和庆，黄皓. 西方翻译研究方法论：70年代以后［M］. 北京：北京大学出版社，2005.

［46］李今. 三四十年代苏俄汉译文学论［M］. 北京：人民文学出版社，2006.

［47］李凯尔特. 文化科学和自然科学［M］. 涂纪亮译. 北京：商务印书馆，1986.

［48］黎锦熙，刘世儒. 汉语语法教材——复式句和篇章结构［M］. 北京：商务印书馆，1962.

［49］廖七一. 当代西方翻译研究原典选读［M］. 北京：外语教学与研究出版社，2010.

［50］连淑能. 英汉对比研究［M］. 上海：高等教育出版社，2010.

［51］林本椿. 英汉互译教程［M］. 上海：上海百家出版社，2004.

［52］林煌天. 中国翻译词典［M］. 武汉：湖北教育出版社，1997.

［53］刘华文. 汉诗英译的主体审美论［M］. 上海：上海译文出版社，2005.

［54］刘军平. 西方翻译理论通史［M］. 武汉：武汉大学出版社，2009.

［55］刘忠庆. 中西翻译思想比较研究［M］. 天津：中国对外翻译出版公司，2005.

［56］罗根泽. 中国文学批评史［M］. 上海：上海古籍出版社，1984.

［57］罗新璋. 翻译论集［M］. 北京：商务印书馆，2009.

［58］罗选民. 外国文学翻译在中国［M］. 合肥：安徽文艺出版社，2003.

［59］吕叔湘. 中国人学英语［M］. 北京：商务印书馆，1980.

［60］马红军. 从文学翻译到翻译文学［M］. 上海：上海译文出版社，2006.

［61］马祖毅. 中国翻译简史（"五四"以前部分）［M］. 天津：中国对外翻译出版公司，1998.

［62］马祖毅. 中国翻译通史［M］. 武汉：湖北教育出版社，2006.

［63］麦吉尔. 世界哲学宝库［M］. 北京：中国广播电视出版社，1991.

［64］茅盾. 茅盾译文选集［M］. 上海：上海译文出版社，1980.

［65］孟昭毅，李载道. 中国翻译文学史［M］. 北京：北京大学出版社，2005.

［66］穆雷. 翻译研究方法概论［M］. 北京：外语教学与研究出版社，2011.

［67］平保兴. 五四翻译文学史［M］. 北京：中国文史出版社，2005.

[68]秦洪武，王克非. 英汉比较与翻译[M]. 北京：外语教学与研究出版社，2010.

[69]潘文国. 汉英语对比纲要[M]. 北京：北京语言文化大学出版社，1997.

[70]钱锺书. 林纾的翻译[M]. 上海：上海古籍出版社，1996.

[71]钱锺书. 旧文四篇[M]. 上海：上海古籍出版社，1979.

[72]仇苍玲. 美的变迁[M]. 上海：上海译文出版社，2006.

[73]任东升. 汉译文化研究[M]. 武汉：湖北教育出版社，2007.

[74]W. 萨克雷. 名利场[M]. 杨必译. 北京：人民文学出版社，1982.

[75]邵志洪. 英汉对比翻译导论[M]. 上海：华东理工大学出版社，2010.

[76]沈苏儒. 论信达雅[M]. 北京：商务印书馆，1998.

[77]斯坦纳. 通天塔——文学翻译理论研究[M]. 庄绎传译. 天津：中国对外翻译出版公司，1987.

[78]宋学智. 翻译文学经典的影响与接受[M]. 上海：上海译文出版社，2006.

[79]孙会军. 普遍与差异——后殖民批评视阈下的翻译研究[M]. 上海：上海译文出版社，2005.

[80]孙艺风. 视角阐释文化——文学翻译与翻译理论[M]. 北京：清华大学出版社，2004.

[81]孙致礼. 1949—1966：我国英美文学翻译概论[M]. 南京：译林出版社，1996.

[82]孙致礼，周晔. 高级英汉翻译[M]. 北京：外语教学与研究出版社，2010.

[83]索绪尔. 普通语言学教程[M]. 高名凯译. 北京：商务印书馆，1980.

[84]谭载喜. 奈达论翻译[M]. 天津：中国对外翻译出版公司，1984.

[85]谭载喜. 西方翻译简史(增订版)[M]. 北京：商务印书馆，2004.

[86]童庆炳. 文学理论教程[M]. 上海：高等教育出版社，1992.

[87]王秉钦. 20 世纪中国翻译思想史(第二版)[M]. 天津：南开大学出版社，2009.

[88]王宏印. 文学翻译批评论稿[M]. 上海：上海外语教育出版社，2006.

[89]王宏志编. 翻译与创作——中国近代翻译小说论[M]. 北京：北京大学出版社，2000.

[90]王宏志. 翻译与文学之间[M]. 南京：南京大学出版社，2011.

[91]王建开. 五四以来我国英美文学作品译介史(1919—1949)[M]. 上海：上海外语教育出版社，2003.

[92]王克非. 翻译文化史论[M]. 上海：上海外语教育出版社，1997.

[93]王力. 汉语语法纲要[M]. 上海：上海教育出版社，1982.

[94]王宁. 翻译研究的文化转向[M]. 北京：清华大学出版社，2009.

[95]王寿兰. 当代文学翻译百家谈[M]. 北京：北京大学出版社，1989.

[96]王先霈，王又平. 文学批评术语词典[M]. 上海：上海文艺出版社，1999 .

[97]王耀辉. 文学文本解读[M]. 武汉：华中师范大学出版社，1999.

[98]王佐良. 翻译：思考与试笔[M]. 北京：外语教学与研究出版社，1989.

[99]W. 威格尔斯沃斯. 指挥为什么重要[M]. 刘畅译. 上海：华东师范大学出版社，2022.

[100]L. 韦勒克，A. 沃伦. 文学理论[M]. 刘象愚等译. 南京：江苏教育出版社，2005.

[101]文军. 翻译实用手册[M]. 北京：外语教学与研究出版社，2010.

[102]伍蠡甫，胡经之. 西方文学理论名著选编[M]. 北京：北京大学出版社，1987.

[103]萧伯纳. 卖花女[M]. 杨宪益译. 天津：中国对外翻译出版公司，2002.

[104]谢天振. 中西翻译简史[M]. 北京：外语教学与研究出版社，2022.

[105]谢天振. 翻译的理论建构与文化透视[M]. 上海：上海外语教育出版社，2000.

[106]谢天振. 译介学[M]. 南京：译林出版社，2013.

[107]许钧. 文学翻译的理论与实践[M]. 南京：译林出版社，2021.

[108]许钧. 翻译思考录[M]. 武汉：湖北教育出版社，1998.

[109]许钧. 翻译概论[M]. 北京：外语教学与研究出版社，2010.

[110]杨自俭，刘学云. 翻译新论[M]. 武汉：湖北教育出版社，1994.

[111]余承法. 全译求化机制论——基于钱锺书"化境"译论与译艺的考察[M]. 北京：商务印书馆，2022.

[112]余光中. 余光中谈翻译[M]. 天津：中国对外翻译出版公司，2000.

[113]张保红. 文学翻译[M]. 北京：外语教学与研究出版社，2010.

[114]张南峰. 中西译学批评[M]. 北京：清华大学出版社，2004.

[115]张培基. 英汉翻译教程[M]. 上海：上海外语教育出版社，1980.

[116]张新红，李明. 商务英语翻译[M]. 上海：高等教育出版社，2003.

[117]周方珠. 文学翻译论[M]. 天津：中国对外翻译出版有限公司，2014.

[118]朱纯深. 翻译探微：语言·文本·诗学[M]. 南京：译林出版社，2008.